**Brigitte Sandberg**

**Fünfklang**

Bibliographische Information
der Deutschen Nationalbibliothek:
Die Deutsche Nationalbibliothek verzeichnet
diese Publikation in der Deutschen Nationalbibliografie;
detaillierte bibliografische Daten sind im Internet
über dnb.dnb.de abrufbar.

© 2017 Brigitte Sandberg

Malerei, Fotos, Umschlag: Brigitte Sandberg

Herstellung und Verlag: BoD – Books on Demand, Norderstedt

ISBN: 9783743137417

# Inhalt

In den Vierteln

Olgaa

Das Osterfeuer

Trutzburg

Der Friedri

**Anhang**

## In den Vierteln

Ringlein, Ringlein du musst wandern,
von dem einen Ort zum andern


Eine Frau wird im Rollstuhl in den Krankenwagen gehoben. Die jungen Männer tragen rote Jacken. Die Frau ist alt. Ich habe ihr Gesicht schon gesehen. Die Füße tragen nicht mehr.
    Der Bus hält. Die Fensterscheiben sind beschlagen. Ein Frauengesicht darinnen, älter, Dauerwelle, hellgrau. Die Frau sitzt in einiger Entfernung mir gegenüber. Wieder Haltestelle. Viele steigen aus. Das Gesicht ist aus der Fensterscheibe verschwunden. Seit Tagen regnet es. Die Scheiben vor dem Fahrer werden gewischt. Der 15 er. Autos haben ihre Lichter an, 10.45 Uhr, draußen dunkel, regnerisch und schmutzig.

    Denise hat Sterne außen an ihrem Laden angebracht, das war bestimmt John. Ich sehe die Leitungen, bald werden die Glühbirnen, die den Stern ausfüllen, leuchten. Packpapier verkleidet noch das große Schaufenster. Sie hat gewechselt vom "kleinsten Haus in Altona" im Schulterblatt in die Susannenstraße. Hier soll es Trödel und Möbel geben.

    Von Denise habe ich eine nackte, die verfilzten Haare nur noch teilweise auf dem Kopf, schmuddelige Stoffpuppe gekauft. " Was meinst du, Denise, warum ist sie in diesem Zustand?" "Viel geliebt worden!", sagt sie und mir war es so vorgekommen, als sei sie liegen gelassen worden. Das war noch im "kleinsten Haus in Altona" unter der Brücke.
    "Sweet Virginia". Unter den Zeitungen die Bildzeitung. Tiefgekühlter Kuchen. Große Spiegel mit dicken Goldrahmen. Tapete mit Goldfaden. Zapfanlage

goldfarben. Kerzenleuchter goldfarben. Musik goldfarben.

Erinnere mich an Oberdarching. Wenn ich mich daran erinnere, dann auch an den indischen Wickelrock, den ich dort in unserem ersten, gemeinsamen Urlaub getragen habe. Knut hatte vorgeschlagen, dort Urlaub zu machen, wo auch seine Schwester, die ich nicht kannte, mit einem Freund urlaubte bzw. bei einem Freund, in dessen Haus wir dann auch unterkamen. Der weiße Rock - es war kein schneeweiß und kein harter Stoff, sondern eher locker gewebt - war nicht komplett weiß, sondern rote Rosen waren eingewebt. Es war ein langer Rock, gewickelt, den ich ganz selbst verständlich trug, weil ich jung war. Es kam zu einem Eklat. Denn Knut schaute mit seiner Schwester schon lange den Mond an und sagte zu mir, als er mal kurz ins Haus kam und ich das monierte: „Du kannst ja mit uns den Mond anschauen!", so wie er später, als er von mir und aus HH fortging, lapidar sagte: „Du kannst ja mit deinem Kind auch hierher ziehen!" Das hätte bedeutet 3 Stunden von HH entfernt, auf dem Land, wo keine Blindenschule existierte. Während die beiden Geschwister romantisierten, trank ich zu viel, als Knut abermals hereinschneite, fragte ich ihn, ob er mich lieben würde. Darauf antwortete er nicht, sondern gab mir eine Ohrfeige, weil ich betrunken war, gemeinsam mit dem Exfreund seiner Schwester zerrten sie mich unter die kalte Dusche. Als wir beide in unserem Zimmer waren, gestand er mir, dass er seine um 10 Jahre ältere Schwester liebte. Sie hatten auch eine sexuelle Beziehung ausprobiert, aber im Bett klappte es nicht, so dass dieser Teil ihrer Beziehung wegfiel. Es ging ihm nicht gut, ich sollte Mitleid haben, stattdessen entfernte ich mich von ihm, verbrachte den nächsten Tag in München und fuhr danach mit meinem Auto ab.

In der portugiesischen Pastelaria auf dem Schulterblatt ist es heute ruhig. Das Geräusch der Espressomaschine. Milchschaum wird zubereitet, das

Geräusch. Ein Mann rührt in seinem Galao im Glas, das Geräusch. Er setzt das Glas ab, das Geräusch, wie es auf dem Tisch aufkommt. Wieder wird Milch aufgeschäumt. Der Schlauch, aus dem der heiße Dampf kommt, wird in die Milch gehalten. Das Geräusch der Espressomaschine. Aus der Küche Klappergeräusch. Das müssen Tassen sein, die in der Spüle aneinandergeraten. Vom Tresen her dringen ähnliche Geräusche, auch von aneinander geratenen Tassen an mein Ohr, Geräuschgewimmel im Ohr, Tassen aneinandergeraten im Ohr, Teller, wenn die aneinandergeraten, klingen anders, Töpfe noch anders. Und Messer, Besteck. Die Portugiesin hinter dem Tresen hat die Plastikschüssel, in der sie die schmutzigen Tassen stapelt, verrückt. Stimmen, portugiesisch.

      Die Straßen glänzen vom Regen. Die Reifen der Autos auf der nassen Fahrbahn, das Geräusch, in voller Fahrt. Immer noch Lichter, auch rot blinkende. Der Bus auf der Fahrbahn, das Geräusch und das Gefühl. Die Unebenheiten auf der Fahrbahn sind in meinem Körper zu spüren. Die inneren Organe stoßen aneinander. Der Bus hält, vibriert, mein Körper vibriert, die inneren Organe vibrieren, Hitzewelle, aufsteigend. Der Mann im Mittelgang hält sich immer noch an der Stange fest. Seine Hand liegt, seitdem er eingestiegen ist, auf der Stange. Sofort hat er dahin gegriffen und nicht mehr losgelassen. Er will nicht hinfallen, wenn der Bus in die Kurve biegt. Die Hand ist weich, mild. Rührt sich nicht. Ein Mantel bedeckt seinen langen, runden Rücken. Ein Mann, der Grund hat zu diesem Rücken. Die Unebenheiten der Straße, über die der Bus schnellt, fühle mich hierhin- und dahin geschubst, geworfen. Die Stimme des Fahrers durchs Mikrofon. Seine Stimme nicht, aber sein Gesicht ähnelt dem Stalins, die Augen und der riesige Oberlippenbart, ich sehe in Gedanken Knut vor mir, der auch einen Oberlippenbart trug, wenn auch nicht so buschig, ich sehe den Bierschaum in seinen Barthaaren.

      Vor meinen Augen, denn ich sitze im

Café am Fenster und arbeite, hält ein Rettungswagen, ein großes, rotes Auto der Feuerwehr. Zunächst gehen die beiden Retter mit Taschen ins Haus, aber sie kommen schnell wieder zurück, stellen die Taschen ins Auto, aus dem sie jetzt die Bahre heraus holen, mit der sie das Haus betreten. Nach einiger Zeit kommen sie heraus, auf der Bahre liegt eine junge Frau mit dunkler Hautfarbe und Rasterlocken. Einer von den inzwischen fünf Rettern, spricht mit ihr, macht ihr vielleicht Mut. Auf dem Rücken der roten Jacke eines Mannes steht Notarzt. Er greift zu einer Tasche, die hinter der hoch gestellten Rückenlehne der Bahre steht. Die Fahrer schließen die Tür.

Uli. Sparkasse am Schulterblatt. Lange nicht mehr gesehen. Rot gekleidet. Ein Anorak. Schöner Anorak, schönes Rot, fällt mir erst hinterher auf. Er behält die ganze Zeit seine Mütze auf, die rote Anorakkapuze. Sein Gesicht ist gebräunt. Seine Freundin ist schwanger. Aber noch nicht an die große Glocke hängen. Schon einmal ist das Kind plötzlich "abgehauen", nach drei Monaten. Jetzt ist es grade wieder der dritte Monat. Damals sah alles gut aus. Er sagt "das Kind kann herausfallen wie eine Kartoffel". Er will keine Überstunden mehr machen. "Was nützt mir das Geld auf dem Konto, wenn ich mit vierzig sterbe", sagt er. Seine Freundin verschiebt das Diplom. Sie wollen zusammenziehen, suchen eine größere Wohnung, in der sie sich als Selbstständige einen Arbeitsplatz einrichten kann. Er fasst mich an, beim Abschied, am Oberarm, am Mantel.

Gerlinde angerufen. Seit ein paar Jahren Schulbuchredakteurin. Heute fährt sie nach Bonn zum akademischen Austauschdienst. Sie möchte die Stelle in Saigon, Literatur und Literaturwissenschaft an der Uni unterrichten. Ihr Ex hat sich aus seinem engen Lebenskreis nicht herausbewegt. Er arbeitet an der Schule des Bezirks, in dem er aufgewachsen ist. Ein neuer Mann ist in ihr Leben getreten, den sie "meinen Mann" nennt. Verheiratet. Zur Zeit in Kalifornien zu Hause. Sie korrespondieren ganze Abende mit per Email. Weihnachten fliegt sie nach Baltimore zu einer alten Freundin, Studienkollegin, will über Hannah Arendt arbeiten, Habilitation.

Jeanette beauftragt Fußbodenschleifer. Sie wird umziehen. "Fotze" hat Louis ihr nachgerufen. "Mir kommt die Galle hoch. wenn ich daran denke, immer noch!" sagt sie. "Ich kann diesen Kerl nicht loswerden. Ich möchte ihn aus meinem Leben rauswerfen, einfach rauskicken. Er hat zu den Kindern Kontakt aufgenommen und erfahren, dass ich umziehe. Er will das Hochbett und die Strahlerleiste zurück. Er hat den Kindern gesagt, dass er die bezahlt habe. Das ist doch längst verjährt. Außerdem hat er keine Miete bezahlt." Der Älteste wirft Mandarinenschalen aus dem Fenster. "Das macht doch nichts".

Ich weiß noch, wie Louis, als Jeanette mit ihm bei mir übernachtete - sie wollte ihn heiraten - in mein Toilettenbecken einen Zigarettenstummel warf, in seinen Urin. Sein schwarzer Stummel lag in seinem gelben Urin morgens. Er habe nicht abziehen wollen in der Nacht. Am Morgen erscheint er in der Küche mit nackten Beinen und Slip.

Es liegt alles still. Ruht aus. Die Socken auf dem Bett. Der Füllfederhalter Verschluss. Die Puppe auf dem Boden sitzt schon seit Tagen auf demselben Fleck. Sie blickt immer in dieselbe Richtung, mit immer demselben blauen Blick, freundlich. Die Fingerstellung ihrer Hände ist immer gleich. Die Beine sind auseinander gebreitet, damit sie sitzen kann. Sie hat eine "Mamastimme", die schweigt, nur, wenn ich die Puppe hin- und herbewege, kommt der Laut aus dem Bauch heraus, so kurz und knapp, dass man denken könnte, es ist etwas nicht in Ordnung mit der "Mamastimme". Sie trägt immer dasselbe Kleid. Gedämpftes, dunkleres Rot mit weißer Litze, übersät mit einem Symbol, erinnert an das Frauenzeichen. Es könnte aber auch eine runde Frucht sein mit Stiel und zwei Blättern. Ihr fehlte die linke Hand, als ich sie mit diesem Kleid auf dem Flohmarkt kaufte.

Am Schrank auf dem Bügel hängt ein Pullover. Es könnte einem so vorkommen, als wüsste man nicht wie lange er schon da hängt und ob das Rot in der Zwischenzeit durch das Tageslicht gelitten hat. Er hängt aber noch nicht lange da. Das Rot ist noch da. V-Ausschnitt. Unter dem Schrank stehen weiße Turnschuhe, seit dem Sommer. Man kann sich kaum vorstellen, dass man sie wieder tragen wird. Sie sind so weiß! Und gerade an den Füßen macht das was.

Mutter eines "Hirnkranken" Kindes, sagt Anselm. Habe Clemens und mich nie so gesehen. Vor zwei Tagen noch seine Sendung über Billy Bragg gehört. Ich finde ihn Klasse. Anselm erkrankt später an ein einem Tumor im Kopf. Sieht er sich jetzt auch als Hirnkranken?
Tee, verlängert, ich verlängere den Tee immer wieder bis auf eine kleine, bleibende Nuance, die mir angibt, dass es sich noch um Tee handelt.
Die Bäume vor dem Fenster sind kahl. Das Licht ist grau. Die Fenster des gegenüber liegenden Hauses sind glatt, glänzend, rechteckig, grau. Das Dach ist nass.
Anselm hat mir ein Buch geschenkt. Das hat wohl auch damit zu tun, dass ich ihm eins geschenkt hatte: "Abschied von Sidonie".
Ein Orangenkeks zergeht auf meiner Zunge, vermischt sich mit meiner Spucke und Tee.

Krankenbett. Tee, Teelicht, Füllfederhalter kratzt über das Papier. Ich spüre den Widerstand des Papiers. Er ist ihn mir, in meinem Körper. Ich höre ihn. Wie ist der Widerstand in meinen Körper gekommen? Nur durch das Ohr? Das Geräusch des Kratzens? Die Begegnung von schreibender Feder, schreiben wollender, ihrem Zustand und dem Papier, seines Zustandes. In der Begegnung ist der Widerstand entstanden.

Ich tauche den Keks in den Tee und lasse ihn abtropfen. Wieder einen Keks im Mund, er zergeht.

Denisees Schaufenster ist immer noch mit Papier verhangen, aber man sieht schon ein Puppenbein, da, wo ein Loch im Papier ist.

Kein Brot. Vergessen, dass es fehlt.

Es ist noch keine 15.00 Uhr und der Tag, der das Graue nicht abgelegt hat, geht schon ins Dunkelgraue.

Ein langer Winter. Ich komme nicht aus meinen Pullovern raus. ein einziger langer Pullover. Winterpullover.

16.00 Uhr. Das Grau verdickt sich. Kaum Licht. In der Küche ziehe ich die Gardinen vor. Kartoffeln liegen im kochenden Wasser.

Schwarze Teeschalen. Hat mir Aljona geschenkt. Handgewebte weinrote Sets. Wenn Anselm doch nochmal zum Teetrinken käme! Und immer öfter! Wir haben aus den Teeschalen getrunken. Er fand es nicht schlimm, dass ich den Tee verlängere. Als er mir das Buch brachte, las ich unten auf der beiliegenden Karte "Dein Anselm". Oben "Von Gesine und mir herzliche Glückwünsche." Ich habe ihn immer gemocht. Ich pendle einige Male von "Von Gesine und mir" zu "Dein Anselm". Ich sage, dass die Karte schön ist. Eine rote Vase mit einer roten Blüte, ein blauer Krug mit einer roten Blüte, hellblauen, weißen und gelben, eine kleine schwarze bauchige Vase mit gelben Blüten, 2 roten, 2 grünen Äpfeln. Gabriele Münter "Blumen in der Nacht". Aber jetzt meldet er sich nicht mehr. Nie mehr. Er flüchtet sogar, wenn wir uns auf der Straße zufällig begegnen und zwei, drei Sätze gewechselt haben. Merkwürdig, dass sich meine Zuneigung gar nicht abnutzt.

Käse gehobelt. Mit einem Hobelmesser aus Norwegen, ein Geschenk von Clemens. Kartoffeln mit Käse. Eine Bohrmaschine in der Wohnung unter mir. Die Kartoffeln brauchen lange.

Eine Frau, die im Waschcenter auf der Fensterbank sitzt und auf die Trommeln blickt, sieben auf einmal drehen sich.

Zwei unterhalten sich am Zebrastreifen. Er beugt sich zu der alten Frau hinunter. redet von den Kindern. Du kannst doch die Kinder nicht....

Im Bioladen fegt eine Verkäuferin über das leere Brotregal, mit einem Brotkrümel Handfeger.

Froh über die Dunkelheit. Endlich ist sie herein gebrochen, da, über uns, um uns, komme dennoch vorwärts, als gäbe es keine Sichtbehinderung. Im ersten Moment überlege ich, ob ich wieder rausgehe aus dem "Kaffeehaus" in der Osterstraße, starker Qualm. Ein Falafel Laden zieht bald ein und ein paar Häuser weiter eröffnet Fatima ihr Café, leider extrem teuer, das liegt wohl an den extrem teuren Mieten in der Osterstraße. Vincent arbeitet dort und wir parlieren dann auf französisch, wenn ich mir einen teuren Espresso macciato leiste.

"Wir brauchen jeden Pfennig!" ruft er aus. Sie hat schon wieder Geld ausgegeben. Du bekommst 240 DM! Ich sehe das Paar nicht. Zwischen uns eine viereckige Säule. "Gesichtswasser und Creme". "Mehr habe ich nicht ausgegeben", sagt sie. Er beruhigt sie:"Ist ja auch nicht schlimm, Mäuschen". Von Make up ist die Rede und dass das Gesicht nicht mit Wasser gewaschen wird, sondern mit Gesichtswasser. Es ist ein junges Pärchen, sehe ich, als sie rausgehen, jung und schön. Sie lächelt. "Das machst du immer", hatte er noch gesagt.

Die Straßen sind noch glatt. Am

Nebentisch erklärt eine junge Frau der anderen jungen Frau, wo eine bestimmte Straße liegt. Anordnung im Kopf. Die Straßen liegen im Kopf.

Junger Mann mit Rucksack trägt sein Kleinkind auf den Schultern hinaus.

Junge Frau hat einen schönen Kragen auf ihrer Winterjacke.

Großer Tonkopf mit Hals steht auf dem Tresen in der Ecke. Ich berühre ihn. Er ist hohl. Schönes Gesicht.

Links am Nebentisch gibt es eine neue Besetzung. 2 junge Frauen. Wieder die viereckige Säule zwischen uns. Sie mit welligem Haar sagt, dass er Lehrer ist. "Der hat echt nen Horror, solche Gewaltprobleme! In der Schule wird randaliert".

Rechts am Nebentisch sagt eine der beiden Frauen: „Die ersten Weihnachtskarten sind bei mir eingegangen".

"Jedes Buch billig" steht am Schaufenster. Räumungsverkauf. Methfesselstraße. Mich mit einem im Buchladen unterhalten, der Ernst Jünger Fan ist. Er sagt, er habe gelesen, dass Bruno Bettelheim, Kinder missbraucht habe. Vor einiger Zeit las ich "Kinder brauchen Liebe" von ihm.

Mit nur 28 Jahren ließ ich mich sterilisieren. Als Knut ankündigte, dass er von Hamburg fort ginge, um drei Stunden entfernt von Hamburg auf dem Land zu leben und zu arbeiten, versetzte mir das einen derartigen Schock, dass ich bedauerlicherweise so selbst verletzend (selbst tötend) reagierte. Ich war plötzlich in ein Trauma zurück versetzt, hatte plötzlich wieder Angst vor einer Vergewaltigung, davor, dass ich Freiwild mit der Trennung, mit seiner Loslösung von mir geworden sei, ich fürchtete erneut missbraucht zu werden, eine erneute Schwangerschaft und dass das Kind blind sein oder erblinden könnte. Knut und ich wohnten nicht zusammen, aber ich hatte mich innerlich wohl sehr an ihn gebunden, er versuchte nun sich zu entbinden, denn er fühlte sich auch gebunden und das gefiel ihm nicht, für ihn war es doch eher eine sexuelle Beziehung. Als wir das erste Mal miteinander schliefen legte er die Schallplatte „Mother Earth" von Eric Burdon auf.

      Ich genieße die Dunkelheit. Leute kommen mir entgegen, gehen an mir vorbei. Die Gesichter sind nicht so hemmungslos belichtet wie am Tage. Es dringt und quillt nicht gleich alles aus ihren Gesichtern schamlos hervor. Erlebe die Dunkelheit heute als sehr nachsichtig.

 Später sind die Gehwege menschenleer. Die Geschäfte haben geschlossen. Nur bei Karstadt brennt helles Licht und vereinzelt laufen Menschen in den breiten Gängen umher. Ich grüße eine Verkäuferin, während mich die Rolltreppe hoch trägt. Ich bücke mich, wegen der Sicht, um sie zu grüßen. Bei den Pullovern liegen Zimtsterne. Sie sind hart. Marzipankugeln. Die Verkäuferin packt für die Kundin vor mir zwei Geschenke ein. Ich habe also Zeit, die Tüte mit den Marzipankugeln zurückzulegen. Bleibe wartend stehen. Die Geschenke haben dunkelblaues Papier mit der Aufschrift „Karstadt" bekommen, rotes Geschenkband. Die Kundin ist sehr zufrieden.

      Gerannt. Das letzte Stück. Er hat mich noch mitgenommen.
Zu warm angezogen. Hitzewelle.
    Wieder regnerisch.
    Wieder Haltestelle. Türen öffnen sich automatisch.
    Die Fahrbahn ist wieder glatt, regnerisch, glänzend.
    Die Autos haben wieder ihre Lichter eingeschaltet, nicht alle.
    Das Grau hängt von oben auf die Fahrbahn hinunter.
    umwickelt die Baumäste.

"Bahnhof Schlump". Leise Stimme durchs Mikro. Beringte Hand hält sich an der Stange fest.

Rucksack auf dem Rücken.
Rote Ampel.
Der Bus vibriert.
Heizungsgeräusch.
Regenschirme.
Glatzköpfiger Kurier unterwegs.
Der 115 kommt entgegen.

Die Stimme, der Gesang, das ist doch Brulat Okutschawa. Habe ich ihn im Café unter den Linden schon einmal gehört? Sarah bringt mir meinen Kaffee. Mit viel Milch und Milchschaum. Brulat wird runter gedreht. Er wird zu unruhig, klingt wie Soldatenmusik. "Ätzend", sagt Sarah und dreht ihn ganz ab. Moment Ruhe. Espressomaschine, das Geräusch. Stimmen. Die Taz informiert über einen neuen Plan für den Wasserturm im Sternschanzenpark. ein 3 D Kino Zentrum. Dann ist es wohl aus mit der Ruhe. Ruhezonen lösen bei manchen sofort das Gefühl aus, hier muss etwas geschehen, passieren, stattfinden. Hier kann man doch was machen, sein Häuflein. Besitz kundtun. Laute Stimmen. Erledigte Lehrer. Wer nicht zuhören will, muss weghören. Die Musik wird wieder lauter gestellt, neue Musik, Miles Davis. "Workin`with the Miles Davis Quintett". Jacques hat die Musik gewechselt. Er gibt mir die CD in die Hand. Es gibt Stimmen, die beißen sich durch jeden Widerstand hindurch. Zeitungen. Sprechen. Blättern. Zeitungsblättern. Klaviersaiten blättern. Durchblättern. Saxophon. Erinnerung an Juri. Von ihm habe ich "Sketches of Spain". Ich wollte von ihm geheiratet werden. War das Spaß oder hätte ich ihn wirklich heiraten wollen? Jacques verteilt Aschenbecher. Räumt Geschirr ab. Schnelles Ilustriertenblättern. "Ab 18.00 Uhr geschlossen" steht an der Eingangstür "Betriebsfeier".

Licht im Inneren. Lampen gegen die Düsternis. Schwarzer Pullover. Durch die Fensterscheibe sehe ich die aufgespannten Regenschirme. Leute darunter. Leute mit weißen Nessel Einkaufsbeuteln. Der Briefträger legt die Post auf den Tresen. Das Saxophonspiel in der Luft. An der Hauswand, die ich durch die Fensterscheibe sehe, steht "Armut killt". Hausnr. 11. roter Briefkasten. Stammgäste. Einer probiert seinen selbst gebastelten großen Ohrring. Eine Frau kommt rein und sagt ihm, dass er Samstag so toll getanzt habe. Er könne es noch besser, antwortet er. Mauritius sehe ich auch wieder öfters im Café, seine Freundin wohnt im Viertel, der braune, kleine Hund ist immer noch bei ihm. "Tschüs ...." sagt er. Es tut mir gut, meinen Namen zu hören, das ist wie eine Berührung. Inzwischen hängt der Ohrring an Sarahs Ohr. Er dreht sich falsch rum. Das stört noch. "Hast du, was du wolltest?" "Gib mir bitte noch einen Rotwein". Ein dunkelroter Vorhang gegen winterliche Zugluft, gekräuselt. halbhoch. Das obere Fensterteil bleibt frei. Wagen rollen vor der Tür vorbei, schwere. Ein Rollstuhl wird über die Fahrbahn geschoben. Hantieren. Klaviertasten werden bewegt. Geklimper. Hinsetzen. Aufstehen. Verschiedene Stimmen. Sätze. "Danke. Tschüs". Die Kasse schnappt zu. Aufregung. Tabletts werden getragen. Habe neulich auch eines getragen. Jacques, der Profi, fand, dass ich das gut gemacht hätte. Espressomaschine. Drüben im portugiesischen Café Pastelaria sagen sie "Eschpresso". "Ja, genau, das ist doch nett." Gesang. Aufregung. Zigaretten. Glühende Spitzen. Kälte. Zieht von der Seite. Gelächter. Dunkles. "Sozial", „Psycho". Tassen werden geschoben. Die Bäume ohne Blätter. Dunkle Äste im grauen Himmel. Das Emblem vom Café unter den Linden auf der Tasse. Rote Raute, in deren Mitte eine schwarze, kleine Figur eine Tasse mit heißem Kaffee trägt, man sieht den Dampf in die Lüfte steigen.

Ich sah den Film „Flucht aus Arkansas" nicht ganz, aber ein gutes Stück. Ein sehr guter Film, nachdem, was ich sah. Das Gefängnisleben deprimierend trotz Abwechslung, der Arbeit in der Tischlerei, dem Hofgang, den Freizeitaktivitäten, was für einen der Häftlinge die Malerei war. Als der Direktor seine Zelle inspizierte, sah er, dass es auch ein Portrait von ihm gab, auf dem er lächelte, was er wohl gemeinhin nicht der Fall war. Ein anderes Bild zeigte eine Möwe, die zwischen Gitterstäben hinaus geflogen war. Man sah sie mit ausgebreiteten Flügeln, die Gitterstäbe hinter sich. Dieser Mann brach zusammen, als der Direktor ihm das Malen verbot. Nicht mal die fertigen Bilder durfte er in der Zelle behalten. Die Farben, die Staffelei, alles wurde entfernt. In der Tischlerei ließ sich der unglückliche Mann, dessen Leben nun zerstört war, ein Axt geben, um eine bestimmte Arbeit auszuführen. Er tötete damit den Aufseher. Ich erinnere mich an ein Buch des Norwegers Jon Fosse, ich meine hier war der Maler in der Psychiatrie und der Anstaltsleiter namens Sandberg verbot ihm das Malen, was die psychische Zerstörung des Mannes zur Folge hatte.

"Bitte." Leo trägt einen Ehering, sehe das nur, weil ich Anselms Ehering gesehen habe, als er bei mir war. Leo raucht, die andere Hand in der Taille. er spricht mit dem Stammgast, der die Ohrringe fabriziert. Der große Ohrring hat einen großen Stein in der Mitte. Gedämpfte Stimmen. Nasse Fußabdrücke auf den Fliesen. Aufgeblätterte Zeitungen auf den Schößen. Verkehrsschilder, zwei. Einbahnstraße und Parkverbot. Aschenbecher. weiße Schürzen. Bei Denise waren die Sterne grün erleuchtet, grüne Glühbirnen brannten. Zwei heroinsüchtige Frauen. Die junge schreit die ältere an "Zockst du jetzt schon Behinderte ab?!" "Wenn du einen Behinderten abzockst, bring ich dich um!"

Kopfsteinpflaster. Laster. Auspuff. Pfützen. angeschlossene Fahrräder. Handys. beklebte Laternenpfähle. Gerüste. Baugerüst. Gehen auf nassem Pflaster. Afrikanische Dealer. erleuchteter Gemüseladen.

Autoreifen in den Pfützen. Denise hat innen Dunkelrot gestrichen. Das habe ich durch ein Papierloch gesehen. Ein Auto in voller Fahrt, das Geräusch. Scheibenwischer. Ein Auto wird gestartet. Weihnachtsbäume werden getragen. Lichterkette. Gesenkte Köpfe. Ein Läufer auf dem Asphalt. Über mir das Geräusch eines fahrenden Zuges. Sternschanzen Bahnhof. Klopfen. die Rolltreppe wird repariert. Nass. Nässe. Litfaßsäule. Regenjacken. Kreischendes, stampfendes Kind. Post in der Manteltasche. fühle die Karte von Antje und den Brief von Edda zwischen Daumen und Zeigefinger.

Jemand hält mit den Zähnen ein großes Baguette im Mund fest. Ein Zug holpert, das Geräusch, holprig. Wartende Gäste. Einrollender Zug, Geräusch. Quietschen. "Sternschanze". Pfeifen. "Richtung Elbgaustraße bitte zurückbleiben". Der Zug rollt an, steigert sein Geräusch. Zusammengeklappte Regenschirme werden geführt wie Stabsstöcke. Regiment.

Ein alter Film von Carlo Ponti mit Sophia Loren und Marcello Mastroianni. Während Hitler einmarschiert und ein Fest gefeiert wird, ganz Italien begrüßt ihn, den ganzen Tag über wird gefeiert und was für den Zuschauer anstrengend ist, während dreiviertel des Films werden die schrecklichen Reden übertragen. Vor diesem Hintergrund quasi spielt die Geschichte zwischen Sophia und Marcello. Sie eine Hausfrau mit 6 Kindern, er ein schwuler, entlassener Rundfunk Redakteur. Sie und ihre ganze Familie sind Faschisten, es ist wirklich sehr gut gemacht, wie das gezeigt wird, aber sie begreift trotzdem, dass sie nur in dem Massenwahn gefangen ist und begehrt Marcello. Dass er schwul ist, hält sie nicht davon ab, unbedingt mit ihm schlafen zu wollen. Das hat mich etwas irritiert, dass er nachgegeben hat. Er wird von zwei Leuten abgeholt. Ich weiß nicht, ob er hätte untertauchen können? Er geht mit einem Koffer und einem Bild. Sie schließt das

Fenster aus dem gegenüber liegenden Haus, in dem sie mit ihrer Familie wohnt und geht ins Schlafzimmer zu ihrem Mann, weil er es ihr befohlen hat.
Die schauspielerische Leistung ist enorm, die resignierte Loren und der sich seiner Lage bewussten Mastroianni.

Türen schließen sich automatisch. Manche blicken aus dem Fenster. Rattern des Zuges auf den Schienen. "Fahrrad bitte festhalten. Bitte Rücksicht nehmen", Klebeschild am Fenster. Das Äußere fliegt vorbei. Der Zug läuft ein. Es war eine kurze Strecke bis Dammtor. Manche sitzen gebeugt. Rucksäcke. Frauenstimme. Muster auf den Jacken. Beutel in den Händen. Pfeifen. "Bitte zurückbleiben!" Die Türen geben beim Schließen ein Geräusch von sich. Wieder auf Schienen. Zwischen zwei Bahnhöfen. Innenalster. Ein mit Glühbirnen beleuchteter Weihnachtsbaum auf dem Wasser. Die alte Kunsthalle. Umsteigen. Viel Betrieb auf dem Hauptbahnhof. Getränkeautomaten. Auch hier Nässe. Stimmen aus den Lautsprechern. Unverständlich. Fernes Pfeifen. Slalom durch die Menschenmenge. Frau mit Kinderwagen. Trillerpfeife. "Restmüll" steht auf dem Müllbehälter. Eine rauchende Frau vor dem Abfahrtsplan. Die Eingänge zu den Toiletten stehen auf. Rolltreppe abwärts. Bin nicht die einzige. Nochmal Rolltreppe abwärts. Außer mir wenige. Gehe die letzten Schritte auf der letzten Rolltreppe abwärts. Unterirdisch keine Nässe. Die U-Bahn jagt einwärts. Gelber Regenschirm wird eingerollt. Ein dunkelblauer ebenfalls. Plätze werden frei. Ein junges Mädchen mit Kopfhörer im Ohr. Notbremse. Roter Griff. Kein gutes Gefühl. unterirdisch. Geschlossenheit. Ich bin eingeschlossen. Jagendes Tempo. In der Bahn ist helle Beleuchtung. Zimmerbeleuchtung. Dann draußen. Noch eingeschlossen. Graffitis an den vorbeifliegenden Mauerwänden im spärlichen Licht. Schleifendes Bremsgeräusch. Wieder unterirdisch. Dunkel ausklingendes Geräusch. Absätze auf dem Bahnsteig. Die Türen schließen hart. Beim Anfahren ein

Piepen. Glockenschlag. Ansage "Uhlandstraße". Der Mann mit dem gelben Schirm steigt aus. Knirschen unter den Schuhen, nasse Sandkörner auf dem Bahnsteig. Wieder Glockenschlag. Wieder Haltestelle. Hier muss ich aussteigen. Auch der Mann mit dem dunkelblauen Schirm macht sich bereit. Gedränge. eine Masse steigt aus. Berufsschüler? Ein junger Mann trägt sein Fahrrad die Treppen hoch, geht wieder zurück, lässt die Masse vorbeigehen. Einer blickt auf die Uhr. Blumenladen.

    Anfangs besuchte ich Knut auf dem Land. Zwar verband die Bewohner des Anwesens die Arbeit, dennoch hatte ich das Gefühl von einem zusammenhanglosen Haufen, in dem ich desorientiert war. Er hatte es sehr eilig mit mir in den Wald zu fahren und wie getrieben suchte er nach einem Platz, wo er mich vögeln konnte. Auch wenn ich mit ihm immer zum Orgasmus kam, blieb mir dieses Mal ein Gefühl der Fremdheit. Wenn ich unsere sexuelle Beziehung auf die Länge sehe, war er stets erpicht darauf, er hatte etwas Drängendes, als wenn er eine Notdurft verrichten musste. Konnte das noch etwas mit seinem ersten Erlebnis in einem Londoner Puff zu tun haben? Dort begegnete er als Jugendlicher zum allerersten Mal einer nackten Frau, als er auf ihr lag, war er so erregt, dass er ejakulierte bevor er in sie eingedrungen war. Auch sein Essen verschlang er gierig, allerdings blieb er im Gegensatz zu mir, die auch zwischen den Mahlzeiten aß, bescheiden.

    Luftknappheit. Trockenheit im Mund. Ein durchnässtes Plakat hat sich von der großen Stellwand abgelöst. Zusammengesunken und nass wie ein Häufchen Elend liegt es vor der Stellwand. Die U-Bahn ruckelt bedrohlich. Rüttelt am Körper herum. Die Frau mir gegenüber lutscht einen Bonbon. Die U-Bahn jagt vorwärts. In der Erde. Die Gesichter spiegeln sich in den Scheiben. Meine Mütze fällt auf den nassen Boden. Sie ist schwarz. Eine Baskenmütze. Anselm mochte sie mit meinem orangefarbenem Rucksack zusammen. Habe Anselm gemalt. Es kommt mir so vor. Ein Phantasiekopf und plötzlich sehe ich ihn darin. Ausgestiegen. Mir ist schlecht geworden. Die U-Bahn schaukelte wie verrückt. Anselm ist einmal verlassen worden, das hat ihn sehr getroffen, er wollte trotz Tochter nicht zurück, denn er fand bald eine neue Frau bzw. diese hat ihn nicht mehr los gelassen.

Verlassener Bahnsteig. Zwei Männer mit Bierdosen kommen die Treppe herunter. Eine Frau eingehakt bei rauchendem Mann auf der Rolltreppe. Sie trägt eine weiße Jacke. Blond. Fremde Sprache. Nasse unterirdische Verbindungswege. Oben Fensterputzer. Container mit Pappe gefüllt. Beleuchtete, große Weihnachtsbäume. Zwei junge Männer stoßen Rauch aus. Wieder unterirdisch. Wieder Luftprobleme. Fahrgäste auf der Bank. Jemand steigt die Treppen aufwärts, das Geräusch. Volle U-Bahn. Letzter Wagen. Das Schaukeln ist gleichmäßiger, Übelkeit wie auf dem Schiff. Die Frau mir gegenüber, blond, hustet. Neben mir hält eine Frau ihren Regenschirm fest. Die Blonde schlägt die Bildzeitung auf. Neben mir fällt der Frau der Riemen ihrer Tasche von der Schulter. Sie zieht ihn wieder hoch. Die dritte Frau hat die Hände gefaltet. Sie liegen im Schoß. Von hinten dringt das Gelächter eines Mannes. Hier und da Unterhaltung.

Mir fiel eine fotografierende Frau auf. Sie sagte, sie mache die Aufnahmen für den NDR, es gehe um eine Plakatkünstlerin, die sich nicht gerne zeigt, deshalb würde sie andere Frauen, die zufällig hier entlang kämen, filmen, die vielleicht die Künstlerin sein könnten. Ich meinte, ob das denn statthaft sei? Doch, sagte sie im öffentlich Raum dürfe man die Leute fotografieren. Wenn sie mich jedoch zum Beispiel von nahem fotografieren würde und in der Sendung sagen würde, ich sei bei der Stasi gewesen, „dann wäre das kriminell", entfuhr es mir. „Genau!", sagte sie. Trotzdem war ich ein bisschen betroffen darüber, dass ihr das mit der Stasi zu mir einfiel. Sah ich denn so aus? Wie sah ich denn aus? Es war Winter, bitterkalt, „eiskalt" ist es, hatte ich zu den Flüchtlingen gesagt. Ich trug also einen schwarz weiß melierten bzw. schwarz grau melierten Wintermantel, einen schwarzen Wollschal und eine schwarze Wollmütze, die viel von meiner Stirn bedeckte und die Ohren. Mein weißes Haar lugte hervor. Gewiss vom Alter her könnte das hinkommen und meine Aufmachung war ja auch eher vermummt. Ich sah nicht gerade verspielt aus, sondern nüchtern, sachlich. Tja, wer weiß, was passiert wäre, wenn meine Eltern in der DDR geblieben wären....

Eine alte Frau mit Krücken geht die Treppen einer Kirche hoch. Kreuzkirche. kleiner Flachbau zwischen zwei Wohnhäusern, unauffällig. Auf dem Haar eine durchsichtige Plastikhaube. Niemand öffnet. Sie steigt die Treppen wieder runter, geht zu einem anderen Eingang, Souterrain. Durchs Fenster sieht man ein Kaffeekränzchen, Weihnachtsschmuck, ältere Personen. Eine junge Frau, blond, heller Rippenpullover, ein paar Häuser weiter, sitzt lesend im Fenster, die letzten Tropfen Tageslicht. Die Luft ist stickig. dreckig und nass. Ein Auto gibt Vollgas, um die Bürgersteinkante zu überwinden. Kleine, erleuchtete Birnen im Fenster bilden einen Weihnachtsbaum. Ein Fahrrad ohne Vorderrad und Sattel steht angeschlossen an einem Verkehrsschild. Autos jagen über den Ring, zweites Langes Warten auf Grün. Bunker mit Graffiti. Autos jagen durch Pfützen. Alle mit Licht. Eine Vespa, ausgeraubt, verelendet an einem Baumstamm.

Ein schreckliches Buch. Ein junger Mann hat beschlossen, dass ein bestimmtes Mädchen „seins!" werden soll. Durch Trickserei verschafft er sich ihre Nähe und wird besitzergreifend. Er ist der Überzeugung, sie „muss" ihn lieben, um dadurch seine Liebe zu ihr zu würdigen. Sie sträubt sich immer wieder, seine Wut über ihre Ablehnung steigert sich, als wenn ihn das in seiner Ehre kränkt - man spricht heutzutage so viel von Ehre. Er vergewaltigt sie, es ist furchtbar wie er sie wehrlos macht immer in der Überzeugung, es sei sein Recht, weil ihre Ablehnung seine Würde zerstört, also will er mit Gewalt ihre „Liebe" erzwingen. Das Mädchen stirbt schließlich und wenn ich das richtig verstehe, er später auch, weil sie vergiftet war von Drogen oder sie hatte Aids, das er nun bekommen hat. Will er damit sagen, dass ihre Ablehnung darauf beruhte, dass sie Aids hatte, sie ihn also gar nicht ablehnte? Perfide!

Wieder vibrierender Bus. Schülergruppe, groß. Schnalzen mit Kaugummi. Lärmen. Turnen an Stangen. Schwingen. Knuffen. Schlagwörter. Verletzter Unterleib. Beiderlei Geschlechts. Hitzewelle über Hitzewelle.

Keine Handschuhe in der Tasche. Ein Auto steht und lässt den Motor laufen. Wieder der Krankenwagen. an derselben Stelle. Die Türen schlagen zu. Das wird wieder die alte Frau im Rollstuhl sein. Ein stehendes Lastauto blinkt. Ziehe den Schal über mein rechtes Ohr. Der 182iger. Eine Frau steht im Gang und hält Tannengrün gebündelt in der Hand. Eine andere Frau hat die Morgenpost aufgeschlagen. Ein Krankenwagen mit Blaulicht und Sirene. Der Busfahrer jongliert, man muss sich festhalten. Der Regen hat aufgehört. Eine Frau mit Kopftuch, Stoffbeutel und Hund überquert an der Ampel die Straße. Grüne Fensterrahmen, Schlankreye, 12 kleine Rechtecke bilden ein Fenster. Morgenpost Überschrift "Razzia im Hurenhaus". Zwei Männer mit zwei angeleinten, größeren Hunden. In hellblauer Schrift steht an der Rückenlehne des Vordersitzes "Reeperbahn". Sternschanzen Bahnhof. Plakate liegen zusammengesunken vor der Häuserwand, von der sie durchnässt herab gefallen sind, unter der Brücke. Frau mit Kinderwagen und erwachsener Begleitung, türkische Sprache. Mann mit freilaufendem

Hund. Hundeleine hängt aus der Hosentasche. Männer von der Müllabfuhr in orangefarbenen Anzügen kommen aus einer Bäckerei. Ein älterer Mann beugt sich über ein Fahrrad, stützt seine Ellbogen auf dem Sattel auf. An der Hauswand steht in schwarz "Rassistische Kontrollen angreifen". Eine Frau wartet am Bordstein, bis sie die Straße überqueren kann. Müllsäcke mit braunem Klebeband verschlossen. Aufeinander geworfen. Jemand hämmert, das Geräusch kommt aus der Nähe des Gemüseladens, kurdischer. Eine junge Frau mit schwarzen Stiefeln bis zu den Knien, darüber Seidenstrümpfe. Wieder das Gehämmer, aus der Ferne. Beim Zeitungsladen steht die Tür auf. Sehe von weitem die erleuchteten, grünen Glühbirnen, die den Stern bilden, Denises Laden in der Susannenstraße. Es gibt zwei Sterne, aber nur einer ist erleuchtet. Keine Sonne, aber auch keine Finsternis. Schulterblatt. Altrosane Müllbeutel zu Hauf. Zwei Holzbänke ohne Lehnen vor dem italienischen Laden. Auf dem schmalen Trottoir breitet ein junger Mann mit Brille und Kapuze Bücher und Postkarten auf einem Tapeziertisch aus. Über mir im Café Pastelaria dreht sich ein dreiarmiger Ventilator. Einer dunkelhäutigen Frau fällt der Name des portugiesischen Präsidenten nicht ein. Am Tresen weiß man Bescheid. Auf dem Boden große, schwarze und weiße Quadrate. Roter Belag auf dem Tresen. schönes, mildes Rot. Ein großer, junger Mann drückt seine Zigarette im schwarzen Porzellanaschenbecher aus. Er trägt eine Strickmütze. Bin froh, wenn die Tür aufgeht. Wegen der Luft Auf der Türscheibe weiße Glocken. Träumte von Niko, gingen in inniger Umarmung, ein Herz und eine Seele, Wärme, dann plötzlich auseinander, Gefühlskälte, oberflächlicher Umgang. Tatsächlich bin ich heute mit ihm verabredet. Im Rahmen seiner Arbeitszeit. Im "Cafe Strauß". Niko schreibt später per Email, dass er mich nicht mehr sehen möchte, denn wir hätten uns nichts mehr zu sagen. Wir hatten uns nie viel zu sagen, besonders er teilte sich nur sparsam mit, aber es traf mich doch unverhofft. Ich mailte ihm zurück, er sei ein Arschloch, sich feige per Mail

„verabschiedet" zu haben.

Mit geht es schlecht, denn ich weiß, was es bedeutet, nicht weg zu können, sich in der Gefangenschaft eines Menschen zu befinden. Ich habe das Buch so flüchtig durch gelesen, weil ich mein zunehmendes Grauen spürte.

Zurück zu der Frage, ob man so ein Manuskript veröffentlichen soll. Es erinnert mich an die gestrige Runde mit Elisabeth in der Sendung „28 Minute" auf Arte, in der es um einen Dokumentarfilm über Salafisten ging, der wohl äußerst brutal sein soll, bzw. der Produzent beteuerte immer wieder, dass er nicht brutal sei, auch die Bilder nicht, da sie nur die Wirklichkeit der Salafisten zeigen und also als Informationen nötig seien, aber die anderen haben die Bilder als brutal eingestuft, als Propaganda für die Salafisten empfunden und fragen, ob das nötig sei, denn im Internet kursieren schon massenhaft diese abstoßenden, brutalen Bilder.

Die Frau an meinem Stehtisch schnupft in eine weiße Serviette, trompetet. Dann geht sie in ihr Ohr und rüttelt, sie trompetet erneut. blickt währenddessen in eine aufgeschlagene Morgenpost. Jetzt geht sie mit dem Finger in die Nase, dann fährt sie sich mit der ganzen Hand in den Nacken, schließlich greift sie in ihre Haare. Das geht mir zu nah, ich wechsle den Tisch. Einer mit Bierdose und Rasterlocken kommt rein und lehnt sich an die Wand. Portugiesische Stimmen. "Zwei Croissants mit Schinken". Starkes Geräusch, der Löffel fällt ins Glas.

"Die Polizei kann das Drogenproblem aber nicht lösen, wir können nur die Szene auf Trab halten." steht an der Roten Flora. Auf der anderen Seite vom Eingang "Bullen verpisst euch! Für nötige Freiräume statt law and order konsens." "Widerstand" steht in großen roten Buchstaben und "Gegen repressive Drogenpolitik". Über dem Eingang steht "Die Gunst dem Pöbel". Heute ungewöhnlich wach. Das wache Gefühl ist ein so gutes Gefühl, wohltuend, frische Brise. Halte mein rechtes Ohr zu, wegen Zug, es gibt zugige Ecken. Die afrikanischen, jungen Dealer bewegen sich langsam die Straße runter, Susannenstraße. Biege in die Bartelsstraße. Schild "Mädchentreff". Sehe drinnen ein Mädchen im Gespräch mit einer Frau, nicht sehr hell. Breite Eingänge, die zu den Hinterhöfen führen, in die Gefahr. Dem Hinterhof ausgeliefert. Eingekesselt. Die Meute wirft sich auf dich. Lässt dich nicht los. Du bist ihr Opfer. Die Meute braucht immer ein Opfer. Aber auch einzelne brauchen ihr Opfer. Die Durchgänge sind ja schon gefährlich. Von der Straße in den Hinterhof. Verlassene Gegend. Dunkel. Im Durchgang bist du wie in einem Schlauch, du spürst die Wände um dich, sie legen sich um deinen Körper wie die Wände eines Schlauchs.

Erst jetzt hat sich ein Missverständnis zwischen mir und Knut aufgelöst. Er fragte mich bei einem unserer ganz seltenen Treffen, ob ich mit Guy, dem französischen Bildhauer, bei dem ich arbeitete bzw. lernte, geschlafen hätte? Ganz erstaunt war ich über seine Frage. Nein! Sagte ich. Er hatte das jedoch immer gedacht und ist vielleicht deshalb – so kommt es mir in den Sinn – mit einer Frau aus meiner Wohngemeinschaft nach Berlin verreist. Sie sagte nach ihrer Rückkehr, dass Knut mit ihr schlafen wollte, sie habe das abgelehnt meinetwegen, sie seien nur zärtlich gewesen. Knut sagte gar nichts und ich stellte ihn nicht zur Rede. Wir waren überhaupt sehr ungeübt im darüber Reden. Doch erinnere ich mich, dass ich einmal vorschlug, vor seiner Wohngemeinschaftsgruppe unseren Konflikt – ich weiß jedoch nicht mehr, worum es ging – zu behandeln, aufzuklären, aber das lehnte er ab. Guy jedenfalls gab mir den Laufpass, weil ich nicht mit ihm schlafen wollte, aber angeblich weil ich plötzlich den Gips falsch anrührte und alles andere falsch machte.

"Fritz Bauch" auf der anderen Seite. dunkel. Presslufthammer Geräusch in der Schanzenstraße. Müllabfuhr, der Wagen, das Geräusch. Spruchband "Weihnachtsbäume". Ludwigstraße. An der Hauswand steht "Zeit ist Geld. 100000 Wagenplätze", dann wird der Text unleserlich. Zuletzt liest man "Fight". Große Schrift. Auf einem verriegeltem Fenster steht " Jetzt oder nie: Anarchie!" Auf der anderen Straßenseite in goldenen, großen Lettern steht "Knaben Schule" und "Mädchen Schule". Ein größerer Hund ohne Begleitung läuft behend den Gehweg entlang, überquert die Straße, biegt in die Sternstraße ein. Ruhig. In der Ludwigstraße wurde 1874 auch Carl Hagenbeck mit seinem ersten Zoo ansässig, der bis hin zum Pferdemarkt Raum hatte. Zwei Fenster mit Decken verhangen. Zerplatzte Farbbeutelflecken an der Häuserwand, ein roter und zwei braune. Es steht geschrieben "Miete ist Raub!" In der Augustenpassage steht in rosa Buchstaben an einer Hauswand "Nazis von der Straße fegen. Auf nach Rostock". Fast drei Monate steht das schon hier. Patricia wohnt in dieser Passage, habe sie lange nicht gesehen. Im Hauseingang ein Mädchen auf der Treppe Fotoabzüge betrachtend. Beckstraße. Hier wohnte Gilbert mit Jose zusammen, Franzose und Chilene. "Stopp Castor" "Stilllegung aller AKWs. Ein Fahrradschlauch ist um ein Straßenschild gewickelt. Ein Fußgänger, das Geräusch. An einer Haustür steht "Bitte keine Werbung". Afrikanische Stimmen hinter mir. Eine junge, schwarz gekleidete Frau schiebt ihr gelbes Fahrrad. Sie blickt sich nach dem Hund um. Auf der anderen Seite das Atelier der Schlumper. Ein Kind stößt eine Dose mit dem Fuß vorwärts, das Geräusch. Ein pfeifender Mann zu Boden blickend, schnell gehend, mit einer Zeitung in der linken Hand und einer Einkaufstüte in der anderen. Ein türkische, kleine Frau in langem Mantel und Kopftuch, ihr Fußtritt auf dem Gehweg. Eine Laterne mit der Hausnummer 39. Plötzlich sind Vögel da. Fliegen hoch über mir und kreischen, sind schnell wieder weg. Denke an Frühling und an die beiden jungen Frauen, die ich im Hausflur traf mit gesammelten Ästen. Sie wollten ein Vogelhaus bauen. Die eine von ihnen hält einen Hund. Oskar. Ein lieber. Eine dicke, junge Frau steckt sich etwas zu essen in den Mund. Bemalter Bauwagen. Zur Ecke hin wohnt Dario, nachtblind. Er suchte eine neue Wohnung, wegen dem Geruch im Sommer vom Schlachthof. Ob er eine gefunden hat? Telefonzelle Ecke Sternstraße Ludwigstraße. Rufe Clemens auf der Arbeit an, dass ich, falls Niko nicht absagt, nicht komme, dann am Freitag. Ein Auto startet. Ein Mann hält sein Gesicht in das Loch eines grünen Glascontainers. Finde die Barmherzigkeitsgalerie nicht. Abblätternde Farbe von der Hauswand. "Es geht mir heute besser als gestern" sagte ich beschwingt zu Clemens. Er: "Das merke ich" und "Vermittlung, Guten Tag". Jetzt stehe ich davor, Galerie 7/8 Barmherzigkeit. Rosa Folienpapier mit roten Äpfeln decken das Fenster ein. Durch den freien Teil der Fensterscheibe sehe ich kleinformatige Bilder. Vor dem Haus liegt eine umgekippte Stelltafel, drauf steht "Hamburger Abendblatt". Schräg gegenüber die "Lagerbar". In der Lagerstraße steht an einer Hauswand "Now it`s time for the revolution". ein paar Häuser weiter steht auf Sichthöhe "Bullen - Kurdenmörder" und noch ein Haus weiter steht "Bambule verteidigen!" Komme an der Volkshochschule in der Schanzenstraße raus. Im Hinterhof das Kino 3001, "Himmel über der Wüste" habe ich hier gesehen. Gehämmer aus einem Haus. Ein Mann pfeift seinen braunen Hund heran. Lange Plakatreihe bis zum Sternschanzenbahnhof. George Moustaki in der Fabrik. Herr Holm St Pauli Theater. Kruder Dorfmeister. Tango Passione im CCH. Universal Party in der Mensa. Rocky Horror Show im Buddy Musical Theater. Release Party im Tunnel. Afrikanische Weihnacht in der Fabrik. The harlem Gospel Singers im CCH. "Oh wie schön ist Panama" im CCH, das erste Janosch Musical. Studentische Telefonseelsorge: "Du warst schon immer eine Niete. Im Studium und jetzt im Bett!". Alster Radio Oldie Party. Planet Subotnik. Chris Farlowe in der Fabrik. Evita im CCH. Bube Dame König.

The King Tour in der Großen Freiheit. Addict. Am Sternschanzenbahnhof stehen afrikanische Dealer. Auf dem Balkon Wäsche, die Balkontür geöffnet. Eine junge Frau mit Nasenring. Der 182iger. Riesige, glatte Straße, Schäferkampsallee. Auf einem Balkon ein Weihnachtsbaum mit bunten Kugeln. Vor mir sitzt eine alte Frau mit goldgelber Baskenmütze und goldener Brosche am Mantelkragen, Perlen und Türskissteine. Grölender Schülerhaufen. Rauferei. Wieder Schlagwörter. Aufwallende Hitze.

Die Wohngemeinschaft mit Erwachsenen und Kindern, die ich gegründet hatte, hielt nur zwei Jahre in der alten Besetzung. Knut besuchte mich natürlich in meiner neuen Wohnung. Wir lagen im Balkonzimmer im Bett, das an die Nachbarwohnung grenzte. Ich erfand eine Geschichte, an der wir gemeinsam weiter sponnen, aber Knut hatte ein sadistisches Gefallen daran, meine romantische Entwicklung in der Geschichte zu zerstören. Er brachte das Boot, in dem ich uns beide sah, zum Kentern und hatte einen diebischen Spaß daran, meine Enttäuschung zu sehen. Ich bot ihm an, eine Arbeitsstelle in HH zu suchen, in der Heinrichstraße im Kinderhaus nachzufragen, er könnte bei mir wohnen und ich würde weiterarbeiten, meine Beurlaubung aufschieben. Nein, er wollte nicht zurück nach HH.

Einer winkt jemandem durchs Schaufenster zu. Dunkelheit fällt. immer noch um eine frühe Uhrzeit. 15.30 Uhr. Höre meine Tritte auf dem gepflasterten Gehweg, quadratische Betonplatten. Gelbe Plastiktüte auf Fahrradsattel. Ruhige Straße, Wiesenstraße. Eine Madonna über dem Eingang 25. Fenster ohne Gardinen. Gehe quer über die Straße. Postauto. gelb. Ein schnittiges, blaues Auto. Ein schönes Blau, mild. Ein schöner Schnitt, hingeworfen, spontan. drehe mich aber nicht um. Ein betagter, langer, hagerer Mann kurbelt an einer Stange die Markise zurück. Eine Frau trägt über den Arm gelegt, Kleidungsstücke mit durchsichtiger Schutzfolie. Leere Colaflasche in aufgeschüttetem Erdhaufen, rote Buchstaben. Eine Frau beeilt sich bei Grün über die Straße zu kommen. Rote Christsterne in den Schaufensterauslagen, Osterstraße. Dunkelhäutiger Mensch liest Brief auf der Straße. Niko. Das Treffen. Habe nicht gesagt, dass ich von ihm geträumt habe. Das liegt zurück. Heute träumte ich von mehreren Menschen, die alle etwas von mir wollten, irgendwann sagte ich: „Mir reicht`s"! Ich stand, während ich das sagte, auf. Da gingen sie endlich, die Nachbarin von der anderen Straßenseite, zwei Frauen vom Sport. Als sie weg waren, fragte mich ein Mann um die dreißig, ob ich einen Kinderfilm kennen würde. Ich vermutete, er wollte mit seiner Freundin, die vielleicht ein Kind hatte, in den Film. Oder war es ein Annäherungsversuch? Ich fand ihn sympathisch, hatte ihn aber am Anfang des Traums mit einer Frau erlebt, ich hatte das Gefühl sie seien ein Paar.

Wieder mal hielt ich an der Volkshochschule an, denn ein paar Flüchtlinge berieten sich, wie es denn heißt, ich suche oder ich brauche eine Wohnung. Sie hatten Pause. Es war mir ein Vergnügen, mit ihnen ein bisschen Deutsch zu üben. Die Frau kam aus dem Irak und wohnte in einem Container in Schnelsen, Ein Mann aus Syrien stand im Kreis, er hatte ein krankes Kind zu Hause, d.h. im Container. Der zweite Mann hieß Raschid und kam aus Palästina wie er sagte, er wohnte U-Bahn Wartenau. Ihre Lehrerin kam von der Pause zurück und die drei verabschiedeten sich von mir. Vielleicht sehe ich Raschid oder Wassan, die Frau, noch einmal wieder. Möglich, dass ich auch den Syrer wieder erkennen würde, obwohl er von seiner Erscheinung her sehr unauffällig aussah.

Gestern zufällig Wassam und Raschid mit zwei anderen wieder gesehen, die vor der VHS eine Zigarettenpause machten. Sie waren untereinander im Gespräch, ich rief „Wassam!", wir freuten uns. Jemand fragte, warum ich nicht rauchen würde. Ich sagte ihnen, dass ich früher einmal geraucht hätte, aber jetzt, und zeigte auf meine weißen Haare, nicht mehr. Ich konnte es wegen der Sprache nicht zu kompliziert machen. Wir einigten uns auf das Wort „Gesundheit". Wassam sprach auch Englisch. Rachid sagte, er sei Ingenieur für Geologie und auf diesem Gebiet für Quality Controling. Der Syrer, dessen Name ich vergaß, sagte, wie schon letztes Mal, dass er eine Wohnung brauche. Er sagt das so, als müsste ich eine aus dem Hut zaubern. Mit ihm war noch einer, von dem ich nicht weiß, woher er kam. Nun ja, unsere kleine „Plauderei" währte nicht lange, die Pause war zu Ende. Wie soll ich Wassam beschreiben? Sie ist ziemlich klein, vielleicht pummelig, mit dunkler Mütze und dunklem Rollkragenpullover. Rachid hatte heute eine andere Jacke an, eine helle, letztes Mal war es eine rotviolette Steppjacke, er trägt eine Brille und in seinem schwarzen Haar befinden sich schon graue Haare.

       Wieder unterwegs. Kälter als gestern. Heute anders angezogen als gestern. Alles ganz anders als gestern. Braunes Licht. Metallschild "Bücherhalle", zerbeult. Sirenen von der Fruchtallee her. Trage heute Wollhandschuhe, dünnere, schwarze. Schwarze Jacke. Gestern hellbrauner langer Mantel, mit Spielraum. Stimmung gebremst. Ekel. Metallzäune, strenge Form, grau. Ring 4spurig. Autos fließen, rollen, schnellen. Bei einer roten Ampelphase laufe ich auf die andere Seite, zwischen den stehenden Autos mit laufendem Motor. Eine alte Frau bewegt sich langsam vorwärts, gebeugter Rücken. Krückstock, Blick nach unten. Fahrradkurier mit rosa Oberteil. Ein Postbote mit Päckchen in einem Hauseingang, drückt auf die Klingel. Wäscherei und chemische Reinigung, aus dem Schornstein dampft es. Motorrad mit silberfarbenem Überzug, Regenschutz. Meisnerstraße. Schild eines Steuerbevollmächtigten an einer Hauswand. Kleinkindergruppe mit zwei Betreuerinnen.

Aljona, langes Rosenkleid, dreiviertellanger, brauner

Lackmantel, schwarzer Schal, grauer Hut, orangefarbene Synthetiktasche, groß. Fridolin hat sich in eine andere Frau verliebt. Sie hat bei einer Freundin übernachtet. Sie möchte bei einer Zeitung arbeiten, bei "mare" oder "Dao". Mare geht künstlerisch an den Text heran, sagt sie und Dao, weil sie selbst seit langem Tai chi ausübt.

Eine dunkle Figur kommt aus einem Toreingang, bewegt sich stark, offener wehender Mantel, längeres welliges Haar, wehend.

Neben mir hier im Café Carlos sitzt ein Serbe, ich erkenne die Wörter „widim"; tscheka", „chest"; „dobro", weil ich damals eine Flüchtlingsklasse unterrichtete, die vor dem Krieg geflohen waren. Es war zugleich eine Alphabetisierung, denn sie waren vorher noch nicht in der Schule. Das Konzept war nicht optimal, denn in der Klasse waren ja keine deutschen Kinder und so sprachen sie wieder in ihren Sprachen, serbisch, kroatisch, bosnisch. Später, als alle das Containerdorf verlassen mussten, in ein anderes, entferntes umzogen, kamen sie natürlich auch nicht mehr in diese Grundschule. Ich besuchte aber ein Mädchen dort und wir gingen auch mal auf der Alster Schlittschuh laufen, aber viel Spaß daran hatte sie nicht, glaube ich. Aber wie auch, das hätte man mit mehreren Kindern machen müssen, dann wäre sie sicherlich lebhaft dabei gewesen..Ich schenkte ihr noch rot karierten Rucksack, aber auch da bin ich mir unsicher, ob ihr der gefiel. Ich habe immer noch ihre Bilder, die sie mit Buntstiften gezeichnet haben, meistens zeigten die Bilder die zwei Welten, in denen sie hin und her gerissen waren. Zum Beispiel wurde auf einem Auto vorne eine Deutschlandfahne gehisst und auf dem hinteren Teil eine kroatische. Auch ihre Portraits, die ich aufnahm, habe ich noch, Das liegt nun schon über 20 Jahre zurück.

Laufen über einen Ampelübergang. Junge Frau mit feuerrotem Haar, weiße Winterjacke, wetterfest. Frau mit dunkelgrünem Kapuzenmantel, rote Plastiktüte. Hospiz. unansehnlicher Bau. Rote Gauloise Packung auf dem Boden. Nackte Astarme greifen in den Himmel. Nackter Stamm, rindenlos. Runter geschnittene Hecke.kahl. Leerer Spielplatz, für Kleinkinder, Sand. Türkische, junge Frau mit Kleinkind. Hellblaue Himmelspassagen, pastellig. Frau mit Einkaufswagen auf zwei kleinen Rollen, hinter sich herziehend, das Geräusch. Ausländisches Paar, beleibt, lebhafte fremde Sprache. Laterne ohne Glasverkleidung, Kuppel. Neues Arbeitsamt, Ecke Marthastraße. Nebenan stehen funkelnagelneue Autos im Laden, harter Lack, bieten sich an, zum Verkauf. Glitzernde hellweiße Passagen am Himmel. Zwei hohe Tannen im Vorgarten, eine mit braunen Nadeln. Hochhaus, 20 Stockwerke. Schild "Reichsbund der Kriegs - und Wehrdienstopfer" , an Hauswand. Gelbe Sonnenfelder am Himmel. Abendsonne, passagere. belichtete Baumspitzen. Benutztes Tempotaschentuch auf Rasenfläche, hingeworfen. Moderne Parkbänke. Schwarzer Pudel mit roter Winterdecke auf dem Rücken. Efeuberankte Baumstämme. Mann auf Parkbank, Krücken abgestellt. Kindertagesheim. Hinweisschild "Rettungsfahrzeuge". Alte Frau mit hellblauer Strickmütze auf blondem Haar in der Emilienstraße. Warte bis rotes Auto vorbeigefahren ist, gedämpftes Rot. Grundschule, flacher Bau. Sportplatz ohne Läufer. Ein Auto wendet. Abendlicht strahlt Dächer an, um 16.00 Uhr. Sirenen von weitem. Grüne Miettoilette, Container. Blauer größerer Fleck auf Backsteinwand, mittelblau. Zweiter Sportplatz, unbemannt. Kleinkind mit weißer Strickmütze ruft "Mama". Körbe mit Apfelsinen, Zitronen, Pampelmusen, gelb, orange. "Lungen und Bronchialheilkunde", Schild. Kneipeneingang, die Tür geöffnet. "Großer Weihnachtsmarkt im Obergeschoss", Plakat hinter Glas an Karstadtwand. Kinderkarre mit bunten Rädern. Überfüllter Müllbehälter an Pfahl mit Verkehrsschild. "Pfahlbürger" "veraltend für" "Kleinbürger".

Flugzeug im Himmel, das Geräusch.

Die kalte Luft heute morgen erinnerte mich plötzlich an den zugefrorenen See in der Nähe des Dorfes, dass Knut für sein neues Leben auserwählt hatte oder war es vorher, denn seine Wohngemeinschaft hatte auf dem Land ein Domizil, ein Bauernhaus. Es kann auch dort gewesen sein. Ja natürlich war es dort, denn wir waren mit seinem freund und dessen Freundin dort. Ich erinnere mich, dass ich mich bei den beiden im Zimmer heulte, denn Knut hatte mir gerade eröffnet, dass er wegginge. Sein freund sagte zu mir und seiner Freundin, das würde er nicht machen, denn daran würde die Beziehung zerbrechen, könnte, könnte sie zerbrechen. Ich sehe mich in meinem langen braunen Fellmantel, ich glaube damals bei dam torki am winterhudermarktplatz gekauft, ein indischer Laden. Indische Kleidung war damals gang und gebe, in meinem fall waren das die indischen Wickelröcke und der braune Mantel mit dem zotteligen braunen langhaarigen Fell innen. Wir standen beide, die Freundin seines Freundes und ich, am Rande des Sees, während die Männer auf der Mitte des Sees Schlittschuh liefen. Vielleicht hatten wir auch schon unseren Schlittschuhlauf beendet oder waren nur langsam über den See spaziert. Der Mantel hatte keinen Gürtel, aber weil es so unglaublich kalt war, hatte ich einen Hosengürtel benutzt und die Schnalle zugezogen. Frierend stand ich am Rande des geschlossenen Sees, die Freundin des Freundes stand neben mir am Rande des zugefrorenen Sees.

Nieselregen. Hinkender Mann mit rollendem Einkaufswagen hinter sich herziehend in der rechten Hand. U Bahn, das Geräusch. "Ein Leben nach dem Hurrikan. Nicaragua. Hamburgs Partnerstadt braucht unsere Hilfe" kleineres Plakat an der U-Bahntür. Junge, blonde Frau mit hellroter Jacke blickt mich an. Frau mit zwei Sternen an den Schuhen, rot und blau, sanfter Ton. Andere Frau überholt mich auf der Rolltreppe. Es geht aufwärts. An einer

Hauswand steht "Bullen raus" "Heroindealer verpisst euch" "Legalisierung aller Drogen" "Bleiberecht für alle". Das Haus liegt an einem Verbindungsweg von Sternschanzenpark und Kleiner Schäferkamp. Bei "Jerwitz" im Kleinen Schäferkamp weiße Ölfarbe gekauft. Silbriges Fahrrad. Theresa? Wieder zu Jerwitz rein. Keine Theresa. Entlang dem Haus mit den Äußerungen an der Wand ist Erde aufgegraben, freiliegende gemauerte Kellerwand. Erinnerung an Anselm. "Wir haben schon wieder Wasser im Keller" sagte er. Bierdose im Gebüsch. Flügelschlagen der Vögel. Am Wasserturm steht "Hände weg vom Wasserturm" "Kein Kommerz". Ende der 80 Jahre verkauften die Hamburger Wasserwerke den Turm. Der Käufer hätte hier gerne eine Hotelanlage eingerichtet. Die Drogenszene im Park veranßte 1997 zum Rückzug. Junger Mann geht mit schwarzem Hund auf der Wiese spazieren, feucht. Krächzende Vögel. Ruppiger Wind. Dealer stehen herum. schlendern. Ein junger Mann joggt. Weiße Tauben stehen schlummernd in der Mitte des großen Sportplatzes, rötlicher Sand, hoher Drahtzaun, unzählige, senkrechte, dünnere Stäbe und kürzere waagerechte, zähle 12 Tauben. Frau mit Kind im Tragetuch, vorne. Auf dem Kopfsteinpflaster ein samtiger feuchter Film.

  Wenn ich in die Situation hineingehe, stehe ich immer noch am See. Der Schnee fällt und fällt, schließlich bin ich davon ganz bedeckt wie schon die Tannen, die Bäume hinter mir. Ich verschwinde, bin nicht mehr sichtbar, bin ein Baum geworden. Niemand erkennt mich. Vorübergehende sehen einen schneebedeckten Baum, einen von vielen. Ich bin in die Natur eingegangen, in die Gemeinschaft der stummen Bäume.

  Ein junger Mann legt sein Handy neben meine Espressotasse. türkische Sprache. Hände werden abgewischt. Geräusch der Espressomaschine, ein Kreischen? Sägen? "Tschüs. Danke" Hinter der Theke ist der

Fußbodenbelag abgestoßen, dort, wo sie immer gehen. Durch die Glastür sieht man eine lächelnde, langhaarige Frau und einen Mann auf die Tür zukommen. Das Handy neben mir pfeift. Der türkische junge Mann nimmt es auf und entfernt sich ein paar Schritte. Milchschaum wird durch die Düse der Kaffeemaschine hergestellt. Ich bin sicher, dass Clemens in seinem Mund mit seiner Spucke dieses Geräusch nachmachen könnte. Espressomaschine, Bohnen werden gemahlen. Zuckertöpfe aus Glas werden aufgefüllt. Portugiesischer Mann mit Kinderkarre und Schiebermütze, schlafendes Kind, laute Sprache. Frauengesicht im Spiegel. Gestapelte Gläser mit Henkel, alle durchsichtig. Portugiesin hinter dem Tresen trägt größeres, durchbrochenes, silbernes Kreuz auf schwarzem Rollkragenpullover. "Es wird ja auch schon wieder dunkel draußen", sagt eine hinausgehende Frau zu ihrer Begleitung. 107 Uhr. Eine unruhige Frau nimmt einen Happen, dann geht sie ein paar Schritte. Wenn der Happen aufgekaut ist, nimmt sie einen neuen und geht wieder. Sie geht und kommt, immer ein paar Schritte. Trinken geschieht schluckweise mit Gehen dazwischen. Nervosität. Irritation. Packen weißer, dünner Papiertüten an der Wand, zum Abreißen. Ein junger Mann mit sehr breitem Silberarmband, vielleicht 6 cm breit. Schön. Glänzend. "Es war sehr mühevoll." "Aber manchmal habe ich gedacht: Mann, mach den Mund einfach auf!" sagt ein junger Mann am Nebentisch. Runde Bistrotische, in der Maserung sehe ich Gesichter.

Knut fühlte sich insgeheim von meinem Ex verfolgt. Obwohl dieser gar nicht in Hamburg lebte, sondern dort, wo ich nach der Flucht aufgewachsen war. Verfolgt ist nicht das richtige Wort. Ich glaube, er hatte den Eindruck, dass Ralf eine größere Bedeutung für mich gehabt hatte als er, Knut, für mich jemals haben würde. Vielleicht ähnlich der Beziehung zu seiner Schwester, die so bedeutungsvoll war, von so ursprünglicher, existentieller Liebe getragen, an die unsere Beziehung nie heran reichen würde. Vielleicht war diese ältere Schwester auch ein bisschen Mutterersatz für ihn, denn seine Mutter kam wegen Depressionen nach Bethlehem und blieb dort über ein Jahr, wenn ich es recht erinnere, da war Knut erst ein oder zwei Jahre alt. Wirklich vertreten wurde seine Mutter in dieser Zeit und später durch seine Tante, die ihn auch schon mal ruppig heran nahm und in ihrer Erziehung zuweilen unerbittlich war. Vielleicht war die Mutter doch länger weg. Er erzählte mal von einer Situation mit der Tante, die ihn zwang, sich über das Waschbecken zu beugen und etwas heraus zu brechen. Da war er schon in der Schule, vielleicht 10 Jahre alt? Möglicherweise hat die ältere Schwester im Gegensatz zu der Tante, den weichen Teil der Mutter verkörpert? Als Knut mit seiner Frau und den Kindern vom Land nach Hamburg in sein Elternhaus zurückkehrte, lebte die Tante immer noch dort. So blieb es ihr Leben lang. Als sie in hohem Alter starb, zog Knut mit seiner Familie in die umgestaltete Erdgeschoss Wohnung der Tante, die einmal Sozialarbeiterin gewesen war und eine Pension oder Rente von 3.000 Euro bekam. Vielleicht hatte sie eine leitende Stellung inne. In seine Wohnung zog ein Verwandter und danach ziehen vielleicht seine Enkelkinder ein, die ja auch schon auf der Welt sind. Die Wohnung im Zwischenstock war auch vermietet, vielleicht an Freunde? Schließlich gab es noch eine Wohnung, die ihm als Büro diente und jüngst in großen Abständen von meinem Sohn benutzt werden darf, um Musik zu machen. Knuts Vater war Pfarrer, von ihm erzählte er wenig. Knut selber, als er wieder in seinem Elternhaus lebte, ließ sich in den Kirchenvorstand wählen. Vielleicht suchte er die Nähe zu seinem Vater?

Junge, afrikanische Dealer im Toreingang. Regennasse dreckige Luft. Halte meinen Schal vor die Nase. Geruch strömt von den Sitzen im Bus aus, chemisch gereinigt. Hustenreiz. Afrikanerin zieht gedankenlos einen Gummiring hoch und lässt ihn fallen, zieht ihn hoch, lässt ihn los, zieht ihn hoch, lässt ihn los. das

Geräusch. Bus biegt in die Kurve, halte Rucksack fest. Meine Brüste werden geschüttelt, so fährt der Busfahrer. " 30 Jahre Tas" "Wohnungsstätte für Wohnungslose", Bundesstraße. Der Bus fährt die nächste Haltestelle in schnellem Tempo an, scharf gebremst, Festhalten. Schaukeln, Ruckeln. Alles geht in ein Körpergefühl über. Die kleine Karin schreibt mit erstaunlicher Kraft. Jetzt übe ich das auch. Faszinierend, dass ihre kleine Hand einen Kugelschreiber, den ich aufgegeben hatte, weil er von Anfang an, ein zu schwaches Schriftbild wiedergab, zum Auswurf von viel Tinte brachte. Sie übt einen starken Druck aus, obwohl ihr Handgelenk so zart ist. Sie zeigt mir ihr Heft und die durchgedrückten Buchstaben von der anderen Seite. " Das ist ganz einfach" sagt sie. Und: "Ich schreibe immer so!".

Ein Kästchen für Clemens mit fühlbarem Elefanten drauf. Als Kind hat er einen modelliert mit kräftigen Beinen und großen, aufgeschlagenen Ohren, etwas ist später an dem Elefanten, den er dunkelbraun glasiert hat, obwohl er das Braun nicht mehr sehen konnte, weil er sein Augenlicht verloren hatte, zerbrochen. Wahrscheinlich hatte Esther ihm das Braun gegeben, eine der beiden Kursleiterrinnen. Esther trug immer Grün, strickte sich Pullover in allen Grüntönen. Sie war blond und kämmte selten ihr langes, dünnes Haar, sie hoffte, damit einem Haarausfall vorbeugen zu können. Sie schlief mit ihrem Frauenarzt, eine Zeit lang, es ging ihr allein um den körperlichen Genuss, die Freude, wenn er sie ansah, ihren jungen, hellen Körper, wenn sein Blick Begehren ausdrückte. Ihr Freund hatte weniger Freude daran und trennte sich von ihr. Clemens hat noch viel modelliert und glasiert, sein Schlagzeug, ein Krokodil erinnere ich. Er wollte ein Elefant sein, als ich ihn mal fragte, welches Tier er sein wolle. Jetzt haben mich die Elefanten eingeholt, scheint es. Bekam letztes Jahr einen sehr kleinen, sitzenden, hellblauen Elefanten, der seinen Rüssel in einen Fruchtbecher steckt, geschenkt. Im Laden in der

Erzbergerstrasse gab mir die Frau einen Jahreskalender mit dem Elefantengott. Eine silberne Blechdose mit ausgeschnittenen Elefanten als Geschenk. Alles ohne Absicht. Ich treffe sie einfach, die Elefanten. Wie heute den weißen. Bin seinetwegen ins Geschäft gegangen, weil ich ihn sah. Er ist sehr teuer. habe ihn wieder an seinen Platz zurückgestellt, aber denke an ihn. In der Erinnerung kommt es mir vor, als tanze er. In der Erinnerung bewegt er sich leicht, wie eine Feder. der schwere Elefant. Ich glaube, ich muss nochmal hinfahren. Er war auch runter gesetzt wegen Geschäftsaufgabe, aber immer noch teuer.

Als wenn die Menschen im Alter noch einmal neu würfeln bzw. sich von Ballast trennen und vielleicht gehörte ich bei ihnen zu überflüssigem Ballast. So kam ich wohl zu meiner Kleidung, die ich als Ballast empfand, im Geiste sortierte ich aus und schließlich stand ich auf, ich weiß nicht wie spät es war, es war nachts und sortierte in meinen Kleiderschrank aus. Diesen Ballast brachte ich heute morgen zu Oxfam, die diese Spende in ihrem Laden verkaufen und mit dem Geld Projekte in Afrika unterstützen oder gar aufbauen. Kleidungsstücke sind auch manchmal alte Freunde......Vielleicht hängt es auch mit dem Flüchtling in mir zusammen, der auf dem Flohmarkt immer wieder Klamotten kauft, weil er nicht weiß, was ihm eigentlich gut steht, was ihm wirklich gefällt, was ihm wirklich etwas wert ist und später die Sachen wieder „entsorgt.", ein ewiges Treiben, Forttreiben. Man hält an nichts fest, weil man viel verloren hat, alles, über Nacht.

An der Hand einer Frau ein gelbgoldener Ehering. Erinnerung an den Film "Das türkische Bad". Szene, in der sie der alten Frau ihren Ehering gibt. Szene, in der sie von der Krankenschwester den Ehering ihres toten Mannes bekommt. Daran, dass ich mir selbst einmal zwei goldgelbe Eheringe kaufte, für jede Hand einen. Erinnerung an Anselm, wie er in meiner Küche

sitzt und seine Hand auf seinen Mund hält, mein Blick auf seinem goldgelben Ehering. Welche Farbe hat denn Nikos Ehering? Ich habe ihn doch vor kurzem erst gesehen, schon oft, er sitzt schon lange an seinem Finger, um die 14 Jahre kennen wir uns, 14 oder 16. Eben solange kenne ich Anselm, sogar noch länger. Hinter mir Musik aus dem Kopfhörer, unaufdringlich. "Bloß raus hier!", eine junge Frau steigt aus, ich auch. Freier Platz mit abgeschnittenen Weihnachtsbäumen aufgefüllt, viele, Osterstraße. Alte Frau mit Krückstock verlässt auf unsicheren Füßen den Penny Markt, graue Pelzmütze, grauer Mantel. Jugendlicher mit schwarzer Daunenjacke, beide Hände in den Taschen. Rauchende blonde, junge Frau schiebt Kinderkarre, orangefarbene Jacke. Sie halten vor einem Schaufenster mit Eisenbahnen, auch erwachsene Männer stehen davor. Yves arbeitet am PC, sehe ihn durch die Schaufensterscheibe, mit dem Rücken zu mir. An seinem PC steht "Bitte nicht rauchen" und "Bitte wirklich nicht rauchen". Seine Bilder kann man gut sehen von draußen: Ziegen, Gämsen, große Vögel. Gesichter. Im Fenster hängt eine Schnur, an der kleinste Plastik Babys baumeln, wollte ihn immer schon fragen, was es damit auf sich hat. Ein paar Häuser weiter klebt auf der Schaufensterscheibe ein Schild, auf dem steht "Problemlose Anwendung", "Rollenmassage". Zwei kleine, weiße, langhaarige Hunde gehören zum Laden, schaukelnder Gang. Ein Mann mit Tannenbaum in der Hand. Ein anderer Mann trägt einen Tannenbaum auf seiner Schulter, eingewickelt im Netz.
Jeanette hat ihren schon auf dem Balkon in der neuen Wohnung stehen.

Mit Ralf hatte ich an und für sich gar keinen Kontakt mehr, alle Jubeljahre mal. Und dann besuchte ich ihn nach Jahrzehnten zu Silvester, nachdem er geschieden war.

Schaue mal auf die Webseite meines blinden

Sohnes, der nach Californien zu einem Auto Harp Festival geflogen ist, er twittert, dass er inzwischen in einem Rodin Sculpture Park angekommen ist und „the thought" von Rodin postet und auch „the Gate of Hell", mal abgesehen von „my tent". Da er blind ist, hat er sicherlich nur vermutet, wo genau sich das Objekt, das er aufnehmen will, befindet. Von seinem Zelt zum Beispiel ist nur eine Ecke zu sehen und das Meer liegt etwas schief im Bild. Auch die Plastik „der Denker" ist ganz am Rand zu sehen, the Gate of Hell wiederum ist gut getroffen. Er twittert auf Englisch, aber wenn ich das richtig verstehe, ist er von der Polizei mit auf die Wache genommen worden.

Nächste Haltestelle Emilienstraße. Mann hält sein Fahrrad im Gang fest. Grüner Eisenpfeiler trägt die Decke. hellgrüne Kacheln. Gekratzte Linien auf der Türscheibe, schneller Rhythmus. Mann schläft auf Bank, Haltestelle Christuskirche. Mann liest Kaugummi kauend Buch. Mann steht mir gegenüber mit Plastiktüte zwischen den Beinen, weiß blau. Tür bleibt lange geöffnet. Mann mit schwarzer glatt lederner Aktentasche und brauner Papiertüte.

Mann schiebt überlange Bockwurst in den Mund. Einer spielt Gitarre auf dem Gehweg, für Geldmünzen, die Gitarre perlt, Wehmütiges, er trägt eine Pelzmütze, ein warmer Blick. Eine junge dunkelhaarige Frau klopft an ein Autofenster, dunkles Auto, langes Haar, langer, dunkler Ledermantel. Die Autotür wird geöffnet. Ein Hinz und Kunz Verkäufer, Dezemberausgabe.

Ich las in einem Raum voller Spinnweben, vergilbten Tapeten und vertrockneten Blumen. Ich habe meinen Text fehlerfrei und gut gelesen. Beim Abschied sagte mein einziger Zuhörer Ja, das wäre gut gewesen bis auf das Wort „leer", das hätte ich weg lassen können. Übrigens habe ich beim lauten Lesen zu Hause bemerkt, dass sich die Trennung von Adverbien und Verb wie es jetzt nach der

Rechtschreibreform die Regel geworden ist, negativ auf den Lesefluss ausübt, daher habe ich sie fürs Vorlesen wieder zusammengefügt. „ein Glas leer trinken" sei Kindersprache, man sage „ein Glas trinken". Auf dem Rückweg dachte ich darüber nach, was er zwischen Tür und Angel kritisiert hatte. Ich kam aber zu dem Schluss, dass es doch richtig war, „leer" zu setzen, da ich in dem Text betonen wollte, dass die vielen Gläser leer getrunken waren. Man könnte z.B. sagen: Ich sehe eine Glas, aber genauso gut: Ich sehe ein leeres Glas, wenn man die Bedeutung, dass es leer ist, hervor heben möchte. Vieles ist eine Sache der Entscheidung, was will ich hervor heben, was nicht.

Aufsichtsperson für die Zugabfertigung hinter der Glasscheibe, roter Pullover, aufrechte Haltung. Silberfarbener Ring im Boden der U-Bahn, 4 Schrauben. Frau mit Rucksack, karierte Taschen, die grünen Blätter von Porree Stangen blicken heraus. Postgelbe Türen. rotes kleines Schild "Nicht anlehnen!" Durch geöffnete Tür Beine aller Fahrgäste, die die Treppe hinaufsteigen.

In der U-Bahn, die ich besteige, sitzt ein junger Mann, auf sein Handy blickend, ich setze mich in sein Abteil und bin fasziniert von seiner Jeans, die, wie es modern ist, die Knie frei lässt, absichtlich ist ein großes Loch eingearbeitet. Tausend Mal gesehen. Aber bei dieser Jeans ist es so, dass sich horizontal Fäden von der einen Seite zur anderen spannen. Das an sich ist ja noch nicht interessant, aber durch diese Fäden hindurch hängen die schwarzen Haare seiner Beine. Er versteht, warum ich lachen „muss", er ist Iraner, das höre ich an der Sprachmelodie, ein sympathischer, junger Mann, der mir das zweite Wort verrät, „khoda", Gott, erinnere ich, aber das zweite hatte ich vergessen, es heißt „hafez". Zusammen: Gott behüte dich. So sagen sie beim Abschied. Das sage ich jetzt auch zu ihm.

Jemand hat Stellen am beschlagenen Fenster frei gewischt. Die Tritte der Aussteigenden auf den Stufen. Regenprasseln auf dem Dach, scharfkantig, die Regentropfen prallen auf dem Dach auf. Mehrzahl. Schnellstes Tempo. Dealer. Beschädigter Apfel in der Pfütze, Haut aufgeschürft. Regenprasseln auf dem Schirm, gleichmäßig. Von der Nässe aufgelöstes Papier auf dem nassen Gehweg. Junger Mann schnürt seinen Schuh neu. Mandarinenschalen auf der Erde, frische. Espressotasse auf der Heizung. "Ich hatte keine Lust, mir meine Haare zu waschen". Frau mit bunt gestreiftem Regenschirm, Stockschirm. Lachen einer jungen, schwarzhaarigen Frau, dreimal, heftig. "Das war doch gestern unser Thema", erneutes Lachen, zweimal, wieder heftig. "Wir haben eine Ebene erreicht". Frau wird umarmt. Mann wird umarmt. Espressomaschine läuft. Milchschaumherstellung. "Drei Milchkaffee". "Zum mitnehmen?" "Ja". Frau holt aus gehäkelter, schwarzer Geldbörse Geldschein, die lachende Frau. "Sechs neunzig". Blondes Kleinkind mit rotem Pullover sitzend auf Tonnentisch, freundlich. Frau klemmt ihre schwarze Daunenjacke zwischen Wand und Heizung ein, "Das ist eine gute Idee", sagt sie. Fellweste. Beleuchtetes Fenster in der Theke, Kaffeepackungen mit roten und grünen Streifen. Handy klingelt. Mann hält Handy an rechtes Ohr, mächtiger goldgelber Ehering, grauer, kurzer, haariger Mantel. Lachen der schwarzhaarigen Frau. Kichern.Eingerahmtes Foto, bunt, einer Fußballmannschaft, FC Porto. Mann bekommt große, goldene Flügel aufgespannt, kichernde Frau und zweite befestigen das Band. Dankesumarmungen. Dankesküsse. Kind von dem Tonnentisch gehoben, dem Vater auf den Rücken geschnallt, türkisfarbenes Gestell, Mutter trägt große, hellgelbe Umhängetasche mit hellrotem Puma. Schillerndes Lachen der Schwarzhaarigen, sich hochdrehend. "Das hat eher was vom Fliegen" ."Du hast gesagt, es geht los". Goldene Flügel werden abgebunden. Frau hält Schirm in der Hand, blond, Knirps. Helles Frauenlachen, der schwarzhaarigen Frau, welliges, graue Strickmütze. Junger Mann mit blau gefärbtem, kurzen Haar. Junger Mann betätigt in schnellem Tempo Feuerzeug, zündet nicht, geht mit seinem Finger ins Ohr, rüttelt, es zündet. Handy klingelt. "Silke, schaffst du den Rest?" "Hallo! Kann ich auch den Süßstoff haben?" In der Holzdecke eingelassene Leuchtquellen, eingeschaltet. Holzdecke nur in der Mitte des Raumes. Kind sitzend auf der Theke, essend.

Die zweite junge, russische Mutter, die ich kurz hintereinander kennen lerne. Die erste war Lydia mit ihrer Tochter Mia und jetzt Olga mit ihren beiden Kindern, die sie versorgt hat, die erste ist im Kindergarten, die zweite in der Krippe, deshalb, sagt sie auf Englisch – sie hatte noch keine Zeit, Deutsch zu lernen – kann sie jetzt Sportkurse besuchen. Zufällig ist sie in meinem gelandet. Beide sind sie mit ihren Männern gekommen, die hier eine Arbeit aufgenommen haben. Olga ist jedoch oft alleine, denn ihr Mann reist beruflich durch Europa. Vielleicht kann ich die beiden Moskauerinnen mit einander bekannt machen.

Ein Kollege mit schwarzer Maske, dessen Frau behauptete, dass er die Tochter missbrauche, sie strengte gegen ihn einen Prozess an. Die Tochter sagte aus, dass er schwarz maskiert in ihr Schlafzimmer gekommen wäre. Er sagte, dass die Mutter das Mädchen komplett beeinflusst hätte. Aber warum bloß? Dieser Kollege stand eines Tages vor meiner Tür, um mir einen Brief mit meiner Gehaltsabrechnung zu übergeben, denn ich war inzwischen woanders tätig. Er fragte mich, ob er hereinkommen könne, um sich meine neuen Bilder anzusehen, aber ich lehnte das ab. Dann fragte ich ihn, warum der Brief mit Tesafilm zugeklebt sei und er sagte, er habe ihn aus Versehen geöffnet. Das war mir schlecht vorstellbar, ich sagte das aber nicht und wir verabschiedeten uns.

Menschenansammlung, Sternschanzen Bahnhof. Gruppe skandiert "Stoppt das Massaker am Golf!" (an Gott). "Interessiert mich überhaupt nicht!", aggressiver Ton von rauchendem Mann, breitbeinig, Geschlecht rausgedrückt, schwarzes, langes, welliges Haar, einzelne feine, graue Haare, Ende dreißig, hager. Zug setzt sich in Bewegung. Polizeieskorte. Unfallwagen. "Wenn die nicht gewesen wären, hätte ich meinen Bus noch gekriegt", Frauenstimme. "Stoppt das Massaker am Golf!" in der Entfernung. Hagerer Mann wirft Zigarette weg. "Taarruza Gec!" steht an der Wand vom. Weiß nicht, was das heißt, Türkischkenntnisse völlig verblasst. Busfahrer trägt Schnurrbart, grüner Polizeimannschaftswagen. Lange Autoschlange im Kleinen Schäferkamp. Über der Ampel ein Schild angebracht: "Vorsicht Vorfahrt". Weißes Dreieck, Spitze unten, rote Umrandung. Autoscheinwerfer. Kleine sich drehende Stelltafel "geöffnet". Druckbuchstaben einzeln, senkrecht untereinander. Auf dem Weg zum weißen Elefanten. In Denises neuem Laden gucken sich viele Leute um. Kaufen. Ein Kinderbett, weiß gestrichenes Eisen, gelblich, altersbedingt, mit Ornamenten, 135 DM, er nimmt es. An Vitrinenseitenwand Zettel über anbezahlte Gegenstände. Stehlampe, senkrechter Messingstab, zwei Arme, Baströhren als Glühbirnenverkleidung, 75 DM, junge Frau nimmt sie. Pedro im rotblau kariertem Flanellhemd, war schon im alten Laden da. Viel Stuck an der Decke. Gläser, Schränke, Stühle, Sessel, Tische, Lampen, Spiegel, Geschirr, Puppen, Schmuck, Kerzenständer, viele, silberne. Alter Mann mit feuerrotem Plastikrucksack, hellblaue Riemen. Kleines Kind mit Strohhalm im Mund, steckt in einer Getränkepackung. Mann zieht stolz an Zigarette. Aufsteigende Tritte auf den Stufen, das Geräusch. Mann mit Kind im Anorak, vorne, zieht an einer Zigarette. Wechsel UBahnwagen, Kinder, etwa 10jährig, Raufen. Beklemmungen. Vorbeizischen der Autos auf nasser Fahrbahn, reihenweise. Bushaltestelle, senkrechter, gelber, viereckiger Pfahl, grünes H auf Gelb im Kreis. Hintergrund blätterlose Bäume, dunkel, regelmäßige Form. Frau mit gelbem Schirm, lilafarbenem Rucksack, Baby vorne, in schwarzer Jacke. Dicke, weiße Kerzen im Fenster des Kaffeehauses, auf Goldpapier. Eine junge Frau fragt mich um ein Taschentuch. Zwei gängige Tageszeitungen. Laufender Bildschirm über der Theke, Horoskope, farbig. Kaffee ohne den dunkelbraunen runden Keks. Brennendes Teelicht im Stern, terrakottafarben, auf den Tischen. Heftiger Regen. Frau zieht Schubkarre mit kleinerem Tannenbaum. Kleinkind läuft nebenher. Erleuchtete, rote Streifen an der Haspa. Rote Bremslichter des Autos, das wendet. Erleuchtetes Blau des Pro Schildes in den Wasserpfützen. Unablässige Ringbildung von den schnell nieder sausenden Regentropfen in der Wasserlache, Minute um Minute. Müllsäcke, graue, rosane, um den Baumstamm herum abgestellt.

Ich erinnere meine Träume so gut wie gar nicht mehr im Gegensatz zu früher, doch habe ich kürzlich nachts geträumt, dass „die Meyers" gegangen sind. Es war ein älteres Ehepaar, sie mit weißen Haaren und schwarzer Jacke. Es war ein Affront. Sie waren mit dem Vortrag nicht einverstanden und verließen frühzeitig den Saal, bevor der vortragende Junge über seinen Vater, seine Vaterlosigkeit alles gesagt hatte. Sie waren empört, beleidigt, verletzt, fühlten vielleicht ihre Generation beleidigt.
Ich träume in einem anderen Traum, dass aus meinem Mund Fische kommen. Die Leute nehmen sie entgegen und werfen mir dafür Münzen hin.

Tirilierender zwitschernder Vogel. Schule, hoher Maschendraht. Fliegender Ball. Schrei eines Vogels, hoch im Himmel. Eine hustende Frau mit Brötchentüte und schwarzem Hund hat Bäckerei verlassen. Große Werbefläche mit bunten Krawatten, dahinter Kriegsbunker, abgerissen. Zeitungsverkäufer in Eingang von geschlossenem Lebensmittelgeschäft, Sonntag.

Meine 86 jährige Mutter fährt mit der Straßenbahn in die Innenstadt und isst dort unter einem Heizstrahler an der Hauswand des Lokals „Extra Blatt" gegenüber dem Kaufhof „Pommes mit Majo (Majonäse)" wie sie sagt. Vorher war sie beim „Chinamann" und wollte gebratene Nudeln essen, aber er war nicht da. Zu Hause isst sie noch eine Schwarzbrotscheibe mit „Griebenschmalz" und Zucker. „Das mag ich immer so gerne!", sagt sie.

Zwei amerikanisch sprechende, junge Frauen. Eine sagt "Fossils is very popular", schauen auf Uhren, Auslage. "Bitte den Fahrausweis vorne vorzeigen" Sonntag. "Bleib doch mal hier, Frau hinter mir zu weißem Hund, ein kleiner. Frau auf dem Sitzplatz vor mir mit Sonnenlicht im Haar, durchleuchtet es. Kinderstimmen im Hintergrund. Beunruhigt. Kopf bewegungslos nach vorne ausgerichtet. Tiefer Husten einer Frau. Ausstellungsplakat "Zeichen der Moderne", Picasso, Deichtorhalle, 4 mal, ergibt großes Rechteck. Keine Gemüsekisten, Susannenstraße, Sonntag. Rasende Autofahrerin über Schulterlatt Kopfsteinpflaster. Bäckerei neben Denises Laden hat seine Außenwandsäule in fettem Gelb gestrichen.

Im Bus sitzt mir ein etwa elf jähriger Junge gegenüber, sein Bein ist geschient. Eine Wachstumsfuge habe sich entzündet. Die Schiene trägt er seit zwei Monaten und noch zwei Monate habe er vor sich. Das Fernsehen sei sein bester Freund geworden, vorher war es der tägliche Sport, Hockey und Schwimmen. Seine Mutter tröste ihn damit, dass, bis er Großvater ist, alles wieder in Ordnung sein wird. Sein wirklicher Großvater sei 92 Jahre, er gehe jeden Tag mit seinem Hund spazieren, den er liebe und der wie eine zweite Frau für ihn sei. Seine Frau sei an Krebs gestorben und zwei Tage später sei er geboren, auf die Welt gekommen. Merkwürdig denke ich, dass der Junge diese Verbindung knüpft. Ich überlege, ob, wenn ich sterbe, dann vielleicht jemand geboren wird, der mit mir verwandt ist. Könnte ja so sein.

Warum gibt es solche Nächte? Von ein Uhr dreißig bis fünf Uhr wach gelegen. Mit meinem Schlaf war es einmal gut bestellt, aber seit zwei, drei Jahren ist es vorbei damit. Ist es seitdem ich in Rente bin? Aber warum? Zu tun habe ich genug. Vielleicht hat es doch etwas mit dem Berufsleben zu tun, damit, dass man an vorderster Front stehen muss, sich beweisen muss, sich auseinandersetzen, auch wenn es schreckliche Verhältnisse sind. Dieser Tage besuchte ich eine alte Arbeitsstelle, um das Bild von der Schülerin Neda zu sehen – komme später darauf ausführlich zu sprechen. Obwohl meine Arbeit dort zwanzig Jahre zurück liegt, spürte ich schon fünfzig Meter vor dem Gebäude meine Veränderung, ich war auf einmal wieder so jung wie damals, spürte die Herausforderung von damals. Es war beileibe nicht leicht für mich gewesen, dennoch spürte ich eine seltsame Freude über meine „jugendliche" Präsenz, die ich fühlte, die wohl auch in Zusammenhang mit den Kollegen und Schülern stand, wenngleich wie gesagt, meine Tätigkeit schwierig für mich war, da ich wenig Durchsetzungskraft hatte. Jener Schulleiter sagte eines Tages zu mir - ich weiß den Zusammenhang nicht mehr - "Bist du überhaupt eine Lehrerin?!" Ich weiß nicht, was ich geantwortet habe. Wir hatten ein freundschaftliches Verhältnis wie er es auch mit den anderen pflegte. Ich hatte großes Glück mit ihm. Er hat mir auch die Möglichkeit gegeben, mit der schwierigen Neda kreativ zu arbeiten.

Felicitas hat Nestor auf Band gesprochen, ob er Lust habe, sich mit ihr und einer Flasche Wein, die sie mitbringen würde, an der Elbe zu treffen. 23.30 Uhr. Sie sei noch bis 24.00 Uhr im Laden. Warmes, liebendes Herz in Dezemberkälte. Kein Rückruf. Für Sonntag sind sie sowieso verabredet. Verstehen kann man beide. Sie möchte ihn häufiger sehen, um mehr Sicherheit für eine Entscheidung zu haben. Er will sie nicht so häufig sehen, um nicht zu leiden und weil er nicht versteht, dass sie sich von ihrer langjährigen Beziehung nicht trennen kann. "Brauchst du die Sicherheit?" hat er gefragt. Sie verneint. Es ist wegen der Freunde, sagt sie zu mir, dass sie Angst hat, sie zu verlieren, weil sie alle ihren Partner so gerne mögen, dass sie von den Freunden nicht mehr geschätzt wird, dass sie sich von ihr abkehren, wenn sie sich von ihm trennt. Sie befürchtet, dass sie ihren Liebhaber als ihren neuen Partner nicht akzeptieren, weil er das Niveau nicht erreicht, manchmal sogar niveaulos ist, kein Geschäftsmann wie ihr Partner, mit großer seriöser Ausstrahlung.

Claude identifiziert sich mit seinem Werk. Er strahlt wirklich wie die Sonne. Ein schmaler, heller Schrank aus Ahorn mit Längsstreben von oben nach unten, darüber im Halbkreis Streben, die wie die Strahlen der Sonne einen Fächer bilden. Sein Sohn hat diesen Sonnenschrank, den Claude, sein Vater gebaut hat, noch gesehen. Sein Sohn hat vor fünf Jahren Selbstmord begangen, das treibt ihn, den Vater um. Warum hat er das getan? In seinen Tagebüchern stand, dass er mit seinen Gefühlen nicht fertig würde. Aber welche Gefühle? Er war einer schlagenden Verbindung beigetreten. Vielleicht spielte dieser rechte Haufen eine Rolle? Vielleicht ein Mädchen? Er war 25 Jahre, als er sich umbrachte. Haben seine Hautprobleme eine Rolle gespielt? Die Kinder in der Schule lehnten ihn deswegen ab. Sie wollten nicht mit ihm spielen. Seine Frau wurde im Supermarkt angesprochen, warum sie dem Kind kein Cortison gäbe, das würde helfen. Das Ehepaar hatte Angst vor Cortison. Das bleibt im Körper, sagt Claude und ist gesundheitsschädlich.

Jacques im weißen Hemd, Sonntag, Block und Schreiber in der Hand, er nimmt Bestellungen auf, notiert. Valerie geht pfeifend um die Ecke, rot weißer Ringelpullover, sie arbeitet lieber in der Küche als im

Service. Frau mit Kleinkind auf der Schulter. Erinnere ihr Lachen von früher, als ledige Frau. Ein Mann, den ich durch die Glasscheibe sehe, zeigt seinem Kind etwas am Himmel. Er zeigt darauf mit diagonal nach oben ausgestrecktem Arm und Zeigefinger. "Ist hier frei bei Ihnen?" Pavel hinter der Theke trinkt ein Glas Wasser. Seine rote Gauloise Packung liegt auf dem Tisch. Frau wirft Kind in die Luft. Fängt es wieder auf. Wandleuchten. "Obstsalat?" "Obstquark hatte ich bestellt." "Ach so", sagt Valerie überlegend und geht mit dem Obstsalat im Glas ab. Kleine Pause. Weiße Porzellanschale, Obstquark, Valerie. "Bitte!" "Danke dir!" Hinter dem Tresen auf Ablage halbe Apfelsine, offene Fläche oben. Barhocker besetzt. Kind will nicht, dass zweites Kind auch den Barhocker anfasst. Lachen der Frau wie früher. Zufälliger Blick auf die Zeitung des Tischnachbarn, Mopo, "Rote Flora. Wird nächstes Jahr geräumt?" An der Hutablage hängt zweite Mopo, lese "Dann brennt die Schanze". "Polizeiintern gilt als sicher, dass diese Leute ihr letztes Symbol autonomer Selbstbestimmung nicht kampflos aufgeben." Jacques beißt in ein Brötchen, Knirschen, während er die Kruste zerkleinert. Als ich bezahle, sagt er "Ich bin heute genauso schweigsam wie du!" Ich fasse ihn lachend an den Oberarm. Erinnerung an die Verwandten, die meine Eltern anriefen und nachfragten, ob ich auch nicht krank sei, ich würde die ganze Zeit schweigen, obwohl ich doch in Ferien bei ihnen sei. Es war kein Lachen in mir, das hätte herauskommen können. Mein furchtbarer Deutschlehrer schrieb mir ins Album, dass die, die nicht lachen, nicht die besten seien. Er trug einen schwarzen, dichten Schnauzbart, pomadisierte, gescheitelte, schwarze Haare, eine Hitler ähnliche Aufmachung, hatte einen stocksteifen Gang, sein Gesicht blieb bewegungslos von Beginn der Schulzeit bis zum Ende hängen.

Claude und seine Frau sind seit 10 Jahren getrennt, verstehen sich aber immer noch prächtig, sehen sich regelmäßig. Nur mit seiner Schwester gibt es erhebliche Probleme, denn sie können sich seit 11 Jahren nicht über ihre Erbschaft einigen, Probleme gibt es auch mit der Bank in Frankreich, man behandelt ihn wie einen Aussätzigen, sagt Claude, einen Ausgestoßenen, wie jemanden, der sein Vaterland verloren hat, es selber verlassen hat, ihm den Rücken gekehrt hat und nun kehrt man ihm den Rücken. Seltsam, dass so etwas vorkommt.

Fahrrad mit Anhänger. Pedalen treten schwer, Geräusch. Hellblauer Himmelsausschnitt zwischen hohen Altbauten. Absätze auf Trottoir, das Auftreten. Schneller Schritt auf dem Pflaster. Holzmaske im Fenster, hängend. Juliusstraße. Moped auf der Stresemannstraße, fährt Richtung Pferdemarkt, Erinnerung an meinen Moped fahrenden Vater, nachhaltige emotionale Wirkung, positiv. Höre ich das, schmelzen Jahrzehnte und ich bin wieder an dem Ort, in der Zeit, zu der mein Vater ankommt. Oder sich entfernt. Das Ankommen ist aufregender gewesen. Geschlossene Tür ohne Türgriff. Mann mit brennender Zigarette im Mund. "Intifada özi" an der Hauswand. Schwarze Katze mit weißen Pfoten miaut vor brauner Haustür. Sie öffnet sich einen Spalt. Dunkelheit, Spalt breit. "Aizan" "Für Mädchen". Laden. Zwei kleine Kinder auf dem Bauspielplatz „Baschu" Bartelsstraße, Schulterblatt, im Boot, sprechen türkisch. Vater führt Kinderwagen. Zweiter Mann mit Kleinkind. Eisiger Wind. Binde Schal um den Kopf. Dritter Vater mit Kinderkarre und Kind mit Dreirad. Zwei jüngere Jungs, ein weißer Ball auf kleinem Fußballfeld, hoher Zaun. "Die Mö des Arbeiters" war früher das Schulterblatt, schrieb die Mopo. "Scheiß Staat Bäh" unterhalb eines großen Schaufensters in der Bartelsstraße, blaue Schrift. "Iggit Pfui". "Revolutione Tropica". "Fuck Nazis", schwarze Schrift, Schanzenstraße. Zwei grüne Polizeimannschaftswagen, groß und klein, hintereinander, klein hinter groß. "L A Berlin Fight the Power". Seitenhauswand bemalt, rot grün blau, 6 Stockwerke,

Balkone, nüchterne, Stahlgitter, waagerechte Stangen, senkrechte Unterteilungen. Alte Frau hebt leere Flasche auf, "15 Pfg" sagt sie. "Schanze oder doch nicht??? Tsüsch", blaue Schrift, Hauseingang, Bartelsstraße. "Tsüsch" ist überschrieben mit "Scheiß", schwarze Schrift. Fliesen auf dem Boden im Eingang, gelbe Ringe mit vierblättrigen, blauen Blumen drinnen, abgenutzte Farben. Laden "Yesilirmak e. V.", keine Einsicht, milchiges Glas. "Asia Imbiß bok". "Dem Leerstand entgegen", weiße Schrift auf heller Hauswand, unten. "DB - heißt Doitsche Braune" "Gegen Nazis" schwarze Schrift auf Betonsockel von Strommasten, Sternschanzenbahnhof. Bellender Hund am Kiosk. Bemalter Bus, blau lila violett "Palette", schwarze Schrift. Feuerlöscher im Bus, rot. Aljona träumte von Gelb, Rot, Schwarz, Silber. Sie gab der älteren Frau, das sei ich gewesen, meint sie, silberne Kleidung als Ausdruck einer besonderen Bedeutung. Gelb bekam eine andere. In Gelb sei die Mehrheit eingekleidet gewesen. Sie selbst wählte eine rote Hose. Schwarz fürchtete sie als Farbe einer Polizei, die die Menschen verhaftete. In ihrem Traum alles Frauen. Deutschlandfarben. Ausländische Stimmen im Bus. Unebenheiten, drastisch, Moorkamp. Gerüst an Hauswand, verhängt, blauer Tüll. Busfahrer trägt goldgelben Ehering. Osterstraße. Vibrierender Bus. Fährt an. Litfaßsäule verglast. "Jedes Oberhemd 2,99DM", Plakat im Fenster einer Reinigung. Felicitas träumte, dass sie einen Kunden streichelt. Sie hofft, dass er schon 40 ist. Ausgeblichenes Einbahnstraßenschild, weißer Pfeil auf hellblauem Grund, mit Aufkleber versehen, rotes Herz, Schriftzug "ein Herz für Kinder". Beleuchtete Klingelschilder. Glockengeläute. Dunkle Altmännerstimme, aufgekratzt. Belüftungsgeräusch am Sonnenpalast. Glassäule mit grünem, flirrendem Wasser, aufsteigend. unruhig. In diesem Palast steigt eine Frau die Treppe hinauf. Großformatige Glasscheiben. Gans im Schaufenster, Plastik, Tierhandlung. Zwei kleinere Kinder mit Silvesterknallern. Türkischer Mann in dunklem Wollmantel, gute Qualität. Geht vorüber. Vor langer Zeit

Unterrichtsstunden bei ihm genommen, eine handvoll. Mann mit Kinderwagen presst Lippen aufeinander. Mülltonnen, überquellend. Mann mit schwerem Weihnachtsbaum, im Netz. Zwei Mädchen, etwa 10jährig. Beklemmung. Spiegel im Schaufenster. Ich sehe aus wie meine Mutter, fast mecklenburgische Kinnpartie. Yves, der kürzlich in Leipzig gewesen ist, sagte, dass die Mecklenburger stumpf seien, stumpfsinnig, dumpf. Landvolk, Bauern, Landwirtschaft, Felder, Acker. An die Erde gefesselt. Leipzig sei anders. Die Gegend. "Kultureller?" "Ja", Weimar, Goethe, Schiller. Wartende Frau, schwarze Jacke, langes, offenes Haar, dunkler Lippenstift. Entgegenkommende, kleinere Kinder, offene Mäuler, Stimmen, Laufen. Wechsel Straßenseite. Schwein aus Stroh, 22,00DM. "Haarschneidezeiten Montag bis Freitag 9.00 - 19.00 Uhr." Mochte meine ältere Schwester, von Beruf Friseurin, nicht an meinen Kopf lassen, wir waren verschiedener Meinung, wie mein Kopf auszusehen hätte. Alle Taxis mit laufendem Motor, 6 Stück, Osterstraße.

Als Kind fühlte sich Claude stigmatisiert, denn während seine Schwester stets neue Schuhe bekam, musste er immer gebrauchte tragen. Er hasste das und befürchtete, dass man ihm in der Schule einmal neue Schuhe schenken würde. Das wäre dann der Moment, wo er abgehauen wäre. Aber es war immer ein anderer Schüler, der jedes Jahr vortreten musste und mit einem Paar Schuhe beschenkt wurde. „Der arme Kerl", sagte Claude, „er fühlte sich furchtbar gedemütigt". Die Schwester, die immer neue Schuhe bekam, bekam auch das Grundstück für ein Haus von der Mutter geschenkt. Und darum geht es jetzt. Er wohnt in einer Wohngemeinschaft, alleine zu leben kommt für ihn nicht in Frage. Auch seine Werkstatt teilt er sich mit mehreren. Er sagt, er hat einige „Baustellen", die alle zu Ende gebracht werden wollen. Heute Abend hat er nichts vor. Ich könnte mich sicherlich mit ihm verabreden, denn ich habe auch nichts vor.

Ich habe seit einigen Tagen einen Gast in meinem Schlafzimmer, nämlich einen Schmetterling. Er ist zusammengefaltet und sitzt unbeweglich unter dem Fenster. Ich öffne das Fenster mehrere Stunden, damit er hinausfliegen kann, aber er bleibt. Seine schöne, samtige rostrote Farbe mit den Pfauenaugen sieht man nicht, denn er hat seine Flügelhälften aufeinander geklappt, so sieht man nur die dunkle Unterseite der Flügel. Seine totale Bewegungslosigkeit kann ich schlecht ertragen, nicht zu wissen, ob er tot ist oder lebendig, auch dass er seine schöne Seite eingeklappt hat, nur wie ein dunkler Fleck aussieht, bringen mich dazu, ihn dann doch nach draußen zu befördern. Ich sehe noch, nachdem ich ihm einen Schubs gegeben habe, dass er wie erwacht, seine Flügel öffnet und ich noch mal seine Schönheit erblicke, bevor er sie wieder genauso schnell wieder schließt und entschwindet.

"500 DM Belohnung. 3 nette Menschen aus HH suchen eine 3 - 4 Zimmerwohnung...." Zettel an Ampelpfahl, mehrere Streifen mit Telefonnummer zum Abreißen, ein Streifen fehlt. Laute Musik aus haltendem Auto. Abgase. Überweisung an SOS Kinderdorf, verknüpft sich mit Marylin, die dort aufgewachsen ist. im Kinderdorf in der Nähe von Hamburg. Sie besucht ihre Kinderdorfmutter immer noch, die für sie ihre emotionale Mutter ist, im Gegensatz zu ihrer leiblichen Mutter, die sie als Kleinkind zu Pflegeeltern gab, wo sie weglief, wieder hin musste, wieder weglief. Sie ist das Kind eines amerikanischen Soldaten, der die Vaterschaft nie angetreten hat. Ihre Schwester hat Marylins Mutter behalten. Clemens spendet 200 DM. Mein Betrag ist viel geringer. Zigarettenautomat. Fahrräder an der U-Bahnstation. Buchtitel im Schaufenster "Niemand sieht dich, wenn du weinst", Buchhandlung "Lüders", Fanziya Kassindja, Autorin. Nur an einer Stelle klebend, flattert ansonsten loses Plakat an der Hauswand. Fahrradfahrer mit Licht. Mann mit Handy am Ohr, andere Hand gestikuliert, offener, wehender

Mantel.

Im Traum befinde ich mich in einem unterirdischen Tunnel, am Ende ist das Licht und dorthin möchte ich natürlich hin, denn es ist die einzige Öffnung. Doch während ich in die Richtung gehe, bemerke ich, dass sich der Tunnel mit Wasser füllt und zwar relativ schnell, so dass ich es nicht bis zur Öffnung schaffen werde. Dann bekommt jedoch die Tunneldecke an einer Stelle einen großen Riss, ich hoffe dort aussteigen zu können, aber nun strömt auch von dort Wasser in den Tunnel, es strömt hinein wie ein unaufhörlicher Wasserfall. Ich denke, dass ich mich mit dem Rücken auf das Wasser legen sollte, um mit der Strömung hinaus zu gleiten. Doch die Strömung geht genau in die andere Richtung, in die Finsternis und bergab, in einen Abgrund. Dann entdecke ich einen Einlass in der Tunnelmauer, dahinein setze ich mich wie auf eine Fensterbank mit angezogenen Beinen und warte, hoffe, dass das Treiben aufhört, der Wasserfall zur Ruhe kommt und das Wasser im Tunnel schwindet.
Die Wasser haben sich tatsächlich beruhigt. Zuerst der Wasserfall, dann das Wasser im Tunnel. Ich gehe aber nicht durch den Tunnel zum Licht, sondern steige durch die Öffnung bzw. den Einbruch in der Tunnelmauer hinauf zur Erde. Das tat ich schon einmal, als das Wasser noch in voller Aktion war, aber oben angelangt war ich aufs äußerste erschrocken und verzweifelt, denn es war sozusagen Land unter, wohin ich auch sah, keine feste Erde, deshalb stieg ich wieder hinab. Es war daraufhin, dass ich die „Fensternische", den Einlass in der dicken Tunnelmauer entdeckte und den Entschluss fasste, dort, komme was wolle, auszuharren, zu bleiben.
Wirklich beruhigten sich die Wasser, ich stieg wieder aus dem Einbruch hinauf, denn der Weg durch den Tunnel schien mir doch ziemlich weit, ich wusste auch nicht, ob ich jemals hinaus käme und wer wusste auch, ob die Wasserfälle nicht wiederkehren würden

Nach wie vor aber schien mir, dass ich Angst hatte, hinaus ins Licht zu gehen.

Er kommt mit seinen Fahrgästen gut klar. Nur einmal habe er eine Fahrt unterbrechen müssen. Eine Frau mit Hund hatte ein Taxi bestellt. Sie steigt jedoch ohne Hund ein. Sie erklärt auf der Fahrt, dass, wenn man ein Taxi bestellt und sagt, es sei ein Hund dabei, dann bekäme man keinen türkischen Taxifahrer, weil diese keine Hunde befördern würden. Deshalb habe sie ihr Taxi mit Hund bestellt und sei nun trotzdem bei einem „Kanaken" gelandet! Daraufhin bremste der Taxifahrer und bat sie auszusteigen. Sie wollte jedoch nicht bezahlen. „Gut", sagte er, „dann fahren wir jetzt zur Polizei und ich erstatte Anzeige!"

Ich weiß nicht, was Claude macht. Vielleicht ist er mit den beiden aus seiner Wohngemeinschaft zusammen, denn die Frau kocht leidenschaftlich gerne, aber sie raucht auch leidenschaftlich gern, ebenso der dritte Mitbewohner, zusammen kommen sie auf ungefähr 70 Zigaretten, die werden alle in der Wohnung, nicht etwa auf dem Balkon oder draußen geraucht. Oh Gott, das könnte ich nicht aushalten. Es sei für ihn auch nur eine Notlösung, denn er musste aus seiner vorherigen WG dringend ausziehen. Wir sprechen mal Französisch mal Deutsch.

Erloschene Zigarettenkippen, Gehweg, von Fußtritten plattgedrückt. Hinz und Kunz Verkäufer zündet sich eine Zigarette an. Kinderstimme, Mädchen. Hund läuft hinter Jogger. Kleines Mädchen an Männerhand. "Papa?!" "Ja?!" Drei auf einer Bank, alte Herrschaften, ein Krückstock, an der Bushaltestelle. Zwei dunkle Tauben stehen auf der schmalen Kante des Haltestellenschildes. Durchsichtiges Stück Plastik auf dem Gehweg, Verpackungsmaterial. Mann im Autofenster mit dunkler Brille, Spiegelglas, nur der dunkel- und kurzhaarige Kopf. Erinnerung an Aziz, dessen Kopf ich einmal im kleinen Bauwagenfenster sah. Obwohl der Bauwagen bunt war und seine Wohnung, dachte ich an ein Gefängnisfenster und an den Kopf eines Gefangenen, der in dem kleinen Ausschnitt erschien, Kopfgröße. Vielleicht dachte ich so, weil er befürchtete, abgeschoben zu werden. In der Türkei würde er sich weigern, zum Militär zu gehen und müsste deshalb ins Gefängnis. Zwei Kleinkinder, kleine Jungen, marschieren durch eine zum Dreieck aufgeklappte Stelltafel, Uhren Werbung. Zwei Afrikaner, einer mit schwarzem Lackanorak. Mann mit blauen Krücken. Pedale schürft an Kettenschutzblech entlang, rhythmisch, lange hörbar. Frau mit grauen Krücken und auberginefarbenen Streifen. Frau mit Handy am Ohr, lacht, "Bis nachher" "Tschüs". Hüstelnder junger Mann. Stehender Mann mit weißer Hose, Beine über Kreuz. Harte Lichtverhältnisse, schneidend, ohne Staubkörnchen, diese hat das kalte Licht weggebrannt, aufgesogen. Heute wirkt die Kälte wie der Schnitter Tod, glashart, poliert. Ältere Frau mit Tannengrün, Pelzjacke. Zwei Frauen mit mehreren Kindern, zwei Weihnachtsbäume. Älterer Mann mit zwei Paketen auf Einkaufswagen, gekrümmt. Starke, graue Eisenketten verbinden kleine Poller, Kreuzung. Heute liegt viel Abfall unter der Brücke, an der Wand. Autos rangieren. Im Friseurladen hängen an einem Weihnachtsbaum Bindfäden mit weißen Wattebäuschen. Leere Plastikwasserflasche im Rinnstein. Fenster in schlechtem Zustand, Hinterhof Susannenstraße, Parterre Puppe ohne Arme, Menschen große Büste, glatzköpfig, auf der Fensterbank, schräg gestellt, nach innen blickend, in den Raum. Die Susannenstraße hieß auch schon mal Heinrich- Dreckmann- Straße, (ab 30.1.1934), dieser SA- Mann wurde nach der Machtübernahme als Held gefeiert (wie Horst Wessel), er wurde bei der "Schlacht an der Sternschanze" zwischen SA und Kommunisten 1930 getötet. Wo habe ich das gelesen?

      Am Abend wurde in Claudes WG nicht gekocht wie ich annahm, sondern er verbrachte den Abend in seinem Zimmer, las in einer Diplomarbeit, die er im Internet als Pdf veröffentlicht, gesucht und gefunden hatte. Der Autor lebt in Quebec und beschäftigt sich mit dem „Paar", mit der Frage, warum sich Paare trennen, mit Unterdrückung in der Paar Gemeinschaft.

Der Journalist erzählte im Radio, dass seiner Mutter auf dem Todesmarsch, während des armenischen Völkermords ihr schreiendes Baby weg genommen wurde. Die Soldaten legten es in einen Graben und bedeckten es mit Steinen. Ein amerikanischer Jeepfahrer hörte im Vorbeifahren das Schreien, befreite das Baby, ein Mädchen, es kam in eine Pflegefamilie und mit 8 Jahren in ein Waisenhaus. Der Vater des Journalisten erlebte als Junge aus einem Versteck heraus wie man seinen Vater mit einem Steinschlag auf den Kopf tötete, ebenso die anderen, zusammen getriebenen Erwachsenen, die Kinder sollten danach getötet werden. Da lief er fort, lief tagelang, ernährte sich von Wurzeln und Blättern bis er an einen Fluss kam. Hier band er sich trockne Kürbisse um und stieg in den Fluss. Er wachte in einem 2 km entfernten Krankenhaus? auf.

Claude und ich liefen von Ottensen aus an der Elbe entlang bis in die Hafencity, wo wir einen Kaffee tranken, wir hatten großes Glück, es schien die Sonne. Seine verstorbene Schwester, die jüngste, 10 Jahre jünger als er, unternahm einen Selbstmordversuch, da sie an Depressionen litt, nur, dass er missgelang, anders als bei seinem Sohn. Sie ging zum Militär. Claude meint, sie hätte von zu Hause weg gehen sollen wie er, der das Haus mit 18 Jahren verließ, weil es tot war, kein Leben darin. Sein Vater wollte, dass er seine Werkstatt übernehme, aber das kam für ihn keinesfalls in frage, wenngleich er den Beruf des Vaters erlernte, allerdings nicht unter seinen Fittichen. Zu seiner Schwester hatte er keine Beziehung, er war zehn, als sie geboren wurde, er hatte andere Interessen. Das Schlimme sei gewesen, dass seine Eltern sich nicht um ihre Kinder, die sie in die Welt gesetzt hatten, gekümmert hätten. Sie haben sie sich selbst überlassen. Allerdings war er froh, dass seine Eltern keine Alkoholiker waren wie die von anderen Mitschülern, sie hätten auch nicht geschlagen, aber sie haben keinen Kontakt, keine Beziehung zu den Kindern aufgenommen. Es war unzumutbar, deshalb ist er gegangen, sonst wäre er wohl auch krank geworden. Seine Mutter war oft krank. Die Schwester hat nach dem Militärdienst als Putzfrau gearbeitet. Als sie den Suizidversuch unternahm, kam sie ins Krankenhaus, dort wurde sie mittels einer falschen Blutkonserve mit Aids infiziert. Man beruhigte sie, entschädigte sie wie die anderen Betroffenen, aber die Krankheit brach bei ihr ein Jahr später aus, sie starb. Sie war dreißig.

"Friede den Hütten! Krieg den Palästen" steht an der Roten Flora, oben, neben dem Fenster. Drei schöne Fenster, zu beiden Seiten eines jeden Fensters Säulen, senkrecht verlaufende Rillen, Abschluss verziert, kann aber die Struktur der Verzierung nicht erkennen. Von Säule zu Säule Rundbögen, die über jedem Fenster einen verzierten Halbkreis einschließen. 1888 ist das schöne Gebäude errichtet worden, als Konzerthaus genutzt, für Varietétheater mit Bällen. Hans Albers trat auf, Zarah Leander. In den dreißiger Jahren auch Ringkämpfer. Nach dem Weltkrieg war es zunächst Operettentheater, dann Kino. 1964 zog der Billigmarkt "1000 Töpfe" ein. Der bauliche Zustand verschlechterte sich fortgesetzt, ist heute verwahrlost, rott. Vor dem Eingang schlafen Süchtige, von früh bis spät wird gedealt. Viele afrikanische junge Dealer. Die Autonomen bewirtschaften das Gebäude. Die Volxküche bietet zu essen. Es gibt politische Veranstaltungen und Konzerte. Theresa findet sich gerne ein, wenn das Vollmondorchester spielt.

Im Traum werde ich in meiner

Wohnung verdrängt von einer Frau, die die Verdrängung initiiert und anderen, die sich dazu anstiften lassen. Ich suche mir einen anderen Schlafplatz, bin in einer großen Halle, aber auch dort wollte man nicht nicht und legte Feuer. Ich sammelte meine wichtigsten Papiere zusammen. Bevor sie das Feuer legten, hatte ich gesehen, dass draußen zwei Männer ein Ehepaar und eine Familie kontrollierte, obwohl es gar keinen politischen Anlass gab.

Abgase. Kleines Kind in Kinderkarre isst Reisbrot, kleine Händchen. Erinnerung an das Lied "Kinder" von Bettina Wegner "Sind so kleine Hände/ winzige Finger dran/ Darf man nie drauf schlagen/ die zerbrechen dann." erste Strophe. Frau mit buntem Geschenkpapier in weißer Plastiktüte, zwei Rollen, behäbiger Gang, beleibte Frau, grauer Mantel. Jemand hat eine rote Mütze auf dem Kopf, an der Leine einen kleinen, braunen Dackel. Gebe John eine Schale für Denise. "Wie heißt du nochmal?" "Claire" "Dann schreib ich schönen Gruß von Claire dran". Daniel hat meinen Namen vergessen. "NaziVotzen an die ..." Hinterhof Susannenstraße, dickes Auto in Einfahrt. Viele Dealer und Süchtige unterwegs, in Eingängen, Einfahrten. Bleiche ausgemergelte Gesichter, sie wirken wie erloschen.

Der Musiker sagte, sie war unbeliebt in der Familie. Mit 14 Jahren wollte sie Selbstmord begehen, der Bruder nahm ihr die Tabletten fort. Immerhin hatte sie ein inniges Vertrauensverhältnis zu dem älteren Bruder. Sie brach die Schule ab, wurde Arzthelferin Mit 18 Jahren wurde sie schwanger. Ihr Vater und der Vater des Jungen zwangen die beiden zu heiraten, obwohl sie sich nicht liebten. Sie holte ihr Abitur nach, begann Medizin zu studieren, aber da bekam sie Brustkrebs. Die Brüste wurden ihr amputiert, sie zeigte ihre Ersatz Brüste dem Bruder. Sie begann ein Liebesverhältnis mit dem um 10 Jahre jüngeren Musiklehrer ihres Kindes. Im Laufe dieser Beziehung stellten sich Metastasen ein. Der Musiklehrer tötete sie und erhängte sich. Möglicherweise auf ihren Wunsch hin. Ihr Vater gab dem Bruder die Schuld an dem Tod und dem Liebesverhältnis zu dem Musiklehrer, denn weil er seine Schwester immer besucht hätte, hätte er damit ihre Ehe zerstört und die Dinge ins Laufen gebracht.

Claudes Mutter hatte ihn einmal angerufen und gesagt, dass seine jüngste Schwester Depressionen habe. Er hätte bei sich gedacht, dass sie mit ihr reden müsse, versuchen müsste, sie kennen zu lernen. Gesagt hat er das seiner Mutter nicht und er selbst habe auch nichts unternommen. Nachdem er aus dem Haus war, hätten sie sich ein einziges Mal getroffen, auf ihre Initiative hin, aber es gab kein Gefühl zwischen ihnen. Als er von der Schwangerschaft seiner Mutter mit diesem jüngsten Kind erfuhr, habe er gedacht, warum macht ihr das?, denn sie hätten sich ja auch nicht um die anderen Kinder gekümmert, um ihn und seine ältere Schwester, also konnte er sich nicht vorstellen, dass sie es diesmal anderes machen würden.

" Sternstraße bleibt" "Fight the Police" Eschenstieg. Junge, blonde Frau trägt Kasten mit leeren Wasserflaschen. Von weitem rotes Herz aus Plastik, auf Kunstkarte, von nahem wässrig gemalt, im Eingang von Buchhandlung, Kartenständer. Türkischer Tee, kleines Gläschen, kleiner Glasunterteller, kleiner Löffel. Türkische Musik, im Hintergrund zerkleinert Messer auf Holzbrett Zwiebeln und Petersilie, rhythmisch, auf und nieder, mal schneller, mal langsamer. Das Aufschlagen der Messerkante auf dem Holz. Erinnerung an meine Mutter, die Zwiebeln und Petersilie hackte, indem sie das Messer mit beiden Händen hielt. "Unser Angebot: Vogelfutter für freilebende Vögel". Piepender Vogel. Piept sehr lange, immer wieder die gleiche Reihenfolge von Tönen.

Im Traum bringt mir eine Frau eine

Tasse (Pulver?) Kaffee mit etwas Sahne oder Milchschaum mit Schokostreuseln. Ein Instantkaffee womöglich. Ist das die Frau, auf die alle gewartet haben? Die sich von allen abhebt, heraus hebt aus dem gemeinen Volk, die sich nicht unters Volk mischt. Und jetzt serviert sie? Nur mir! Die anderen werden von richtigen Bedienungen gefragt, was sie wünschen. Sie bekommen einen richtigen Cappuccino. Ich bin neidisch.

      Nicht Claude, sondern seine Frau wollte die Trennung, denn er war zu dem Zeitpunkt nicht motiviert, hatte keine Lust auf seine Arbeit und auf gar nichts, war in gewisser Weise depressiv geworden. Er schlug eine Paartherapie vor, aber das wollte sie nicht, sagte, es sei zu spät. Er hatte es vor Jahren, die vor der Trennung lagen auch schon vorgeschlagen, da sagte sie, es sei zu früh. Das sei ein bisschen wie das absurde Theater von Ionesco. Er liest gerade eine Dissertation über digitale Identitäten. Seine Frau habe auch eine schwere Kindheit gehabt, ihre Mutter sei gestorben, als sie 10 Jahre alt war. In seiner ersten Wohngemeinschaft mit einem starken Raucher, der viele Probleme hatte, wohnte er nach der Trennung 8 Jahre, dann kündigte ihm dieser, als er ausgezogen war, brachte sich der Mann einen Tag später um. Es war eine Zweckgemeinschaft, Claude hatte kein weiter gehendes Interesse an dem Mann entwickelt, ihn von Anfang an abgelehnt, nachdem dieser ihm bei seinem Einzug darauf hinwies, dass es da einen Stuhl in seiner Küche gäbe, den er als Fachmann mal unter die Lupe nehmen sollte, sprich reparieren.

      Zügellose Schüler, U-Bahn, Wagenwechsel."FahrkartenpflichtigerBereich" Eingelassene Schrift in Messingstreifen vor der Rolltreppe abwärts. Kleineres Mädchen mit Herzen Kleidchen, 3 Herzen auf der Brust. Knistern von Seidenpapier. Lesende Frau auf Bank, unterirdisch, Tunnel, weiße Seiten, auf Schoß. Ausländische

Frau mit Kuchentablett, braun weißes Seidenpapier, dunkelbraune Sommersprossen. Wartende Fahrgäste, Hin und Hergehen. "In welchen Kategorien Chauffeure denken". Weiße Kacheln an den Tunnelwänden. Ohreingang eines Mannes.

Die Bedienung sagt, dass ihre Eltern vor ungefähr 20 Jahren aus Afghanistan flüchteten. Als sie sich scheiden ließen, waren die Kinder noch klein. Sie sind drei Mädchen und haben die Konflikte der Eltern mit bekommen. Der Vater war Alkoholiker, schränkte seine Frau ein. Sie hat nach der Scheidung einen Taxischein gemacht und so für den Unterhalt gesorgt, sogar ein Eigenheim gekauft mit mehreren Etagen, damit die erwachsenen Töchter, wenn sie Familie hätten dort wohnen könnten. Sie bekam von ihrem Freund nochmal ein Kind, das war ein Sohn, den wünschte sie sich, der Mann jedoch machte sich aus dem Staub. Die Bedienung sagt, sie selbst möchte keine Kinder, denn sie fürchtet, dass man sich dann aufgeben müsste.

"Ich will Knete verdienen und Spaß dabei haben!", junge Bedienung im Sweet Virginia. Bei Felicitas lieben sich Eichhörnchen und Elefant auf dem Sofa, Steiftiere, im hinteren Ladenraum. Das Eichhörnchen umarmt den Elefanten. Sie sitzen auf drei liegenden, Weinflaschen, zwischen Rechnungen, Kontoauszügen, Illustrierten, Locher, Mantel. Am Mantel über der Sofalehne kuschelt ein Dachs. Hinter dem Sofa auf der Fensterbank sitzt ein Koalabär, ein anderer, großer Bär sitzt auf einem Weinkarton. Felicitas sagt "das ist Zufall, dass Eichhörnchen und Elefant  so vereint sitzen, ich habe da nichts dran gemacht". Sie sagt "Ich hab mein Herz an Tiere verloren".

Im Wachtraum der Yoga Entspannung, paddel ich auf dem Fluss, einem Tunnel entgegen, dann wieder Licht, dann wieder ein Tunnel usw. bis  ich mich nicht mehr sehe,  die ich mir hinterher gesehen habe.

Claude bekam eine Ohrfeige, im ersten Schuljahr. Die Schulbücher gehörten der Schule. Das realisierte er nicht, als er in die leeren Kästchen Kreuze machte. Die Lehrerin ging wohl davon aus, dass er das absichtlich gemacht habe, um die Schule zu schädigen oder vielleicht auch, um sie zu ärgern. Die Lehrerin war aber eigentlich sein Geheimtipp, er liebte sie mit ihrem roten Wuschelkopf. Vielleicht setzte er deshalb die Kreuze in die leeren Felder. Volltreffer. Gewonnen. Seine Mutter war bestürzt und bestellte dieses Buch in der Buchhandlung. Doch als er Freunde strahlend der Lehrerin das nagelneue Buch geben wollte, schnauzte diese ihn an, dass die Schule es nicht nötig hätte, als Bettler aufzutreten. Die Mutter schenkte das Buch schließlich einer Lehrerin, die in einem Internat für Blinde arbeitete. Ob sie es gebrauchen konnte?

Zum ersten mal bekam ich eine misslungene Brücke eingesetzt. Ich war mit meinem Zahnarzt W. 20 Jahre lang zufrieden gewesen, aber dann tat er mir entsetzlich weh, er war auf einen Nerv getroffen, ich dachte, dass es an seinem Alter läge und wechselte zu seiner Kollegin B., die mir zu alledem auch noch von einem Patienten erzählte, der ihr den Zahnersatz vor die Füße warf. Das war, bevor ich meinen bekam, jetzt kann ich ihn verstehen. Leider wusste ich nicht, dass man eine Zeit lang auf Brücken Garantie hatte, als ich es erfuhr, war meine Garantie einen Monat abgelaufen, die Zahnärztin stellte sich stur und abweisend. Sie hatte mich sogar zu einem Kieferchirurgen geschickt, der jedoch nichts feststellen konnte und einfach mal so, weil es vielleicht helfe, eine Wurzelresektion vornahm. Für nichts und wider nichts. Ich hörte, dass sich mein alter Zahnarzt von dieser Person getrennt hat. Sie hat nun eine eigene Praxis aufgemacht. Das Problem war, die Brücke saß einfach nicht richtig. Sie hätte noch einmal neu gemacht werden müssen oder verändert. Zu kostspielig. Deshalb muss jetzt eine Modellgussprothese mit Klammern herhalten.

Schulkinder, etwa 10jährig, raufen, schubsen, werfen offene Chipstüte auf den Gehweg, die Chips fliegen raus, sie lassen alles so liegen. "Frauen wehrt euch" schwarze Schrift in der Lippmannstraße. Zwei Frauenzeichen. "Rotfloristen, miese Schweine seid ihr! auf derselben Hauswand in hellvioletter Schrift. Auf der anderen Straßenseite "Sammelt Obstkerne!" Zwei Katzen auf rechteckiger Leuchtplatte im Fenster, eine braun-weiße und eine grau-weiße. An Wand "Ulla, ich hab dich lieb! Petra" Grüne Schrift, Petra in Rot. "Solidarität mit den Hungerstreikenden im Knast", weiße Schrift. Stresemannstraße. "Tod der Industrie". In kleiner Schrift "pkk was wollt ihr von den Türken?" Eggerstedtstraße. Bringe die blinde Mechthild zum Vorstellungsgespräch in die Haubachstraße. Sie erzählt später, dass sie gefragt wurde "Was sagt ihr Partner dazu, dass Sie einen sozialen Beruf ausüben wollen?" "Wie reagieren Sie, wenn Sie von ihrem Vorgesetzten kritisiert werden?" Braune Blätter auf feuchtem, grünen Rasen. Baumstumpf. "Der Evangelische Friedhof Norderreihe ist heute eine öffentliche Grünanlage und dient der ruhigen und besinnlichen Erholung". Die bunten Bauwagen, die davor standen sind verschwunden, Eisentor, Eisendraht, kalt, glatt, grau. Dahinter Unrat. Johanniskirche. Engel im Fenster eines Wohnhauses. Vogelnest in kahlem Baum, ganz oben. Zirpender Vogel. Wohlers Allee. Vogelnest in kahlem Baum, zwei Bäume weiter. "Enteignet Rebien" Lippmannstraße. "Heroin tötet".

„Habt ihr denn ein Gästezimmer?", fragte ich Ralf am Telefon. Ich sagte „ihr", denn er hatte berichtet, dass er alles so gelassen hätte nach der Scheidung vor drei Jahren, nichts habe er verändert. So hatte ich wohl noch ein Bild von gemeinsamer Einrichtung und Wohnen vor mir, das von einem gemeinsamen Leben erzählte. Hätte er alles verändert, sich neu eingerichtet, vielleicht sogar das Haus verkauft und eine Wohnung bezogen, sein Junggesellenleben wieder aufgenommen nach 25 Jahren, hätte ich nicht so gefragt. Aber ich hatte doch schon fantasiert, dass man ja vielleicht gemeinsam in Urlaub fahren könnte.

Er antwortete, es gäbe sein ehemaliges Arbeitszimmer im ersten Stock, aber das sei doch nicht nötig, dass ich dort nächtige, unten sei es schön warm und wir würden uns doch kennen! Ich rief ihn nochmals an, um zu sagen, also das mit dem Schlafen, dem Ort, wo ich schlafen würde, das müssten wir noch mal besprechen.

Dann fuhr ich in die Richtung, in die ich ewig nicht mehr gefahren war, in meine Vergangenheit.

Sein Vater war damals schon tot, als ich Ralf kennen lernte, deshalb das Passfoto des Vaters auf seinem Regal, das kleine Foto zum Verschwinden klein und doch war es da, es lebte etwas von ihm fort, von dem Vater, der ihn mit 26 Jahren „verlassen" hatte, an Krebs gestorben war, Lehrer von Beruf. Ralf studierte auch auf Lehramt, obwohl er wusste, dass sein Vater seinen Beruf hasste, hasste, weil er ihn überanstrengte, ja angriff. Ralf wollte aufsteigen, bisher hatte er nur eine kaufmännische Lehre, seine ehrgeizige Mutter war ja auch noch da, sie lebten zusammen und überlegten den Plan, er wollte gewinnen, sie wollten beide gewinnen, sie legte ihr Geld in Aktien an. Ralf war sieben Jahre älter als ich, er wird so um die dreißig gewesen sein.

In dem kleinen Zimmer, in dem das kleine Foto stand, trank er seinen Tokaya, nicht viel, ein Gläschen täglich, er mochte das. Er hatte seine Gemütlichkeiten.

"Foolsgarden", Lerchenstraße, 8.- 1Dezember "Black out" "Performance in absoluter Dunkelheit, Veranstalter Blinde und Kunst e. V." "Nazis raus!" Sternschanzenbahnhof. Farbiger Mann mit Kinderwagen. Viele schwarze Sterne auf silbernem Untergrund. Gemäuer, Kaifuschwimmbad. Kirchenglocken. Geläute, lange, am helllichten Tag, 15.00Uhr. Christuskirche. Laut. Dicker Mann mit gelbem Ball unter dem Arm. Frischer Hundehaufen. Rechte Seite. Linke Seite gehärteter Hundehaufen, kleiner, fast schwarz, wie dunkles

Eisen. Piepsender Vogel.

Für die Reise hatte ich den Fotoapparat eingesteckt und mir vorgenommen, meine Hinreise, meine Anreise zu dem Mann, den ich vor Jahrzehnten liebte, zu fotografieren und immer mal wieder ein Foto aus dem Fenster des fahrenden Zuges zu machen. Vielleicht würden mir diese Fotos etwas mitteilen, etwas, was mit ihm und mir zu tun hätte, auch wenn es nur zufällig geschossene Momentaufnahmen in die Landschaft hinein wären. Ich hätte auch die Bahnhöfe fotografieren können statt der Landschaft, ich hätte auch Menschen fotografieren können. Vierzehn Bilder schoss ich im Ganzen, das war gar nicht so viel. Ich hatte ein altes Foto von mir vor Augen, eines von damals in seiner Wohnung, ich im Wohnzimmer seiner Mutter, die wohl ausgegangen war oder auch in ihrer Ferienwohnung im Ausland weilte, in die ich nie durfte. Die war nur für die beiden, für Mutter und Sohn, sie waren ja auch ein besonderes Paar, und er hatte nach dem Tod seines Vaters die Beschützerrolle übernommen, sie war ja so zierlich und auch geziert, das durfte ich wohl sagen, aber auch nett und freundlich, so selten wie ich sie sah. Ich glaubte, er liebte seine Mutter sehr. Oder war es nur, weil sie zusammen wohnten und weil er auch gar nicht getrennt von ihr und sie nicht getrennt von ihm alleine wohnen wollte, da war zu viel Gemeinsames, gemeinsames Leben und erst recht, nachdem der Vater gestorben war.

Clemens hat sich über das Kästchen mit dem Elefantenrelief gefreut. "Ich steh ja so auf Elefanten" sagte er hoch erfreut. Der Elefant trompetet. Das Kästchen aus Stein fühlt sich in der Hand geschmeidig an. Gelber Plastik Kindersitz auf silbergrauem Damenfahrrad, im Vorgarten, angeschlossen. "Alles sauber - braune Nazikacke", Bellealliancestraße. "Ben, ich liebe dich" schwarze Schrift auf rotem, kleinem Kinderspielplatz Häuschen. Nasser Asphalt. Junger Mann überholt mich rechts, dunkelblaue Mütze, freiliegende Ohren, dunkelblaue Jacke, weiße Plastiktüte, schaukelt. "Weg mit dem Paragrafen 129 a". Bartelsstraße. Eingeschlagene Fensterscheibe, großes Loch, türkischer Club. Frauenzeichen auf Stützpfeiler von Überführung. Graffitis überlagern Schriften an den Hauswänden, neues Zeitzeichen. "Boykottiert Israel". Kondom in der Pfütze.

  Das Foto entstand wahrscheinlich auf meinen Wunsch hin, ich wusste es nicht sicher, aber ging davon aus, denn ich entsprach ja nicht seinem Frauentyp. Als wir vor einem Fotogeschäft in der Kinopassage stehen blieben und die Auslage betrachteten, die lauter Passfotos von jungen Frauen zeigte, hatte er gesagt, „die schönen Mädchen sind ja alle schon vergeben", das hatte mich gekränkt, und ich vergaß es nie. Schon mein Vater verglich mich mit meiner Schwester, der Schönen.
Auf diesem Foto trug ich eine weiße, enge Jeans und einen orange-weiß melierten Rollkragenpullover aus Baumwolle, auch eng anliegend. Er hätte vermutlich lieber gesehen, wenn ich mich wie eine kaufmännische Angestellte kleidete und dazu mit geschminkten Lippen und Make up.

  Denisees Hund Lesli hatte Grippe, "haben alle Hunde im Moment" sagt sie. Nach dem Aufstehen hat sie gleich reinmachen müssen. Kein schönes Gefühl. An ihrem Halsband hängt rotes Herz. Lesli ist schwarz. Sie hat ihn gepflegt, aufgenommen, sie hatte kein Zuhause. Hundekampf am Kiosk Sternschanze. Aschfahle Gesichter, Drogen. Junge Frau mit Rollstuhl, langes welliges Haar, von hinten, schwarz. Autohupe, langanhaltend. Junger Mann stellt 5 Einkaufstüten auf den Boden ab, Plastik, 2 weiße, 2 orangefarbene, 1 grüne. Kaugummi kauende Frau. Roter Rollstuhl mit Kind, Plastik. Kran hebt Glascontainer hoch, Krachen, Zusammenbruch, Scherben. "Unseren gefallenen Kameraden" Inschrift in großem braunem Stein im Vorgarten des ETV.

Alte Frau in Denises Laden sagt "Ich bin in meinem Leben immer bestohlen worden". Ein Mann hat ihren Dachboden ausgeraubt und wertvolle Antiquitäten in den Trödelläden verkauft. Als die Frau in Denises altem Laden ihre Sachen sah, holte sie die Kripo, Denise musste den Laden schließen, sie hat eine Täterbeschreibung abgegeben. "Die Frau ist interessant", sagt sie, "wenn man sie näher kennt". Abgase. Zwei Farbeimer am Straßenrand, geöffnet, Wandfarbe, türkis, pastell. Mann verstaut Umzugskartons im Kofferraum, plattgedrückt, Pkw. "Pedalkraft" kleiner Aufkleber an Ampelpfahl. Ring Gegenüber vom Weiher. Junger schwarz- und kurzhaariger Mann, roter Anorak, mit kleinem Handwagen, rot, "Hamburger Wochenblatt", leer. 11 schwimmende Enten. 16 ruhende. Vogelhäuschen am Baum. Quaken. Enten am Ufer. "Schießt du in dieses Tor oder in das?" Kinderfrage an Mann auf dem Spieli. Wohnwagen, neu, hellgrau, groß. Lutherotstraße Ecke Ottersbekallee. Frau stützt sich auf Regenschirm, gehend. Zwei Flachmänner, leer, im blätterlosen Gestrüpp.

Ralf und ich hatten in den vergangenen Jahren nicht viel Kontakt, alle zwei bis drei Jahre mal ein Telefonat, er hatte geheiratet, überdies gab es nicht viel zu sagen, es war immer alles in Ordnung. Dann plötzlich war seine Mutter gestorben und hab ich dir das noch nicht gesagt: „Wir wurden vor einem Jahr geschieden" Ich sagte erstaunt: „Aber es war doch immer alles in Ordnung!" Er erklärte, dass seine Mutter und seine Frau sich nicht verstanden hätten. Seine Mutter hätte gestichelt. Seine Frau hätte ihm vorgeworfen, dass er seine Mutter ohne sie zu fragen ins Haus genommen hätte und aus der vorübergehenden Lösung - ihre eigene Wohnung wurde übrigens die ganzen 12 Jahre, in denen sie bei ihnen wohnte, nicht aufgelöst - wurde eine Dauereinrichtung für Monate, schließlich Jahre und weit über ein Jahrzehnt, fast zwei. Das hätte seine Frau zerstört. Sie hätte einen psychischen

Zusammenbruch gehabt, sei in die Psychiatrie gekommen und anschließend zur Kur gefahren. Hier hätte sie dann den Mann kennen gelernt, den sie nach ihrer Scheidung geheiratet habe. Sollten sie doch glücklich werden. Das ganze Haus der Beiden sei voller Bilder, ihrer eigenen Bilder, die sie in der Kur gemalt hätten. Er sagte das verächtlich. Sich so darzustellen! Seine eigenen Sachen! Sie würden immer noch beide malen, hätten im oberen Stockwerk ihres Hauses ein Atelier eingerichtet..

Mit Marguerite im Cafe. "Hast du in der letzten Zeit was Interessantes gelesen?" frage ich sie. "Vielleicht von deinem geschätztem Autor, wie hieß er noch gleich? Gottfried Benn?" "Oh Gott", sagt Marguerite," kannst du hellsehen?" "Benn ist überhaupt nicht mein Lieblingsautor, aber ich habe ein Buchgeschenk für dich". Helma Sanders-Brahms "Gottfried Benn Else Lasker Schüler". Zerbrochenes Trinkglas vor Kneipe. Zerknülltes Papier am Treppenaufgang. Eingehaktes Paar, älter. Linksüberholer. Breitbeiniger Gang eines Stämmigen. Rot glühende Zigarettenspitze im Dunkeln, das andere Ende im Mund eines Mannes, saugen, ziehen, kräftig. Jemand zieht seinen Reißverschluss hoch, bis zum Kinn. Jemand trägt Katzenfutter unter dem Arm.

Nathalie kommt nicht in den Keller, weil Jonas das Kellerschloss für sein Fahrrad genommen hat. Sie schimpft. Er hängt es wieder dran, aber nimmt den Schlüssel mit. Auch der Briefkastenschlüssel ist manchmal für eine Weile verschwunden, dann taucht er wieder auf. Einer von zwei Haustürschlüsseln ist verschwunden. Sie gibt ihm Geld zum Nachmachen. Er gibt das Geld aus. Sagt aber, er habe jetzt wieder einen Schlüssel. Klingelt bei Nachbarn. Terz. Leiht sich Schlüssel von mir. Hole ihn mir wieder. Nathalie gibt ihm wieder Geld, dass er wieder ausgibt. Sagt aber, er habe jetzt einen Schlüssel nachmachen lassen. In Wirklichkeit geht Nathalies Klingel nicht mehr, denn Jonas hat zwei Drähte verbunden, das bewirkt, dass der Summer angeht und er die Tür aufdrücken kann, wenn er die Haustürklingel drückt. Terz. Jonas will sich Schlüssel von mir leihen. Nein. Nathalie will keine Nachforschungen anstellen, Jonas ist 20. "Er soll endlich erwachsen werden" sagt sie, "sein Abitur nachholen". "Geht er denn jetzt zur Schule?" "Das weiß ich doch nicht" "Er lügt" "Willst du nicht mal in der Schule anrufen?" "Ich hab genug um die Ohren. Ich muss den ganzen Tag arbeiten". "Er muss das doch auf die Reihe kriegen. Er ist 20".

Ich hatte Mitleid mit Ralf, weil er plötzlich beide Frauen verloren hatte, denn ich wusste ja, wie sehr er an seiner Mutter gehangen hatte, und mit seiner Frau hatte er ja schließlich auch zwanzig Jahre zusammen gelebt. Ich erinnerte mich noch wie er damals, als ich nach Hamburg gegangen war, am Telefon sagte, noch mal sollte ihm keine Frau weglaufen, deshalb hätte er seine Kollegin geheiratet. Dabei war ich ihm gar nicht weggelaufen. Er hatte nicht mit mir zusammen wohnen wollen, „mit dir eventuell", hatte er gesagt, „aber mit dir und deinem Sohn, nein". Darüber hinaus hatte er seelische Grausamkeiten an mir begangen, er ließ mich im Stich, vernachlässigte mich, ließ mich in höchster Bedürftigkeit alleine. Ich wollte sowieso aus der Stadt weg, denn sie bot keine Schule für meinen erblindeten Sohn, in ein Heim wollte ich ihn nicht geben, wie es mir meine Mutter riet, weil ich, wie sie meinte, sonst nie einen Mann bekäme. Ich hatte mir Düren angeguckt, war jedoch gleich von dem um das Heim laufenden Zaun abgeschreckt. Berlin, das ich bevorzugt hatte, wurde es dann doch nicht, weil es, wie mir eine Blindenlehrerin sagte, die ich über eine Anzeige, die ich in Päd Extra aufgegeben hatte, kennen lernte, nicht viel für die ansässigen Blinden tue, weil Berlin kein Einzugsgebiet habe, sie empfahl mir Hamburg und da ging es dann nach weiteren Recherchen auch hin.

Mann mit Tannenbaum, trägt ihn

am Netz, mit einer Hand. wie eine Einkaufstüte, nur, dass der Tannenbaum in der Waagrechten hängt. Wieder eisige Kälte, die jeden Staub beseitigt, Härte. Die Autos prallen auf Pflaster auf. Härte schlägt in mein Gesicht ein wie eine Faust. Junge Frau mit Handy "Hallo Schwesterherz, weißt du, was ich den Kindern schenken kann? Bitte hilf mir!" "Alles, was ich schnell besorgen kann". "Eine Uhr?" Treffe Yves mit geschwollener Backe, während wir reden, gibt er dem Briefträger einen Geldschein. Eine Zahnkrone hat ihm schon Weihnachten 1992 einen Strich durch die Rechnung gemacht. Er fühlt sich schlapp. Antibiotika. Seinen Freund, den er in Berlin, wo Yves geboren wurde, besuchen wollte, kann auch nicht, weil seine Mutter erkrankt sei. Jetzt legt er sich ins Bett und sieht sich alle Weihnachtsfilme an. "Alten- und Pflegeheim der Freimaurer", erleuchtet, am Fenster eine Frau. Kleiner Schäferkamp. "Bauwagen bleiben" schwache Schrift, Versuch sie abzuwaschen. Afrikanische Dealer. Ratternder Zug über mir. Zerbricht die Brücke? "Merry Chrismas!" wird jemandem zugerufen von männlicher Stimme. Jugendlicher spuckt aus. Junge Frau mit Leggings und kurzer Jacke, blaue Umhängetasche schlägt bei jedem Schritt gegen den Po, rhythmisches Gehen, rhythmisches Schlagen, schönes Blau, Synthetik, schwarzer, breiter Schulterriemen verläuft diagonal über den Rücken. Junger Mann mit hellroter Daunenjacke, die Arme reiben sich beim Gehen am Körper, schnelles Gehen, schnelles Reiben, das Geräusch. Altrosane Mülltüten mit blassgelben Klebestreifen, breit, aufeinander getürmt. "Saal II" geschlossen, auch am 25.1."Ausbeutung und Herrschaft im Alltag angreifen" schwarze Schrift, Eifflerstraße, auf der anderen Straßenseite "BRD foltert und mordet in Kurdistan". Bierdose auf Fensterbrett. Angekohlte Klingelschilder. Neubau Lippmannstraße Ecke Eifflerstraße, Balkone mit Kunststoffgestänge, Kunststofffarbe graublau. Gegenüber "Kampf der Arbeit". "Cafe unter den Linden" geschlossen, bis 28.1 "Freiheit für Irmgard Möller", schwarze Schrift, Juliusstraße.

In der Bahnhofsbücherei blätterte ich in dem neuen Handke Buch, gestern noch in *Liquidation* von Imre Kertésc, in Erika Pluhar, in *Russendisco*. *Le Monde* war nur von gestern vorrätig. Ich fuhr eindeutig lieber mit dem Zug, als dass ich flöge. Das kommt wohl darauf an. Ich machte das erste Foto durchs Fenster: Die Elbbrücken. Das hatte ich mir vorgenommen, die Anreise in Gummistiefeln mit Fotos „festzuhalten", in Gummistiefeln wegen dem Schneematsch, nur, habe ich gar keine anderen Schuhe für die paar Tage mitgenommen. Das würde Ralf bemängeln. Sie hatte sich dann doch mit dem Buch, das sie in Dublin kaufte, „spiritual wisdom from the celtic world" begnügt. Der Blick nach draußen empfing nur Schnee. Freie Felder. Dann wieder verhutzelte, niedrige Häuschen. Es lag viel Land zwischen meiner Stadt und der Stadt meiner Vergangenheit und viel Wald, Wald. Eine merkwürdige Reise, auch weil sie gegenüber meiner Mutter und Schwester, die ich nicht besuchen würde, unbemerkt bliebe. „Ich verschwinde für ein paar Tage!", mailte ich J., der in meiner Stadt wohnte, in der Früh, bevor ich aus dem Haus ging.

Träumte, dass ich ein neugeborenes kleines Baby an meine Brust drückte, über das sich andere lustig machten, weil es so lächerlich klein war. Es war sehr zart, hatte dunkle, große, lebendige Augen. Es freute sich, dass ich es annahm, an mich drückte. Es war gut geborgen, es brauchte keine Angst zu haben zu fallen. Ich wollte alles tun, um es vor den Angriffen von außen, den Feinden, zu schützen, damit es nicht zerbrach, zugrunde ging. In einer anderen Szene rief ich Anselm an. Er wurde ans Telefon geholt, es dauerte einige Zeit, er kam die Treppen hoch aus dem Keller, meldete sich und sprach geschäftsmäßig mit mir, das Gespräch ging zurück und war plötzlich ganz weg. In der dritten Szene ging es um einen Fahrschein, mit dem ich nicht mehr weiterfahren konnte, als ich den Fahrschein besah, stand 1 DM drauf. Ich bekam einen Schreck.

Heute fühle ich mich elend, müde, schwach, vor allem fehlt mir heute die Kraft, die Körperkraft und damit auch die geistige Kraft. Gestern Nachmittag spürte ich schon den Verfall. Wenn es so ist, kann ich rein gar nichts mehr machen. Sah dann einen alten Film mit Emma Thompson und Anthony Hopkins „Was vom Tage übrig blieb". Die extreme Gefühlsunterdrückung des Dieners Steven von Hopkins gespielt, ließ mich schaudern. Ein Mensch, der nicht aus sich heraus kommen kann, er vermag es wirklich nicht. Emma erlebt wie schrecklich das ist.

Zwischen zwei brennenden Zigaretten in der Pastelaria eingekeilt. "Kann ich kurz meine Sachen hierlassen?" werde ich von einer jungen ausländischen Frau gefragt. "Ich suche eine Freundin, aber sie kommt leider nicht." Sie geht vor die Tür, um zu gucken. "Leider kein Glück gehabt." "Ich warte noch ein bisschen". Sie ist aus Barcelona, hat im Wir-Zentrum in Altona Deutsch gelernt. Zuerst war sie Au pair Mädchen, im Moment arbeitet sie im Geschenkeladen. Sie wollte hier eine Ausbildung als Krankenschwester machen, nun nicht mehr, auch nicht in Barcelona, jetzt möchte sie in die Tourismusbranche. Sie wohnt in einer WG in der Fettstraße. "Hallo!" Ihre Freundin kommt doch noch.

Im Zug hatte ich Miles Davis im Ohr, es lief „yesterdays". Ralf war mir aufgefallen, weil ich immer denselben Zug benutzte, um zur Hochschule zu kommen. Eines Tages wartete ich auf die Straßenbahn, die zum Bahnhof fuhr, es regnete. Ein Auto hielt, ich wusste nicht mehr, welche Kommilitonin oder Kommilitone es war, der oder die mich fragte, ob ich mitgenommen werden wollte. Das wollte ich und fragte schnell den ebenfalls auf den Bus wartenden Studenten, ob er auch mit zum Bahnhof wolle? So lernten wir uns kennen, später rief ich ihn einmal abends zu Hause an, ob er mitginge etwas trinken. Es kam die körperliche Annäherung, Begeisterung, Zuwendung. Das war in einem Dachzimmer mit provisorischer Toilette auf dem Dachboden. Das Zimmer hatte ich nur ein Semester, benutzte es an den Studientagen, ansonsten wohnte ich ja noch mit meinem Sohn bei meinen Eltern. Aber als ich knapp einer Vergewaltigung entgangen war, nachts um zwölf, als ich von einem Besuch zurück kam, zog ich sofort aus. Ich hatte die Haustür gerade zugemacht, als jemand, dessen Schatten ich durch das dicke, milchige Glasfenster der Tür wahrnahm, klopfte. Gott sei Dank, geistesgegenwärtig, öffnete ich nicht sofort, weil es ja bestimmt ein Hausbewohner war, sondern fragte, wer da sei? Da antwortete eine Männerstimme „Haben Sie etwa Angst?!" Das war so gruselig, dass ich meinte, er könne ja da, wo er hinwolle, klingeln und ohne Licht zu machen, ging ich die vielen Stockwerke hoch. Oben angekommen, machte ich auch in meinem Zimmer kein Licht, aber es klingelte trotzdem bei mir und zwar mehrmals. Steif vor Angst ließ ich mich auf einen Stuhl nieder, bis zum frühen Morgen blieb ich dort wie angewurzelt und gelähmt sitzen. Es war schrecklich. Dieser Mann würde schon anderen Studentinnen aufgelauert haben. Es war in diesem, ihrem ersten, aushäusigen Zimmer, dass ich Ralf auf meinem Bett mit ihm sitzend, umarmte und es stimmte, dass sich in diesem Moment mein ganzer Körper zum ersten Mal in Leidenschaft auflöste. Er ging darauf ein, sagte mir aber, dass er mich wie eine Maschine empfunden hätte, damit meinte er meine unaufhaltsam vorwärtsdrängende Lust ihn zu berühren und spüren.

Denises Tochter bildet auf dem Fußboden eine Autoschlange, alle Autos sehen gleich aus. "Wer sitzt denn da drinnen?" Sie zählt auf, für jede Person ein Auto: Papa, Mama, Tante, Steve, Mark, John, der Weihnachtsmann, die Engel. Die Engel sind zu mehreren. Denise bittet mich für den Hund ihrer Mutter zwei Tüten mit kleinen Fischen zu kaufen. Tierhandlung neben der Schlachterei. Geschlossen. "Heute morgen, als ich aufgemacht habe, standen schon zehn Leute vor der Tür" sagt sie. Sie spielt Biermann. Clemens hatte mir gesagt, dass ich nach Biermann Schallplatten Ausschau halten solle. Aber Denise will sie nicht verkaufen. Im Moment nicht. Autos blinken, wollen linksherum. Im Briefkasten Post vom Blindenverein und der Versicherung.

   Ich bekam von Ralf bald zu hören, dass er an und für sich an einer anderen Frau interessiert sei, einer schwarzhaarigen Studentin mit vollen, rot geschminkten Lippen und großen, dunklen Augen, die mit einem Lidstrich umrandet waren. Dennoch trafen wir uns weiter, die Liebe war köstlich. Die andere, von ihm begehrte Frau, verschmähte ihn. Er hatte sie angesprochen, aber sie hatte schon jemanden, „sie ist eben hübsch!", sagte Ralf.
Es lief „So What" auf meinem mp3 player, es ging ganz schön zur Sache, dann ein Schlagzeugsolo, die Sticks prallten nur so auf die Becken nieder – ich dachte an meinen Sohn, der auch Schlagzeug spielte, ich sah sein konzentriertes, angespanntes Gesicht, während er die schlagenden Sticks niederprasseln ließ, ausgewogen, rhythmisch – und dann ging nach dem Klatschen wieder ein wohlgefälliges Musizieren los, das Schlagzeug fand einen anderen Lauf, hetzte, das Piano im Vordergrund hatte seine eigene Melodie, es setzte die Trompete ein und es beruhigte sich alles ein bisschen bis es leiser und langsamer zu Ende ging.

   Seitenweise "ich vermisse dich" geschrieben, sagte eine Stimme, „erst Zeile für Zeile, dann in Spiralen und zuletzt als Kreuz. Brief frankiert" „Für wen war der Brief bestimmt?", fragt die zweite Stimme, während beide Frauen mich überholen. Meinen Vater sah ich zuletzt Weihnachten vor sieben Jahren. Er stützte sich auf mich, Heiligabend, Spaziergang, er, Clemens, ich. Er rang nach Luft. Im März starb er. Fleischgeruch im Hausflur, parterre, bei Nathalie, Gänsebraten. Als ob ich das Kind wegstoßen wollte, aus meinem Traum, weil ich keinen Vater für es fand. Gänsebraten Geruch auf dem Gehweg. Dunkel. diesig. 17.30Uhr. Autos schnellen. Abgase. VWKäfer mit kaputtem Auspuff, das Geräusch. Hund macht an Hauswand, Herrchen steht daneben und macht "Guck in die Luft".

      Das sollte die letzte Probe sein, aber die Zähne der Prothese waren enttäuschend, vorne viel zu lang und zu gelb, überhaupt war es eine massige Prothese. In 14 Tagen wieder eine Anprobe. Das Teil geht immer zuerst in ein hiesiges Labor und von dort geht es nach China, kommt von dort wieder zurück ins Labor und von da aus zu meinem Zahnarzt.

„Stella by Starlight" hatte seinen Lauf genommen.
Unaufhaltsam rollte der Zug, schwanden die Felder, ich hätte ja auch aussteigen können, dieser Gedanke kam mir aber zu spät, umkehren, weil es irgendwie verrückt war nach so langer Zeit eine Reise in die Vergangenheit zu unternehmen. Ich blieb sitzen, denn es gab da ja auch eine Spannung. Dass er gleich zwei Frauen verloren hatte, rührte an mein Mitleid. Er hatte mir nicht gesagt, dass er gleich nach der Trennung eine neue Frau kennen lernte und mit ihr zwei Jahre zusammen war, dann hätte ich weniger Mitleid gehabt. Aber es war ja auch wegen uns, er war wieder alleinstehend, so wie ich und ich hatte ihn einmal sehr gerne. Er war damals für die Abtreibung und ich, die ich schon ein uneheliches Kind hatte, stimmte zu, noch ein Kind ohne Vater, der sich nicht verantwortlich fühlte, das wollte ich nicht. Es war eine geheime Sache und kostete 1000 DM, die wir uns teilten. Aber immerhin, sagte ich mir jetzt, hatten wir ein gemeinsames Kind, wenn auch abgetrieben, denn er wollte zu meinem Bedauern kein Kind, die Trompete spielte hier ihr Solo, ich meinte, Miles spielte ein schönes Begräbnissolo, verstand vielleicht, dass das Mädchen gestorben war, ich wusste natürlich nicht, ob es ein Mädchen

geworden wäre, es war denkbar, dass es ein Mädchen geworden wäre. Die Trompete hatte wieder das Schlagzeug eingeholt und sie fetzen nach vorne. Ich hatte wegen dieser Abtreibung immer ein schlechtes Gewissen und auch eine Trauer.

Zwei Bilder schon, in denen ich Anselm sehe. Sie entstehen ohne Absicht. Weniger äußere Ähnlichkeit, als innere, das Wesen, weich und sanft. Es bezieht sich auf menschliches Elend, Krankheit und Tod mit ein. 1.30 Uhr nachts. Weißer, tanzender Elefant. Wenn ich an ihn denke, stelle ich ihn mir im Jenseits vor, transzendiert, er ist zu reinem, weißen Licht geworden, er tanzt, leicht.

Ich dachte während der Fahrt an dieses Nichtkind, dieser Gedanke wog schwer, wie eine Bürde fühlte er sich an, der die Leichtigkeit verdrängte, wie die schweren grauen und dichten Wolken das lichte Blau unsichtbar machten.
Mit seiner Exfrau hat Ralf kein Kind. Dabei war sie erst 22 Jahre, als sie zusammen kamen, er 12 Jahre älter als sie. „walkin" war auch schon vorbei. „Round about Midnight" hatte eingesetzt. Vielleicht wollte er das seiner Mutter nicht antun, ein Kind zeugen. Sie hätte dadurch ja ihre Position verloren, wäre Großmutter geworden. Mutter und Kind hätten zwischen ihr und ihrem Sohn gestanden, eine neue Familie hätte ihr gegenüber gestanden, es wäre noch deutlicher geworden, dass das Leben mit ihrem Enkelkind weiterginge, während ihres versiegen würde.

Regen. aufgeweichte Wege im Park. Frau mit Regenschirm, Hund an der Leine. Jogger, nasse, schwarze Stirnhaare. Auf der anderen Seite des kleinen Sees zwei dunkle Gestalten mit zwei dunklen Regenschirmen. Leises Quaken. Zwei schwimmende Enten. Regen prasselt auf Schirm. Leise piepsender Vogel. Autogeräusche, Ring 2,

Autos preschen durch Pfützen. Sehe Gesichter in den matschigen Blättern und Zweigen auf dem Erdboden, auch in den Bäumen, wo ich hinblicke, lustige, verträumte, verschmitzte, hämische, zerknirschte, verführerische, aufgedunsene, malträtierte. Häuser und Bäume spiegeln sich in den Pfützen, Teile, Elemente. 16.00 Uhr, halb dunkel, halb hell. "Bei erfolgreicher Wohnungsvermittlung 1000 DM" gelber Zettel am Baum, blaue Reißzwecke, und rote. Autos, Vollgas. Nasse Blätter auf dem Trottoir, sehe Münder, verschiedenster Art, Schmollmünder, geschlossene Münder, zerkniffene, zusammengepresste, offene, verspielte, süffisante. Plärrendes Kind. Vogelhaus in gepflegtem Vorgarten, auf drei Stämmen. Zwillingskinderwagen, schlafende Kinder unter durchsichtiger Plastikplane. Auto biegt um die Ecke, gelbe Scheinwerfer. Ferne Kinderstimme, schlage anderen Weg ein. Rechterhand Schule an der Isebek, bedrohlich, mächtiges Gebäude. Sirene heult, Blaulicht. Pärchen, laut. Zirpende Vögel, übertönendes Autogeräusch. Gelber Briefkasten. Vöglein auf dem Trottoir, hüpft zur Hecke. Helene Lange Gymnasium. Orangefarbener Bauwagen, Nr.8 Aziz hat Lieder getextet, eines hieß "Könnt doch viel einfacher sein". Piepsende Vögel. Nasse, zertretene Zigarettenschachtel. Viele Vogelstimmen aus verschiedenen Richtungen, Fragen, Antworten, Berichte, Erzählungen. St. Andreaskirche, ev. luth. . Busgeräusch, in der Ferne, hinter mir. 3/4 Dunkelheit, 1/4 hell. Ziepender Vogel. Ringschloss ohne Fahrrad. 3 Männer im Waschsalon, einer mit gelbem Becher. Grindelallee. Autos jagen. Gibt es mehr Menschen oder mehr Autos? Mann, Schiebermütze, Dackel. Hände auf dem Rücken ineinandergelegt. Weiß gekleidete, dicke Frau mit Plattfüßen.

Der Mann im Zug neben mir las die Bildzeitung, sie las die fette Überschrift: „Herzlos Mama" sie dachte an Norbert, dessen Mutter duldete, dass er von seinem Vater geprügelt wurde, an A., die jahrelang missbraucht wurde mit dem Wissen ihrer Mutter. Nora Jones

sang „come away with me". Ich dachte auch an die Mutter, die ihre Tochter nicht groß werden ließ, immer einschritt und sich in den Vordergrund schob, das Leben der Tochter stahl, sich in deren Leben hineinmengte, um die Hauptrolle zu spielen, die Zügel zu halten und zu dirigieren, sich in den Männern der Tochter zu sonnen, aufzuwärmen, gar zu glänzen und noch mal zu neuer Jugend zu gelangen, weil ihre unwiderruflich dahin war.
Am meisten interessierten mich die weiten, freien Schneeflächen, die Endlosigkeit des weißen Nichts. Natürlich könnte ich interessantere Bilder „schießen", aber diese Bilder, die ich aufnahm, sollten mich ja nur dahin begleiten, wo ich hin „musste" und ich „musste" ja dahin. Nora sang: "like a flower....like the desert waiting for the rain....my poor heart is wearing so hard... you are the only one who can me turn back on.... I`m just sitting here just waiting for you  turn me on". Ich hatte mich kurzfristig entschlossen, nein überlegt hatte ich es, seit meinem letzten Telefonat im September oder Oktober. Dann fuhr Ralf für 6 Wochen in die Wärme nach Tunesien, hauptsächlich um es warm zu haben und überhaupt um alles zu haben, das rundum Sorglospaket: All inclusive!
Bremen war erreicht. Die Schienen fotografiert und die schreitenden Beine von jemandem - N. sang: „I can help myself, I got to see you again" - auf dem Bahnsteig. Nora: "If I would be a painter I would paint my reverie". Immer dieses Unkenntliche. Immer noch das Nichts, in dem alles geschehen konnte.

      Rickili im Café. Sie hat ihren Mantel um den Unterleib gewickelt. Wir erzählen uns oft unsere Träume. Sie hat einen immer wiederkehrenden Traum. Ihre Mutter mit einem Messer hinter dem Rücken, teuflische Augen, "sie will mich umbringen" sagt Rickili. Ihre Mutter wurde von ihrem Vater missbraucht, heiratet ihn später und bekommt Rickili, die auch von ihm missbraucht wird über viele Jahre. Sie glaubt, dass ihre Mutter Bescheid wusste,

denn warum sonst ist sie und alle anderen öfters weggefahren, in die Stadt, während sie alleine bei dem Vater bleiben musste. "Das war bewusst" sagt Rickili. Sie fühlt sich eigentlich immer krank, aber die Ärzte können nichts finden. Jetzt will sie sich in eine Diagnostik Klinik einweisen lassen. Die Mutter mit dem Messer hinter ihr her, vielleicht hat die Mutter ein Schuldgefühl und will Rickili deshalb umbringen. Oder Rickili hat ein Schuldgefühl und projiziert es auf die Mutter?
Der zweite Traum ist neu und handelt von ihrem Bruder. Als Kind hat sie viel an ihm gehabt, aber später hat er sich von ihr abgekehrt, weil er ihren Lebenswandel nicht billigen konnte. Sie träumt von einem Kampf unter Wasser. Beide mit Messer. Rickili hat im Traum das Gefühl, es geht um ihr Leben. Sie ermordet ihn. Der Ort ist eine Insel. Ein Schiff holt sie ab. Ihr tropft Blut aus dem Ärmel.
Rickili erzählt mir noch einen Traum vom Kämpfen, in dem, meint sie, sei ihre Mutter "gut", eine "Friedensstifterin. Rickili kämpft gegen eine böse, ältere Frau, beide mit Holzschwertern. Rickili will sich gegen die böse Frau wehren. Ihre Mutter tritt dazwischen mit geöffneten Händen, Handflächen nach oben, wendet sich an die böse Frau und sagt "dem gegeben werden soll wird gegeben". Rickili beklagt sich im Traum bei ihrer Mutter über die Einmischung. Die böse ältere Frau sagt zu Rickili "Ha ha, reingefallen!"

Bus. Schwarz. Aufschrift "Schmetterling", rot. Gelber Schmetterling. Geruch, Gänsebraten. Wind. Schmutziger, grauer Abgasdampf. Weihnachtszweig auf dem Gehweg. Heftiger Wind an der Kreuzung. Autogeräusche, ungedämpft. Schmale, blonde Frau in Lila vor mir im Bus, sitzend, rechts. Erinnerung an Uta Ranke Heinemann, als sie in Neuss in der Straßenbahn saß, ganz in weiß, mit langen, weißen Handschuhen, Ohrgeschmeiden und blond, sie saß auch auf einem Einzelplatz auf der rechten Seite. Wie plötzlich die Erinnerung 20 Jahre zurückgreifen kann und wie aus einem Zauberhut durch eine Nichtigkeit ausgelöst, Schätze aller couleur hervorholt.

Ich hatte Nora Jones ausgestellt, nervte dann doch. Ich steckte mir Ohropax ein. Manchmal brauchte ich Stille, weg von äußeren Einflüssen, keine am besten. Bis es mir zu viel wurde in diesem stillen Innensein und ich hinausstürzte, um wieder meine Umwelt an mich heran zu lassen, hinein in mein Ohr, in mein Auge, bis auch sie wieder gesättigt waren und ich schwer beladen mit diesen Eindrücken, auch mit Lebensmittel Einkaufstüten, nach Hause kam.
„Niederschrift", was für ein altes Wort, genau wie Niederkunft, aber wie gut, dass das Wort „nieder" mal vorkam, positiv vorkam. Sonst war es doch eher mit negativen Assoziationen behaftet: „Nieder!" Obwohl - auf den letzten Briefmarken stand: „Nieder mit den Waffen!" Ist ja positiv. Aber es ging auch anders: „Nieder du Dreckskerl! Knie dich nieder! Leck mir die Stiefel!"...

Es meldet sich der Anrufbeanter. Ein Gong wird geschlagen. Nachdem er verklungen ist, sagt Aljona. "Ni Hao" chinesischer Gruß, "Anschließend hört man die Stimme von Fridolin "Hier fließt das Chi", darauf folgt ein Geräusch: die Klospülung wird gezogen, Wasser rauscht. "Loslassen" denke ich mir "Fließen lassen" "Nicht festhalten". Man erkennt die Gemeinschaftsarbeit, beide geben einen Tai Chi Kurs. 3 Personen im Bus. Sind eingestiegen. 2 mächtig dicke, am dicksten ist die Frau, die auch mächtig Rauch ausdünstet. Sie beginnt zu singen "lalala", Weihnachtsmelodie, Mann und junge Frau stimmen ein. Vogelschwarm im Himmel, 7. "Für den heiligen Krieg Bumm!" "Dead men don`t rape" "Bärlin brennt Hamburg pennt", Altonaer Straße. Kaputter Blumenkasten, braun, bodenlos, neben Müllsack. Junge, blonde Frau mit langem, roten Samtrock und Kind auf dem Rücken. Großes Autohaus, entlang der Schaufenster Plastikweihnachtssterne, rot, Plastiktöpfe. Der Wind treibt einen leeren Karton, hellblau, den Gehweg hinunter. Zwei Scheiben des Autohauses sind zerschlagen, braune Klebestreifen. Junger Mann mit Bierdose in der Hand. An einen Fahnenmast schlägt der Wind etwas Metallenes. "Saal II" schwarzhaarige Bedienung ohne Mienenspiel. "Wie kommst du dazu zu sagen, dass ich nicht recht habe?!" sagt sie empört und ruft dem Mann zu: "Das ist Kunst!" Kind mit rotem, kleinen Plastikauto im Raum, weißes Steuerrad. Fernseher, eingeschaltet, jemand zieht sich etwas über den Kopf oder will es runter ziehen, es dauert lange, ich gucke nicht immer hin, dann ein bleibender, weiß verkleideter Kopf, dick eingewickelt, im Hintergrund eine Aktion. "Ein Videofilm, selbstgemacht, von dem Herrn da". Streichholz fliegt durch die Luft, beim Versuch des Zündens. Kind hat Auto verlassen, steht an der Glastür, mit der rechten Hand umfasst es eine Flasche mit gelblich, bräunlicher Flüssigkeit, Apfelsaft oder Tee. Die linke Hand dreht es mehrmals wie vor einem Spiegel. Der blaue Pullover hat ein weißes Muster. Mann mit Pfeife am Tresen. Hellblauer Himmel mit weißen Wolken Wattebäuschen. Afrikanische Dealer. "mpz" Hinterhof, Medienpädagogisches Zentrum, Plakat "Kein Mensch ist illegal". Afrikanische Dealer. "Rotten Flora", Hauseingang Schanzenstraße. Weißer Aufkleber, schwarze Schrift "les idiots live", "13. november Rote flora". Weißer Aufkleber mit schwarzer Druckschrift "Sicherheit", Schanzenstraße.

Theresas Tochter Natascha ist angereist. Festtage. Gutes Verhältnis. Eines Tages stand sie vor der Tür, 17 jährig. Theresa hatte sie gleich nach der Entbindung weggegeben. Sie selbst war ein uneheliches Kind und von der alleinstehenden, berufstätigen Mutter nicht anerkannt. Theresa war deshalb zeitweise im Heim, mal hier und dort bei Freundinnen untergebracht, bis ihre Mutter heiratete, da war Theresa fünf und wurde von nun an von ihrem Stiefvater geschlagen. Theresas Tochter hat eine ebensolche Odyssee erfahren, das erste Jahr war sie im Heim untergebracht, dann bei verschiedenen Pflegefamilien, schließlich wurde sie adoptiert. In den Ferien war sie gelegentlich bei Theresas Mutter und Theresa selbst konnte sie sehen, das letzte Mal, als Natascha 11 war. Die Ehe in der Adoptivfamilie ging in die Brüche. Natascha und ihre zwei Halbgeschwister litten bis Natascha sich auf und davon machte. Weder hat sie Theresa Vorwürfe gemacht, noch ihrem türkischen Vater, den sie auch ausfindig machte.

"Friss oder stirb", schwarze Schrift. "Fuck Laue" auf Toreinfahrtstüren. Kampstraße Ecke Schanzenstraße. Auf dem Straßenschild ist hinter dem "p" ein "f" eingefügt "Kampfstraße". "Den Kampf wagen!" rote Schrift. "gegen Leerstand", hellblaue Schrift. Graffitis überlagern Schriften. Alte Frau im Rollstuhl. Alte Toilettenbecken am Baum, 3, Pissoirs.

Joni Mitchell, Ich besaß einmal ein Album von ihr „Blue", das war wirklich gut. Das Cover war blau, also auch ihr Gesicht, das zu sehen war und auf der Schallplatte der Song "Blue". So ein bestimmtes Blau schien mich doch zu faszinieren, mein jüngst gemaltes Bild war blau, einfarbig blau, ein dichtes und zugleich transparent leuchtendes Blau, vielleicht ein Tiefseeblau, doch bin ich noch nicht in die Tiefe des Meeres eingetaucht und weiß deshalb gar nicht, welche Farbe es da unten tatsächlich hat. Blau spielt auch zum Ende dieses Textes hin noch eine Rolle, als Cover einer CD.
Ich war von einer Sekunde auf die andere wie gelähmt. Es kam mir wieder das Bild in den Sinn, das auftauchte, als ich Selbstmordgedanken hatte. Vielleicht war eine Hoffnung baden gegangen, eine Zerstörung in Sicht, etwas Zerstörtes, was ja schon früher zerstört war, damals, wurde.
Ich hatte das Bild von einem schwarzen, tiefen Erdloch mit einem Durchmesser, dass da ein Mensch drin verschwinden konnte, aber die Seele hatte sich gerettet, sie schwebte weiß über dem Loch, ein, zwei Meter darüber, Flügel schlagend

wie ein Vogel, ich sah aber nur etwas Flatterndes.
Angesichts dieses Bildes frage ich mich, warum dieser „Vogel" über dem Abgrund flatterte, statt seine Kräfte zu nutzen und wegzufliegen. Aber es war ja die Seele, die flatterte, um sich schlug wie ein Nichtschwimmer, der dauernd das Wasser schlug mit Armen und Beinen, um nicht unterzugehen, das kostete Kraft, irgendwann war es damit zu Ende und der Untergang kam doch.

"Bauspielplatz braucht Platz", Bretterzaun, Bartelsstraße. "Auch das Weiterleben dieses Bauis ist fraglich!!" "Gegen Sozialsparpolitik" "Der Schanzenacker" "Baui im Schanzenviertel". Leere Bierflasche stehend, neben dunkelbrauner Bananenschale auf Stromkasten, grau. Großer zusammengedrückter Lampenschirm, Gehwegrand unter der Brücke. "Macker in den Hacker".

Das Gotan Projekt, Tango.
Ich sah Ralf in seinem hellbraunen Schlafanzugshirt, es hatte einen V Ausschnitt und war an den Rändern eingefasst mit einem dunkleren Braunton, ein bis zwei cm breit war die Borte. Es passte sich seinem schmalen Oberkörper an.
Ich sah ihn rauchen. Zu jener Zeit hatten wir beide geraucht, ich gepafft. Er rieb sich seinen Bauch. Er hatte oft unter sein Shirt gegriffen und sich seine Brust und dann seinen Bauch gerieben. Vielleicht suchte er einen Kontakt. Aber es war ihm auch nicht immer gut.
Ich schlug von Imre Kertesc` „Der Roman eines Schicksalslosen" auf, ich ging zum Schluss: „Denn sogar dort, bei den Schornsteinen, gab es in der Pause zwischen den Qualen etwas, das dem Glück ähnlich war." Da kam mir doch das Grausen, obwohl ich doch selbst wusste, dass in jedem Alltag das Glück für Sekunden oder länger auftauchen konnte, wie in einer grauen, dicken Wolke plötzlich ein vergängliches Hellblau.
Zurück zu Ralf, der sich den nackten Bauch massierte,

seinen Magen, sein Herz, vielleicht dachte er an seinen Vater, der Magenkrebs hatte. Soweit ich mich erinnerte, hatte er zu seinem Schlafanzug Shirt nie eine lange Hose getragen, sondern eine Art leichter Shorts. Sie mochte seinen Geschmack. Wir waren nicht ausschweifend zärtlich miteinander, aber doch geborgen in den Armen des anderen und wir harmonierten in der Liebe, er hielt inne, wenn sie noch nicht so weit war und umgekehrt, so kamen sie immer gemeinsam zum Höhepunkt.

Quietschen der S-Bahn. Einfahrender Zug Richtung Altona. 2 junge, türkische Männer, beide mit Handys. Wind wirbelt braune Blätter auf, sie treiben tanzend auf dem Kopfsteinpflaster, fallen, liegen keine ganze Sekunde, da hat der Wind sie aufs neue aufgestöbert, sie tanzen, wirbeln herum, fallen, bleiben liegen, werden vom Wind aufgegriffen, treiben, fallen nieder, purzeln wieder, immer wieder, treiben dahin. Mann mit roter Hose fährt Fahrrad. Die Wolken vergrauen sich am Himmel. Gerippe sind die Bäume, rabenschwarze Skelette gegen Himmelblau. Satt gelbe Daunenjacke, offen, eines größeren Mädchens mit blonden, langen Haaren. "Jerusalem Krankenhaus", Moorkamp, stark unebene Straße. "Eimsbütteler Brücke", geschlossenes Eiscafe, buntes Graffiti auf dem heruntergelassenen Rollo. "Büttel" "veraltend, noch abwertend für Ordnungshüter, Polizist". 3. Bild von Anselm, wieder Zufall, wieder ohne Absicht. Was ist los, Claire? Bist du verliebt? Hast du dir nicht ein schwarzes Spitzenoberteil gekauft und gedacht, es würde Anselm gefallen wie dir selbst? Umgekipptes Moped mit schwarzer Tasche und rotem Umhang. Türkisch singender Mann im fast leeren Sonntagsbus. Grauer, ferner Himmel. Maren fliegt heute mit ihrer ältesten Tochter auf die Kanaren. 2 kleine, afrikanische Dealer. Rufende Kinderstimmen, zwei kleinere, türkische Mädchen mit Kopftuch, Schwestern, eine einen Kopf größer. Ich höre "Güla!" Und wieder. Ihre Stimme erschallt mit jedem Mal kräftiger. Die Kleinere trägt ein schwarzes

Kopftuch, die Ältere eine lindgrüne Hose. Plakat an der Roten Flora "Gepflegtes Rumlungern an Heiligabend", abgelaufenes Datum, "Weihnachtsparty" "Rück das Zeug raus!" sagt eine kleine Figur zu einem dicken Weihnachtsmann, Zeichnung mit Handschrift, angekündigt wird noch Independant und Punkrock. Zwei andere Plakate werben für Konzerte. Eingeschlagene Scheibe im Druckerraum "FixStern". In der Tür hängt ein Plakat "Wir weisen Euch nochmals darauf hin, dass jeglicher Aufenthalt vor/im Hauseingang zu unterbleiben hat. Der Konsum im gesamten Hausflur und Keller ist untersagt und wird nicht von uns hingenommen. Wir hoffen auf Eure Einsicht! Bei weiteren Verstößen gegen diese Regeln ist die Existenz des FixSterns in Gefahr! Das FixStern Team". Zweites Plakat "Spritzentausch" "Der Bus Linie 91/92 steht am Schulterblatt hinter der Bahnbrücke".

Ein Blick hinaus aus dem Zugfenster: Immer noch weiße Felder, die an einem vorbeirasen. Ralf erstickte meine Lustschreie, indem er mir seine Hand auf den Mund legte, ihn zuhielt wegen seiner Mutter.
Sein Bett stand hinter dem Schrank, der einen Meter tief war, in den Raum hineinragte. Wenn man die Zimmertür öffnete, stieß sich der Blick an dem Schrank, statt freien Überblick in das Zimmer zu bieten. Der Schrank stand links von der Tür, in die man eintrat, hinter dem Schrank war das Bett, sie, die Mutter, hätte also um den Schrank herum gehen müssen, um das Bett zu sehen und mit Schrecken wahrzunehmen, was da passierte, die kleine, zarte Frau.
Abends tranken wir Pfefferminztee, es war seine Angewohnheit, die ich gerne teilte damals. Ich mochte diese bescheidene Zeremonie. Seine Mutter setzte sich höchst selten mit an den Tisch, meistens blieb es bei einer kurzen Begrüßung, danach ging sie dann wieder in ihr Territorium, das mir verborgen blieb. D. h., ich hatte es einmal gesehen, als er die Fotos von mir in dem großen Wohnzimmer mit den hohen Decken machte. Hinter mir riesige, zugezogene

Vorhänge. Davor hatte ich mich „aufgebaut" und er blitzte mich.
Durch dieses außergewöhnlich große Zimmer musste man gehen, um in das Schlafzimmer seiner Mutter zu gelangen, einem eher schmalen Raum, der von dem Bett ausgefüllt wurde.

Im "Saal II" liegen Transmitter von fsk aus, freies sender kombinat, Schulterblatt weiter oben. Der Name "Schulterblatt" fand sich im Volksmund um 1700 und geht auf ein Wirtshaus mit Namen "Zum Schulterblatt" zurück, das an der alten Landstraße nach Eimsbüttel gelegen war und als Aushängeschild das Schulterblatt eines Walfisches hatte. Zu dieser Zeit wohnten hier Walfänger. Radio St. Paula mit dem Dezemberprogramm. Maren hat ihnen zu ihren Büchern ein Interview gegeben. Kind an der Glastür. Kacheln. ganz oben Blüten, weißblättrig, geöffnete Kelche, geschlossene, regelmäßige sich wiederholende Formen, die oberste Kachelreihe rundherum im Saal. Ehemalige Schlachterei? "Nein", sagt der junge Mann hinter dem Tresen "Bäckerei". Gekachelte Wände, vereinzelt Kacheln mit Ornamenten. "Verschiedene Cafés, auch ein Metallhändler" waren hier drinnen, bevor der Saal II öffnete. In Sitzhöhe, vom Boden aufwärts blaue Kacheln, hellerer Ton, eingefügt, in regelmäßigen Abständen Weintraubenmotiv. Blau-weiß kariertes Küchenhandtuch hängt auf dem mittleren Zapfhahn, 3, Bedienung mit roter Schürze, 3 junge Männer. Jazzmusik. Wandleuchte mit zwei Armen, Tüten, brennt, gelbliches Licht. In den großen, weißlich fleckigen Kachelwänden sind grünlich, gelbliche eingelassen, ergeben ein großes Rechteck mit oben abgerundeten Ecken. Ein Süchtiger geht von Tisch zu Tisch, bietet seine "Fundsachen" an, ohne Erfolg.

Es war schon unheimlich wie der Abstand vorbeiflog, wie man sich einem Ziel näherte. Er würde mich

abholen, er sagte, er würde kurz nach zwei am Bahnhof sein, aber wahrscheinlich hätte ihr Zug wegen der Witterung, den unruhigen Wetterverhältnissen Verspätung.
Es war erst elf Uhr am Vormittag, aber draußen lag schon Dunkel am Himmel, das bedrohlich, zumindest düster über dem Schnee hing.
Am anderen Ende der Sitzreihe hatte sich ein erkälteter Jugendlicher niedergelassen, der seine Nase in kurzen Abständen geräuschvoll hochzog, manchmal gebrauchte er ein Taschentuch und trompetete hinein, überdies hatte er sein Ohr am Wickel und bohrte hinein, natürlich fehlte auch das Popeln nicht. Unangenehm.
Ein Foto aufgenommen, vom Schnee, der etwas weniger üppig lag, aber die Wälder fotografierte sie immer noch nicht.
Ralf hatte pechschwarzes, welliges, kinnlanges Haar. Das war nicht nach dem Geschmack meiner Eltern, wie der ganze Mann nicht gut ankam bei ihnen, überhaupt nicht und nie, da er keine Heiratsversprechungen abgab. Gillian Welch „Time". Ich hatte einmal ein Foto von meinem Vater gesehen, auf dem hatte er die Soldatenuniform an und pechschwarzes, zurückgekämmtes Haar, es war ein Portrait. Aber ich kannte meinen Vater bzw. erinnerte ihn nur mit grauem Haar.


                      Dealer, afrikanische, deutsche. Der "Millionenhof" in der Bartelsstraße. Das ist wohl ironisch gemeint, in den Hinterhöfen wohnten die Ärmsten. Bevor dieser Hinterhof entstand, waren hier die Gärgruben vom Schlachthof.
Treffe die alte Frau, die die leere Flasche vom Gehweg aufhob, um sie für 15 Pfg Pfand einzulösen. Sie will gerade in den Millionenhof, wohnt hier. 77 ist sie, seit 1949 wohnt sie hier, war am Berliner Tor ausgebombt. 7 Geschwister. Eltern, Verwandte und Geschwister "sind schon alle weg". Sie rechnet damit, dass sie so alt wird wie ihre Mutter. Jeden Morgen kommt jemand und wickelt ihr die Beine und zieht

ihr die Strumpfhose hoch, das geht nicht mehr alleine. Mit ihrer Mutter und ihrem Sohn hat sie hier gewohnt. Ihr Mann hat sich scheiden lassen und seine frühere Verlobte geheiratet. Von ihr wird sie manchmal eingeladen, sie sind jetzt befreundet. "Ich bin nicht für Streit", sagt sie. Wenn sie was besonderes zu essen hat, teilt sie das mit jemandem, der am Schulterblatt wohnt und jeden Tag nach ihr guckt. Und wenn er was besonderes hat, teilt er das mit ihr. Aal, Fleisch. Den Namen "Millionenhof" hat sie noch nicht gehört, aber "Hof der 1000 Taler". Unterkellert sind die Häuser nicht. Sie meint, dass es vielleicht von den früheren Gärgruben kommt, dass es immer verstopft ist.

Osnabrück war erreicht. Auf dem leeren Bahnhof. Miles Davis war mir schon am liebsten. Barbara. Als ich sie letztens zu Hause in Zimmerlautstärke hörte, es war Nachmittag, halb vier, beschwerte sich die Nachbarin unter mir. Auf dem leeren Bahnhof sah ich durch das Fenster „Raum der Stille" über einer Tür geschrieben, dann sah ich das Kreuz und die Schrift Bahnhofsmission. Barbara sang: „car tu me reviendra mon amour".... Außerhalb des Bahnhofs Häuser dicht an der Bahn. Aber da schon freie Landschaft. Vereinzelt doch noch Häuschen, die Bahn fuhr langsamer, rechts ein Schnee gedeckter, hoher Wall mit freien Flecken.
Bei meinem unmittelbaren Sitznachbarn klingelte das Handy: „Frankie Baby, sag bloß du bist schon da?!" „So vor Münster". Er lachte, er schüttelte sich vor Lachen. „Ich freu mich auf jeden Fall! Alles klar!" Wieder fröhliches Lachen wie jemand der sich ausschüttelte. „Mein Lieber, bis nachher! Tschau Frankie!"
In Münster musste ich auch raus, umsteigen. Da wir beide kurz vorher gemeinsam gelacht hatten, weil rumgeblödelt, mit manchen Leuten konnte man das, „sich einen Ast ablachen", wünschte er mir noch einen „Guten Rutsch", ich ihm natürlich auch.

Tauben fliegen auf hohen zweiarmigen Lampenpfahl. Ältere Frau mit rotem Mantel, weißer Mohairmütze, weißem Schal und schwarzem Krückstock setzt sich mir gegenüber, Viererabteil, Bus. Zwei Fahrrad fahrende Jungen, ein Fahrrad fahrendes Mädchen. Flatternde Fahne im Wind. Räuspern des Busfahrers. Sirene. Frau mit gebundenem Haar, dunkelblauer Samtring. Zeitungskäufer am Kiosk. Wartender Bus. Mann tritt aus Kneipe. "Vanessa hat die Schule gewechselt", Jungenstimme. Mann trägt Fernsehapparat zum Auto. Silvesterknallerei in der Ferne. Frau mit Hollandrad. Familie mit zwei Kindern, weiche aus.

Jeanette wollte den neuen Küchenboden mit Korkplatten auslegen, sie hat sie auch gekauft, nur hat sie zu wenig Kleber besorgt. Was für ein Ärger! Die Geschäfte haben geschlossen, Feiertage. Danach steht schon der Umzug ins Haus. Eine provisorische Lösung muss her. Sie ist begabt, solche zu finden. Oft denke ich daran, wie das mit ihren Eltern war. Wie ist das für eine 17 jährige Tochter, wenn die Mutter einen Selbstmordversuch unternimmt? Zweimal hat Jeanette ihre Mutter rechtzeitig entdeckt und retten können. Beim dritten Mal war sie 19 und wohnte nicht mehr zu Hause. Mit Tabletten und Gift ist sie im Bett gestorben. Jeanettes Vater lief in den Garten hinaus und rief "Ich bin ein Mörder!". "Das waren seine Schuldgefühle", sagt Jeanette, es gab viel Streit, er hat nichts mehr mit ihr gehabt. Als Jeanette sagte "Sie hatte die Hosen an", war ich überrascht. "Sie war die Berufstätige", sagt sie, "während er viel im Haus war. Er hat dann gekocht". Tischler war er, nach dem Krieg hat er Holzpantinen angefertigt, Holzfiguren geschnitzt, Bühnenbildner war er, Möbelverkäufer, 2 Gemüsegeschäfte hatte er. "Sein unstetes Berufsleben", sagt Jeanette "findet sich bei mir im Reisen wieder". Stolz war ihr Vater auf sie wegen ihrer Zeichnungen, ihrer Phantasie, ihren Sprachkenntnissen. "Aber ich war immer auf der Hut vor ihm", fügt sie hinzu, "denn er hatte auch eine hämische Seite". Erst, als er in hohem Alter war, hat sie mit ihm

Frieden schließen können, nachdem er zwei Schlaganfälle hatte, im Rollstuhl saß und endlich davon abließ, seine Häme über seine Geliebten auszuschütten.
Wind ist unterwegs. Nässe. Müllabfuhr mit kräftigem Motor. Weißes Fahrrad mit weiß verbundenem Sattel und weißen Plastiktüten auf dem Gepäckträger. Rollendes Auto. Junge Frau mit schwarzem, langen Mantel und langem, blonden Haar hustet. Grüner Maschendraht umzäunt Vorgarten. Junge kickt zerdrückte Dose vor sich her, Ausdauer. Zwitschernder Vogel. Eisengestänge, grau, streng, senkrechte Stange folgt auf senkrechte Stange, Umzäunung, Spielplatzgelände. Mülleimer, grau, kantig, Metall. Autorauschen. Bücherhalle, schrille Kinderstimme eines Mädchens, Geraune zwischen Mann und Frau, ununterbrochen.

Dachte an H., der mir vor meiner Abreise erzählte, dass sich seine Tochter in Berlin in den Kinderchorleiter verliebt hätte. „Sie ist ja schon froh, wenn ein Mann sie mal anruft!", sagte er. Der Mann sei seriös, habe 15 Jahre mit seiner Partnerin zusammengelebt. Seine Tochter hätte ihm überdies anvertraut, dass sie als Kind von einem Neffen missbraucht wurde, er sagte, er hätte so etwas geahnt.
Münsterstop beendet. Im Bahnhof einen kleinen Milchkaffee getrunken und einen Berliner mit Apfelmus gegessen, den ich, bevor ich losfuhr, noch kaufte, drei Berliner, dafür stellte ich mich noch in die Schlange, einen für die Fahrt und zwei mit Himbeermarmelade für den Silvesterabend, für Ralf und mich.
Sarah Vaughan sang „Thinking of you", im Jazz war ich doch am meisten zu Hause.
Im Regionalexpress ging es schaukelnd los. Ich saß in der Klasse. song „Sommertime", mir gegenüber eine junge Frau, die in zehn Minuten aussteigen würde. Alle anderen Sitzplätze waren blau gepolstert und leer, in dem Blau lagen dunkelblaue, kleine Quadrate. Über ihnen befand sich die 1.

Klasse, war vermutlich auch leer, es sei denn, der junge Mann, der diesen Wagen durchwanderte, war nach oben gegangen. „My favourite things". Es gab keine Weiten mehr, wenn sie aus dem Fenster schaute, bewaldet war es. „Whatever Lola wants". Bevor der Zug anfuhr, ein Foto durchs Fenster aufgenommen. Koppeln, hier gab es nahe an der Bahn gelegene Pferdekoppeln. In Bösenell stieg die junge Frau aus, ihr noch eine gute Reise wünschend. Ich wünschte ihr „Ein glückliches, neues Jahr!" „Black Coffee", als hätte es eine Bedeutung, als würde das neue Jahr sehr glücklich, ein glückliches, neues Jahr, das klingt wie eine neue Liebe, eine erfüllte. Die Wälder zeigten sich und wieder viel Freiland. „In a sentimental mood". Das würde jetzt ein bisschen anstrengend, denn die Bahn hielt ja alle naselang an. Tiefer im Zug waren Leute eingetreten, sie sprachen rheinländisch. „Round Midnight".

Klaviertöne, Vereinsstraße, oberes Fenster, einhändig. Totenkopf, Kellerfenster, "F.C.St. Pauli". "Ich liebe Steffi" "gez. Andre", Hauseingang. Ein junger Mann erzählt anderen begeistert, dass er mit seinem Gewehr Vögel in der Luft tötet und von den Fetzen, die er dann in der Luft herumfliegen sieht, vier junge Männer in der Pastelaria Transmontana teilen seine Begeisterung. Mir völlig unverständlich. So schnell wie möglich raus. Meinten sie vielleicht ein Computerspiel? Meine Vögel! Meine geliebten Vögel! Fliegen von einem Baum zum anderen, von einem Dach zum anderen, von einer Hecke zur anderen, von einem Hof zum anderen, fliegen in den Süden, kommen zurück und tirilieren. "Von einem zum anderen", sang ich nicht gestern abend, als ich mir die Hände wusch "Ringlein Ringlein du mußt wandern, von dem einen Ort zum andern, oh wie schön, oh wie schön, hast du meinen Gelieten gesehn?" und " Ringlein Ringlein du mußt wandern, von dem einen Ort zum andern, oh wie schön oh wie schön, wer hat meinen Geliebten gesehn?" Die Zeitschrift "Zeck", von der Roten Flora, ist in der Buchhandlung am Schulterblatt vergriffen, dagegen sind noch Glanzpapierflyer mit Veranstaltungshinweis für den 26.1 in der Roten Flora übrig geblieben, "who prays loudest?" Kreuz mit Jesus ist abgebildet. Auf der Rückseite steht "marc sch sos dj team daniel pussa" "klub der kulturell verunsicherten". Die Flora hat den Bombenkrieg fast unbeschadet überstanden. 1987 gab es Pläne, die Flora für das Musical "Phantom der Oper" zu nutzen. F. Kurz bekam 1988 die Flora und begann mit einem Teilabriss ohne Baugenehmigung. Es gab Widerstandsaktionen der StadtteilbewohnerInnen, zum Teil militant. Das Musical bekam einen anderen Standort. September 89 gab man den alternativen Vorstellungen in Richtung Stadtteilzentrum nach und gewährte eine Nutzungs- und Erprobungszeit von 6 Wochen. Diese Frist wurde nicht eingehalten. Seit 1992 gibt es Verhandlungen, aber keine Einigung zwischen Stadt und NutzerInnen. Im November 95 brannte der erste Stock aus. Während ich in der Heine Buchhandlung lese, schleicht sich ein Satz in mein Ohr, ein hörbarer, er kommt von einer Männerstimme, einer jüngeren, draußen. Durch die Fensterscheibe, obwohl ich nicht davor sitze, höre ich ihn, als wenn er dicht neben mir gesprochen würde "Du machst mich noch wahnsinnig heute!"

„Ich bin froh, wenn mich jemand besucht!", hatte Ralf am Telefon gesagt. Ich wollte eigentlich meinen Aufenthalt kürzer gestalten, aber er meinte, das lohne sich dann ja gar nicht, ich gab nach und kaufte mir eine Hin und Rückfahrkarte für 70 Euro, das war ein Sparpreis zu 50%. Es hatte mich gewundert, dass er das sagte. Früher konnte er mich nicht verstehen, wenn ich ihn häufiger sehen wollte als er mich. Er meinte damals, ich könnte nicht alleine bleiben und das wiederum müsste an meiner Kindheit liegen, die sei offenbar „verkorkst" gewesen, an dieses Wort erinnerte ich mich. Zweimal hatte es mir besonders weh getan, das eine Mal war es auch um Weihnachten, vielleicht sogar Weihnachten, „The more I see you", ich rief ihn aus der Telefonzelle, Todeszelle, an, es war kalt und er sagte unerbittlich: Nein! Nein, er wollte mich nicht sehen, das müsse mal wieder an meiner verkorksten Kindheit liegen, dass ich Sehnsucht hätte. Er war bei seiner Mutter. Er wohnte ja auch bei ihr, sie wohnten ja auch zusammen und feierten Weihnachten, das heißt, sie saßen wahrscheinlich einfach beisammen und tranken Tee (Tiere), gingen spazieren. Er war jedenfalls zufrieden, er bedurfte meiner Nähe nicht. Ich weiß, dass es sehr kalt war. Ich verzweifelte über die Kälte, die von ihm kam, diese Unerbittlichkeit, seine Unnahbarkeit. Ich hätte laut schreien mögen damals, wie jemand, der etwas ganz Grausames erlebt hatte, als wenn der ganze, nackte Körper aufgeschlitzt würde, aber niemand hätte den Schrei verstanden, man hätte wahrscheinlich die Polizei gerufen und zu einer Irren in der Telefonzelle geschickt.

Denise mit schwarzer Pelzmütze im Laden. Geldumhängetasche über Troyer, dunkelblau. Die kleine, hellblonde Tochter im Kleidchen. John hinterm Tresen, sitzend. Café unter den Linden, Barhocker. Ist das nicht der Mann, dem ich mal meine Telefonnummer gegeben habe? Vor zwei Jahren? "Ich war bei meiner Schwester". Afrikaner mit Handy, jung. "Hi!", ich bin gemeint, Claire. das war Ilona, rote Lippen, Fahrrad. Kälte kriecht in die Ärmelöffnungen. Mutter läuft mit Kinderkarre, schnell. Flaschen Drehverschluss, silbern, auf dem Gehweg wie ein Töpfchen, silbern. Frau mit Kind auf dem Arm, 3jähriger, dunkle, blaue Strickmütze. Mann mit Schnauzer. Kind von der Frau zum Mann gereicht, auf den Arm. Hinz und Kunz Verkäufer, Januarausgabe. Mächtige, alte Herrschaften, zwei, Dame und Herr mit Krückstock, beugen sich über Schmuck, Schaufensterauslage. Die Frau gibt ein Geräusch von sich "mm". Frau mit orangefarbener Hartplastik Tasche, regelmäßig gelöchert, in der anderen Hand braune Papiertüte mit grünem Tannenbaum drauf. Mann mit hellblauer Jeans wartet an Ampel. Ältere Frau schläft im Bus, Brille,

Kopftuch, Mantel, alle drei anthrazitfarben, bräunliche, schmale Lippen. Busfahrer lässt an roter Ampel Pärchen zusteigen, Croissant, Ohrring, weißer Zettel. "Die Fahrkarten bitte". Die schlafende Frau, Strumpfhose, anthrazit, ist ausgestiegen. Dunkelblonde, junge Frau mit langem, glatten Haar sitzt auf ihrem Platz, dunkelblaue Turnschuhe, perlmuttfarbener Lippenauftrag, rosa Shirt blickt aus grauem Mantel, Wasserflasche mit blauem Verschluss aus schwarzer Umhängetasche. Großer korpulenter Mann spaziert mit molligem Hund an der Leine über Ampelübergang, buschiger Schweif. Älteres Mädchen mit Strohhalm im Mund, steckt in einer Safttüte, Kubus. Alter Mann mit Schnittblumen im Einkaufswagen, in weißes Seidenpapier eingewickelt. Kofferraumhaube öffnet sich. Frau mit zurückliegendem Haar zieht an Zigarette, stößt aus geöffnetem Mund Rauch aus. Opa trägt Kind auf Schulter. Türsummer, Treppenstufen, Mann mit rot gekleidetem Kind drückt gegen die Tür. Abgase. Leerer Einkaufswagen auf Gehweg, etwas weiter einer mit Abfall. Luftschlangen im Ladenfenster "Orange", Sektflasche. Jacques bringt meinen Kaffee, er kennt schon meine Bestellung. Die Reinigungskraft sprüht ein Putzmittel auf die Tür. Geruch. "Willst du das nicht morgen machen?!" sagt Jacques. "Leo hat gesagt!". Ich sitze in der Nähe der Glastür. "Gleich ich fertig", sagt die gebrochen sprechende Reinigungskraft. Ein Pärchen frühstückt. Ihr Handy klingelt, sie stellt es aus. Sein Handy klingelt, er nimmt ab, fasst sich kurz, "ein Freund von mir, Fotograf aus Düsseldorf". Mann mit lindgrüner, durchsichtiger Gemüsetüte, dünnes Plastik, orangefarbene Möhren, rötlich, Lauchstangen. Jacques heute mit schwarzem Pullover, spielt Billy Holiday. "Kannst du das nicht?" sagt Henri zu mir, während er oben an der Tür die Vorrichtung betätigt, die die Tür einen Spalt offen hält. Ich hatte vorher die Fußmatte in die Tür geschoben, aber sie hatte sie leise zurückgeschoben. Er fasst meinen Oberarm an, drückt ihn herzlich. Henri ist nach 20 Jahren aus der Schule ausgeschieden, auf eigenen Wunsch, der sich nach einer schweren Krankheit noch verstärkte. Jetzt hat er sich eine "Scholle" im Wald zugelegt und sägt rund ums Häuschen die Bäume ab, 15 sind schon gefallen, damit er Licht sieht. Aber warum kauft er dann ausgerechnet im Wald ein Häuschen? Norman ist heute auch da. Er hat „die rote Vase" von mir gekauft, eine Kaltnadelradierung. Aus der Fußmatte springt ein Streifen, der in Drahtspiralen eingelegt war, zur Hälfte heraus in die Höhe. Ich versuche ihn wieder in sein Drahtbett zurück zu drücken, er springt wieder heraus. "Jacques, meinst du, dass da jemand drüber fallen kann?" "Ja klar!" Er bringt die Fußmatte weg. "Brauchen wir bei diesem Wetter ja auch nicht" und kehrt mit Handfeger die Erde von den abgetretenen Schuhe, die durch die Fußmatte auf die Fliesen gesickert ist, auf dunkelgrünes Kehrblech. Junger Mann mit Palästinensertuch rot weiß, um den Hals gewickelt. "Hab heute morgen keine Handschuhe gehabt". "Ich hab gar nicht so schlecht geschlafen heute nacht. Es war so richtig „kulig mulig"". "Ach, du bist der mit dem Häuschen am Wasser!" Norman wünscht mir einen "guten Rutsch"," falls wir uns nicht mehr sehen". "Das wünsch ich dir auch". Mann wartet auf seinen Kaffee mit gefaltenen Händen. Musik spanisch, Gitarre beschaulich. Gesang, angenehme Lautstärke. Einer schüttelt den Salzstreuer.

Dafür gab es eigentlich keine Worte, nur Hass, ja, ich glaubte, damals hasste ich Ralf, ihn, den ich geliebt hatte und vor meiner Mutter behauptet. Damals spürte ich eine große Verzweiflung, während meine Fäuste auf seine Brust schlugen. Das -„Body and soul" wunderbar! Bewirkte gar nichts, ich trommelte gegen Zement. Mein Sohn lag auf der Intensivstation, sein Gehirntumor, der Grund seiner Blindheit, war in Köln operiert worden, ein Studienfreund hatte mir seine Kölner Wohnung überlassen. Hier konnte ich ihn besuchen, gleichzeitig schrieb ich an meiner Examensarbeit. Ralf kam während der 6 Wochen Sommerferien nur auf einen einzigen Nachmittag, obwohl

die beiden Städte nur 40 Minuten mit dem Zug auseinanderlagen, er war auch Student, arbeitete nicht, aber seiner Mutter, sagte er, der könnte ja etwas passieren, wenn er die Nacht über fort blieb. Ich erinnerte ihn daran, dass wir zusammen Urlaub gemacht hatten und seine Mutter währenddessen ja auch alleine geblieben war. Er sagte dazu nichts, sondern ging weiter auf die Tür zu. Ich verfolgte ihn bis an die Wohnungstür, ich wünschte mir, dass er die Nacht über blieb, aber er war und blieb hart. Da war nichts zu machen, er ging und ließ die Tür ins Schloss fallen. Und diesen kaltherzigen Kerl liebte ich, aber ich spürte, dass ein abgrundtiefer Hass in mir wach geworden war. Doch es blieb ein Quäntchen Unsicherheit und ein Schuldgefühl, denn möglicherweise würde ja just in der Nacht seiner Mutter tatsächlich etwas zustoßen. Ach wie quälerisch.
„Polka and Moonbeams"

"When Sunny Gets blue" Sarah mit Ella : "Baby it`s cold outside" ganz schön. Ich fragte mich, wer das Grab zuschaufelte? Welches Grab? Ich sah meinen Vater im Blaumann, mit seinem schmalen Niemandshut, ein Allerweltshütchen, den er ständig trug, sobald er zu Hause war und anfing zu arbeiten. Mein Vater war ein Arbeiter, ich meinte, er hatte immer seine Hände bewegt, er war Bauer, aber durch die Flucht war alles anders gekommen. Er hatte auch Schweine geschlachtet. Er hatte ja alles getan. Einer Bäuerin im Krieg das letzte Huhn gestohlen.

Wachte letzte Nacht mehrmals auf, furchtbare Halsschmerzen beim Schlucken. Geschwollen. Entzündung. Brauchte ich einen Notarzt? Schlief wieder ein. "Hund vermisst" Zettel an Pfahl mit Verkehrsschild. Mann bekommt von Mann Friseurumhang angelegt, mein türkischer Gemüsehändler wird eingeseift. Türkischer, alter Mann sitzt auf niedrigem Stuhl vor türkischem Fleischerladen. Frau mit roter Umhängetasche, Synthetik, schwarzhaarig, jung, schönes Rot, schwarzer, breiter

Synthetik Schulterriemen. Leise knarrende Tür. Treppenaufgang, seitlich Geländer, Eisen, 4 Stufen. Krähe. Kunstkarten im "Schanzenblitz" in der Bartelsstraße, Paris 1938, Schneeballschlacht von mehreren in dunklen Mänteln eingehüllte Frauen, lachend, im nebligen Hintergrund eine Kirche. Wäre das eine Karte für Anselm? S-Bahn. "Fuck Da Police", lila-weiße Schrift. Silvesterknaller von weitem. Abgase. Gelber Zettel unter Scheibenwischer geklemmt. Silvesterknaller wird gezündet. Motorengeräusch, Auto. Einparkendes Auto, rückwärts. Afrikanischer Dealer. Kind mit Kapuze, schwarz, Mantel. Glöckchen Geläute, Schuhladen, Tür öffnet sich, mit Wein. "Wir glauben, dass Veränderung mit Singen im Chor beginnt" gelbes Plakat an der Hauswand von "frank und frei", Kneipe.

  Das erzählte ich später Ralf, da war ich schon bei ihm zu Hause im Wohnzimmer in seinem Einfamilienhaus, denn ich fragte ihn nach seinem Vater, der, 1898 geboren, zwei Kriege mitgemacht hatte. Wo er gewesen sei? Beide Male in Russland. Ob er was erzählt hätte? Nein. Ob er ihn etwas gefragt hätte? Nein. Und er wollte wohl sagen, das gehört sich auch nicht. Ich erzählte ihm das mit dem Huhn von meinem Vater und er meinte abschätzig, das sind so Kleinigkeiten, nicht der Rede wert und anderes würden sie sowieso nicht erzählt haben. Das könnte man auch nicht verlangen. Da hätte wohl niemand etwas erzählt. Ich dachte kurz an meine Mutter, die das auch immer gesagt hatte. Ralf hatte keine große Lust, dieses Thema zu berühren, gar zu vertiefen, ich war darauf gekommen, weil ein großes Portraitfoto von seinem Vater im Regal stand, auf dem er, wie ich fand, französisch aussah, was Ralf als lächerlich abtat, weil er das nicht sehen konnte. Ich fand, dass der Kopf aussah wie ein Porzellankopf, nackt, weich, weiß, er hatte auf dem Foto keine Haare mehr und wirkte vielleicht deshalb wie aus Porzellan. Und so sprachlos, so zurückgehalten, ich wusste nicht, ob der Vater viel gesprochen hatte. Ralf war jedenfalls an „unserem" Tag

gesprächsunlustig, vielleicht war er auch zugedopt mit Tranquilizern, falls er welche nahm, es herrschte eine entsetzliche Stimmung. Alles Vitale fehlte. War abwesend. Oder war es erstickt? Schon für immer erloschen? Er war 63 einhalb, wir lagen 7 Jahre auseinander. Wer weiß, was mit mir wäre, wenn ich schon sein Alter hätte, es konnte ja so vieles passieren und eindämmend wirken.
Diana Krall.
"Voneinander lernen international", rote Schrift an mit Europakarte bemalter hoher Hauswand, Toreinfahrt zur "Volksschule 1884", Schanzenstraße. 1942 mussten sich in dieser Schule 1.726 jüdische Mitbürger einfinden, sie wurden in das KZ von Theresienstadt deportiert und kamen fast alle um Leben. Jemand zieht Nase hoch. Junger Mann rüttelt ungeduldig seine Plastiktüte, hoch und nieder, lässt einen weißlich, grauen Spucke Fluss aus seinem zugespitztem Mund auf den Boden fallen. Bus mit taubengrauen Plastiksitzen, auf allen Rückenlehnen steht "Mercedes-Benz" reliefartig aufgeprägt. Unterhaltung in Türkisch, 2 Frauen. Bus holpert über den unebenen Moorkamp, dass es mir in meinem Zahn wehtut. Mann mit Zigarette im Mund, Bierdose in der Hand auf dem Trittbrett, zum Aussteigen bereit. weiche schwarze Lederhose, seitlich geschnürt, braune Lederjacke, hell, Fransen, langes, welliges Haar, blond, eine Strähne gebunden, hinten, mit rotem Gummiring, Frottee. Kleine Frau mit großen Kopfhörern und Zigarette, geschlossener, leicht lächelnder Mund. Schritte auf Sandweg. Gemäuer mit grünem Moos. Kurzes Auflachen eines bebrillten Mannes, schwarzes, kurzes Haar. Krächzen im Himmel, Vögel. Freihändig fahrender Junge, lindgrünes Fahrrad, Leuchtfarbe. "Ebbe" weiße Schrift auf Mauer, 4 mal. Entdecke zufällig in einem Laden den Elefantengott. "Materieller Wohlstand" sagt die Frau hinter dem Ladentisch. Ich hatte mir "Glück" vorgestellt. "Materieller Wohlstand ist doch auch ein Glück", sagt sie. In der Telefonzelle steckt eine vergessene Telefonkarte mit fünf Mark Guthaben. Kurzer Stock auf dem Gehweg.

"Jagdwaffen" "Vorderlader", Waffengeschäft, Eppendorfer Weg. Denise erzählte von einem, der zu Hause alles voller Waffen hat. "Sieht aus wie im Schweinestall! Keiner hat den Geschirrspüler ausgeräumt! Keiner hat..." Vorübergehende Mutter mit Tochter, beide in gelben Jacken.

Alte Erinnerungen an mein damaliges Leben überfielen mich. Ich blieb immer ein Flüchtling, wenn auch unter den Einheimischen versteckt, eine ängstliche, von Angst zerfressene Kreatur, der Angst entdeckt zu werden, die Schuldhaftigkeit aufzudecken, den Einbruch, in das, was den Einheimischen gehörte, eingedrungen zu sein, in ihre Läden, in ihr Territorium, in ihre Häuser, in ihre Fabriken und Schulen. Sie war eine Fremde, gehörte nicht dazu und nahm sich das Recht heraus, alles in Anspruch zu nehmen, was sie in Anspruch nahmen, nur war es bei ihnen legal und bei ihr illegal, so fühlte es sich an.

Sein eigenes Gesicht verhindern, es auslöschen, es so erscheinen lassen, dass Betrachtende das Gefühl hätten, der Mensch sei gesichtslos, total unauffällig, ging unter in der Masse, es blieben keine Erinnerungen. Kein Gesicht haben, stattdessen eine weiße Fläche. Billy Holliday sang „Born to love", im Gesicht, in dem jeder, der es versuchen würde, umherirren würde „Without your love", wie man selbst auch. Denn wenn man nie etwas hinaus brachte von sich selbst, von seinem Inneren, lernten es weder die Anderen kennen noch man selber. „Getting some fun out of life". Herumirren im weißen Schnee, im Schneetreiben, sich selbst vernichten, auf sich verzichten.

Frau mit Schlüssel in der Hand, Absatzschuhe, das Geräusch. Beschnittene Sträucher. Ältere Frau mit Krückstock nähert sich langsam dem Bus. Blau gestrichenes Fahrrad im Ständer, Körbchen. Helle Luft. Frau mit Pelzüberhang und Schiebermütze, zwei weiße, kleine Hunde mit Glöckchen. Großes Loch im Asphalt. Vorbeifahrendes

Auto mit einem Geräusch wie auf der Autobahn. Hühnerknochen, kleines V, jeder zieht an einem Ende, Mutter und ich, Glücksbringer, verloren hat, wer das kleinste Stück in Händen hält. Erinnerung angesichts eines kleinen Zweiges auf dem Boden, wie ein V geformt. Silvesterknaller. Hupen, Piepen, Vogel. 2 Kinder, Fahrrad, Helm, leuchtend hellgrün. Hund trottet. Mann guckt sich um. Hubschrauber, Geräusch. Grellgelbe vierkantige Mülltonne mit grünem Punkt, hoch. Zwei Mädels vor Kneipe. Mann setzt sich auf Mauervorsprung eines Schaufensters, streckt Beine aus. Zeitung zwischen 2 Gitterstäbe geklemmt. Ein Auto mit Geräusch von Moped. Läufer, Kind, hinter mir, kurze Strecke. Computerspiele, Laden, große Schaufenster, Plätze vorne, besetzt, zwei Männer, eine Frau, die zuschaut. Beide spielen dasselbe Spiel. Sie halten die Maus in der Hand, blicken fiebrig auf das Bild, das im Vordergrund eine Waffe zeigt. In rasendem Tempo geht es schmale, labyrinthische Gänge in rot bräunlich und gelblich, schummrigen Licht entlang. Immer, wenn eine Person in dieser verlassenen Gegend auftaucht, wird sie von der Waffe, die der Spieler bedient, erschossen und geht in Flammen auf. Sofort geht die Hetzjagd weiter, den nächsten Menschen im Labyrinth aufzuspüren, in die Enge zu treiben, ihn zu erschießen, zu erleben wie er in Flammen aufgeht. Weiter geht die Verfolgungsjagd, der Verfolger gönnt sich keine Ruhe.

Übrigens hatte ich für Ralf einen langen Schal gekauft, er war fein gestreift, wie es zur Zeit modern war, die Maschen waren fein und glatt. Ich fragte mich aber doch, ob er ihm gefallen könnte und dachte, doch würde er. Im Grunde gefiel er mir nicht, andererseits war es der eingängigste, der, der in Frage kam für ihn, die anderen waren nicht „schön" genug. Früher hatte er schwarzes Haar, in dem Schal sind Brauntöne, auch Orange und Rot und Beige, aber als feine, dünne Streifen, nichts wirklich Auffälliges, sondern insgesamt ein gefälliger Schal. Ich fand es komisch, dass ich einen Schal für ihn kaufte, der mir fremd war, zu dem ich keinen Bezug hatte, trotzdem wählte ich ihn aus. Feine Streifen waren in Mode, gleichzeitig hatte er etwas Klassisches, Dezentes. Hatte er früher mal einen ähnlichen Schal getragen?

                         Sie ist ausgezogen. Die Räume sind hell erleuchtet und leer, ein Zimmer bereits in einem Gelbton gestrichen, die braunen Türen stehen ausgehängt im Flur. 3 junge Leute mit Farbe bekleckert, sehe ich von draußen das sind die Nachmieter. Jeanette hat es geschafft, sie ist umgezogen. Jetzt gibt es kein Zurück mehr. Eine neue Ära beginnt.

                    Als Wintermantel trug Ralf einen dunkelblauen Duffelcoat, mir war er wertvoll, als er ihn abgelegt hatte - wir waren schon getrennt und ich längst in HH - bat ich ihn, mir diesen zu überlassen. Er schickte ihn mir tatsächlich, auch wenn er meinen Wunsch nicht verstand. Ich schätzte den Wollstoff und die hornförmigen Verschlüsse aus Horn, allerdings hatte ich ihn später dann auch „abgelegt", die Hörner bewahrte ich noch auf, aber später wusste ich nicht mal mehr, wo sie geblieben waren.

Mir war meine Wohnstatt fremd
die bittre Kälte hatte mein Herz
zugefroren
ich musste zitternden Leibes
betteln gehn, von Tür zu Tür
von Herz zu Herz

betteln gehn
für ein Plätzchen
noch in einer Herzensecke

viele jahre vergingen
bis das Eis von meinem Herzen brach

es ist ganz nass und kalt und
zittrig

ich gehe nicht mehr betteln
ich ziehe in mein Herz ein
und richte mir den Herbst ein


                       Ich mochte seinen Kleidungsstil, er trug sehr fein gerippte Kordhosen, hell, leger, lässig, unter den Kordjacken im Jeanschnitt dünne Rollis, darunter rosa, das mochte ich, zu dem schwarzen Haar fand ich das toll.
Er hatte ein schmales Rennrad, vielleicht war es kein Rennrad, es sah aber so schmal aus, ich mochte es, wenn er damit angefahren kam und lachte.
Ich mochte auch sein Gesicht, seine Figur, nur der kleine Bauch war mir etwas fremd, ich empfand ihn geradezu wie einen Fremdkörper, der mir etwas unheimlich war.
Es gefiel mir auch, dass er von Thomas Bernhard „Gehen" las und Ronald David Laings „Phänomenologie der Erfahrung". Wir sprachen darüber.
Den Spiegel las er, er hörte Rory Gallagher, John Mayall. Aber Jazz, nein, Jazz hatte ich bei ihm nicht gehört.
Er hatte mit mir Vorlieb genommen, Sie erinnerte sich daran, dass er in einem, dem einzigen, gemeinsamen Urlaub meine nackten Oberschenkel kritisch beäugte und sie zu umfangreich fand, darüber musste ich sehr staunen, denn ich konnte nichts Dickes und Fettes an ihnen entdecken. Er hatte allerlei Kritik an meinem Körper und an meinem Gesicht, ich fühlte mich gekränkt. Ich gab mich ihm trotzdem immer wieder aufs Neue hin, nichts schien diese körperliche Sehnsucht beeinträchtigen zu können. Wir gingen zum Meer hinunter, es gab Streit, denn er wollte immer am Pool liegen, weil der Strand Schotter ähnlich war, während ich unbedingt am Meer, am schwarzen Lavastrand liegen und dort gehen wollte. "Billie: Trav`lin all alone"
Wie unsre gemeinsame Tochter bzw. unser gemeinsamer

Sohn wohl inzwischen aussähe? Seine schwarzen Haare? Vielleicht sähe sie aus wie Francesca, die junge Italienerin, die hier ein paar Monate studiert hatte und mit der sie ein deutsch-italienisches Tandem bildete.

Nächte, in denen ich das Licht brennen lasse wegen dem Schatten, der sich auf Herz und Brust und Seele legt. Frau mit Kind vor der Brust in Anorak. 2 hohe deutsche Gestalten, Mann und Frau, Angst und Zittern, schwarzer Krückstock, schwarze Einkaufstasche. "Morning has broken" Cat Stevens, kleines Radio im türkischen Laden. Nächte, in denen das elektrische Licht meinen Schatten wegbrennt. Plattgedrückte, vierkantige Papptüte. Babymütze mit Bändern, weiß, auf Stein liegend. Altpapier, gebündelt, in Seidenstrümpfe mit Laufmaschen. Böller. Zugig. Schwarzer Vogel im Gesträuch, Blätterlos, samtiges Schwarz, sitzt auf Zweig. Drehe mich um, da fliegt er höher. Junger Mann mit gelber Kapuze auf dem Kopf, Shirt-Stoff, sitzt auf Parkbank. Braune Vorhänge wehen in Zugluft. Vöglein zwitschert in Hecke. Schwarzer Kindersitz auf Fahrrad, hinten. 8 hoch aufragende Pappeln, Blätterlos. Zugefrorener Hundehaufen. Hupen. 2 Flachmänner im Gebüsch. Älterer Hundehaufen, krümmelig. Baumstumpf. Kielortallee, Schule. „Guck da lieber nicht hin". Fahrradkette doppelt gewickelt um Fahrradstange und wie ein umgekehrtes V gebogenes Rohr. Schönes, schlankes Herrenfahrrad, die Eisenkette hat einen gelblich bräunlichen, transparenten Plastiküberzug. Riesiger Umzugswagen versperrt einer Frau die Ausfahrt. Bananen essende Frau. Alte Frau mit Fahrgestell auf vier Rädern, das gibt ihr Stabilität und Gleichgewicht. Sie sagt, dass sei besser als die dreirädrigen, ob ich das mal ausprobieren wolle. Ihre Hände halten sich daran fest. Alter Herr mit Zigarre. Mann mit Brille auf dem Fahrrad, schwarz umrandet, war das eine Taucherbrille? Zwitschernder Vogel. Weiße Möwen. Mann im geöffneten Fenster, glatzköpfig, Unterarm aufgestützt, Hand an Kinn. Deutschlandfarben, schwarz rot gold

"German Parcel".

Der mausgraue Mantel fiel mir natürlich ein, unter dem ich mein Kind getragen hatte „My Man", das später blind wurde und heute mein guide, klüger als ich, „can`t help loving that man of mine", toleranter, aber dann doch auch das Herzeleid habend, das er in der Musik tröstete oder indem er auf die Pauke haute, Schlagzeug spielte. „My first impression of you". Der Schnee hatte sich aufgelöst, doch er lag noch verkrustet, wenn der Zug weiter hineintrieb ins Land, aber viel Grün immer wieder dazwischen. Heute früh war ich noch durch viel Neuschnee gewatet, dieser Schnee, den ich durchs Fenster erblicke, sah wie fest gelegen aus.
Tief im Zug lachten sie, es war ja auch der 31.Dezember. Ein Flaschenverschluss wurde hörbar entfernt, sie blödelten vor sich hin, in der Gruppe lachte es sich viel.

Näher kommender Fahrradfahrer mit aufgeklappten Flügeln, als er ganz nahe ist, erkenne ich eine aufgeklappte Kapuze auf dem Rücken, die Ecken stehen an den Schultern vor. Die Sonne wird breiter, ausladender. Autofluss, Abgase. Frau fährt mit schwarzen, aufgeklappten Schenkeln Fahrrad, blonde, lange Haare, älter, unklares Gesicht. Angestrahltes Haus, kaltes Sonnenlicht. Zug, ta dam ta dam, in langsamen Tempo, Zug in entgegengesetzter Richtung, schnelleres Tempo. "Ihr Herz hängt schief." Die blonde, zierliche, ältere, geschminkte Frau blickt irritiert. Er wiederholt "Ihr Herz hängt schief!" Hilfesuchender Blick. Er wiederholt "Ihr Herz hängt schief!!" Er wird vom Arzt aufgerufen, sie zeigt Erleichterung Sie trägt ein schwarzes, voll plastisches, größeres Herz an einem schwarzen Band eng um den Hals gebunden. Sie erzählt mir, dass sie Rollvenen hat. Fahrradklingel. Keuchender, kleiner Hund an der Leine.

Haltern am See wurde angekündigt

Schallendes Gelächter vermischte sich mit dem Quietschen auf den Schienen. Der Schaffner wünschte ihnen „Guten Rutsch". Als er an mir vorbeikam, lächelte er und schaute mir auf die Brust. Hätte er sich schenken können. Die Krakeeler erzählten sich Dönches wie es im Rheinland üblich war. Mein Blick nach draußen fing viele, geschlossene Waggons ein. Sofort dachte ich an die Deportierten. Stop: Marl Sinsen.
Vor 28 Jahren hatte er mich einmal in Hamburg besucht, er wollte gerne nach St. Peter Ording und das machten wir auch. Er hatte seinen Geschmack verändert, kam in einem langen, wattierten, synthetischen Mantel. Er legte sich ins Balkonzimmer zum Mittagsschlaf und selbstverständlich ging er davon aus, dass ich mich zu ihm legte. Das war aber überhaupt nicht in meinem Sinn, ich ließ ihn alleine schlafen. In St. Peter teilten wir zwar denselben Raum und unsere Betten standen auch nebeneinander, aber in mir war das Feuer erloschen. Doch schien ich jetzt wieder das alte Bild von ihm belebt zu haben, denn es war ja nicht nur aus Mitleid, dass ich diese Reise unternahm, wir waren jetzt beide alleinstehend, ein Stück Hoffnung spürte ich doch, einen alten Geliebten wieder zu finden.

                Zug schiebt sich quietschend vorwärts. Anderer tümpelt. "Armut killt" "Kampf" an Wand, niedriger Flachdachbau, U-Bahn Sternschanze. Rauschen in Blätterlosen Bäumen. Kleidungsstücke auf dem Gehweg, dunkelblaue, lange Hose, dünner Stoff, zu kalt für diese Jahreszeit, hingeworfen, beschmutzt, Fußtritte, Nessel Einkaufsbeutel mit langen Bändern, weißes Shirt, dreckig, geknautscht. Frau stellt vollen Einkaufskorb ab, behütet, mit Krempe, Zeitung liegt oben auf. Rattern eines vorbei eilenden Zuges. "Faschos raus"    linke Seitenwand, Sternschanzenbahnhof.

                Nächster Halt Recklinghausen. Oh, hier warteten viele Leute auf dem Bahnsteig, es würde dann

wohl doch noch voll werden, zumeist junge Leute, die viele Flaschen im Gepäck mitschleppten. Zwei junge Türkinnen mischten sich ihren ersten Cocktail und stießen an, lachten sich krank. Sie boten mir auch etwas an, aber ich lehnte dankend ab. Das Ruhrgebiet tauchte mit vollem Rauch aus den Schloten seitlich der Bahn auf. Nächster Halt: Wanne Eikel, nun boten die beiden einem jungen Mann einen Cocktail an, aber der lehnte auch dankend ab. Sie kippten sich nicht wenig von dem Mix hinter die Binde, die eine sagte zu der anderen: „Aber ich passe heute nicht auf dich auf!" Das sollte wahrscheinlich zügelnd wirken. Als der Schaffner kam, wussten sie nicht recht; wo sie hinwollten, entschieden sich dann für Köln. Das machte fast dreißig Euro. Als sie ins andere Abteil abwanderten oder vielleicht stiegen sie schon aus, sah man das schwarze, dekolletierte Kleid derjenigen mit schmalen Trägern, die sich zügeln sollte.
Draußen nasse Straßen. Nächster Halt Gelsenkirchen. Der Zug glitt, fuhr nicht, aber doch hinaus aus der Stadt, er wurde schneller.

"Das kostet viel Geld", "10.000 DM", "Das ist trotzdem viel Geld", "Statt eines Autos", "Das ist teurer", "ein gebrauchtes Auto", "Der Inhalt der Dose bleibt gleich" "Sie meinen, man bleibt immer gleich?", "Wenn Sie nur das Äußere ändern", „Aber die veränderten Reaktionen auf mich mit neuer Nase lassen mich anders sein. Wenn Sie plötzlich einen Rolls-Royce fahren, statt wie immer Ihren Fiat, wird man Sie auch anders behandeln", "Wollen Sie denn eine Rolls-Royce Nase?" "Sie machen sich über mich lustig, Herr Doktor", "Nein". "Ich meine es aber ganz anders!", "Dann lassen Sie uns das nächste Mal drüber sprechen. Arzt und Patientin zwischen Tür und Angel.

Zeichnung von Aljona. Eine fliehende Figur, laut um Hilfe schreiend, dünn wie ein Skelett, baumelt am linken Bein ein Kind, eingewickelt wie eine Mumie. Die Figur kann sich nicht lösen, will laufen so schnell es geht, weg vom Kind, aber die Hilflosigkeit des Kindes, das Arme und Beine fest umwickelt hat, lässt kein Tempo zu. Es ist so gar kein Vorwärtskommen, sie, die Figur, kann ja nur mit einem Bein gehen, am andren hängt das Kind wie eine Verlängerung des Beins. Aljona hat eine 4 jährige Tochter namens Lisa. Junger Mann mit aufgenähtem, schwarzen Stern, 5 zackig, auf Jacke, rotes Garn. Ein Zacken hat sich an der Spitze gelöst. Im Stern sind rote Gitterstäbe und eine rote Hand, die einen Gitterstab umfasst. Erinnerung an Bernardo. Er hatte damals, als er im "Mader" bediente, eine Kellerkneipe beim Schlump, oft eine weinrote Kordsamthose an, fein gerippt und einen schwarzen Stern aufgenäht. Sein Haar schwarz, wellig, schulterlang. Ich erinnere sein helles Gesicht, sein Lächeln. Später hat er einen Plattenladen auf dem Schulterblatt aufgemacht, den er "Dark Star Records" nannte. Als ich ihn einmal im Cafe Bagwan traf, sagte er "Ich erinnere mich an alles". Heute trägt er kurz geschorenes, graues Haar. Bauch. Das zärtliche Lächeln verschwunden. Bellender Hund. Zweiter Mann füllt seine Wangen mit Luft. "Was soll ich denn sagen?" "Gar nichts". Afrikanischer Dealer, elegante Frau kauft Stoff, "Nicht hier", sagt er, als sie in einen Toreingang gehen will. Junge Frau trägt Baby vor ihrer Brust in ihrer Jacke, ihre Hand an des Babys Köpfchen. Kind besteigt kleines Schaukelpferd vor Laden. Geldstück, es schaukelt. Annäherung an den Pferdemarkt, weil ich Aljona treffe. So bis 1935 waren hier noch Pferdehändler ansässig. Wenn Markt war, wurden die Pferde vorgeführt, rund um ein großes Rondell. Statt Autogaragen gab es Pferdegaragen. Mann mit 2 Koffern vor dem "Foolsgarden", silberne Kanten. Zwei ausgelassene Kleinkinder mit Laternenstöcken, "Laterne, Laterne..." Umgefallenes Fahrrad, blau, mit Körbchen. Rollstuhlfahrer, junger Mann, lockiges Haar. Schlurfendes Kind. Einer schließt eine Tür auf. Auto fährt in tiefer gelegene Garage. Aljona hat Fotos von den Wänden abgenommen und Spiegel aufgehängt. Sie möchte Fridolin tilgen. Sein schönes Gesicht, seine schönen Augen, die sie zum Weinen bringen. Die Trennung ist ausgesprochen, zuerst von ihr, dann von ihm mit einem eigenem Gedicht besiegelt und einem von Tucholsky, sagt Aljona. „Wenn eine Pfeife aufgeraucht ist, muss man sich eine neue stopfen". Sie erneuert den Duschvorhang, den sie zusammen ausgesucht haben. Sie möchte sich aller Erinnerungen an ihre Gemeinsamkeit entledigen. Das ist schwer. In ihre Manteltasche fühlt sie schon wieder etwas von ihm, ein kleiner Bleistift aussehend wie eine Zigarette. Sie möchte ihm wehtun. Sie sagt "Ich habe Lust, ihn zu verletzen". Sie stellt sich vor, dass sie mit seinem Lieblingsschauspieler, den er hoch verehrt, vor aufgestellter Kamera schläft und ihm ein Foto schickt. Ins Gesicht gesagt hat sie ihm schon, dass sie mit einem großen, beharrten Mann schlafen werde. "Wir tun uns weh", sagt sie "Ich kann es nicht ertragen, wenn er dichter als 50 cm an mich herankommt". Zwei Freundinnen sind bei ihr. Er zieht aus.

Ob Ralf grauhaarig war inzwischen? Mein graues Haar war mit renature verschwunden, das hieß, die Ansätze musste ich ja doch auch immer nachfärben, eine Paste wurde aufgetragen, das war alles, nichts mit Wasserstoff. Ich fühlte mich doch wohler mit diesem Mittelbraun, meiner früheren Haarfarbe. Das Graumelierte war mir immer etwas fremd auf dem Kopf, obwohl die Leute es gut fanden. Es erinnerte mich an meinen Vater, als sei ich in seine Fußstapfen getreten. Meine Mutter trug ihre Haare stets blondiert, das machte meine Schwester, die vom Fach war und ihre eigenen Haare ebenfalls blondierte. Ich erinnerte mich nicht mehr an die ursprüngliche Haarfarbe meiner Mutter.

Frau mit schwarzem Lackmantel, Pelzkragen, hellblauer Jeans, offenem Gesicht, braune Augen, langes, glattes, schattiertes Haar. Die letzten Einkäufe. Knaller. Jetzt habe sie auch noch Stress mit ihrem

Vater, sagt Aljona. "Ihr seid undankbar! "Ich opfere mich für euch auf!" "Ich bin der letzte Dreck für euch!" habe er geschrien. "Er hat eine Paranoia", sagt sie. Der Anlass war, dass eine Tante, die auf Besuch war, sie fragte, warum sie nicht Schauspielerin geworden sei.. Tatsächlich war das einmal ihr Berufswunsch gewesen und sie antwortete der Tante, dass der Papa den Beruf nicht gut gefunden hätte. Als die Tante weg war, hat er losgelegt. Das sei doch schon 10 Jahre her und er hätte ihr nie etwas verboten. Sie sei undankbar usw. "Für mich war das damals so", sagt Aljona, "der Papa war Bühnenbildner am Theater und hat mir gesagt, dass die Schauspielerinnen sich alle nach oben schlafen würden. Er wüsste das, er sei ja schließlich am Theater und das sei deshalb ein anrüchiger Beruf". "Ich wollte nicht so eine sein in seinen Augen, ich wollte keine Hure sein".

Getanzt hatten wir damals, Ralf und ich, nackt in seinem Zimmer, das kaum Platz dafür bot, es war ein schmales Zimmer. Wenn man die Tür öffnete stieß man sogleich auf einen großen schwarzen Flügel, der etwas mit seinem Vater zu tun hatte, der hatte früher Geige und Cello gespielt und eben auch Klavier, aber das musste sehr lange zurückliegen, denn seit er Lehrer geworden war, spielte er nicht mehr, sein Musikstudium hatte er aufgesteckt. Links von der geöffneten Tür war der schon erwähnte Schrank, dahinter erstreckte sich das Bett, neben dem Bett gab es einen Meter Freiraum bis zum Bücherregal, in dem auch eine Schreibtischplatte eingearbeitet war. Auf diesem Freiraum schüttelten wir unsere nackten Körper zu Gallagher und Mayall, die Platten standen alle auf dem Flügel und wurden sehr pfleglich behandelt. Unsere Körper wiegten sich unbewusst in der Musik sich auflösend. Tiefe Nacht hielt uns umfangen und wir waren trotz unseres Trance ähnlichen Zustandes so leise, dass wir seine Mutter nicht weckten. Die Jalousien waren natürlich herunter gelassen, aber das waren sie immer ein bisschen. Tagsüber hatte ich ihn so gut wie gar nicht aufgesucht, wo hätte ich da auch bleiben können. Bis auf sein Zimmer war die Wohnung ja tabu für mich, bis auf einen kurzen Aufenthalt in der Küche für den Pfefferminztee, den er mir zugestand, lieber hätte er ihn allein in der Küche für sich weilend zubereitet und dann ins Zimmer gebracht, er wollte jedes „überflüssige" Zusammentreffen mit seiner Mutter vermeiden, die sich durch mich gestört fühlen könnte. An der Küche angeschlossen war ein ganz kleiner Balkon, da hatte ich aber nie drauf Platz nehmen dürfen, sonst hätten mich ja die Nachbarn gesehen

Viele Beine. Alte, bekopftuchte Frau schaukelt sich waagerecht von links nach rechts vorwärts, Krückstock. Junges Paar, "Da sind Berliner", "1 DM" . Junger Mann mit Zigarette im Mund, schwarzes, halblanges, fettiges Haar, ohne Feuer. "Das ist so heftig heute", junger Mann. Junge Frau gibt anderer einen Begrüßungskuss, russische Sprache. Milchiger Himmel, rosane Anflüge. Marktstände, einige, viele Orangen , auch Äpfel. Jeanette ruft "Ich hab`s geschafft!" Sie ist froh, dass sie ihre Wohnung mit dem Keller los ist, der 2 mal unter Wasser stand und viele ihrer Sachen verdorben hat. Wenn sie Silvester mit ihrer ehemaligen Nachbarin in deren Wohnung feiert, wird ihr nichts wehtun. Sie sagt "Es ist so schön hier!" Ihre neue Wohnung. Weiße Lichtquelle am Himmel, darunter schattenhaft der Wasserturm. "50 Millionen-Projekt im Wasserturm?" "1,3 Millionen neue BesucherInnen pro Jahr für den Wasserturm?" fragt die Zeitschrift "HH 19". Kreisrunde Scheibe, weißer Ball, von Wolken zugewandert. Frau mit Hund, an starker, silberner Eisenkette, legt den Kopf zurück, tröpfelt etwas in die Nase, dazugehöriger Mann, ebenfalls Hund. Junger Mann mit Nasenring. Junge, verlorene Frau mit leerem Kinderwagen trägt mehrere Kleidungsstücke übereinander, als Umhang eine karierte Wolldecke, weiße Hose. Tampon auf dem Boden, in durchsichtigem Zellophan. Bodenfeuerwerk. Rote

Coladosen in Händen von 2 gelb bejackten Jungen. Flaschenkästen werden auf dem Balkon verrückt. Ob da besetzt sei? Nein. "Es ist mir aber zu eng" "Dann musst du nicht ins Café gehen" "Du hast auch schon Plätze besetzt gehalten" "Die waren auch besetzt" "Stimmt gar nicht. Es kam gar niemand" "Du kannst dich ja weiter weg setzen" "Ja, ich gehe auch" Großer dicker Koloss. Seit November 1982 gibt es das Café unter den Linden, von einer Gruppe sympathischer Menschen geschaffen, mit einem vielfältigen Zeitungsangebot und Jazzmusik. Leo ist übriggeblieben von den Initiatoren. "Machst du das aus Idealismus?" frage ich ihn. "Nein", sagt er, "als Ausgleich zu meinem Lehrerberuf und natürlich auch wegen des Geldes". Sarah war früher nicht dabei, aber ihr Mann, der vor wenigen Jahren gestorben ist. Paul ist nur noch formal Mitglied. Er hat ein Café in Budapest aufgemacht, im Goetheinstitut. Ragna lebt in Kiel. Aljona habe ich hier kennengelernt, im Garten, unter den Linden.

Gewiss, ich war nicht glücklich, dass Ralf nicht mit mir zusammenleben wollte, aber dennoch hielt ich an ihm fest, bis ich nach HH ging.
Als ich dann weg war und Ralf und ich ab und zu telefonierten, erzählte er mir ziemlich bald von einer neuen Freundin und davon, dass er sie heiraten würde. Duisburg. Rheinhausen.
Ralf kam ganz selten nach Geldern, wo ich mein Referendariat absolvierte und mit meinem Sohn eine provisorische Unterkunft bezogen hatte, eher schon besuchte ich ihn, wenn ich am Wochenende nach Hause gefahren war.
Krefeld-Uerdingen.
Seine Exfrau sei aus der Kur dünn zurück gekommen, „da gehen ja die Gefühle zurück!", sagte Ralf in dem Telefongespräch, indem er ihr von der Scheidung erzählte und fragte mich: „Bist du auch immer noch so dünn?!" Ich war nie dünn gewesen, sondern schlank. Aber im Vergleich

zu seiner Mutter und das war wohl sein Maßstab, war ich natürlich dünn.

Kleiner Aufkleber "Gott ist Liebe", grün gelb. "Soldaten sind Mörder", gegenüber von der Frauenkneipe, Stresemannstraße. "Nazis raus". 3 Kinder, 1 Vater, Böller. Kindergruppe, Böller. "Gegen Nazis". "BRD ohne Armee", Rote Flora, Seitenwand. Milchcafe im Glas, Gläser, auf Autodach, auf Autodächer. Kauende Münder, Sonnen belichtet. Hundebeine, Menschenbeine. "Tschüs". "Lass es, dieses komische Benehmen", eine Mutter dreht ihr Kind um. Silvesterknaller, Rakete, fliegend, zischend, drehend, fallend. Roter VW Käfer. Fensterbänke gefüllt, sitzende Pobacken. Sonnen bestrahlt, in Mänteln. "Tschüs Dagmar" Tschüs Vanessa". Zigarette hängt im Mund, weiß. "Kannst du mir vielleicht nochmal mit zwei, drei Groschen aushelfen?" Die Sonne kommt vom Pferdemarkt, drängt sich durch die Häuserschlucht des Schulterblatts bis zu uns, die wir im Dezember auf den Fensterbänken gegenüber der Roten Flora sitzen, und morgen bereits im Januar sind. Wie ein Lawine bewegt sie sich auf uns zu. Doch dann besinnt sie sich anders und zieht sich zurück. "Bleiberecht für alle", blaue Schrift an der Flora, kommt unter dem sich ablösendem oder abgerissenem Plakat zum Vorschein, auf dem der Text zur Drogenpolitik stand. "Thema Haus". "King of Concept" "oder auch Kincon" "Entschuldigen Sie, haben Sie vielleicht eine kleine Hilfe für einen Obdachlosen, für etwas zu essen?" "Aus ganz Deutschland ein Rettungsboot machen". Die schönen Jugendstil Türgriffe der Flora, die in Büchern abgebildet sind, und nach denen ich gesucht habe, sind nicht mehr zu finden. Es gibt gar keine Griffe mehr an der Eingangstür, es blicken mich 2 trostlose kleine, kreisrunde, dunkle Löcher an, wie Augen. Ich bin traurig.

Der Zug fuhr in den Bahnhof ein. Ich schaute durchs Fenster auf den Bahnsteig, der Zug rollte an den Wartenden und Reisenden langsam vorbei, im

Zeitlupentempo, dann sah ich ihn und erschrak. Komplett weiß sein Haar, braun gebrannt sein Gesicht, aber viele, viele, wenn auch feine Falten, hart sah er aus, das war es wohl, was mich abstieß, diese tief nach unten gezogene Mundwinkel auf beiden Seiten und fest verschlossen der Mund, früher lagen seine Lippen locker aufeinander. Diese Härte, darauf war ich nicht gefasst, vielleicht war alles früher schon da, nur eben lockerer, ich wusste nicht, aber dieser gekrümmte, harte Mund entgeisterte mich. Was sollte ich machen? Im Zug bleiben? Nein, aussteigen musste ich schon, meine Fahrkarte galt ja nur bis hierher. Auf dem Bahnsteig mich verstecken? Ja, dazu trieb es mich, mich vor ihm zu verstecken, diesem Mann wollte ich gar nicht Guten Tag sagen. Aber er würde mich ja doch wohl entdecken. Mich im Bahnhofsgebäude verstecken, diesem kleinen und wer weiß wie lange er im Bahnhof bleiben würde. Ich fegte all meine Gedanken weg und ging auf ihn zu. Ein Begrüßungslächeln von uns beiden, dann gingen wir los. Er hatte den hinteren Ausgang gewählt, so dass ich vom Betrieb der Stadt gar nichts mitbekam. Das silbergraue Auto war wirklich eine Blechkiste, in der er gleich eine Monstermusik auflegte. Endlose Fahrerei, ich wusste nicht, dass er so weit draußen wohnte, ich dachte am Stadtpark. Er sagte, es sei dreißig Jahre her, dass wir uns zuletzt sahen, wir kamen dann auf 28 Jahre, weil er den Besuch in Hamburg vergaß. Er trug, was ich überhaupt nicht mochte, einen roten Schal, der wirklich knallend daher kam, kein sanfter Ton, nein aufreizend, dazu eine dunkelblaue Jacke und eine labberige Jeans, ich mochte Jeans, aber nicht aus diesem Labberstoff und einem flachen Blau. Alles in allem sein Geschmack gefiel mir überhaupt nicht mehr. Ob ich seine Karte aus Tunesien bekomme hätte, er war erst seit kurzem zurück, daher die Bräune, aber er war wohl immer braun, denn er fuhr ja mehrere Monate im Jahr in warme Länder und wenn er hier sei, gehe er ins Solarium. Die Straßen waren öde, leer und nass. Keine Menschenseele begegnete uns, kaum ein Auto. Ich fühlte mich unwohl, wäre am liebsten nicht hier, aber nun war es zu spät.

Polizist geht süchtigem Dealer unter die rote Jacke, im Hauseingang. Dealer linst um Häuserecke herum, man sieht nur sein Gesicht. 2 junge Leute mit Weinflaschen. "Amaryllis 5 Stück 8,90DM" "Amaryllis klein 5 Stück 4,90DM". Sauge das goldene Sonnenlicht in meinen Mund ein, schiebe meine Lippen nach vorne und zusammen dafür. Ehering des Busfahrers in fleischigem Finger. Großer Ring, Steuerrad, er legt sich ganz rüber, sein Arm, dreht sich mit. Warme Sonne im Herzen. Lange Rotphase, überkreuzte Arme auf dem Steuerrad abgelegt. Schwarze Folienvögel an Glashaus U- Bahn Station Schlump, ausgebreitete Flügel, abgeblättert. "Ich weiß ja nicht, wo Sie hinwollen?" Silvesterknaller, hier, da, drüben, hier vorne, überall. Sonne liegt über dem Isebekkanal, Kaiser Friedrich Ufer, Schiffshupe. Niko wird mit Frau und Kind zum Hafen fahren, wenn kein Besuch kommt. Leuchtrakete, zieht Bahn himmelwärts. "Bum bum bum" Bum bum - Musik aus einem Auto. Hundehaufen, durchgebrochene Würste. Trällernder Vogel. Hämmernder Vogel. Glasscherben. 2 Handtücher auf Wäscheleine, fest geklammert, ebenerdig. Zertrümmerter Stein. Weiße Knallerbsen am Blätterlosen Strauch. Frau mit roten Lippen und offener Jacke. Knaller. Böller. Explosionen. Zischen. Zerfaserte Wolken. Himmelblau, dünn. Bellender Hund, Kläffen, großes Maul. Jogger. Knall. Detonation. Hundegebell. Jungen werfen Böller in den Hauseingang, laufen weg. Knall. Während ihr Partner Gemüse schnibbelt, mit anderen das Silvesteressen vorbereitet, wird Felicitas ihren Geliebten anrufen. "Ich habe solche Sehnsucht nach Dir" "Ich werde mal sehen, dass sich nächstes Jahr etwas ändert" hatte sie ihm nach dem letzten Treffen eine halbe Stunde später am Telefon gesagt. Er hat zum Abwarten geraten, denn er wüsste nicht, ob er nicht nach Wien ginge aus beruflichen Gründen. "Ist das dein Werk" frage ich Aljona. "Nein" sagt sie "das haben Fridolin und ich zusammen gemacht. Eine Papierrolle hängt von der Decke an der Wand herunter mit schwarzen und kirschroten Flecken, Maserungen. "Wir haben uns gegenseitig mit Farbe eingestrichen, auf nackter Haut und uns dann gerollt, aufeinander zu und übereinander und voneinander weg". Erinnert an Yves Klein, in seiner Kunstaktion haben sich nackte Frauen unter seiner Regie mit blauer Farbe eingestrichen und auf Papier gewälzt.... Fridolin hat sie hauptsächlich mit Schwarz eingestrichen und sie ihn vorwiegend mit Kirschrot. Felicitas sagte zu ihrem Geliebten: "Ich habe Angst, dass das Prickeln aufhört". "Das kann man nie wissen" erwiderte er. Ein ständiges Kanonendonner. Reifes Herz. Rickili wird heute an Silvester mit ihrem Freund Musik machen, er am Klavier, sie Gesang, sie wollen alles mal durchgehen, ihr Repertoire.

Als ich später auf dem Sessel im Wohnzimmer saß, dachte ich bereits an Rückreise, da er auf alles, was ich ansprach, träge antwortete, so als wären ihm meine Fragen lästig. Die Stunden verflossen zäh. Im Wohnzimmer meiner Mutter konnte es nicht schlimmer sein, ich spürte wie eine Depression auf mir lastete und fragte mich, ob sie von ihm kam, ob ich seine Depression spürte, die er wahrscheinlich sofort ableugnen würde, nicht reden hieß ja nicht, depressiv sein, würde er sagen. Mein Unwohlsein wurde immer extremer, er half sich mit Rauchen, stand alle fünf bis zehn Minuten auf und öffnete die Terrassentür, um zwischen Tür und Angel zu rauchen.
Schließlich sagte ich, dass ich fände, dass wir uns gar nichts mehr zu sagen hätten und deshalb könnte ich unmöglich bis Donnerstag bleiben. Er antwortete, dass man ja nicht immer reden müsste.
Als wir bei ihm zu Hause ankamen, hatte er mir zu trinken angeboten, gegessen habe ich mein trockenes Reisebrot, für das er mir Käse gab. Merkwürdigerweise holte er sich später aus der Küche Stollen, ohne mir etwas anzubieten. Ich fragte: „Was isst du denn da?", denn er hatte Kuchen auf

dem Teller liegen, der wie Stollen aussah. Das wäre noch ein Stück Stollen, das hätte er noch gehabt.
Das stimmte schon, wenn er sagte, dass man nicht immer reden musste, aber ich hatte diese weite Reise nicht gemacht, damit wir uns anödeten und das taten wir. Das war ganz kläglich was da kam, aus seinem Munde perlte, ja, nein, hm. Wie mir schien, hatte auch seine Erinnerung sehr nachgelassen, sogar „frische" Ereignisse wie seine Scheidung wirkten wie längst vergessene Tatsachen, denn mühsam und karg redete er und bei allem schien es, als hätte er gar keine Lust überhaupt zu reden. Er lag fast in seinem Sessel, so dass ich meinte, er möchte sich am liebsten hinlegen. Es würde ihm sicher gefallen, wenn ich mich wie ein Kätzchen an ihn schmiegte. Aber oh Graus!

"Liebe und Glück brauchst du mir nicht zu wünschen, das hab ich" unterbricht mich Clemens in meiner Aufzählung. "Erfolg, Frieden und Kreativität". Luftschlangen, Sektflaschen, Scherben. "Bitte Ihren Fahrausweis". Junge Frau im Rollstuhl, Schanzenstraße, eine Süchtige, die noch vor kurzem auf eigenen Beinen ging. In der Susannenstraße fast nur Dealer und Süchtige. "Das ist der Typ, der geschossen hat" "Wo?" "Dahinten" "Ist doch besser, wenn du das weißt" "Ja". "Kein Dynamit aber auch keine Scheiße". Ausgebrannte Mülltonne. "Happy?" schwarze Schrift, Bernsdorfstraße, morsche Fensterrahmen, hinter den Scheiben Papier. "Die Liebe ist ein seltsames Spiel", Wohlwillstraße, "sie kommt und geht von einem zum andern", laut ertönt der Schlager in der Straße, Conny Francis, aus einer Wohnung, Fenster geöffnet. Aljona im Schlafanzug. "Das Abendessen war nett" sagt sie. 4 Frauen, auf der Reeperbahn Spalier gelaufen. Im "Lucky Strike" getanzt. "Mir gings gut gestern Abend". Sie haben chinesisches Opferpapier in Schalen verbrannt, um etwas hinter sich zu lassen. Auf dem Tisch steht ein kleiner Buddha mit dickem Bauch, ich nehme ihn in die Hand, "Der ist von Fridolin" sagt sie "zu Weihnachten". Sie gibt mir sein

Gedicht zu lesen, das er in die Innenseite des Buchdeckels geschrieben hat, das Tucholsky Buch mit dem Pfeifen Gedicht. Fridolin nennt sich "Gast" und Aljona ist ein "Schloss" geworden, in dem er mit ihr "so manche Posse genoss". Ala Tucholsky. "Er ist ein Feierabenddichter", sagt Aljona.

Jetzt saß er im Erdgeschoss vor dem Fernseher, ich war oben in einem winzigen Zimmer, wo ich auch schlafen würde. Er hatte sich nichts Besonderes einfallen lassen. Am Silvesterabend gab es Tee und Brot mit Käse, Gouda. Er hatte noch eine Banane neben meinen Teller gelegt und sagte, die könnte ich mir aufs Brot legen. Das Ganze in der Küche, die geräumig war, aber nur ein winziger Fleck in einer Ecke war von einem kleinen runden Tisch besetzt mit zwei Stühlen. Überdies war die Küche sehr ungemütlich, nur Hängeschränke und Arbeitsflächen aus Kunststoff. Der Esszimmertisch im großen Wohnzimmer blieb unbenutzt.

Als erstes hatte er mir das Haus gezeigt, nachdem ich darauf hingewiesen worden war, meine Schuhe draußen zu lassen. Überall roch es muffig und alles schien mir vergilbt. Im Schlafzimmer, in dem die Bettdecken schon zurück geschlagen waren, sagte ich, dass ich nicht in dem Ehebett schlafen könnte! Woraufhin er aggressiv erwiderte: „Du bist doch kein junges Mädchen mehr!" und „Wir kennen uns doch!" Es war fast wie eine Nötigung. Aber ich ließ mich nicht beherrschen, klein kriegen, beirren und blieb bei meinem Nein.

Während des Rundgangs hatte er sofort gesagt, dass er alles so gelassen habe wie zur Zeiten seiner Frau, wie es die ganze Zeit war und er würde auch für immer alles so lassen, denn er würde Veränderungen nicht mögen.

Fegende Frau. Ausgerabuter, zerstörter Bus. Vogelgezwitscher. Joni Mitchell von 1991 im Cafe unter den Linden. "Ketzer" "ab 18.30". Glasschaukasten, groß, zertrümmert. Dealer. Kind mit Rollschuhen. Likörgläser mit roten Federn gefüllt, Schaufenster, statt Schmuck. "Addiwan", Susannenstraße, ob der Buddha noch da ist? Ich glaube, es war eine Buddhafrau, eine Handfläche bekennend dem anderen zeigend, die andere Hand liegt im Schoß, die geöffnete Handfläche oben. Sie nimmt etwas an? und die andere gibt ab? Weitergeben, was man bekommen hat? Zerbrochene Sektflasche. Kiosk, herumlaufende Hunde, Männer. Durchs Busfenster sehe ich Maximilian, er entdeckt mich, wir winken, und ich hab nicht mal am Fenster gesessen und der Bus war nicht mal auf seiner Straßenseite. Wie ist das zugegangen? Maximilian mit Mandoline und auf jedweden Zettel Lyrisches notierend, das ist lange her. Abgasfahne eines Autos, verschmutztes Weiß, Wirbel. Fahrrad fahrendes Kind mit Fahne. Mensch überquert Straße, durch Busfenster. Dunkle Stimme des Busfahrers. Räuspern. Junger Mann im Rollstuhl. 2 Frauen mit Tempotaschentüchern "Das haben sie alles auf die Erde geschmissen". "Fridolin weint gar nicht", sagte Aljona "Ich glaub, er wird deshalb noch länger brauchen als ich." "Einmal hat er mitgekriegt, dass ich lange geweint habe." "Als ich raus gekommen bin aus meinem Zimmer, hat meine Freundin gesagt" "Man hat alles gehört".

      Alles schien mir alt, seit zwanzig Jahren Ehe nicht renoviert, Tür und Fensterrahmen vergilbt, die Tapeten, Bücher, Gardinen, einfach alles schien den Staub der Jahre eingefangen zu haben und besonders die Bücher, in dem Zimmerchen, in dem ich übernachtete, erstaunten mich, es war der Bestand von damals aus unserer Zeit, „Gehen" von Thomas Bernhard stand dort, vergilbt und in braunem Einband, ein Suhrkamp Bändchen, ein schmales Handke Bändchen, „Der lange Brief zum kurzen Abschied", war noch vorzufinden. Dann fiel mir ein, dass er schon immer in der Bücherei ausgeliehen hatte, vielleicht waren deshalb keine weiteren, gekauften Bände im Regal. Er las jetzt keine Romane mehr, das hatte er mir schon gesagt.

"Gestern war Silvester" Mutter zu Kleinkind. Sirene. Quaken, Enten. "Les jours s`en vont" "Ou sont parties les belles années? les camerades?" Orangefarbener, kleiner Luftballon kullert, hopst. "Fühl mich gut" kleiner laufender Junge hält an. Sprechanlage. Jeanettes Tochter. 3. Stock. "Jeanette ist noch nicht da" "Bei der Mutter von Papas Freundin". "Dann gib ihr das", die Amaryllis. Fegender Mann. Geldautomat öffnet sich. Anspringendes Auto. "Tilgung 1,5%" Paar bleibt stehen. Piep piep, ziep ziep, Vögelchen. Immer noch Knaller. Geige, aus Wohnung. Detonation. Hell lilaner Luftballon wurstförmig vom Winde bewegt. "Boing" "Virus". 2 rauchende, trinkende Männer, Kiosk. Mann bewegt Glasscherben mit dem Fuß, zufällig. Knaller. Frau schabt gefrorenen Belag von Sichtscheibe. Alte Frau mit weißer Strickmütze, roter Tasche, schwarzem Krückstock, grauer Mantel, Durchlittenes im Gesicht.

      Ich glaubte inzwischen, dass es gut war, dass seine Frau ausgezogen ist und neu geheiratet hat, sie war 12 Jahre jünger. Ralf machte sich darüber lächerlich, dass sie beide, ihr neuer Mann und sie, malten und ihre Bilder auch noch im ganzen Haus aufgehängt hätten. Er mochte es nicht, wenn man etwas von sich zeigte, deshalb sagte eine Mitstudentin damals mal zu ihm, dass er ein „armes Schwein" sei!, was er nicht verstand. „Du lässt nichts an dich rankommen!" so sagte sie in der studentischen Seminargruppe. Aber ich selbst bekam von ihr auch mein Fett weg, mein Sohn und ich wurden von ihr gebeten, umgehend wieder abzureisen, als ich sie nach dem Studium einmal in Berlin besuchte, da ich ihr zu depressiv war, gehemmt, womit sie durchaus recht hatte. Natürlich folgten mein Sohn und ich ihrer Aufforderung. Sie fuhr als Studentin einen schweren Citroen, den sie alle bewunderten, wenngleich dieser von ihrem Mann geliehen war. Aber sie entlieh ihn eben und nahm auch andere mit. Das war eben der Unterschied, sie kroch aus ihrem Hausfrauendasein hinaus und studierte, dann trennte sie sich, ging nach Berlin und war mit einem Therapeuten zusammen. Ich wusste wirklich nicht, was ich sagen sollte, wir waren nie tiefer befreundet, deshalb war es auch „eine Fahrt ins Blaue" gewesen. Das sagte auch dieser Tage ein Bekannter, dem ich von meiner Reise in die Vergangenheit zu Ralf erzählte, er meinte, „das war ja auch ziemlich blauäugig von dir" .

Mann mit 2 gelben Postpaketen. Aus einem Haus werden Sachen raus getragen, ein VW Bus ist schon voll. Ein alter Küchentisch mit einem Schüsseleinsatz drunter, weiße Emaille. Es wird ein alter Mensch gestorben sein. Vogelzwitschern. Stinkende Autoabgase. Schuhcontainer, kleiner Kasten, weiß. Mann schiebt Fahrrad. Anderer Mann schiebt Abfall mit Krückstock beiseite "Alles voll hier". "Oh ich Schussel hab mich selbst gebissen" junge Frau, Zahn. Gestapelte Backsteine. VW Bus mit Gardinen. Kinderstimme unentwegt. Frau lehnt an Laternenpfahl. Mann mit Getränkekisten aufeinandergestapelt, auf Handwagen. Frau putzt Brillengläser. Ausländische Stimmen. Kurve. Gitter, weiß. Jemand niest. Frau mit Fladenbrot in Tüte. Junger Mann hat 2 Blumensträuße bekommen, weiß eingewickelt, Papier, bekommt 2 Küsschen dazu, linke und rechte Wange, von junger Frau mit orangefarbener Strickmütze, sonst grau. Altes Paar, karierter Hut, umgekehrter Topf, auf seinem Haupt, Hand in Hand, sie trägt weiße Strickmütze auf blondem Haar, Kapuze mit Fellbesatz bleibt auf Schulter liegen, grünlich. Müllabfuhr. Dealer. Fahrradfahrer über Pflastersteine, mattiert glänzend. Mann werden die Ohren mit Handtuch gerubbelt, Friseursalon, türkisch. Café Stenzel, Croissant. "Mundfäulnis" hat das schreiende Kind. Beide Lippen sind eine einzige, blutende Platzwunde. "Es ist schon besser geworden" sagt die Mutter, die für ihre anderen Kinder in der Pastelaria Transmontana kleine Küchlein kauft. Das Kind mit der Mundfäulnis bekommt das Essen mit der Spritze, sagt sie, "damit es nicht ins Krankenhaus muss". Auf dem Gebäude neben der Flora weht eine Fahne im Wind, Mao. "Stehst du an?" Schlange vor der Pastelaria. Zum Mal Mauritus, das erste Mal mit Neujahrswünschen. Jetzt ist er auf dem Rückweg vom Bioladen und schlägt mir sanft aufs Knie, die ich schreibend auf der Fensterbank gegenüber der Roten Flora sitze und ihn nicht kommen sah. Die Rote Flora öffnet die Tore und 2 Menschen mit Besen kehren die Silvesterflaschen zusammen. Wandere mit meinem Milchcafe im Glas. Neben der Pastelaria steht im Eingang ein Afrikaner und macht ein Geräusch, metallen, indem er mit einem Spachtel die Farbe vom anderen Spachtel abkratzt und umgekehrt. Er klopft die beiden Werkzeuge aneinander. "Kling kling kling" sage ich zu ihm "das klingt gut". Da er daraufhin lächelt, trete ich zu ihm. Er erzählt, dass er heute seinen "Afroladen" aufgibt, der ihm 2270 DM Kaltmiete kostet. Ein Iraner übernimmt, für ein Restaurant. Er hat schon alles ausgeräumt, nur noch ein Schild hängt "We trust in God". "Ich gehe wegen der afrikanischen Dealer, die vor meinem Laden von der Polizei festgenommen werden und nach einer oder zwei Stunden wieder am selben Platz stehen" sagt er. Früher habe er 1500DM pro Tag eingenommen, aber seit die Dealer hier sind, kommen seine Landsleute nicht mehr. Sie fürchten, dass die Polizei ihre Papiere sehen will, nicht alle haben welche. Seit 24 Jahren lebe er in Hamburg, in Billstedt in einer Isolierfabrik gearbeitet. Vielleicht will Gott, dass er seinen Laden woanders aufmacht. "Viel Glück" "Alles Gute". 3 Dealer in Toreinfahrt. Denises Laden, den sie inzwischen mit zwei anderen teilt, geschlossen. "Fritz Bauch" mit alter Holzeinrichtung von vor 60,70 Jahren "eine alte Arbeiterkneipe" sagt die Tresenbedienung. Ein übriggebliebenes Dezemberexemplar der "Zeck", Programmhinweise, Vollmondorchester, Elterntreff, "Embryo" mit Weltmusik, selbst gebaute Musikinstrumente, russische Jazzgruppe "triò", Gesprächskreis für posttraumatisierte Christenkinder. Neben Fritz Bauch ein

Kleiderladen, 7 Designer haben sich zusammengeschlossen. besondere Exemplare. In der Schanzenstraße Plattenladen "Man muss die Nischen ausfüllen", sagt der Inhaber "die die Kaufhäuser nicht ausfüllen"."Es geht immer besser". Mann mit hellgelbem Luftballon mit beiden Händen gefasst, Kleinkind läuft nebenher. Umarmtes Paar an der Ampel mit Kinderwagen. Sie im gelben, wadenlangen engen Strickrock. Sein Arm auf ihrer Schulter, an der Hand den Kinderwagen. Die Bewegung ihrer schwarz bestrumpften Beine unter dem Rock, als sie grün haben und gehen. Sonne auf dem Wasser. Sweet Virginia, Hannah Arendt und Heidegger in der Taz. Heimliche Liebesbeziehung 1925/26. 1947 bezeichnet sie ihn in einem Brief an Karl Jaspers als "potentiellen Mörder". Heideggers Frau las die Nationalzeitung und hatte eine vollständige Büchersammlung der nationalsozialistischen Frauenpolitikerin Gertrud Bäumer. "Ihr habt ja mal heute nicht die Bildzeitung" "Vergessen" "Find ich gut" "Wieso? Ich versteh das gar nicht?! Jeder Mann liest die Bildzeitung!" "Früher habt ihr sie auch nicht gehabt" "Da ist der beste Sportteil drin" "Den kann man sich auch woanders holen" "Nein". Mann auf Fahrrad schnäuzt sich Nase, trampelt schwer. Junge Frau mit Handy sucht stillen Platz. Frau mit Hunger, geht über die Straße, Ampelübergang. Person im Rollstuhl. Kleinkind, Mutter anredend. Schall. Stimme. Ines` Türklingel ist abgestellt.

Laings „Phänomenologie der Erfahrung" hatte Ralf damals gelesen, , das Buch fand sie auf dem Regalbrett nicht mehr.
„Was hälst du denn von den Bildern über dem Sofa?", fragte er mich. Oho eine Frage! Nun ja, ich erklärte, dass ich mich vor allem von abstrakter Kunst angesprochen fühlte und Figürliches hinter mich gelassen hätte, das sagte mir nicht mehr viel, die Häuschen in weiter Landschaft in alter Manier gemalt und auch die Blumenbilder waren nichts für mich, sorry. Das konnte er nicht verstehen, weil er sich in diese

Bilder einfühlen könnte, wie er sagte.

Nässe. Zugebundene altrosane Mülltüten. Laufender Motor, Abgasgestank. Zerknüllte Papiertüte, Brot. Kläffender Hund in geschlossenem Auto. Frau im Rollstuhl, Mann an den Griffen. Rasender Bus. Weiße ergraute Richtungspfeile auf Straße. Mann mit dunkelblauem Ordner unter dem Arm. Mann an Schlüsselloch zugange, von Auto. Schwarzer Pfeil in rotem Licht, Ampel. Bäume wohlgeformt. Baukran. Frau bindet Fahrrad fest. Eilende junge Frau. Dealer. Heftiges Absatzauftreten, Frau, lange, schwarz behoste Beine. Alles ist eingenässt. Abfall in Fahrradkörbchen. Gekrümmtes Fahrrad. Himmel bekommt Risse, Blau schimmert durch. Café unter den Linden, "Lettre", über George Bataille. Kleinkinder. Verbundener Kopf, schwarz. Wollhandschuhe schwarz. Büchlein schwarz rot. Schreiber mit blauem Punkt, Kopfende, goldfarbene Spitze. Körper transparent. Langer Mantel, rehbraun. Rucksack, Synthetik, grünlich grau, schwarze Riemen. Schwarze Samt Legging, unteres Drittel. Schwarze Schuhe, Schnürsenkel, 6 Löcher in jedem Schuh. Schwarze Stricksocken. Knopfleiste. Taschentücher. Telefonkarte. Ring unterm Handschuh. Amethyst. Habe mal für meine Mutter einen ausgesucht, Geschenk, mit Gelbgold eingefasst, sie hat später den Stein daraus verloren. Erinnere mich auch an echten Schmuck meiner Schwester. Ein Rosenquarz Anhänger mit Goldkette, ein Goldring mit schönem, grünen Stein, samtig. Ich weiß nicht mehr, ob das Konfirmationsgeschenke waren oder vielleicht von ihrem Zukünftigen. Ich erinnere nicht, dass ich einen echten Schmuck besaß. Wenn ich Amethyst sehe, denke ich an meine Mutter zurück, dass ich diesen Stein für sie ausgesucht habe und dass sie ihn eine Zeitlang trug. Ob sie ihn wirklich mochte, weiß ich nicht zu sagen. Augen schwer belastet, schwarzes Stirnband über schwarzer Baskenmütze. Entfernter Zug. Kind auf der anderen Straßenseite. Wind blättert Seite um. Flugzeug entfernt. Tauben Ansammlung, picken. Rotes F, Druckbuchstabe, vorne im Bus. Junges Mädchen mit großem, schweren Rucksack auf Rücken, Gestänge, Rucksack vorne. "Was soll das denn?" Knattern, Auto. Türenschlagen, Auto. "Glaub nicht an einen Ort", Zeile aus dem Emigrantenlied von Andre Heller. "Die Angst vor dem Hunger". Mein Vater sagte "Der Hunger ist das Schlimmste". Jagendes Auto. Finsternis. Rotes Blatt auf Asphalt, befeuchtet, von Böller. Dunkler Mann. Stehendes Auto, Abgase in der Luft, Pärchen plaudert drinnen. Verwahrlostes Gebüsch. Gestrüpp. Zirrendes Autogeräusch. Hausnummer 58. Aufgeklappter Kofferraum. Jeanette baut in ihrer neuen Wohnung die Türschlösser wieder ein, die sie aus den alten Türen raus geschraubt hatte. 6 schöne, alte Türen hatte sie in einem Container gefunden, restauriert und gegen die platten, braunen, die gar nicht in die Altbauwohnung gehörten, ausgetauscht. Türen mit altem Fensterglas und Verstrebungen. Den immer und immer wieder übermalten Stuck hat sie freigelegt, mit heißem Wasser. Paar unterm Regenschirm. Angelehntes Fahrrad. Durchgebrochene, runde, lange Stange, läuft um Hecke herum, Vorgarten. Zirpender Vogel. Anhänger, Plane, Riemen, mehrere, quer gespannt, knautschig. Schwarze Nonne, gekleidet. Laster. Pfeifender, blonder, älterer Mann tritt in Sonnenstudio ein, hat früher Lederjacken verkauft, vielleicht immer noch. Junger Mann mit hellbrauner Pappmappe in der Hand, Gummizug an den Ecken. Schlanke, große Frau mit einem Elefanten auf langem, schmalen Mantel, hinten, der Elefant hat eine rote Decke auf dem Rücken. Mann blickt auf Briefmarkensammlung. Frauenzeichen in weiß an Schaufensterscheibe mit leerem Laden dahinter. Regenschirme gehen auf. Frau in Schwarz an weißer Hauswand, schwarzes Kopftuch. Zugig. Straßen nass. 30 Stahlgitterbalkone an neuem Gebäude, Wohnhaus, Lippmannstraße, graue. Junge mit Fußball unterm Arm und gesenktem Kopf überquert Straße. Junge Frau zieht Reißverschluss hoch, blaue Plastikjacke, gesteppt, olivgrün glänzende Samt Legging, hauteng. Bretterverschlag zum

Drücken hinter der Roten Flora, auf Souterrainebene, Junkies. Eltern mit Kindern klagen über herumliegende Spritzen. AnwohnerInnen sind genervt und wütend. Frau mit langem Zopf auf Fahrrad. Frau mit schwarzer Teeschale und langem, weißen Pullover in Laden, in der Hand, stehend. Vibrierender Bus, vibrierende Beine. Anfahren. Regenschirm wird eingeklappt. Türen schließen sich. Mann mit Rollstuhl, Schirmmütze. Kinder, noch nicht schulpflichtig. Kleiderständer auf Trottoir, vor Boutique. Fahrradklingeln. Junge, blonde Frau mit schwarzer Strumpfhose, kurzer Rock, kurzer Mantel. Rotes Papier auf Erde im Blumenkasten, geknüllt. Nadeln auf Gehweg, Tannengrün. Hinkender, junger Mann, alles schwarz, Hose, Schuhe, Jacke, Tasche, jedoch blauer Riemen, Schulter. Über mir alles voller Teddys. Nachbarin. Eulenphase vorbei. Als ich einzog, bot sie mir Gardinen für meine nackten Fenster an. Das konnte ich nicht übers Herz bringen und lehnte ab. Heute will sie bei sich keine mehr aufhängen "Wie sieht das denn aus?!" hat ihre Bekannte aus dem Haus auf der anderen Straßenseite gesagt. "Man hört sie gar nicht" sagt sie zu mir. Riss in der Gehwegplatte. Regentropfen fällt auf Wasserlache. Mantel umspielt Waden. Auto setzt zurück. Clemens sagt "Die Frau ist Klasse" er spricht von seiner Freundin.

        Seine Reisen waren ihm wichtig. Schön warm musste es sein, bequem, er wollte nicht viel machen, sondern es bequem haben, sich nicht engagieren müssen. Auf dem Tisch ein Spanischbuch, sein Spanisch auffrischen, in zwei Wochen ginge es für sechs Wochen nach Teneriffa, danach möchte er noch mal weg fliegen und suchte noch ein Reiseziel. Es war ziemlich anstrengend, so schien mir, dauernd zu verreisen und Reiseziele finden zu müssen, aber Tunesien im Oktober November und Teneriffa im Januar Februar schien ihm ganz passabel, doch das reichte ihm nicht, da müssten noch mehr kalte Tage, Wochen, Monate überbrückt werden. Im Sommer war es kein Problem, da konnte er gut hier bleiben und seinen Sport betreiben, seit längerem war auch das Fechten hinzu gekommen, da habe er nach der Scheidung die neue Frau kennen gelernt, aber inzwischen nach zwei Jahren seien sie wieder getrennt, sie hätte genau so einen Dickkopf wie ich, meinte er und sagte mir mit einem fürchterlichen Gesichtsausdruck: „Das muss ich dir ja mal sagen, das ist ein ganz unangenehmer Zug an dir, dass du kein Fernsehen mit mir guckst, dass du so unflexibel bist!" Nun war ich doch überrascht über seinen Ausbruch und auch angewidert. Ich sagte ihm, dass er doch die Nachrichten geguckt hätte, ja, das würde nicht zählen, aber dann hätte er doch noch den Film über ein Bild von Monet eingeschaltet und er hätte sich doch noch einen anderen Film angesehen, bei dem ich dann allerdings nach oben gegangen war. Ich würde überdies finden, dass man es genau andersherum sehen könnte, dass er nicht flexibel sei und einmal auf Fernsehen verzichten könnte, wenn ich nach dreißig Jahren mal auf Besuch käme. Die dreißig Jahre hätten damit überhaupt nichts zu tun, ich fand aber doch und so hatten wir uns gestritten, er wollte natürlich auch um 24.00 Uhr das Fernsehen erneut einschalten, natürlich nur wegen der Uhrzeit, es sollte ganz genau Zwölf sein, wenn er den Sekt entkorkte, den hatte er inzwischen geholt und versuchte ihn zu entkorken, das schien schwierig, es begann schon die Ballerei von Ferne und es war klar, dass es Zwölf war, er hampelte aber immer noch mit der Flasche herum und versuchte den Korken heraus zu bekommen, was ihm partout nicht gelang. Mir war es recht, denn ich fand die Situation sowieso verkorkst und hatte schon gar keine Lust mehr mit ihm anzustoßen. Schließlich gab er auf und holte eine angebrochene Weinflasche, in der noch ein Drittel abgestandener Rotwein war, wir stießen an, danach war ich sehr bald nach oben gegangen.

Regenschirm wird aufgespannt. Schaufensterscheibe mit Zeitungspapier verkleidet.

Schepperndes Schutzblech, Fahrrad, lose. Hämmern auf Eisen, mit Unterbrechung. Schwarzer, liegender Hund, nasse Haare. Mauritius im Café, sein Hut, seine junge Freundin, eine zweite junge Frau, alle drei blond. Schnipp schnipp schnipp, Friseurschere schnippt Nacken. Bohrmaschine, Bohrer am Haus. Dealer. 3 Kleinkinder krakeelen. Dealer und Süchtiger, aus dem Mund wird der Stoff geholt. Wo ist der bettelnde, hinkende Süchtige mit den Postkarten? Wo ist der bettelnde Süchtige, Aidskranke mit weißem Hund? Wo ist die bettelnde Süchtige mit krummen Rücken, vom Vater missbraucht? Jaulender Dackel an Leine. Jemand zieht kleinen Anhänger, er poltert über das Kopfsteinpflaster. Jemand mauert, Kelle und Glätter, fast blank. Kissen auf Gehweg, nass. Rote Papiertüte mit Altpapier, schwarze Griffe, stehend, seichtes Rot. Geruch aus Fleischerei. Tabakpäckchen in der Hand haltender Mann, offen, Zigarette drehend, im Gehen. Hatte mir vorgestellt, mit Anselm in einer großen Altbauwohnung zu leben. Weit weggerückt. Alles. Habe auch die Bilder weggestellt. Moos auf Mäuerchen. Nasse Sträucher. Brennende rote Rücklichter eines Autos. Wind rauscht in Sträuchern und Baumkronen, Blätterlos. 2 Kleinkinder. Vorwärtsgang, bedächtig, eines einzelnen Mannes, jünger. Alte Tür, Eisen. Sich abrollende Füße auf dem nass grundigen Trottoir. Schnuller im Mund, Mutter streicht über die Wange, Kinderkarre, sitzendes Baby, leicht zurückgelehnt. Biermann Schallplatten gefunden. Wie kommt Clemens auf ihn? Er wird sich freuen. Blaues, nasses Papier, durchtränkt, im Rinnstein gelegen. Stahlgitter, rund laufender Zaun, beherbergt Vorgarten, grau, silbergrau, flimmrig, elektrische Schläge. Stahl vergitterte Fenster, silbergrau, flimmrig, elektrische Schläge. Biermanns "Liebeslieder" behalte ich erst mal 1975. Joni Mitchell "Blue" 1973 "The last time I saw Richard". "Night Ride Home" 1991. Ins Haar greifender Wind. Bruzzeln. Fließendes Wasser, wahrscheinlich Spüle. Nummernschilder, Privatparkplätze. Auto anschieben. Anrollender Wagenverkehr. Brotstücke, Krumen, auf Rasenstück,

Tauben. Mann pausiert, Arm aufgestützt, rote Ampel, Autofahrer, blickt. Frau mit schwarzen Leder Fingerhandschuhen wirft Kofferraumhaube zu, schwarz, mit Schwung. Baustelle. Ampel. Sirene. Flugzeuggeräusch. Winken, Yves. Aljona auf Anrufbeantworter. "Während der Fridolin auszieht und hier rumräumt, fahre ich eine Woche weg. Ich will mir das nicht antun".

In der Nacht beschloss ich, am nächsten Tag zurück zu fahren. Am Neujahrstag sollte es Reis mit Gemüse geben, ich hatte im Kühlschrank ein paar angegammelte Möhren gesehen und zwei Paprika im Netz, irgendwie war das alles nicht sehr aufregend, ich hatte auch angesprochen, wie wir die Tage gestalten wollten, woraufhin er zu meiner Verwunderung autoritär erwiderte: „Das wollen wir aber mal nicht, ein Programm machen!". Später lenkte er ein und meinte, dass wir ja schwimmen gehen könnten, (also das, was er sowieso machte) und in die Sauna. Ich hatte gar keinen Badeanzug mit und sowieso auch keine Lust, mich ihm in der Sauna nackt zu zeigen. Er hatte von sich das Bild eines anpassungsfähigen, toleranten, unkomplizierten Menschen, aber das stimmte nicht, sondern andere mussten sich ihm anpassen, er setzt sich einfach durch, so hatte er ja auch seine Mutter nach drei Jahren Ehe ins Haus geholt ohne seine Frau zu fragen und dabei blieb es.

Abgebrochener Flaschenhals, Sekt, inmitten von Hundewürsten. Scherben. Raunen. Läuferin. Dumpfes Motorengeräusch, Auto. Vogelstimme. Junge Frau mit Drucker in beiden Händen, Absatzschuhe, pochendes Auftreten, rückt näher, lässt Luft fahren, aus dem Mund, lacht im Vorbeigehen, links. Autos, mehrere Farben, hintereinander, ocker, anthrazit, beige gedämpftes Rot. Flitzende Ente, rot, Abgasfahne, aufsprudelnd. Motorrad mit Helm am Lenker, auf Gehweg. Frau mit Kinderkarre, Kind mit Kapuze. Mann knöpft braunen Mantel zu, stehend, gebeugt, Aktentasche zwischen die Beine gestellt, schwarz, schwarze Knöpfe. Bauarbeiter mit Schutzbrille. Nackter Arm kommt aus Fensterklappe heraus, abgedunkelter, hellroter Plastikhandschuh, 3/4 lang, hält helles Tuch, Scheibenwischen. Kleinkindergruppe, 2 Betreuerinnen, loser Verbund. Piep piep, Vögelein. Müllabfuhr, blinkende Lampe, rollende Tonnen, Müller mit langem Haarschwanz, Fellweste, außen schwarz, gerippt, orangefarbene Hose, 2 silbergraue Streifen, Goldrandbrille, rund. Schleifmaschine, 2 mal. Vorbei zischendes Auto. Tiefgarage nimmt Auto auf, 2 hintereinander. Studenten hinter Glaswand, eine Studentin fasst sich an den Kopf, Stirnpartie, Jucken, Reiben, Stillen, Zeitung in der anderen Hand, große Blätter. Jemand schnupft sich aus, hinter mir, überholt mich, Frau mit Sandalen, entfernt sich. Oh Aljona! Obwohl doch schon längst alles vorbei ist, die Liebe schon vorbeigezogen ist, an anderem Ort sich verschwendet. Wenn er Schwierigkeiten hat, willst du für ihn da sein. Das hast du ihm angeboten. Noch mehr, er soll sich einmal richtig ausleben. Du hoffst, dass er dann, vielleicht in einem halben Jahr, zurück kommt zu dir. Sogar hoffst du, dass bereits die räumliche Trennung ihn dir wieder näherbringt und dass es gar nicht um die neue Frau geht, sondern um seinen Freiheitsdrang. Auf jeden Fall willst du dich auch um dich selbst kümmern, dich selbst weiterbringen. "Ich häng halt an dem Fridolin" sagst du, "wie an keinem Mann vorher". Und "Ich bin für alles offen" "auch für andere Männer".

                In den sprachlosen Phasen hatte ich seine CDs angeschaut und fischte eine heraus, nämlich „Die Jazz Station", ich war ja Jazz liebend und diese kannte ich noch nicht, sie hatte ein blaues Cover, das mich gleich ansprach und auch an die Platte „Blue" von Joni Mitchell erinnerte, die auch ein blaues Cover, Gesicht, hatte. Die meisten Titel gefielen mir, das sagte ich auch und Ralf sagte, dass er sie viele Jahre gar nicht gehört habe, ob ich sie haben möchte. Oh ja! Doch eine Weile später meinte er plötzlich, er hätte sie mir voreilig geschenkt, denn er merke jetzt, dass sie ihm doch ganz gut gefiele und er sie gut im Auto hören könnte, dafür wäre sie sozusagen ideal. Was sollte ich sagen. Ich sagte nichts, wir hörten sie zu Ende. Er meinte dann noch, dass ich ja bei 2001 billig CDs kaufen könnte. Auch dazu sagte ich nichts. Das könnte er natürlich genauso gut, dachte ich nur, aber wahrscheinlich wusste er und ich ahnte es schon, dass es sie vielleicht gar nicht mehr gab.

"Nicht dass Biermann mehr gefragt wird wieder, aber die Platten tauchen nicht mehr so häufig auf", sagt der Verkäufer, Second Hand, "Chausseestraße 131" 1969, "Warte nicht auf bessre Zeiten" 1973. "Holocaust", große, schwarze Schrift über die ganze Hauswand, Seite, in Einfahrt, Beim Schlump, fensterlose Wand, grau. Das Gitter, das die Einfahrt zur "Volksschule 1884" in der Schanzenstraße während der Schulferien geschlossen hielt, ist heute geöffnet. Zum ersten Mal gehe ich auf den Hof, um das Gebäude, entdecke die schwarze Tafel mit weißer Schrift "Von diesem Schulgebäude aus wurden über 1500 jüdische Männer, Frauen und Kinder am 15. und 19. 7. 1942 nach Theresienstadt (Terezin) deportiert. Fast alle sind in den Vernichtungslagern umgebracht worden. Denkt daran und seid wachsam". Dealer. Motorradfahrer saust. S-Bahn jagt. "Nützt ja auch nichts". Liliputanerin. Frau im Rollstuhl. Vater mit Kinderkarre, hellblaues Haar, Kind singt "lalala lalala". Mann wuchtet Matratze in Kofferraum, blauer Bezug mit gelben Sternen, danach geht er rauchend ums Auto, Motorradledermütze auf dem Kopf. Dealer verschwindet mit Käufer in Einfahrt. Mann mit Handy am Ohr, in der anderen Hand Kinderwagen, leer, Kind vor der Brust in Tragetuch. Schwangere Frau mit Kinderkarre, Kind. "Habt ihr inzwischen eine Wohnung gefunden?" Junge Frau, mit der ich schon mal auf der Bank gesessen hab, beim Italiener, gegenüber der Flora. "Nein", sagt sie, "die Steg macht keine Neuvermietungen, und die Saga nimmt keine unverheirateten Paare." Sie haben viele Mäuse in der Wohnung und seitdem nebenan ein neues Haus gebaut wird und der Keller ausgehoben, haben sie noch mehr. "Wir kommen gar nicht dagegen an" sagt sie. Das Zimmer, in dem der ganz Kleine schläft, der noch nicht laufen kann, ist ganz dunkel, es kommt gar kein Licht rein". Der größere knipst einem Soldaten mit einer Fernbedienung den Arm ab. Sie demonstriert die Bewegung der Fernsteuerung mit ihrem Arm und ihrer Hand. Dem Kleinen gebe ich meinen Teelöffel  Sie meint, dass der Süchtige mit den Postkarten vielleicht tot sei, es sei ihm in der letzten Zeit schlecht gegangen und er habe wohl auch Aids gehabt. Er habe oft weiter oben  im Schulterblatt in der Einfahrt gedrückt und geschlafen und der mit dem weißen Hund auch. "Hier im Viertel haben sie wenigstens noch ein bisschen Raum" sagt sie, "wo sollen die denn sonst hin?" Trippelnder Gang, Frau, Absätze. Kind ahmt heulende Sirene nach. "Stammheim" "Sozialhilfe" Hauswand, Marthastraße. "Die 60 jährige hatte einen Schlaganfall, die Verwandten sind gekommen und haben nichts mitgenommen. Das ist traurig" sagt die ausländische Frau im Second Hand Laden, zu der die Vermieterin die Sachen in Kommission gegeben hat. Kirchturmuhr schlägt 13.30 Uhr. Kinder. Jeanettes Toilette leckt, der Duschkopf  macht nicht, was er soll und das Geschirr wird in der Badewanne abgewaschen, vorerst. Sie kann sich noch nicht entscheiden, welche Spüle es sein soll. "Die von der Vorgängerin ist auch nicht so schlecht", sagt Jeanette, "ein bisschen groß". Sie hat die alte Dame noch kennengelernt, der Bruder von dem Vater ihrer Kinder hat sie betreut und ihr den Tipp mit der Wohnung gegeben. Sie ist ins Altersheim gegangen. Ob sie noch an ihre Wohnung zurückdenkt? Viel Brauntöne und über- und über lackierte Fensterrahmen. Haus mit Glaslaterne, verschnörkelte Halterung, schwarz, neu, Eisen. Vöglein zieht. "Warte nicht auf bessre Zeiten"  Wie geht der Text weiter? Jemand klatscht in die Hände, hinter mir. Kind mit 2 Hunden, Mann steigt über die Leine, ich auch. Durch Zufall Anselms

Telefonnummer gewählt, seine Stimme, sein Text auf dem Anrufbeantworter, als wenn er ein Gedicht vortrüge, eine sanfte Welle von weither, das ganze Meer unter sich. Ist er ein Dichter?

Früher hatte Ralf auf seinem Bücherregal ein kleines Passfoto von seinem schon lange verstorbenen Vater stehen, in meiner Erinnerung war es etwa ein Quadratzentimeter groß, der von seinem Kopf ausgefüllt war, nur davon, in Wirklichkeit war es wahrscheinlich zwei mal zwei Zentimeter, aber nein, auch das war ja doch auch noch zu klein, es wird drei mal vier gewesen sein. Im Wohnzimmer stand auch sein Foto, aber um vieles größer, das hatte wahrscheinlich seine Mutter aufgestellt, die ja das Wohnzimmer und die Küche mitbenutzte. Auf diesem Bild, auch ein Kopfbild, ein enorm großer, nach vorn geneigter, nachdenklicher Kopf, der Kopf samt dem seitlich vorderen Antlitz wirkte wie eine schöne weiße, nackte Skulptur, eine glatte Marmorskulptur. Ich blätterte in den Fotoalben, die auch im Regal standen, sah diesen immer still wirkenden Mann mit weißem Gesicht - ja das Weiß, das Helle fiel mir auf, vielleicht weil es Schwarz-Weiß-Fotos waren - an der Seite seiner Frau oder in der Nähe, sie, immer lächelnd und auch wie aus Porzellan, eine Porzellanpuppe, vielleicht weil die schwarz weiß Fotos glänzend waren. Sie hatte auf den meisten Bildern einen sehr hohen Hut auf, das erinnerte ich von meiner Mutter gar nicht, sie hatte soweit meine Erinnerung reichte, gar keine Hüte aufgesetzt oder im Schrank liegen gehabt. Eine Frau mit Hut machte immer etwas her. Auf dem Kopf der kleinen Frau F. ragte auf jedem Bild ein Turm, ein Hut, sie lächelte in die Kamera, um eine gute Figur abzugeben, um nett zu wirken, sie wirkte so in der Tat auf jedem Bild gleich nett, das gleiche Lächeln, fast unwirklich auf die Dauer. Zwei Porzellanfiguren, ich schämte mich ein wenig, sie als Porzellan anzusehen, denn sie waren ja lebendige Menschen gewesen, aber das war es wohl, dass davon so gar nichts sichtbar wurde, Ralf erzählte ja nichts über sie und ich wollte ihn nicht länger quälen, ihm alles aus der Nase ziehen. Er war tief in seinen Sessel gerutscht, hatte die Füße auf dem Couchtisch während unseres „Sprechens" ausgestreckt liegen, es machte den Eindruck, als würde er sich sowieso am liebsten hinlegen, allerdings nicht alleine.

Gehe Richtung Vogelgezwitscher, ein großes Vogelkonzert in einem wüsten Gesträuch mit kleinen, vielen Blättern und ganz verworrenem Gezweig. Handschuh auf Boden, Finger, 5, vollständig, grau, dunkler Streifen, Acryl, Handfläche nach oben. Stahlgitter, silbergrau, Vorgarten Einrahmung. Mann in Telefonzelle mit rosa Hörer am Ohr. Große Ladenfenster "KälteTech", senkrechte Jalousieklappen. Flugzeug sondiert Himmel. Frau mit Kinderwagen, 2 Boxern, dicke, silberfarbene Eisenketten um den Hals, heben Bein. Polizist mit Funkgerät. Antenne auf Dach. Tannenbäume auf rosa Müllsäcken. Frau mit Zeigefinger, helle Haut, deutet auf etwas. Mann fasst an Hosenschritt. Frau schüttelt ihr Haar. Bügelbrett auf Balkon. Eimer auf Gehweg, mit Kehrblech, drinnen. Mann mit Büchern in durchsichtiger Plastiktüte. Dealer. "Warum lügt ihr?" schwarze Schrift, Hauseingang, Susannenstraße. Tür schließt sich selbsttätig. Tannenbäume am Gehwegrand abgelegt. Lautes Quietschen. Elektrische Säge. Breitbeinig stehender junger, blonder Mann auf Gehweg, gähnt, Hände in Taschen . "Danke, da fehlten ein paar Kreuzungen" sagte der Tanzpartner zu ihr, junge Frau. Mann schneidet mit blankem, großen Messer Dichtung an Fensterrahmen glatt, 1. Stock, Mann im Hintergrund. Eckhaus. Mann mit Kind im Tragetuch, beißt sich auf die Lippen, leicht gesenkter Kopf. 12 kleine Kinderlein, 2 Erzieherinnen, Juliusstraße, alle mit kleinen Regenmänteln, Gummi. Afrikanische Dealer, 10, jung. Junge Frau mit kleinem Nasenring, blond. Junge Frau mit Kakao Flasche, roter Hose mit Schlag, Haare flattern im Wind, schwarz, geöffnet. 1/3 ausgetrunken. Ratternder Zug über Brücke. Müllsäcke, hellblau, lehnen an

Mülleimer, silbergrau, Stahl, kantig. Kleinkinder in kleinen Plastikautos. Ganz grauer Himmel, dick, schwer. Schäferhund mit heraushängender, flacher Zunge, schüttelt sich, Kette doppelt gewickelt, silbergrau, Eisen, um Hals.

Dann kam Ralfs Hochzeit in den Alben zum Vorschein, da war ich ja doch erschrocken. Das Hochzeitspaar steht in der Mitte, beide hatten jeweils die Mutter an der Seite. Seine Exfrau hatte ihn zwar eingehakt, aber Ralf guckte sie gar nicht an, sondern in die Richtung seiner Mutter, um die er seinen Arm gelegt hatte, um ihre Schulter herum griff seine Hand ihren Oberarm, sie war also wohl geborgen und gehalten in seinem Arm, er lächelte, er war ihr zugetan, eine Zuwendung zu seiner Frau fehlte total. Gewiss, es gab auch Fotos, auf denen das Hochzeitspaar alleine war und schon dadurch die Zugehörigkeit klar war, aber es gab keine Umarmungen oder Küsschen.

Großer heller Adamsapfel eines jungen Mannes. Radkurier. Dealer. 8 Holzpaletten aufeinander gestapelt auf Hublader. "Lesli hat mitten auf den Flohmarkt gekackt", sagt Denise. "Peinlich war das. Die Leute haben gerufen: "Ih! Guck mal!" Denise hat eine Serviette vom Imbiss geholt und mit Ekel Leslis Haufen gepackt. Anspringender Bus, das Geräusch. Süchtiger öffnet Mund, wirft etwas hinein, schließt ihn. Etwas Schnee auf Autodächern, Autoscheiben, Straßenabschnitten. Vogelgezwitscher. Blendende Morgensonne zwischen Häusern. Wo der ehemalige Kriegsbunker stand, jetzt Autoschau, Blech, monströs, bullig. Hängendes Papier, von Stromkasten, grau. Helle klirrende Kinderstimmen. Zerreißprobe. Jeanettes Tochter hat einen Kater bekommen, in der alten Wohnung hatte sie ein Kaninchen. Jeanette hat im Container eine gut erhaltene Gitarre gefunden, eine Saite fehlte, die sie schon ersetzt hat und eine rote Einkaufstasche mit rotem Futter, gewaschen. Glitzernde Sonne. Dunkle Häuserwelten. Techno im Ohrhörer von jemandem hinter mir. Krächzender Vogel. Fußabdrücke im Schnee, Fahrradspuren, Schlenker. Wippendes Piepen eines Vogels "da dam, da dam, ...". "Nicht irgendwie was Zwanghaftes oder sonst irgendwie" 2 Frauen, Spaziergängerinnen im Schanzenpark, eine rauchend, lange Haare, die andere im langen Mantel. Sonnenglanz. Jeanettes Wohnung mit Südbalkon. "Die ist harmlos, die kennt jeder, hat man gedacht", eine ältere Frau redet mit einem jungen Mädchen, beide mit Hund. Trillernder Vogel, als wenn er auf der Stelle tritt. Ruhe im Schnee. Fußball prallt gegen Zaun. Sonnenweg kurz. Junge Frau mit Tochter, Hund und Ball, "Pfui". Alte Frau schiebt Rollstuhl mit Person. Flaschen fallen in Container. S-Bahn rollt ein, läuft aus, Gegenzug. Hundehaufen. Leises Bremsgeräusch. 2 brausende Autos. Ein über die Gleise rollender Zug. Dunkle Häuserschlucht. Mann mit schwarzem Gitarrenkasten, leckt Mundecke mit Zunge. Fensterputzer, Imbiss, türkisch. Liliputanerin, junge Frau, lange Haare. Wie es Aljona wohl gehen wird, wenn sie in die von Fridolins Sachen leer geräumte Wohnung zurückkehrt? Rotes Band um zarten Baumstamm, eine Schleife gebunden, Juliusstraße. Großer Vogel mit ausgebreiteten Schwingen, schlägt sie auf und nieder, schwärmt im Himmel. Stark blauer Himmel. "Bitte für Umzug freihalten" um Baum gewickelt, transparentes Klebeband. Mager schneebedeckt. "Kerzen bis zu 50% reduziert", Schaufenster. Sonne im Rücken. Bierglas auf kleinem Pfahl, leer. Singender Vogel "piep piep, piep piep,..." schnelle Reihenfolge. Schatten auf Gehweg. Weich rollendes Auto.

Patricia Barber:, sie sang Bye bye blackbird. Als ich nachts auf Toilette ging, nahm ich den Schal von der Garderobe und packe ihn wieder ein. Ich beschloss auch, ihm am nächsten Tag, Neujahr, zu sagen dass ich abfahren werde ohne Ausreden zu erfinden.
Am nächsten Morgen frühstückte er im Morgenmantel, darunter sein Schlafanzug. Nun gebrauchte ich doch eine

Ausrede, ich sagte, dass ich morgens nicht frühstücke, erst später. Mir war es unmöglich, noch etwas herunter zu kriegen, genauso wie ich am Abend zuvor nicht in der Lage war die Silvester Berliner, für die ich in der Schlange angestanden hatte, auszupacken. Invitation; Yesterdays; Just for a Thrill. Er war dann auch gleich einverstanden, als ich ihm sagte, dass ich heute zurückführe. Er sagte etwas wie, dass in Hamburg ja auch mehr los sei.
You don`t know me; Alfie; Autumn leaves.

Flugzeug im Himmel, kreisend, Geräusch. Abgelegter Tannenbaum. Mein Schatten auf Gehweg, stark verlängert. Kirchenglocken. Kleineres Kind mit Helm auf kleinerem Fahrrad, rote Jacke, gestreifte Hose, fährt vorbei und kommt zurück. "Nicht lachen, konzentrieren" sagt der Vater zum Kind, das er im Rücken festhält beim Fahrrad fahren, damit es nicht umfällt, er läuft. Sonne zwischen Baumästen. Flugzeug, Motorengeräusch. Kind auf Schaukel. Viel Wäsche auf Leine, Balkon. Satellitenschüsseln 3, Balkone, übereinander 3. Kleinkind mit Schnuller im Mund, rauchender Vater. Alter Mann mit grauem Kinnbart. Jemand öffnet Briefkasten. Kind fegt Schnee auf Vorderhaube zusammen, formt mit beiden Händen Ball. Blumenkästen ohne Blumen, etwas Schnee auf der Blumenkastenerde. Kirchturmuhr schlägt 13.00 Uhr, Fruchtallee. Mann tritt mit 4 Mülltüten aus Haus, geht zum Container. Mann schließt Kofferraum auf. Vogelhäuschen im Strauch. "Sollte es das Glück einer Wohnung in dieser Gegend auch für mich (30J., Redakteurin) geben? Ich bin bereit, dem Glück etwas nachzuhelfen: Ein 1000 DM Dankeschön für denjenigen, der mir erfolgreich eine preiswerte 2-3 Zimmeraltbauwohnung vermitteln kann", Baum, 3 blaue Heftzwecken, 1 grüner, Prospekthülle, Bismarckstraße. Weiße dicke Litfaßsäule, schneeweißes Papier Nuages, weiß. Ältere Frau zieht Kniestrümpfe hoch, hautfarben, schwarze Fingerlederhandschuhe. Schaufenster voller Walnüsse, Dekoration. Umgefallenes Fahrrad. Frau mit rotem Haar und roter Hose, großer, beleibter Mann mit langem Haar schiebt Kinderkarre. "Ich dachte, die wär in Berlin", "Nein, die kam aus Berlin". Erkenne im Schnee auf dem Gehweg ein Tier, Skelett anzeigend, durch Fußtritt, Abdruck. Jemand übt Posaune. Taubengurren. Sönnlein zwischen Häusern. Flach getretener Hundehaufen auf Gehweg. Weiße, zugebundene Mülltüten. Hauch einer jungen Frau, weiß, aus dem Mund, aus dem Inneren. 2 weiße Autos hintereinander. Rote Plane auf großem Anhänger. Hundegebell. Vöglein im Gebüsch. Quietschende Tür, ungeölt. Braune, erstarrte Blätter. "Hab ich vergessen" 2 junge Frauen überholen mich, brauner Damenhut. "Heilige Messe" "Sonntag 8.30, 10.30, Vorabend 18.00 Uhr", katholische Kirchengemeinde St. Bonifatius. Zärtlich klingender Vogel. Stark Abgas ausstoßendes Auto. 3 Tannenbäume liegen auf einem Haufen. Starker Abgasgestank. Autokurverei. Den süchtigen Bettler gesehen ohne weißen Hund und ohne zweites Bein, auf Krücken. Gegrüßt. Susannenstraße. 2 zum Müll gelegte Tannenbäume.

Bob Dylon von 1962, er sang gerade: it`s a hard rain gona fall. Der Himmel zeigte ein wunderschönes Blau, wie ein Meer lag er über den Dächern. Die Stadt, die ich verlassen hatte, war begegnungslos, keine Menschen, keine Autos, wir waren ja gar nicht in der Stadt gewesen. Es war Neujahr und das Reisezentrum hatte geschlossen. Ein Bettler bat um Kleingeld. Ich löste eine Karte am Automaten bis Duisburg, dann stellte ich aber fest, dass der Zug nur werktags fuhr. Ralf lieh mir widerwillig 20 Euro, die ich ihm in einem Brief zurück schicken wollte, sagte ich und löste eine Karte bis Münster. Ein bisschen Zeit hatte ich noch, ging in die Buchhandlung, die geöffnet war, Ralf ging aus dem Gebäude raus zum Rauchen. Das neue Buch von Uwe Timm lag sogar aus, „Der Freund und der Fremde", und auch das Buch von dem türkischen Preisträger Pamuk. Der Abschied auf dem Bahnsteig von Ralf war kurz und freundlich. Ich sollte noch anrufen, wenn ich angekommen war.

Kein Schnee mehr, lag nur einen Tag. Heute trocken, kahl, glatt, ohne Lichteinfälle. Der Himmel liegt wie steinern und grau und geschlossen über uns. Wir hier auf der Erde sind ohne Licht, gelassen, heute. Mann spuckt auf Gehweg, mit Nachdruck, hellblaue Jeans, blonde, lange Haare gebunden hinten, hellblaue Jeansjacke mit Fell gefüttert. Alle paar Schritte die jungen afrikanischen Dealer, auf dem Gehweg, in den Einfahrten. "Haben Sie vielleicht ein bisschen Kleingeld?" Leises Stimmchen einer schmalen, jungen, süchtigen Frau im Café unter den Linden, plötzlich steht sie vor mir. Schüttele verneinend den Kopf und bereue es gleich darauf, sie war so nett. "Naturland" Aufdruck auf heller Spanholzkiste. Festgefrorene Kälte. Ohrenbetäubendes Autorauschen. Schreiende unbändige Kinder. Denise guckt in der Pastelaria Transmontana in die "Avis" unter Geschenke und Haushaltsauflösungen. Nicht nur ein 3 D - "IMAX - Kino" wollen sie im Sternschanzenturm errichten, auch ein Multivisions-Planetarium und ein tropisches Aquarium. Jede Stunde im Schnitt 210 Personen. Lese ich. "Wenn das nicht den Sternschanzenpark kaputt macht" "Was meinst du, wie es hier im Viertel in 10 Jahren aussieht", sagt Denise. Rickili war im Traum wieder in Gefahr. Sie träumte von einem Tiger, der seine Toilette machte und hinter dessen Rücken sie saß. Sie spürte die Angst vor seinem Angriff, wenn er sich umdrehen würde, was spätestens geschähe, wenn er mit seiner Toilette fertig wäre. "Das wusste ich", sagt Rickili. Wenn sie wegliefe, würde er hinterherlaufen, dachte sie. Die einzige "Chance" sah sie darin, so fürchterlich laut zu brüllen wie sie nur konnte, so dass er vor Schreck und Angst wegliefe. So geschah es tatsächlich. Aljona ist von ihrer Reise zurückgekehrt. Ein Schwede hat bei ihr übernachtet, der ihr als Dank eine CD mit rumänischer Flötenmusik dalieẞ. Er hatte dieselbe Mitfahrgelegenheit, mit der sie spät in Hamburg ankamen, zu spät für die Fähre. Sie wird in

Fridolins Zimmer ziehen, weil es ruhiger ist. 5 Freundinnen hat sie in der Heimat besucht. Morgen zieht eine Hamburger Freundin zu ihr in die Wohnung. Sie sagt "Es geht mir gut" und mit Nachdruck "Ich fühle mich nicht wie ein Halbes, sondern wie ein Ganzes". Am Telefon hat sie sich mit Fridolin wieder gestritten. Heute Abend bringt er die Schlüssel. Mein Fenster zum Hofschacht hat ein gegenüberliegendes Fenster im Haus vis-a-vis, es liegt in einiger Entfernung. Sieht aus wie eine Frau, die ihre Hände durch Holzlöcher durchgesteckt hat, ein Foltergerät, sie kann ihre Hände nicht bewegen. Erinnert auch an Handschellen. Eine Gefangene. Der Hals, scheint mir, steckt in einer weißen, hohen, plissierten, steifen Halskrause. Gehe schnell vom Fenster weg. Nach einiger Zeit überprüfe ich nochmal. Es ist immer noch da. Seitdem habe ich nicht mehr geguckt. Ich vermute, es war noch Weihnachtsschmuck oder allgemeiner Fensterschmuck.

Oppum
Oh, hier bin ich hunderte Male ein- und ausgestiegen Richtung Neuss und zurück. Landschaft ohne Menschen, vielmehr Gebäude ohne Menschen. Aber der Zug hielt mich nicht fest in Oppum, ich musste nicht aussteigen hier, er fuhr wieder an, ließ diese Haltestelle, von der aus ich zu Fuß zu meiner Mutter, zu ihrem Haus gehen konnte, hinter sich.
Das Blau war verschwunden, wie graue Asche oder auch nur ein graues Meer, aber darinnen helle, leuchtende Blitze, Blitzgewitter, der Zug fuhr schnell, tief an den Feldern angegliedert bildete der Horizont ein Rosagelb, es konnte das Wattenmeer sein.
Meerbusch-Osterath
Da wohnte auch eine Vergangenheit, damit wollte ich mich jetzt aber nicht befassen, nur sagen, dass ich auch hier nicht aussteigen musste. Ein Gitterdrahtzaun vor dem Fenster. Gott sei Dank, der Zug fuhr auch hier an und trug mich weiter und weiter.
Auf dem Bahnsteig in Köln ein Foto aufgenommen, ins

Nichts, wenn man so will, auf einen Flecken Erde neben den Schienen, weil dorthin die Sonne schien mit ihren glitzernden Strahlen.
Neuss
Der Studienort und der Ort, an dem ich Ralf kennen lernte. Aber Gott sei Dank auch von dieser Haltestelle entfernte sich der Zug.
Der Himmel zeigte nun ein Feld von Schäfchenwolken, ein bisschen Blau am Himmel wie eine Lache Wasser. Der Zug fuhr sehr schnell, aber bald schon wieder sehr langsam. Durchs Fenster sah ich nur Ödnis im Land. Eine ältere Dame wanderte im Zug herum, den Schaffner suchend, um eine Fahrkarte zu lösen, auch auf ihrem Einsteigebahnhof hatte das Reisezentrum geschlossen, denn wenn man sich einfach hinsetzte und wartete bis ein Schaffner käme, sagte sie, könnten die sehr unangenehm werden, das hätte sie erlebt.
Köln
Unmengen von Leuten stiegen ein, sie schleppten viel Gepäck mit sich und redeten laut und durcheinander. Manche blieben im Gang stehen und ich befürchtete schon, dass sie mir auf die Pelle rückten, aber da fanden sie doch noch weiter hinten Sitzplätze. Aufatmen.
Köln Deutz
Noch mehr Menschen, eine Flut. Wie würde ich bloß die nächsten zwei Stunden durchstehen? Bis Münster waren es noch zwei Stunden, da hatte ich dann fast eine Stunde Aufenthalt. Zwei Frauen setzten sich in meine Reihe. Die eine sagte: „Es ist ja richtig blauer Himmel!" Die andere antwortete: „Ich kann durch die dreckigen Scheiben nichts sehen!"

Die junge Bedienung im Naturkostladen meint, dass der süchtige Aidskranke Bettler mit dem weißen Hund lange im Krankenhaus war. Sie habe ihn auch auf Krücken gesehen. Sie hatten blaue Griffe. Eine junge Frau fragt mich in der Pastelaria, ob ich zufällig ihren Autoschlüssel eingesteckt hätte, den sie auf dem Tresen abgelegt hatte. "Nein". Sie geht fragend weiter. Großer

Umzugswagen mit weit geöffneten Türen, großer, leerer Innenraum, Wolldecken, heruntergelassene Rutschfläche, Blinklichter vor geöffneter Haustür. Vogel, piependes Wippen. Oh, einer flötet, Vogel. und einer zieht die Luft ein, schlürft. Autos hin und her. Abgase. Die Flaschen fallen. Kinderwagenräder drehen sich auf nassem Asphalt. Geschlossener, großer Anhänger von Lastauto. Mancherorts noch Schnee auf den Ästen. Feine Vogelstimmen. Festgefrorene Fußabdrücke und Fahrradspuren im harten Schnee. Knirschen. Ockerfarbener Sand auf weißem Schnee. 2 Holzbänke schneebedeckt. Kinderschlitten mit Kind und ziehender Mutter. Immer Autorauschen, früher gab es mal einen Auto freien Sonntag im Monat. Rickilis Freundin und auch ihr Frauenarzt sind tödlich mit ihren Autos verunglückt. Im Viertel wohnt Mona, junge Frau und Mutter, die als Fußgängerin von einem Auto angefahren wurde und seitdem im Rollstuhl leben muss. Es gibt noch andere. 2 Vögel mit langem, schwarzen, schmalen Schwanz und weißem Bauch im Schnee, fliegen auf einen hohen Baumast, als ich näher komme, auf einmal sind sie ganz weg, ich weiß nicht, wohin sie geflogen sind. Außer Sicht, aber ich höre andere Vögel singen. Flyer, "Nightball 2000" "Integrationssport", Basketball für Blinde, Sehbehinderte und Sehende. Im Laufschritt über breite Straße. Holzelefant, der seinen langen Rüssel wie eine Rutschbahn zur Erde neigt, Klettergerüst für Kinder. Kinderstimmen im Rücken. Kirchenturm hinter hohen Baumästen, mit Schnee beträufelt. Hauseingang mit vielen Treppen, neu gefliest, ohne Ornamente. Gestern große Sehnsucht nach Anselm. "Entschuldigung, hier geht es doch richtig zur Osterstraße?" "Ja, die große Straße da". "Krak krak" Vogel im Himmel, andere. Springender Hund, bellend. Mann mit einem Stapel Prospekte verlässt Haus, Tür schlägt zu. Flugzeug raunt im Himmel, hoch, fast unsichtbar, sich entfernendes Grollen. "Du Wixer", rangelnde Schüler, ungebärdig. Mehrmaliges Autohupen. Schlanke, alte Frau mit Hut zieht rollenden Einkaufswagen, unbekannt, aber ich grüße sie immer. Anselm baut sein Bücherregal, das ihn seit seinen Studententagen begleitet hat zu einem Weinregal um. Ich werde ihm trotzdem ein Buch schenken wie letztes Jahr, er hat bald Geburtstag.

Schienenrausch. Ein leises Quietschen untergründig, im Hintergrund. Ich musste zugeben, dass ich ihn nicht mehr „leiden" mochte. Schrebergärten. Freie Landschaft. Grüne Landflächen Sonnen beschienen, ich war tief müde.
Vor allem hatte mich wohl auch abgestoßen, dass ich nicht mehr richtig mit ihm reden konnte, er war nicht mehr hellwach wie früher, nur einmal wurde er ganz lebendig, wie mir schien, als er von einer Komödie im Fernsehen erzählte, die auf Arte lief, seine Augen leuchteten und seine Hände gestikulierten, es ging um Transvestiten und um die Reaktionen, die sie bei Unwissenden auslösten, um Verwirrung. Er lachte und kicherte halb im Sessel liegend.
Der Schnee war vollkommen weggeschmolzen. Ein schönes Blau zeigte sich wieder am Himmel.
Wenn er ging, schlurfte er und sein Atem war die ganze Zeit hörbar, weil er mit offenem Mund ausatmete, es - der Zug kam gerade an einem Friedhof vorbei - hörte sich so, an als machte er seine letzten Atemzüge.
Sein Gesicht war zu, war dicker geworden, ging in ein Doppelkinn über, die Vitalität war geschwunden,.
Wuppertal
Hustenanfall nebenan. Blauer Himmel unangreifbar.
Oberbarmen
Ich wechselte den Wagen, denn ich konnte das Beziehungsmuster zwischen den beiden Frauen nicht länger anhören, die eine verkaufte die andere stetig für blöd und diese schickte sich naiv darein, weil sie sonst wohl hätte kontern müssen und sie wären in Streit geraten.
Ein bisschen in dem Buch „celtic wisdom" gelesen, ich wurde daran erinnert, was ich schon wusste, aber immer wieder vergaß, nämlich dass man nicht linear denken und Zwecke verfolgen sollte, sondern stattdessen „träumen",

„umherschweifen". Es wurde ein Beispiel gegeben, einer wollte Poet werden und machte und tat und schaffte, um sein Ziel zu erreichen, aber im entscheidenden Moment wurde die Intuition einem anderen geschenkt, der gar nicht die Absicht hatte, Poet zu werden und also dafür auch gar nichts getan hatte.
Hagen
So ein desaströses Silvester. Die Einfahrt des Zuges verzögerte sich um wenige Augenblicke. Aber es passte, dass die Sektflasche sich nicht öffnen ließ, verschlossen blieb.
Schwerte/Ruhr
Unna
Es wäre eine Quälerei, sagte die junge Frau und meinte die Tortur der langen Zugfahrt.
Westfalen
Er sagte, dass er die Farbe Braun nicht ertragen könnte. Er hätte sie als junger Mensch jahrelang getragen - das musste vor unserer Zeit gewesen sein -. Ich war schon wieder umgezogen, in einen Wagen, der nicht so überfüllt war, in einer halben Stunde würden ich in Münster ankommen.
Drensteinfurt.
Noch ein ein Relikt aus der Vergangenheit.
Eine junge Frau, die hier einstieg, hing ein rotes Ballkleid unter einem transparenten Plastikschutz an die Ablage.
Foto von der Veränderung des Himmels aufgenommen.
Münster Hiltrup
Münster Hauptbahnhof
Im Reisezentrum nachgefragt, aber sie änderten mein Ticket nicht um, ich musste noch mal neu bezahlen. Auf meine Nachfrage erhielt ich ein Wochenendticket und sparte 10 Euro. Die gab ich für „Rot" aus von Uwe Timm. „Die Currywurst" von ihm und auch „Am Beispiel ihres Bruders" hatten mir gefallen.
Es ging ruckelig weiter nach Osnabrück, wo ich wieder einen längeren Aufenthalt haben würde.
Westbevern

Etwas Ruhe war eingekehrt. Die Frau mit dem schönen schwarzen Wollmantel und seinen zweireihigen Knöpfen war ausgestiegen. Sie hatte sich vorher per Handy angekündigt: „Sag Rolli schon mal Bescheid, dass der Zug pünktlich ist und ich um 17 nach 2 ankomme!"
Eine Türkin plauderte laut und unnachgiebig ins Handy, in solchen Situationen war ich immer froh, wenn ich die Sprache nicht verstand, so nahm ich es als Geräuschkulisse hin.
Sie hatte Ralf noch nie so viel Rauchen sehen.
Kattenvenne
Das nannte man Kettenrauchen. Man betrat das Haus und es stank nach kaltem Rauch. Draußen war es feucht und nass, aber kein Schnee mehr, auch das Grün war nass, die Wiesen.
Lengerich
Manchmal musste man eben wissen, warum man hoch im Norden wohnte.
Natrup Hagen. Mein Gott, wo der Zug überall hielt.
Haspergen
Inzwischen stand ich im Gang, denn die Türkin redete immer noch mit ihrem Handy und es war mir doch zu viel geworden. Mein Kopf dröhnte, natürlich von vielem.
Draußen die Pfeife, der Pfiff, der Zug fuhr an. Eigentlich konnte man ja kein Zug mehr fahren, wenn man daran dachte, dass auf den Schienen die Züge ins KZ fuhren.
In jedem Abteil ein Lachen, ein Leben, aber es konnte einem auch zu viel werden, einen überrollen, überschwemmen, verschlucken. Sie waren hemmungslos, sie waren Menschen das war alles, sie lachten, sie kreischten, sie blödelten, sie soffen, sie schrien, sie sangen, sie schmetterten, sie tirilierten und delirierten.

    Im Zug nach Bremen. Ich setzte mich nach oben. Schlug „Rot" auf und las den ersten Satz „Ich schwebe..." Ich bekam einen kleinen Hustenanfall, ich erinnerte mich an die annäherungsweise Asthma ähnlichen Anfälle, vor denen ich mich fürchtete, die ganz zuweilen

auftraten, das Gefühl an etwas zu ersticken, das Atmen nicht mehr hinzukriegen, sich nicht behindern zu lassen von etwas, das das Atmen stören wollte. Mir fiel ein, dass ich neulich in einem Café in der Lappenbergsallee die falsche Tür öffnete, die hinter mir zufiel. Es war aber nicht die Toilette, sondern ein Abstellraum. Ich pochte gegen die Tür, klopfte laut, niemand schien mich zu hören. Ich schrie laut: „Bitte die Tür von draußen öffnen!", klopfte mit meiner Faust gegen die Tür. Niemand, das schien mir unglaublich, hörte mich, ich hatte keine andere Wahl, als immer wieder zu rufen und zu klopfen, bis endlich jemand öffnete, ein Gast.
Es dunkelte herab auf das Grün. Schummrig war es schon um 15.45 Uhr. Liederbuch von Konstantin Wecker „Zwischenräume". Der Himmel war nun ganz dicht. Drei junge Leute setzten sich auf die andere Seite des Gangs „Ich lebe immer am Strand", das Mädchen rot gelbe Haare und um den Hals ein Palästinensertuch. Als sie einstiegen, sagte einer der Jungs mit Punkfrisur: „Gib mir noch mal deine Bibel!" „Liegt oben auf!", erwiderte sie „Als würd ich mit ihr schlafen", fuhr sie fort. Er holte eine große Bibel hervor, etwa Din A4 Format in einem Lederetui mit Reißverschluss. Die Ränder der Bibelseiten golden.

                Sie fragte Ralf, ob er religiös sei. Nein, überhaupt nicht. Ob er einen Bezug zum Göttlichen habe? Nein, überhaupt nicht. Und früher? Nein. Deine Eltern? Nein. Sie haben da nie ein Wort drüber verloren. Er fragte nicht zurück wie das bei mir sei, ob ich gläubig war. Ich meinte kein System, sagte ich, nicht das Christentum, den Buddhismus, den Islam, ich meinte einen persönlichen Glauben, den persönlichen Bezug zu einem Göttlichen. Er antwortete, dass er damit nichts am Hut hätte, während er das sagte, stand er rauchend wie schon unzählige Male an der geöffneten Terrassentür, wenn Sommer wäre, würde er auf eine blühende Kirsche blicken und auf einen blühenden, üppig entfalteten Knöterich, Er streckte jedes Mal seinen

Körper, wenn er da stand - ich wunderte mich, dass ich ihn größer in Erinnerung hatte - , so dass er leicht ins Hohlkreuz sich nach hinten dabei beugte und den Kopf zum Himmel reckte, nach oben. Er hätte die zwei Meter hohe Hecke zum Nachbarn von zwei Polen schneiden lassen, weil es sein musste, aber davor hätte er sich im Sommer nackt auf seine Terrasse in die Sonne legen können. Nun müsste er wieder zwei Jahre warten bis die Hecke nachgewachsen war. Mit dem Nachbarn hatte Ralf keinen Kontakt, der wüsste alles besser.

In Le Monde ein Interview mit Paul Nizon. Der Interviewer zitierte aus seinem Buch Canto: « Dans Canto l'un de vos personnages décrit les femmes d'une manière très drôle comme « des êtres qui cherchent à vous domestiquer (…) avec une rage de posseder sous une apparence de vulnérabilité » ». In Canto beschreibt einer ihrer Figuren die Frauen auf eine „drollige" Weise als Wesen, die domestizieren wollen und das mit einer Wut, besitzen zu wollen unter dem Deckmantel der Verletzlichkeit, Verwundbarkeit. Ich fand, so sprach ein Mann, der sich nicht wirklich einlassen konnte, d.h. auch auf das, was von der Frau diskutiert werden wollte. Walk that Walk
Beim Durchblättern von Le Monde sah ich noch einen langen Text zu Levinas.
Lemförde
Anna von Quadro Nuevo. Jetzt war es schon recht düster, die ersten Lichter in den Häusern brannten. Die unbeblätterten Äste der vielen Sträucher ragten wie Stacheln in den grau düsteren Himmel auf. Es wurde dunkler und dunkler. Bei Uwe Timm waren sie jetzt in seiner Dachwohnung, die ganz weiß gestrichen war, was sehr kalt war, fand sie und deshalb meinte, ein wenig Rosa würde schon genügen und sie lachte und er liebte dieses ihr Lachen.
Einsame Häuschen da draußen in der Dunkelheit, in der Lauffreiheit. Nein, ich fotografierte sie nicht.

Twistingen
Ich war dabei zu erlesen wie sie sich kennen lernten. Er liebte rot geschminkte Lippen und vielleicht doch die Unterordnung, er war Beerdigungsredner und sie saß in der ersten Reihe und blickte zu ihm auf
Bassum
Nun las der andere junge Mann die Bibel. Lester Young The Masters Touch. Sie war nicht unbedingt Swingfan, aber sie brauchte doch Abwechslung, es gefiel mir im Moment, sogar sehr gut, das Saxophon im Mittelpunkt. Mir saß ein ziehender Schmerz in den Gliedern. So gesehen hatte Ralf für sich die beste Entscheidung getroffen, die, in die Wärme zu fliegen. Auf dem Sweatshirt des Mädchens, die die Toilette aufsuchte, stand „Jesus", das andere entging ihr, sie sah noch auf ihrem Arm einen Totenkopf mit Kreuz.
Syke
Die Dunkelheit draußen war vollkommen, jedenfalls weit fortgeschritten, dabei war es erst halb fünf. In „Rot" hielt er eine Trauerrede, sprach von der schönen Geste des Loslassens.

Als der blinde Flüchtling, mit dem ich mich wegen des Deutschlernens treffe, erzählte, dass er im Iran eine Freundin hat, die Neda heiße, fiel mir die iranische Schülerin Neda ein, die viel Gewaltpotential hatte. Wenn ich mich nicht täusche, war sie 12 Jahre alt. Ich hatte manchmal Einzelstunden mit den Problemkindern. Von zu Hause brachte ich eine riesige Papierrolle mit und befestigte sie an der Wand einer Abstellkammer von mir zum Atelier umgewandelt. Die Fläche, die Neda mit Staunen zur Verfügung bekam, betrug 1,50 mal 2 Meter. Farben hatte ich auch mitgebracht, große Tuben mit Wandfarbe, Dispersionsfarbe. Nun könne sie los legen, sagte ich, egal ob mit ihren Händen oder mit dem Pinsel und sagte noch mal, dass sie die ganze Fläche zur Verfügung hätte, denn das ist oft eine Hürde von kleinen Formaten auf riesige umzusteigen. So entstand das Bild, das ich auf der nächsten

Seite abbilde. Ganz links außen unten hatte Neda ein kleines Häuschen gemalt und rechts außen unten ihr Namen. Während Neda malte, hatten wir die Tür geöffnet, der Leiter der Begabtenförderung kam zufällig vorbei, sah sich das Bild an und fragte, ob er oder sein Institut oder die Behörde - ich weiß es nicht mehr - das Bild haben könne, er würde in dem Fall dafür sorgen, dass es gerahmt würde. Neda war einverstanden. Er beauftragte die Behindertenwerkstatt mit der Verglasung und Rahmung aus Eichenholz. Und jetzt, da ich mit dem iranischen Flüchtling über seine Freundin Neda sprach, fiel es mir wieder ein und ich fragte mich, ob es immer noch an der Wand im Treppenhaus des Gebäudes hing? Sicherlich hatte ich damals Aufnahmen gemacht, aber wo hatte ich sie? Deshalb fuhr ich hin, brauchte einige Zeit, um den Weg und alles nach 19 Jahren wieder zu erkennen. Tatsächlich hing es immer noch dort.

Kirchwyhe
Erinnert daran, dass es in der früheren DDR die Kirchweihe statt der Konfirmation gab.
Nochmal wieder hinaus auf den Flur, eine ganze Horde von Jugendlichen schäkerte im Wagen. Aber nun war ich gleich in Bremen, wo ich 4o Minuten Aufenthalt haben würde.
Osnabrück
Von hier aus rief ich Ralf an, war aber nicht da, wahrscheinlich spazieren. Salute to Fats.
Bremen
Telefonierte mit Ralf - später, zu Hause, würde ich feststellen, dass ich seine Telefonnummer und seine Adresse in der Telefonzelle liegen gelassen hatte - sagte, dass ich erst in Bremen sei und heute Abend nicht mehr anriefe, stattdessen wegen der Strapazen früh zu Bett gehen würde. Er sagte, dass ich die 20 Euro, die er mir geliehen hätte, nicht schicken sollte, die könnten wir verrechnen, wenn er mich mal in Hamburg besuche. Schluck. Ich sagte, dass ich das mit Hamburg eine nicht so gute Idee fände, da es meiner Meinung nach schwierig mit uns sei. Dann sollte ich ihm das Geld trotzdem nicht schicken, im Brief sei das eine unsichere Sache. Nach seiner Kontonummer fragte ich ihn nicht.
Ein Obdachloser, so stellte er sich vor, betrunken wie mir schien, wünschte meiner „knauserigen" Seele, die ihm zu wenig gab, dass sie zu ihrem Selbst zurückfände, denn dann würde sie ihm mehr geben.
Im Zug drei Menschen aus Russland, sie nahmen gegenüber und nebenan Platz.
Rotenburg
        Nachdem ich Nedas Bild mit dem Handy fotografiert hatte, suchte ich die einzige Person auf, die ich noch kannte. Früher war sie allein erziehende Mutter, Reinigungskraft, dann wurde sie Bürokraft. „Ich bin jetzt doppelt so viel!", sagte sie zur Begrüßung. O ja, sie war auseinander gegangen. Sie hatte sich mehr von ihrem beruflichen Aufstieg versprochen. Jetzt war es langweilig,

ihr fehlten die Schüler, die zu meinen Zeiten noch da waren und zu denen sie auch einen guten Draht hatte. Jetzt würde sie vornehmlich Statistik machen, sie stöhnte, denn sie hatte noch 10 Jahre vor sich. Privat hatte sich nicht viel geändert. Ihr 30 jähriger Sohn hatte nun gleich neben ihrer Wohnung seine Wohnung und würde immer bei ihr rumhängen, sie fragen, ob sie was zu essen hätte.

Nach draußen war jetzt kein Blick mehr möglich, es war schwarz, aus diesem Schwarz brachen Lichter hervor, ansonsten spiegelten sie sich selbst in der Fensterscheibe, die Schlafenden, Redenden, Lesenden, Sprechenden, Essenden, Schweigenden. Der junge Student, mir schräg gegenüber sitzend, blickte auf meinen doch kleinen Busen und senkt seinen Blick dann wieder auf seinen dicken Ordner. Uwe T. schrieb über einen Mitesser beim Beerdigungsessen, K. Wecker „Ich hab zum Sterben kein Talent", der kein Verwandter war, sich aber, wenn er gefragt wurde, bei allen Beerdigungen, an denen er teilnahm, behauptete, er sei ein entfernter Verwandter.
Scheeßel
Ralfs Kopf ließ mich auch an meinen Vater denken, weil er jetzt kurzes Haar trug – kein Härchen wehte davon wie früher -, die Kopfform kam jetzt zum Vorschein, auch weil der Kopf bzw. das Gesicht dicker geworden war, es war eine ovale Form „Genug ist nicht genug" .
Lauenbrück
18.00 Uhr, was für eine lange Reise, diese Rückfahrt brauchte doppelt so lang wie hin.
Tostedt
Buchholz
Sie in „Rot" klärte ihren Mann über ihr außereheliches Verhältnis auf:" Ich habe ihm alles gesagt", berichtete sie dem Trauerredner.
Harburg
Träumte ich nicht in der Nacht, die ich bei Ralf verbrachte, dass sich meine Vorgesetzte in Scheidung befand, was mich

sehr erstaunte, denn sie waren seit Jahrzehnten zusammen.
Der Zug rollte in den Hamburger Hauptbahnhof ein, in „Rot" traf sich das Liebespaar in der Grotte des Hamburger Zoos.

Sieben Jahre später telefonieren wir, es geht ihm gut, sogar sehr gut. Seit einigen Jahren wohnt seine neue, etwas jüngere Freundin mit ihm in seinem Eigenheim, in dem immer noch alles unverändert ist. Sie schläft im alten Ehebett. Und „er steht noch", das ist ihm wichtig, genauso drückte sich einmal mein Vorgesetzter aus, als ich mit ihm wegen einer beruflichen Sache telefonierte, aber aus irgendeinem Grunde hatte er diese für mich befremdliche Assoziation. Als Ralf das sagte, fiel mir ein, dass er von der Freundin, die er vor mir hatte, mal erzählte, dass diese neun Orgasmen jedes mal gehabt hätte. Er bezog sich damit darauf, dass es bei mir immer nur drei wären, was er bedauerlich fand, was mich wiederum kränkte. In diesem letzten Telefongespräch sagte er noch, dass er viel für seine Gesundheit tue. Er gehe schwimmen und fahre Fahrrad, außerdem sei er Mitglied in einem Fitnessstudio, wo er Gewichte hebe, laufe und Fahrrad fahre. Aber jetzt fliege er erst mal in die Sonne.
Und Knut, ja Knut weilt mit seiner Frau - dieses Mal ohne Kinder und Enkelkinder - im Atlasgebirge, dort wandern sie über Höhen und Tiefen.

Im Bus blickt die Frau, die neben mir sitzt, auf ihren Zettel in der Hand. Darauf steht die Adresse einer Privatperson, die sie im Internet ausfindig gemacht hat. Sie fragt mich, ob ich die Straße kenne. Sie ist auf dem Weg zu dieser Person, aber vielleicht würde sie auf dem Rückweg mal auf dem Flohmarkt vorbei schauen, von dem ich gerade komme. Die Straße, in der die Person wohnt, kenne ich auch nicht, müsste demnach hinter meiner Station kommen, an der ich aussteige. Sie will sich dort nämlich ein Akkordeon ansehen. Früher habe sie sehr gut gespielt, jetzt wolle sie in der Freizeit wieder anfangen. Wie teuer ist denn so ein Akkordeon? Sie sagt, dieses soll 580 € kosten. Ich staune. Sie sagt, das ist billig, denn neu kosten sie um die 5.000 €, ihr eigenes hatte sogar 10.000 € gekostet. Sie komme aus Jugoslawien. Das gibt es doch nicht mehr, meine ich. Doch, sagt sie, für mich schon. Aus welchem Teil kommen Sie denn, frage ich. Aus Serbien, sagt sie und wird dabei rot, auch blickte sie mich während ihrer Antwort forschend an. Vielleicht befürchtet sie, dass ich jetzt auf Massaker zu sprechen komme? Ihre Tochter ist in Serbien geblieben, studiert dort und möchte nicht nach Deutschland, jedenfalls zur Zeit nicht, obwohl die ökonomische Lage in Serbien schlecht sei. Ihre Tochter lebe im Norden von Serbien, in ihrer Heimatstadt. Ich muss umsteigen, wünsche ihr noch schnell viel Erfolg, das richtige Akkordeon zu finden, denn sie hat schon mehrere Verkäufer abgeklappert.

Warte an der Holstenstraße auf den nächsten Bus. Wie fast immer, treffen sich hier mehrere Obdachlose und auch Süchtige. Ich denke an eine ehemalige Bekannte, die Betreuerin war und eine „Klientin" hatte, wie sie sich ausdrückte, die sich auch immer hier aufhielt, mehr und mehr in die Verwahrlosung geriet und inzwischen in einer Einrichtung untergebracht wurde, dafür hat sich die Bekannte stark gemacht, die sagt, die Klientin sei zufrieden. Wie schwierig, solche Entscheidungen zu treffen, jemandem die Wohnung „wegzunehmen" und „unterzubringen". Die Bekannte sagte, sie konnte die Wohnung und sich selbst nicht mehr in Ordnung halten, ließ sich und die Wohnung komplett verwahrlosen. Der schon einige Zeit zurück liegende Slogan der Geschäftsleute „Obdachlose raus aus der Innenstadt!" fällt mir ein. Drüben an der Wand steht. „Wir gehören uns!" Wie lange das wohl da stehen bleibt? Trifft eigentlich auf jeden zu, auf Minderheiten, auf Randgruppen, auf alle anderen, auf alle, die vereinnahmt werden. Solch einfachen Sätzen sagen viel. Wie auch der songtext von Leonhard Cohen, ich sah an der Litfaßsäule sein neues Album, darauf war zu lesen: „ you want it darker / if are the dealer, i`m out of the game / if you are the healer, it means i`m broken and lame / if thine is the glory then mine must be the shame / you want it darker we kill the flame".

Ben kommt mir entgegen. Er hat jemanden an seiner Seite. Ich weiß nicht, ob sie im Bunker Musik gespielt haben. Es ist, glaube ich, das erste Mal, dass er mich anspricht. Er sagt: „Geht es dir nicht gut?!" Es geht mir wirklich nicht gut. Ich sage: „Nein. Heute geht es mir nicht gut! Aber es wird bestimmt bald besser!" „Sicher?", fragt er. „Ja, sicher, ich habe das manchmal." Er ist beruhigt und wir gehen auseinander. Ich bin gerührt, dass ihm mein Wohlergehen nicht gleichgültig ist.
Lange Zeit danach treffen wir an einer Ampel zusammen. Ich erzähle von meinen Zähnen, er von seiner Frau, die einen Tinnitus hat. Er fragt mich, ob ich einen guten Heilpraktiker kenne oder eine Heilpraktikerin. Leider nein. Ich wusste gar nicht, dass er eine Frau hat. Ich dachte immer, es handle sich bei der Frau, mit der ich ihn zuweilen sah, um seine Mutter, wahrscheinlich, weil ich es gewöhnt bin, dass ältere Männer zu jungen Freundinnen wechseln.
Es ist ein gutes Gefühl, mit ihm zu reden, hätte ich nicht gedacht. Ich gebe ihm eine Kunstpostkarte von mir - von Künstler zu Künstler sozusagen - mit dem Ölbild „Flucht". Er betrachtet es erstaunt und sagt: „Das ist gut!" Und nochmal: „Das ist gut!"

Abends höre ich die Sendung „Jazz Facts", das neue Album „spotlights" von Rolf Kühn wird vorgestellt, gefällt mir ausnehmend gut, auch frühere Stücke. 87 Jahre ist der Typ!

Im Bus zeigt die Frau, die neben mir sitzt, auf meine Stofftasche, sie lächelt und sagt, dass sie heute stolz sei, denn sie habe eine Frau mit einer Stofftasche gesehen, die von ihr und anderen Ein-Euro Jobberinnen genäht wurde. Sie bekommen 1,6 € die Stunde. Das Geld dürfen sie behalten. Wenn sie allerdings den Job ablehnen, würde ihnen das Amt 30% abziehen. Der Verein heißt „Nutzmüll". Ach so, deshalb zeigte sie auf meine Stofftasche, die ich kürzlich genäht habe. Damit fangen wir an, sagt sie lächelnd, wir lernen viel.

**Olgaa**

Olgaa lachte laut auf. Aber dieses Lachen war gebrechlich, zitterte an manchen Stellen, so war es kein Wunder, dass sie sich zwischendurch unauffällig festhielt, an der Stuhlkante etwa oder während ihr Oberkörper sich lachend drehte, ergriff sie kurz die Tischkante. Immer wieder suchte sie Unterstützung, die Dinge gaben sie ihr, wo sie sie in Anspruch nahm. Der Himmel war blau über ihr, das nahm sie unbemerkt wahr, als ihr lachender Kopf sich nach hinten beugte, so blau, aber schon beim nächsten Mal, als der lachende Kopf in den Nacken fiel, hatte sich das Blau verfärbt, war es trüb geworden, dann schaute sie nicht mehr hin, vermied diesen Blick. Einmal musste sich ja alles ändern, dachte sie, nicht nur das Blau des Himmels. Morgen würde es wieder strahlen, wenn sie hinaufblickte. Ihr Blick fiel auf die Mauer während sie noch immer lachte, freilich hatte sie unterdessen geschluckt, sich kurz erholt, aber im Grunde setzte sie das Lachen unaufhörlich fort bis es sich von ihr zu trennen schien und nur noch das Lachen selbst war, das Lachen, von dem man sich fragte, woher es kam, denn man hatte den Eindruck, dass das Lachen schon lange lachte, schließlich im Gebüsch verschwand, von dort aus lachte wie jemand, der sich die Hand vor den Mund hielt und kicherte. Das Lachen war zum Kichern verkümmert, denn es konnte sich nicht mehr wie gewöhnlich lauthals offen und schallend ausdrücken. Es musste sich zurücknehmen bis Olgaa, die im Gebüsch verschwunden war, schwieg.

    Jeder innerhalb der Mauer wusste, dass es Olgaas Lachen war, das wie auf einer silbernen Leiter den Mond erklomm, jedoch wusste man nicht wie sie es anstellte, in ihm zu entschwinden, wie sie es fertig brachte, ihr irdisches Dasein ohne mit der Wimper zu zucken hinter sich zu lassen. So, wie sie sich selbst vergessen konnte, so konnte sie es auch mit den anderen. Sie wurden von ihr vergessen. Um diese Gabe wurde sie beneidet. Olgaa war ihnen etwas besonderes, obwohl sie eine von ihnen war, eine Insassin, eine Gefangene, eine genauso Gefangene innerhalb der Mauern, doch Olgaas silbernes Lachen unterschied sie von dem gewöhnlich hell klingenden Lachen aller anderen. Nur, dass Olgaas Lachen vergilbte, verebbte, verendete, mochte man nicht wahrnehmen, dem trauerte niemand hinterher. Sie suchten, was ihr Leben und ihre Seele empor hob, für diesen Moment legten sie ihre Arbeit nieder, wenn es welche gab oder unterbrachen ihre Beschäftigungen, denen sie gezwungenermaßen wie freiwillig nachgingen, um andächtig diesem silbernen Lachen zu lauschen, als hätte es ihnen eine Nachricht zu überbringen, es war so schallend jung, so herausfordernd, so taufrisch wie aus einem Naturquell, aus einem überaus jungen hellen Hals kam es heraus gesprüht. Die Nachricht war: „Ihr werdet alle frei sein!", dann verkümmerte Olgaas Lachen, sie krümmte sich, spuckte aus, alle sahen weg und nahmen ihre Tätigkeit wieder auf. Aber an diesem Satz gab es nichts zu deuten, er stand senkrecht, waagerecht, ohne Krümmung, ohne in Krümel zu zerfallen, die zwischen Daumen und Zeigefinger zu Puder zerrieben wurden. Olgaas Lachen war Sinnbild dieser Nachricht, man liebte Olgaa deswegen, weil sie die Freiheit immer wieder von neuem verkündete, auch wenn sie sich anschließend vor Schmerzen krümmte und ausspieh, dass es ihnen im Ohr hängen blieb und im Bauch als Schmerz, sie mussten ausspeien wie Olgaa selbst.

Olgaas Lachen war einer der Gründe ihrer Einlieferung. Sie wurde zu Hause unerträglich. „Freiheit!" „Freiheit!" schrie sie unentwegt, es war deutlich zu hören, obwohl es nur das Lachen war, das sie silbern blitzend und glänzend heraus schleuderte. Aber alle Familienangehörigen verstanden sie sehr wohl, doch fanden sie das Lachen unerträglich, sie versuchten, es mit allen Mitteln zu drosseln. Doch Olgaas Lachen sprengte alle Fesseln, mit denen sie sie zu bändigen suchten. Nun sollte die Klinik der Aufenthaltsort sein und ein Machtwort predigen. Sie war jetzt die Anstalt, der Ort, an dem das Lachen versiegen sollte, die Olgaa als schweigsame zurückbrachte. Das Lachen sollte hier begraben werden, es sollte still werden. Aber mit welchem Donner lachte Olgaa los, brachte Fensterscheiben zum Klirren und zu Bruch, als die Fesseln enger wurden und ihren Hals zuzuschnüren drohten, um ihr silbernes Lachen zu ersticken.

**Die Limousine**

Die Limousine war schwarz und glänzend. Der Glanz bröckelte wie Federn gelassen wurden, aber dieser Lack war hart, hatte keine abgekratzten Stellen. Schwarzer Glanzlack überzog die Limousine. Als sie auftauchte, war es dunkel, sie hielt vor dem Eingang, der immer geöffnet war und wie ein Loch wirkte, ein Einbruch in der Mauer. Es war ein Kind, das im Halbschatten der Laterne nackt aus der Limousine hinaus gestoßen und in das Mauerloch hinein gestoßen wurde, wo jemand wusste, dass es kam, denn es wurde in Empfang genommen und ausgepeitscht. Die Limousine blieb die ganze Nacht, den ganzen Tag über, immer, unsichtbar für alle, vor dem Eingang stehen. Nachts gab das Licht der Laterne Einblick in ihr Inneres. Sie war leer, die Sitze silbergrau glänzend aus Kunststoffleder, vielleicht auch Leder. Die Sitzpolster waren durch Nähte mehrfach in Streifen unterteilt, so dass sie im ganzen wie silbergraue Wellen eines Wassers aussahen.
Obwohl niemand im Auto war, ging nachts die Tür auf, wenn sie sich wieder schloss, stand eine schwarz gekleidete Person mit dem Rücken zum Auto, die auf den Eingang in der Mauer zuging. Als sie im Gelände verschwand, hatte die Stille ein Ende, denn jetzt hörte man ein Stöhnen und andere qualvolle Laute, als würden die Insassen von Angstträumen umgetrieben, Schreie wurden hörbar, am lautesten hörte man Olgaas Stimme: „Ich will hier raus!" schrie sie mit all ihrer Kraft. Dann wurde es wieder still, nur das Rauschen der Bäume war vernehmbar. Da trat die schwarze Gestalt aus

dem Inneren der kreisrunden Mauer wieder hervor, die Nacht neigte sich dem Ende zu, sie schlüpfte unerkannt in das Wageninnere. Die Tür schlug zu, man sah sie nicht mehr. Das Licht der Laterne, das immer noch ins Wageninnere fiel, zeigte nur eine leere Sitzbank.

### Kiddel Kaddel Kuddel

Olgaas bester Freund unter den Insassen war Kiddel Kaddel Kuddel, solange er Kiddel Kaddel Kuddel war, das war er nicht immer und dann war er ihr Feind. Kiddel Kaddel Kuddel hatte diesen Namen davon, dass er in jedem seiner Sätze einen Kiddel Kaddel Kuddel einbaute. Er war viel älter als Olgaa, die seine Tochter hätte sein können. Kiddel Kuddel Kaddel, das er nicht unterlassen konnte, obwohl es eine Zeit vor Kiddel Kuddel Kaddel gab, brachte ihn in die Klinik.
„Sie wollen, dass ich den Kiddel Kuddel Kaddel hergebe!", sagte er empört zu Olgaa auf der Gartenbank, auf der sie sich oft trafen und fuhr fort: „Aber da haben die sich getäuscht, den werde ich nie hergeben, den Kiddel Kaddel Kuddel und wenn ich für immer hierbleiben muss!" Das sagte er mit Bestimmtheit, griff dabei unter die Gartenbank und nahm einen Schluck aus der Flasche, die er dort versteckt hielt. Er machte eine kleine Pause und sagte dann während er sich umsah, die Flasche dabei im Griff: „Hier ist es ja auch ganz schön!, Kiddel Kuddel Kaddel.!" Darauf hob er die Flasche erneut und nahm den nächsten Schluck.

„Wer ist denn eigentlich Kiddel Kuddel Kaddel?", fragte Olgaa. „Tja!", seine Stimme ging hoch: „Das ist ein ganz Besonderer! Den kenn nur ich und ich kenn den gut, ich bin der beste Kenner von Kiddel Kaddel Kuddel!" Daraufhin wurde er ganz traurig und scharrte mit dem Fuß im Sand.
„Was ist denn los?", fragte Olgaa: „Du wolltest mir doch erzählen, wer Kiddel Kaddel Kuddel ist!
Freed: „Wollt ich das? Du hast mich gefragt und selbstverständlich angenommen, dass du von mir eine

Antwort bekommst. Aber so ist das nicht. Kiddel Kuddel Kaddel ist ein Besonderer, ich kann nicht jedem von ihm erzählen".
Olgaa: „Du brauchst ja nicht, wenn du nicht willst, ich dachte ja nur, eben weil er ein Besonderer ist, würdest du von ihm erzählen wollen".
Freed: „Wie kommst du darauf, dass er ein Besonderer ist, du kennst ihn ja gar nicht!"
Olgaa: „Natürlich nicht, es ist ja dein Kiddel Kaddel Kuddel, aber da er in fast jedem deiner Sätze vorkommt, muss er ja ein Besonderer sein".
Freed: Du bist schlau, Olgaa!
Olgaa: Ja, das bin ich.
Freed: Stolz bist du auch!
Olgaa: Ja, das bin ich auch.
Freed: Warum bist du dann überhaupt hier?
Olgaa: Das hat seine Gründe.
Freed: Siehst du, du weichst auch aus!
Olgaa: Ich habe immerhin gesagt, dass es seinen Grund hat.
Freed: Gründe hast du gesagt, Olgaa, Gründe!
Olgaa: Du bist aber genau!
Freed: Wenn schon denn schon, Olgaa.
Olgaa: Bist du immer so gründlich?
Freed: Nunja, darauf könnte ich dir antworten, aber das ist langweilig, Olgaa, was hast du davon, ob du weißt, ob ich immer so gründlich bin?
Olgaa: Was ich davon hab`? Was hab ich davon? Wenn ich mich das jedesmal fragen würde, dann könnte ich ja gleich aufgeben!
Freed: Olgaaa?!
Olgaa: Ja?
Freed: Ich habe nicht gesagt jedesmal, das hast du gesagt!
Olgaa: Freeed?!
Freed: Ja?
Olgaa: Jetzt weiß ich es!
Freed: Was?
Olgaa: Dass du gründlich bist!

Freed: Wie kommst du darauf, Olgaa?
Olgaa: Das hast du eben bewiesen, Freed!
Freed: Du bist schlau, Olgaa!
Olgaa: Und stolz!
Freed: Ja!
Olgaa: Freed?
Freed: Ja?
Olgaa: Ich gehe jetzt.
Freed: Warum, Olgaa?
Olgaa: Ich bin müde, Freed.
Freed: Das akzeptiere ich, Olgaa.
Olgaa: Ich gehe jetzt.
Freed: Das weiß ich, Olgaa.
Olgaa: Ja, ich weiß, du weißt es, weil ich es schon mal gesagt habe.
Freed: Ja, Olgaa, du hast es zweimal gesagt.
Olgaa: Ich hätte meine Meinung auch ändern können,
Freed: Ja, das stimmt, Olgaa, das hättest du, aber du hast es nicht.
Olgaa: Nein, Freed, ich bin bei meiner Meinung geblieben.
Freed: Hm.
Olgaa: Wieso Hm?
Freed: Naja, Olgaa, du stehst immer noch hier, ich weiß nicht, ob du wirklich gehen willst.
Olgaa: Na, Freed, vorhin habe ich noch gesessen, jetzt stehe ich bereits. Du willst mich wohl loswerden?
Freed: Quatsch! Aber entweder gehst du, Olgaa, oder du bleibst!
Olgaa: Freed?
Freed: Ja?
Olgaa: Freed, hast du das Recht mir etwas vorzuschreiben?
Der sitzende Freed sieht der stehenden Olgaa von unten hochblickend in die Augen: Olgaa?
Olgaa: Ja Freed?
Freed: Weißt du, dass ich eine leitende Funktion innehatte ?!
Olgaa: Jetzt komm mir nicht damit, Freed.!

Freed: Doch, Olgaa!
Olgaa: Doch?
Freed (nickend): Keiner kann aus seiner Haut heraus, Olgaa!
Olgaa: Aber Freed, das ist doch nicht deine Haut, das ist eine Funktion!
Freed: Eine Funktion kann einem zur Haut werden, Kiddel Kaddel Kuddel.
Olgaa: Du meinst zur zweiten Haut?
Freed: Nein, ich meine zur ersten Haut, Kiddel Kaddel Kuddel, deswegen bin ich hier.
Olgaa: Deswegen bist du hier?!
Freed (nickend): Kiddel Kaddel Kuddel.
Sie schwiegen. Mittlerweile war es dunkel geworden und in den ersten Fenstern erschien gelbes Licht.
Olgaa: Freed, ist dir was aufgefallen?
Freed: Nein, Olgaa, was?
Olgaa: Naja, immer wenn du von deiner Funktion oder deiner leitenden Funktion redest, kommt dein Kiddel Kaddel Kuddel.
Freed: So so, ja ja, der Leiter und Kiddel Kaddel Kuddel sind enge Freunde.
Olgaa: Hm.
Freed: Ja, so ist das, Olgaa, Freunde kann man nicht so leicht auseinander bringen.
Olgaa: Freed?
Freed: Ja?
Olgaa: Ich geh jetzt wirklich!
Freed nickt.
Olgaa: Bist du auch nicht traurig?
Freed: Wieso sollte ich traurig sein, Olgaa, wir sehen uns doch morgen wieder!
Olgaa: Naja dann, Gute Nacht!
Freed: Gute Nacht, Olgaa! Und sei nicht so traurig!
Olgaa: Woher weißt du, dass ich traurig bin?
Freed: Naja, Olgaa, das sieht man dir an!
Olgaa setzte sich wieder auf die Bank und fing an zu

weinen.
Freed legte seinen Arm um ihre Schulter: Was ist denn los, Olgaa?
Olgaa weinte eine Weile in seinem Arm. Sein Streicheln beruhigte sie, aus dem Weinen wurde Schluchzen, sie sagte leise: Ich fühl mich so allein!
Freed leise: Das tun wir alle, Olgaa. Du musst tapfer sein!
Olgaa: Jeder ist allein?
Freed: Ja, jeder, Olgaa. Auch ich fühle mich manchmal allein, obwohl ich eine Familie habe.
Olgaa: Liebst du denn deine Frau nicht mehr?
Freed: Doch, Olgaa, aber manchmal kann der andere da sein und doch nicht für dich da sein.
Olgaa: Hm.
Sie saßen eine Weile schweigend.
Freed: Ich gehe jetzt mit dir, Olgaa, wir haben schließlich denselben Weg.
Beide erhoben sich und gingen auf das Haus zu. Freed hatte dabei seinen Arm um Olgaas Schulter gelegt.

**Der König**

Einer schwebte über allem und allem, das war der König. Er trug wann immer man ihn sah einen Brokatmantel mit vielen Goldfäden durchwirkt. Ein breiter Kragen lag auf den Schultern und führte hinab zur Taille. Dieser König war ein junger, schöner Mann mit schwarzem Haar und glühenden Augen, die Funken sprühten. Niemand mochte ihm deshalb in die Augen sehen, die Leute hatten Angst, dass der Blitz aus seinen Augen direkt in die ihren schoss und sie zerschlug. Dieser König war auch glühend und eifrig in seiner Rede, die eine Selbstrede war, niemand mochte sich verbrennen lassen von seinen flammenden Ansprachen. So trat er denn oftmals vor den großen Spiegel in seinem Zimmer und redete sich selbst an und auf sich ein. Seine Gebärden wurden dabei immer heftiger, so kam es, dass er, als er sich in Rage geredet hatte und seinen Feind, den er in seinem Spiegelbild erkannte, überzeugen wollte, den Spiegel mit seiner bloßen Hand zerschlug. Um den König zu beruhigen und um ihn sich vom Leibe zu halten, bekam er immer neue Spiegel. Keiner wusste, wie viele Spiegel er zerschlagen hatte. Man konnte ihm auch nicht beibringen, dass er gar kein König war, weil man fürchtete, er würde dann aus lauter Verzweiflung alles zusammen schlagen, was ihm vor die Augen käme. Er hatte auch ein besonders großes, gut ausgestattetes Zimmer, so dass er sich vergegenwärtigen konnte, dass die anderen schlechter lebten. Natürlich kam er nicht in die Grünanlage, um sich mit dem Gesinde gemein zu tun, jedoch öffnete sich manchmal schlagartig sein Fenster und er rief hinaus: „Gesinde! Ich leide unter dem Gesinde! Gebt Ruhe!" Olgaa bekam dann einen ihrer lauten provozierenden Lachanfälle, wenn sie im Garten war und er zog daraufhin sein Fenster heftig zu. Blickte man hinauf, sah man ihn für eine Weile gestikulierend hinter dem Fenster stehen. Wahrscheinlich schwor er Olgaa Rache. Doch man war es gewohnt, dass er nie aus seinem Dachbodenzimmer kam und Olgaa glaubte deshalb, sich nicht vorsehen zu müssen. Sie nahm sich vor, eines Tages vor seiner Tür seiner Rede zu lauschen. Sie wollte auch Freed dazu bewegen, aber der sagte gelangweilt: „Das ist mir zu anstrengend, Olgaa, der erzählt doch Hokuspokus!" Doch Olgaa meinte: „Wer weiß?!" Woraufhin Freed verneinend den Kopf schüttelte und sagte: „Was soll denn schon einer, der immer nur mit sich selber redet, zu sagen haben?!" Aber Olgaa war sich da nicht so sicher. „Wer weiß, wer weiß?!" sagte sie

**Leeo, Sieried und Pauliene**

Was bringst du denn an! rief Sieried Leeo zu. Der schwarze Leeo war Sierieds Hund, er blieb vor ihr stehen und ließ eine rote Stoffjacke aus seinem Maul fallen. Die hat vielleicht jemand liegen gelassen, sagte Pauliene, es ist wohl am besten, wir bringen sie zur Rezeption. Sie machten sich

auf den Weg, blieben aber oft stehen, denn Sieried kraulte, klopfte und streichelte Leeo, der immer wieder an ihr hochsprang. Pauliene war die Insassin, die von Sieried besucht wurde. Pauliene sprach von der Börse, sie sprach immerfort von der Börse, auch wenn Sieried von was anderem sprach, sie antwortete immer mit der Börse. Deshalb wunderte sich Sieried, dass Pauliene in diesem Fall der roten Jacke sinngemäß ihre Antwort gegeben hatte. Vielleicht ging es ihr besser, dachte sie. Sieried widerum, die älteste Freundin von Pauliene, redete begeistert und gestikulierend über ihre Chat-Erfahrungen im Internet. Ja, ich finde, du solltest an die Börse gehen! sagte Pauliene dann.
Und Sieried ( begeistert von ihrem Tun und ihren Erlebnissen ): Mach das doch auch mal, Pauliene, das ist toll!
Nach einer winzigen Pause bestand sie darauf: Wirklich, es ist ganz toll!
Die Börse, sagte Pauliene, ob du´s glaubst oder nicht, die Börse interessiert mich!
Sie schwiegen eine kleine Weile.
Dann erzählte Sieried von ihren Erlebnissen aus dem Chatraum, nicht mehr, damit Pauliene doch noch Feuer fange, nein, einfach so, um sie zu erzählen: Pauliene, ich habe mich als Mann ausgegeben!
Pauliene schaute in Sierieds provozierendes, grinsendes Gesicht.
Beim Chatten!, fügte Sieried hinzu, um das für Pauliene ganz klar zu machen.
Pauliene antwortete nicht, sondern blickte zu Boden.
Sieried: Das Mädchen ist total in mich verliebt!
Pauliene schaute auf, in Sierieds Augen, sagte laut, als wenn ihr etwas eingefallen wär`: Die Börse!
Sieried wie von einer Tarantel gestochen rief: Pauliene! Dann ruhiger: Ich bin doch gekommen, um dir etwas von mir zu erzählen!
Pauliene erwiderte: Und um etwas von mir zu hören!

Sieried: Genau. Aber wenn du immer nur von der Börse sprichst, ist das total langweilig!
Pauliene seufzend: Du bist eben kein Börsentyp!
Sie schwiegen.
Nach einer Weile nahm Sieried ihr Thema wieder auf: Das Mädchen will mich kennen lernen! Was soll ich bloß machen, Pauliene, ich bin doch gar kein Mann?
Pauliene: Und wenn du ihr die Wahrheit sagst?
Sieried: Dann ist sie bestimmt enttäuscht.
Pauliene: Du willst sie nicht enttäuschen?
Sieried: Nein, ich glaube, sie meint das ernst, ich glaube, für sie bricht eine Welt zusammen, das kann ich nicht machen!
Pauliene: Wielange geht das denn schon?
Sieried: Ein paar Wochen, Pauliene, die fährt total auf mich ab!
Pauliene: Aber warum?
Sieried: Ja, ich glaube, dass liegt daran, dass ich so total auf sie eingehe, wann macht das ein Typ denn schon mal.
Pauliene: Eben, Sieried.
Sieried: Ich möchte sie glücklich machen, Pauliene!
Pauliene ( ihren Ohren nicht trauend): Du möchtest sie was?
Sieried: Ich möchte ihr das bisschen Glück geben, nach dem sie sich sehnt und das sie offensichtlich in mir zu finden glaubt.
Pauliene: In dir?
Sieried: Ich glaube, ja.
Pauliene (Sieried mit großen Augen anschauend, als würde sie prüfen wollen, ob man in Sieried sein Glück finden könne ): Ja?!
Sieried: Ich habe zugesagt, Pauliene, der 15.Juni!
Pauliene (ungläubig fragend wiederholend) : Der 15. Juni.?
Sieried: Ja.
Pauliene: Ich habe den Eindruck, dass nicht nur die Frau in dich verliebt ist, sondern du auch in sie.
Sieried: Sie ist so süß! Wir haben uns auch schon geküßt!
Pauliene ( bestürzt ): Im Internet?
Sieried nickt.

Pauliene: Wie geht denn das?
Sieried: Naja, wir haben das eingetippt. Ich küsse dich usw.
Pauliene (nach Luft schnappend) sagt sehr laut: Die Börse!
( Etwas leiser: )Ich darf die Börse nicht vergessen!
Sieried (Paulienes Börsen-Einschub ignorierend ): Ich könnte Emiel hinschicken!
Pauliene: Zur Börse?
Sieried: Aber nein, zum Treffen.
Pauliene (sichtlich überforderd mit der Vorstellung ): Hm?
Sieried: Er müsste dann vorher alle meine Emails lesen, die ich ihr geschickt habe, damit er sich einfühlen kann.
Pauliene: Würde Emiel das denn machen?
Sieried: Ich müsste versuchen, ihn dazu zu bringen, bislang glaubt er, es chatten nur Leute, die eine Macke haben.
Pauliene: Und warum Emiel?
Sieried: Er sieht gut aus und er kommt bei den Frauen gut an, dass hab ich schon gemerkt.
Pauliene: Wenn das man gut geht, Sieried?!
Sieried: Ich glaub schon!

**Olgaa und KKK**

Freed: Olgaa, hast du die rote Jacke gesehen?
Olgaa: Welche rote Jacke?
Freed: Na, Pauliene und ihre Besucherin, die Besucherin hatte sie doch über den Arm, als sie vorbei gegangen sind!
Olgaa: Na und ?
Freed: Wo kommt die denn her?
Olgaa: Was ist denn los?! Das ist doch egal, woher die kommt. Wahrscheinlich gehört sie der Frau selbst.
Freed: Nein.
Olgaa: Wieso Nein?
Freed: Nein, Kiddel Kuddel Kaddel, nicht die!
Olgaa: Du tust ja gerade so, als kennst du die Jacke.
Freed: Ja, Kiddel, Kuddel, Kaddel, und ich ich will sie wieder haben.
Er lief den Frauen hinterher, bekam die Jacke und kehrte zu

Olgaa zurück.
Olgaa: Die ist ja verdreckt!
Freed schwieg und klopfte die Erde ab so gut es ging. Dann zog er sie über.
Olgaa: Das ist ja eine Damenjacke!
Freed: Na und !
Olgaa: Sie passt dir gar nicht! Warum bist du so versessen auf sie?
Freed: Kiddel, Kuddel, Kaddel, das kann ich dir nicht sagen.
Olgaa: Ein Geheimnis?
Freed nickt.
Olgaa: Weißt du, dass ich gesehen habe, wie der schwarze Hund von Paulienes Besucherin mit der Jacke im Maul angelaufen kam?!
Freed (murmelnd): Köter!
Olgaa: Was meinst du?!
Freed: Ach nichts.
Freed zog die Jacke wieder aus und faltete sie zusammen.
Freed: Die haben vom Internet gesprochen, als die vorbei gingen, hast du gehört?!
Olgaa: Du lenkst ab Freed.
Freed: Nein wirklich Olgaa, ich habe mal einen Internetkurs gemacht, ich meine eine einmalige Einführung. Stell dir vor, da waren nackte Frauen auf dem Bildschirm! ( Olgaa schaut ihn fragend an.) Was soll denn das?! sagte ich zum Kursleiter.
Olgaa: Und?
Freed: Der sagte, das sei vom Vorgänger, der hätte da wohl rumgespielt.
Olgaa: Ja, so ist das, Freed.
Freed: Da lass ich doch lieber meine Frau ein paarmal auf- und abgehen!
Olgaa: Das ist ja Sklaverei?!
Freed: Nun hör aber auf!
Olgaa: Schon gut! Darf sie denn auch ablehnen?
Freed: Das versteht sich doch von selbst.

Olgaa: Und du bekommst keine schlechte Laune und gehst ins Internet?
Freed: Olgaa! Mach dir keine Sorgen um unser Intimleben!
Freed zog die rote Damenjacke wieder an.
Olgaa schwieg.
Olgaa (versöhnend) : Na ja, sie passt dir nicht, Freed, aber sie steht dir!
Freed ( Olgaa anlächelnd ): Ja?!
Olgaa (zurück lächelnd) : Ja!

**Der Weiße**

Der Weiße flog über die Klinik durch die Luft und rief: „Rettet die Menschheit! Rettet die Menschheit!" Manchmal ließ er es Bonbons regnen, besonders, wenn er Olgaa erspähte. Um sie flog er mehrere Kreise und rief: „Rettet Olgaa! Rettet Olgaa!" Olgaa wurde jedes mal zornig und rief ihm zu: „Halt endlich deinen Mund! Ich kann mich selber retten!" Der Weiße war daraufhin beleidigt, erhöhte die Lautstärke der elektronischen Musik seines Recorders, den er sich um den Bauch geschnallt hatte und steuerte in eine andere Richtung. Olgaa traf auf Pauliene, die ihm wie einem entschwindenden Flugzeug nachschaute. „Er sucht sein nächstes Opfer!", sagte Olgaa zu Pauliene, aber das ging in dem immer noch lauten Gebrumme unter. „Ich möchte mal wissen, wie der das macht?!" sagte Pauliene zu Olgaa, aber auch die hörte in dem Lärm nichts, denn der Weiße war zurückgekehrt, kreiste über ihnen und ließ es wieder Bonbons regnen. Olgaa und Pauliene hielten sich die Ohren zu, da wurde die Musik leiser.
„Komm doch mal da runter, dann können wir miteinander reden!", rief Olgaa.
„Ja!", schrie Pauliene hinterher, „dann kannst du mir erklären, wie du das machst!"
Der Weiße schüttelte den Kopf und Olgaa und Pauliene meinten, dass er traurig ausgesehen hätte.
„Nein! Das geht nicht!", rief der Weiße, „ich kann mich

nicht mit euch auf einen gemeinsamen Boden stellen, ich bin etwas Höheres! Das seht ihr doch!"
Olgaa ergriff das Wort: „Alles was wir sehen, ist, dass du in der Luft hängst! Dass kann doch keinen Spaß machen!"
Pauliene nickte.
„Ihr versteht mich eben nicht!", sagte der Weiße gekränkt und flog noch ein Stück höher, so dass die Verständigung unterbrochen wurde, stattdessen erschallte die elektronische Musik umso lauter.
Olgaa und Pauliene liefen eiligst ins Haus, um Ruhe zu finden. Als sie sich in der Eingangstür nochmal umblickten, sahen sie den Weißen in den Wolken.
„Ganz schön hoch!", sagte Pauliene bewundernd.
„Aber die Börse!", bemerkte Olgaa.
„Die Börse?" fragte Pauliene irritiert.
„Ja, die Börse! Da oben gibt es gar keine Börse, Pauliene!", erinnerte Olgaa.
„Ja, das stimmt!", sagte Pauliene geknickt und blickte zu Boden.
„Was ist denn los, Pauliene, du guckst ja so traurig drein?!"
„Ach2, erwiderte Pauliene, 2ich dachte nur, dass es schön sein muss, da oben, in den Wolken!"
„Der kommt auch noch wieder runter", sagte Olgaa begütigend zu Pauliene und legte ihr den Arm um die Schulter.

### Sieried

Sieried indessen fragte Emiel. Nach Schwankungen hin und her hatte er sich bereit erklärt, aber dann hatte er einen Unfall. Daraus machte Sieried ihren eigenen Unfall und das Treffen wurde verschoben. Dann fuhr das Mädchen in Urlaub. Als die Zeit ihrer Rückkehr heran nahte, gab Sieried gegenüber Pauliene am Telefon zu, dass sie sich sogar ein bisschen auf sie freue. Wenn Pauliene sie hätte sehen können, hätte sie Sierieds leuchtende Augen gesehen, ihr Lächeln. Andererseits, sagte Sieried zu Pauliene, hätte sie in der Zwischenzeit mit einer anderen Frau viel gechattet, die

sei auch ganz süß. Als sie Pauliene dann mit Leeo wieder besuchte, hatte sich das Blatt gewendet.
Sieried: Ich sage dir, Pauliene, das ist wie in einer richtigen Beziehung! Du glaubst es nicht!
Pauliene: Das ist wohl wie an der Börse, Kursschwankungen.
Sieried: Wir streiten uns jetzt richtig mit allem drum und dran! Stell dir das vor!
Pauliene: Aber warum?
Sieried: Ich hab mit jemand anderem kurz gechattet, während sie mir was erzählte. Als sie das merkte, hat sie mich beschimpft: Du Ignorant! Du Schwein! usw.
Pauliene: Hm.
Sieried: Nun ja, sie ist sehr langsam, sie schickt mir ihre Erzählungen blockweise, schreibt dann unter den Block „und", damit ich weiß, es geht noch weiter, aber es dauert eben bis sie ihren Block geschrieben hat und losschickt.
Pauliene: Wovon hatte sie dir denn erzählt?
Sieried: Von einer chronischen Krankheit.
Sie schweigen.
Sieried: Sie ist zu anspruchsvoll. Jetzt kann ich die Typen verstehen. Es ist einfach anstrengend, wenn man so in Beschlag genommen wird.
Pauliene blieb stumm.
Sieried: Hörst du noch zu, Pauliene?
Pauliene: Doch.
Sieried: Stell dir vor, neulich hab ich mit Leuten gechattet, plötzlich war sie weg und ich hab das gar nicht gemerkt! Sie hätte doch mitreden können. Als ich merkte, dass sie nicht mehr da war, habe ich alle Chatrooms abgesucht, bis ich sie endlich gefunden hatte.
Pauliene ( enthält sich der Stimme, dann sagt sie ): Hm.
Sieried: Trotzdem, Pauliene, stell dir vor, haben wir uns für morgen verabredet.
Pauliene: Oh!
Sieried: Vielleicht mache ich noch heute abend mit ihr Schluss oder ich sage ihr, dass ich eine Frau bin.

Pauliene: Schwere Entscheidung.
Sieried: Allerdings.
Leeo kam angelaufen und hatte wieder etwas im Maul. Diesmal ließ er Seidenstrümpfe vor ihnen auf die Erde fallen.
Pauliene: Das ist ja doch recht merkwürdig, wo holt denn Leeo immer diese Kleidungsstücke her?
Sieried (hebt die Strümpfe auf): Ganz schön dreckig. Ob die vergraben waren?
Pauliene: Die kann man gar nicht an der Rezeption abgeben, dreckig wie sie sind.
Sieried (klopft den Dreck ab und hängt sie dann über die Rückenlehne der Bank ): Ich glaube, da hängen sie gut.
Pauliene: Ich weiß nicht, ob die noch jemand braucht. Wir können sie ja hier in den Mülleimer werfen.
Sieried: Ach lass doch! Sie stören ja niemanden.
Pauliene: Wenn du meinst.

## Der Müll

Die Sonne schien heiß, die Müllsäcke glühten. Sie waren zu Hauf aufeinander geworfen und ihre dunkel rosa Haut glänzte funkelnd in der darauf abgeworfenen heißen Sonne. Die Müllberge reihten sich die Straße hinunter aneinander immer mit ein paar Metern Abstand entsprechend der Lokale, die dicht an dicht sich feilboten. Die Sonne förderte einen bestialischen Gestank aus den dünnhäutig verpackten Fressalienbergen zu tage. Getränkedosen und Essensreste schimmerten durch die rosa Häute, manchmal quollen sie auch hervor, wenn sich ein Band um die Mülltüte gelockert hatte oder die Klebestreifen sich abgelöst hatten. Inmitten dieses verpackten Gestanks, der stetig mit steigender Hitze aus diesen glänzenden Chaosbergen drang, waren die Bürgersteige bevölkert von schwitzenden Häuten meist junger Leute, die auf Bänken ohne Lehnen vor den Lokalen saßen oder zwanglos herumstanden, Galaos, cafés con leche, Fruchtsäfte und Wasser tranken, dazu belegte Croissants aßen und sich in Gespräche verwickelten. Diese Verwicklungen lösten sich ungezwungen auf und entstanden an der nächsten Ecke oder schon am nächsten Tisch neu, wenn dort ein bekanntes Gesicht „Hallo!" rief oder ein unbekanntes Gesicht lächelte, man sich setzte und ein neuer Milchcafé wurde bestellt. Die Gläser ließ man stehen, wo sie gerade leer getrunken wurden und nirgendwo in einem anderen Stadtteil sah man die Autodächer als Tablett umfunktioniert, auf denen man unbekümmert, ohne Strafverfolgung und Zorn der Autobesitzer zu befürchten, gefüllte Gläser, Tassen und Teller abstellte. Fahrräder, Kinderwagen, Fußgänger, auf dem Straßenrand und auf den Fensterbänken Sitzende hatten hier ihr Auskommen und zogen Menschen aus anderen Stadtteilen an, in denen solch ein gelassener Lebenswandel schon längst ausgemerzt war und schon ein weggeworfenes, verlassenes Papier auf der Straße oder eine stehen gelassene Bierdose die Augen der sauberen Anwohner kränkte, sie zu unsauberen Beschimpfungen veranlasste.

In dieses Viertel hatte sie Pauliene aus der Klinik mitgenommen, die einmal im Monat Ausgang hatte. Hier, auf einer der schlichten Bänke, erzählte Sieried Pauliene von dem Ende ihrer Chatbeziehung, das aber, wie sich später herausstellte, doch noch nicht das Ende war. Die altrosa heißen und glänzenden Müllberge entließen begleitend ihren Duft und wurden mit dem Milchcafe eingesogen. Pauliene rümpfte die Nase und rutschte auf ihrem Po hin und her, sie brauchte einige Zeit, um sich in der Hitze, den stillschweigenden Düften, den schwitzenden Gesichtern und Gestikulationen von so vielen Leuten auf einem Fleck, die alle redeten oder lachten, zu konzentrieren, aber dann gelang es ihr doch, Sieried zuzuhören, auch wenn sie die Börse nicht vergaß, sondern im Hinterkopf behielt.

Sieried ( wobei ihre Stimme nach oben ging und ihre Arme sich von ihrer Körpermitte zu den Seiten hin ausbreiteten): Du glaubst es nicht!

Pauliene: Was glaube ich nicht?

Sieried: Na wie es weiterging mit der Frau aus dem Chat.
Pauliene: Du wolltest mit ihr Schluss machen oder ihr sagen, dass du eine Frau bist!
Sieried: Ja, wollte ich. Aber es kam anders.
Pauliene: Anders?
Sieried (strahlend) : Ja, anders! Eine wunderschöne Frau!
Pauliene ( überrascht) : Du hast sie getroffen??
Sieried in ihrem Berauschtsein von der Vorstellung der Schönheit hörte Paulienes Frage gar nicht, sie beteuerte: Wunderschön! Dann beschrieb sie Einzelheiten dieses Wunders Schönheit.
Pauliene ( ungläubig staunend ): Du warst also da?!
Sieried: Nein! Emiel war da!
Pauliene: Emiel?
Sieried: Ja, Emiel!
Pauliene: Wieso Emiel?
Sieried: Also es war so: Ich hab ihr in der Nacht vor dem Treffen noch eine Email geschickt, in der ich ihr geschrieben habe, dass ich einen Freund schicke, weil ich eine Frau sei. Aber sie hat mir nicht geglaubt, Pauliene!
Pauliene: Warum denn nicht?
Sieried: Sie dachte, ich spiele!
Pauliene: Ja, aber wieso?
Sieried: Naja, weil ich sie immer mal wieder verulkt hab.
Pauliene: Hm.
Sierried: Ja und dann kam das Treffen und Emiel ist hingegangen.
Pauliene: Au weia!
Sieried: Er hat sie gleich erkannt. Sie war schon da. Er beugte sich zu ihr und nannte leise ihren Namen, woraufhin sie aufsprang, und jetzt stell dir das bitte vor, Paulien!: Sie ist ihm um den Hals gefallen! Ist das nicht rührend, Pauliene?!
Pauliene: Ja, ich weiß nicht, ich bin überrascht!
Sieried: Stell dir vor, sie hat wirklich gedacht, Emiel wär der Typ mit dem sie die ganze Zeit gechattet hatte!
Pauliene: Ja hat er sie nicht aufgeklärt?

Sieried: Ja das ist es ja! Sie hat ihm nicht geglaubt! Sie dachte Emiel sei ich und spiele immer noch ein Spiel mit ihr.
Pauliene: Das ist ja furchtbar.
Sieried: Emiel hat ihr beteuert, dass er nicht ich sei und hat ihr alles von mir erzählt, ihr meinen richtigen Namen gegeben, meine Adresse, alles. Erst ab da glaubte sie es. Dann klingelte Emiels Handy, ich wollte nämlich wissen, ob alles gut gelaufen sei. Da hörte ich, wie sie sagte: Wenn das Sieried ist, dann soll sie bloß nicht kommen!
Pauliene: Mein Gott, wie aufregend!
Sieried: Diese Geste, Pauliene, ich bin völlig berührt! Wenn ich ein Typ gewesen wär, ich hätte die Bestellung rückgängig gemacht und wäre mit ihr sofort nach Haus. Aber Emiel, Pauliene!
Pauliene: Ja, was hat Emiel gemacht?
Sieried: Gar nichts! Er hat die Umarmung nicht erwidert! Das ist es ja! Er war darauf nicht vorbereitet! Er hatte mir ja nicht glauben können, dass es sich um eine Liebesbeziehung handelt.
Pauliene: Wie kompliziert!
Sieried: Emiel fand sie wunderschön, sie sei genau sein Typ, sagt er. Aber für sie ist er eben nicht der Mann, mit dem sie gechattet hat, verstehst du?
Pauliene: Ja, das verstehe ich.
Sieried: An dem Abend bin ich in der Nacht rumgelaufen, tatsächlich habe ich die beiden von weitem gesehen. Zu Hause hatte ich dann von ihr eine Email, in der sie von meiner Kälte schrieb und dass sie sich ihre Liebesfähigkeit nicht kaputt machen lasse. Habe ihr dann noch geantwortet, dass sie ja trotzdem was von mir bekommen hätte, dass meine Gefühle ja echt waren und wir eine schöne Zeit hatten.
Pauliene nickte.
Sie schwiegen für eine kurze Weile.
Pauliene: Bedauerst du, dass du kein Mann bist?
Sieried: Ein bisschen schon.
Sieried seufzte.

Sieried: Vielleicht wird das ja noch was mit ihr und Emiel. Sie hat ihm ihre Telefonnummer gegeben, aber er hat sie verloren, stell dir vor!
Pauliene seufzte und Sieried wendete sich Leeo zu, den sie jetzt versonnen lächelnd ausgiebig kraulte.

### Jacki

Jacki lief nachts im Laufschritt um die Mauer herum, um den Eingang zu finden. Als sie ihn jedoch gefunden hatte, starrte sie ungläubig auf das schwarze Loch. „Na!", rief sie verächtlich aus: „Das ist doch kein Eingang! Das ist ein Mauerloch! Wolln die mich verarschen oder was?! Ich geh weiter! In so was geh ich nicht! Drecksloch!" Vom Laufen war Jackis Haut verschwitzt, aber in ihr Gesicht traten immer noch Schweißperlen, bis ihr Gesicht mit Schweiß bedeckt war und wie eine Lache glänzte. Misstrauisch prüfte Jacki den Schweiß, indem sie ihn wie eine befremdliche Flüssigkeit auf den Finger nahm. „Hm?", bemerkte sie zu der Sache, und: „Muss mich ja doch mitgenommen haben, der Rundlauf um die Mauer. Hm? Darauf muss ich jetzt erst mal eine rauchen. Das hab ich mir verdient. Und erst recht nach dem Frust. Ich hab alles getan, was ich konnte, aber in so ein Scheißloch gehe ich nicht!". Von Jackies Zigarette stieg Qualm auf, sie schaute ihm nach und murmelte: „Oder sollte ich den richtigen Eingang im Laufen übersehen haben? Hm? Ich glaube, ich laufe noch einmal herum". Nacht für Nacht lief Jackie um die Klinikmauer herum, jedes Mal kam sie zu dem Schluss , sie könnte etwas falsch gemacht oder übersehen haben, den anständigen Eingang verfehlt haben

### Der Künstler

Im dem Viertel, in dem der Müll in den dünnhäutigen Tüten von der Sonne durchleuchtet wurde, frühstückte auch ein seltener Künstler auf den Treppen eines Hauses, in dem viele wohnten und er schon lange. Er war ein edler Fürst, das erkannte man daran, dass er der einzige in der Straße war, der ein Tablett hatte. Darauf lag ein Leberwurstbrot, darauf dampfte Kaffee aus einer eigenen Tasse usw. Dieser Künstler transportierte eines Tages ein schönes Kunstwerk auf seinem Auto, ein alter und bunter Mercedes, das sein Publikum anzog. Man hatte ihn zuvor gesehen, als er nach dem Frühstück die Verkleidungen von Kupferdrähten abzog, ja er hatte nicht nur sein Frühstück, sondern auch sein Handwerkszeug mit auf die Treppenstufen gebracht und alle in der Nähe weilenden Fußgänger konnten herantreten und ihm zusehen wie er die dünnen Kupferdrähte freilegte. Das fertige Kunstwerk, das auf dem Auto zu sehen war, weil er es an den Ort seiner Bestimmung fahren wollte, war ein Sessel, jedoch ohne Polster, es gab nur das Gerüst. Dort, wo sich normalerweise Sitz-, Seiten- und Rückenpolster befanden sah man weiße hauchzarte Federn schweben. Dass sie nicht wegflogen erklärte sich durch die hauchdünnen, von weitem unsichtbaren Kupferdrähte, an denen die unzähligen Federn wie Schwebegeister befestigt waren. Als der Künstler losfuhr, sah man, dass selbst durch den Fahrtwind keine Feder verlorenging.

**Der graue Staub**

Staub bedeckte die Stadt, grauer dichter Betonstaub, der wie Nebel in der Luft hing. Die Augen stießen gegen eine Wand. Sie schmerzten in Anbetracht des beharrlichen Gegenübers des unerhört grauen und dichten Betonschleiers. In den Straßen ging die Betonschleuder um, die wie Feuerwerkskörper rasten, sie trafen und lösten schmerzhafte Schreie von Menschen, die an Beinen getroffen wurden, aus. Manche verloren ihr Augenlicht, wenn der graue harte Blitz aus Beton wie ein Feuergewehr sie traf. Der harte Betonstaub, der auf die Stadt einhämmerte, ließ jedoch die Blechlawinen von Autos unversehrt. Viele Menschen waren von Betonklötzen nicht mehr zu unterscheiden, worunter sie aber weniger litten, als darunter, dass sie sich von dieser grauen harten Masse unterschieden. Einzig das Grün schütze die Menschen vor ihrer Betoniertheit, doch nur im Klinikpark war das Grün noch nicht vom Gewicht des grauen Betonstaubes gänzlich erdrückt.

Sieried saß hinter dem Steuerrad ihrer Blechkiste mit Leeo auf dem Rücksitz, den sie außerhalb der Stadt ausführen wollte. Sie dachte, er würde in den Wald- und Seenreichen Gebieten eine Frauenleiche finden. Von der Gegend höre man immer mal wieder, dass dort Frauen umgebracht würden, erzählte sie später Pauliene. Sieried hatte kein Glück und war fast ein wenig enttäuscht, dass Leeo ohne einen Fund von seinen Ausläufen zurückkam. Sie räusperte sich und sagte zu Leeo: Okay Leeo, dann fahren wir in die Klinik, da findest du ja immer was!

In der Klinik war Pauliene zunächst nicht zu finden. Doch als sie mit Leeo das weite Gelände durchstreifte, sahen sie Pauliene mit ihrer Lieblingspuppe unter einem blühendem Baum. Sie biss gerade in einen Apfel, dass es nur so knackte, als Sieried vor ihr stehen blieb, und las in einer Börsenzeitschrift. Erst, als Leeo sie stupste, wurde sie ihrer Besucher gewahr. „Dass du dich in diese langweilige Materie so vertiefen kannst!" bemerkte Sieried. Pauliene erhob sich und sagte währenddessen: „Was du langweilig nennst, ist höchst spannend, Sieried!" Sie schlenderten durch die Anlage und Sieried hörte geduldig zu, als Pauliene sie in die neuesten Entwicklungen an der Börse einweihte und ausschweifende Erklärungen für verschiedene Phänomene gab. Sie selbst hätte an diesem Tag Pauliene nicht mit ihrer Chatbeziehung behelligt, wenn diese nicht selbst davon angefangen hätte.

Sieried: Also gut, wenn du es wirklich wissen willst, ich muss mir ein paar hochhackige Schuhe kaufen! Sie ist einen halben Kopf größer als ich! Ich gucke doch nicht zu ihr auf! Das mache ich nicht!

Pauliene: Das sinnliche Leben ist abgetrieben.

Sieried: Was?

Pauliene: Ach nichts.
Sieried: Emiel ist total verliebt in die Frau, aber er macht nichts! Das verstehe ich nicht. Er will warten bis sie anruft.
Pauliene: Ihr habt euch also wieder Emails geschickt?
Sieried: Ja, wie vorher, die Sprache zwischen uns hat sich gar nicht verändert, jetzt, wo ich kein Typ mehr bin. Naja doch, ich bin nicht mehr so derbe.
Pauliene: Was ist mit Emiel?
Sieried: Sie interessiert sich nicht für ihn! Ob ich mich zum Mann umoperieren lassen wolle?, hat sie mich gefragt!
Pauliene: Und?
Sieried: Quatsch! Ich will eine Frau bleiben! Obwohl ich schon gern ein Typ gewesen wär, als sie Emiel so spontan um den Hals fiel.
Pauliene: Und jetzt willst du dir Absatzschuhe besorgen?
Sieried: Ja, Jetzt will ich mit ihr ausgehen und sie dazu bringen, dass sie, obwohl ich eine Frau bin, sich doch noch in mich verliebt.
Pauliene: Hm.
Sieried: Meinen ersten Versuch, mich mit ihr für heute zu verabreden, hat sie abgelehnt, aber sie hält noch an der Beziehung fest und ich will nicht, dass alles verpufft
Pauliene: Was verpufft?
Sieried: Naja das, was noch drin liegt! Ich habe keinen Bock auf so eine langweilige Freundinnen Beziehung.
Pauliene schwieg.
Sieried: Damit ist nicht unsere Freundschaft gemeint, Pauliene, nicht dass du das denkst!
Pauliene: Bist du sicher?
Sieried: Ja.
Pauliene sagte nichts.
Sieried: Ich hab ihr gesagt, dass ich während ihrer Urlaubswoche mit einer anderen Frau gechattet habe. Weg war sie.
Pauliene: Wie weg?
Sieried: Per Mausklick.
Pauliene: Vielleicht warst du gekränkt, dass sie sich nicht

mit dir verabredet hat und hast sie dann auch kränken wollen.
Sieried: Ach nein! Darüber hab ich gar nicht nachgedacht.
Pauliene: Naja, aber du hast sie gekränkt, sonst hätte sie sich nicht umgehend ohne Abschied rausgeklickt.
Sieried: Möglich. Ich glaube, ich muss immer was zerstören.
Pauliene: Und warum?
Sieried: Damit etwas Neues entsteht.
Pauliene: Was denn Neues?
Sieried: Na ja, das weiß ich vorher auch nicht.
Pauliene: Vielleicht willst du den anderen mit neuen Reaktionen, neuen Gefühlen kennen lernen?
Sieried: Naja, sonst ist es ja langweilig.
Leeo war unterdessen herumgestreunt und kam zurück. Natürlich hatte er eine Beute im Maul. Pauliene und Sieried staunten nicht schlecht, als er einen Damenschuh vor ihnen fallen ließ. Sieried nahm ihn auf, betrachtete ihn. Hübsch, noch gar nicht vergammelt, fand sie und schlüpfte hinein. Er passte. Geh, hol den zweiten! Leeo! forderte sie ihren Hund auf. Doch Leeo ließ sich gemütlich nieder und streckte alle Viere aus.
Sieried: Das ist aber auch nicht normal, was Leeo hier bei euch im Gelände aufstöbert!
Pauliene: Das find ich auch!
Sie machten sich mit dem Damenschuh auf den Weg zur Rezeption.
Sieried: Wie lange willst du eigentlich noch hierbleiben, Pauliene?
Pauliene: Das hängt von der Börse ab.
Sieried: Wie??
Pauliene: Das hängt von der Entwicklung an der Börse ab.
Sieried: Aber da geht es doch immer rauf und runter.
Pauliene: Eben deshalb ist es besser hier zu bleiben.
Sieried: Pauliene, meinst du nicht, dass du dir was vormachst? Die Welt ist doch draußen!
Pauliene: Wirklich? Für dich ist sie doch auch nicht draußen, sondern im Chatroom.

Sieried: Übertreib nicht, ich habe darüber hinaus ja auch noch ein Leben.
Pauliene: Aber wenn du deine Wohnung verwahrlosen lässt, wie du sagst, weil du nur noch chattest und die Frau wie du sagst auch ständig am Computer hängt.
Sieried: Ja, aber das hat doch nur was mit der Beziehung zu tun! Das ist immer so, wenn man verliebt ist, dann verbringt man erst mal die ganze Zeit mit dem anderen.
Freed kam auf die beiden zu und sagte auf den Schuh zeigend, der locker in Sierieds Hand baumelte: „Ach, den hab ich doch gesucht! Wenn Sie gestatten!" Und schon hatte Freed ihn gegriffen. Zu den verblüfften Frauen sagte er im freundlichsten Ton: „Ich wünsch noch einen schönen Tag, den jungen Damen!" Ehe sie antworten konnten, hatte er sich schon umgedreht und auf und davon gemacht.
Sieried: Wer war das denn?
Pauliene: Ach, ein Wichtigtuer, er muss immer aufspringen bei Tisch und sich hervortun, er hält auf alles mögliche Tischreden.
Als sie beim Abschied an Sierieds Auto gelehnt standen, kam ein Ehepaar aus dem Eingang, hinter ihm kam Olgaa gelaufen, hinter dieser eine Frau im offenen, weißen Kittel, Olgaas Psychologin. „Nehmt mich mit nach Hause!", schrie Olgaa, „ich will hier raus!" Aber die Eltern stiegen ein und schlugen die Türen zu. Die Frau kurbelte das Fenster herunter, während der Mann startete, und beruhigte ihre Tochter: „Es ist das Beste für dich, Liebes!" „Nein!", schrie Olgaa, „nein, nicht wegfahren, nehmt mich mit!", aber da waren sie schon abgefahren. Die Frau im offenen, weißen Kittel versuchte sie wegzuziehen, aber Olgaa wehrte sich, sie wollte nicht, dass die Frau im weißen Kittel sie anfasste und schrie: „Loslassen! Lassen sie mich los!" Die Frau zerrte an ihr und gab nicht auf. „Wie kannst du nur so unvernünftig sein!" schrie sie zurück. Olgaa schlug nun mit Leibeskräften um sich und nahm keine Rücksicht mehr. Da musste die andere sie loslassen um sich selbst zu schützen. Olgaa rannte indessen fort, vorbei an den Pflegern, die aus

dem Haus traten und eingreifen wollten.
Sieried: Shit!
Pauliene: Ja, furchtbar!
Sieried stieg in ihr Auto und Leeo sprang hinterher. Als sie abgefahren waren, stand Pauliene noch einen Moment da, als wäre sie unentschlossen, welchen Weg sie wählen sollte, den Eingang in die Klinik oder die Richtung des sich entfernenden Autos, das bald nur noch als schwarzer Punkt zu sehen war. Nachdem sich jedoch auch dieser aufgelöst hatte, ging Pauliene auf den Eingang zu.
Sieried sah auf der Rückfahrt über eine lange Strecke eine untergehende kreisrunde, rote Sonne am Himmel. „Leeo schau!", sagte sie zu dem eingeschlafenen Tier, „ein roter großer Sonnenball begleitet uns. Ist das nicht schön?!" Aber sie bekam keine Antwort.

**Der König**

Die Nacht war schwarz. Kein Mond erhellte das grüne Dickicht, in dem irgendwo ein schwarzer Hund aufheulte. Ein Fenster ging auf, man wusste zunächst nicht welches, aber dann sah man ein flackerndes Kerzenlicht und eine Seilleiter, die heruntergelassen wurde, jetzt erkannte man auch den König, der sich herabließ. Der lange Brokatmantel behinderte ihn, doch mit Geduld schaffte er den Abstieg. Auf der Erde verschluckte ihn die Dunkelheit, die Schwärze der Nacht, doch man hörte seine Schritte auf den Kieselsteinen und ging mit ihnen zum Tor hinaus. Da er sich lange nicht die Beine vertreten hatte, spürte er das Bedürfnis, möglichst viel zu gehen. Aber dass er dann doch soweit ging, war erstaunlich. Der stillschweigend stetig entwichene Duft der Müllberge musste ihn instinktiv angezogen haben, er vermutete eine abartige, aber doch erregende Parfümsorte. Schließlich war er mittendrin. Er blickte nicht durch. Hundertschaften, die auf der nackten Straße kämpften. Steine flogen. Müllsäcke flogen und entleerten den guten Duft, den er nun in der Nähe ekelerregend fand.

Was war hier los? Scheiben klirrten. Fehlt noch, dass Messer blitzen, dachte er voller Angst. „Reclaim the street!" riefen die Leute. Ein silbergraues, schnittiges Auto bekam kräftige Tritte, so dass es schwankte. „Keine Yuppies!" „Yuppies raus!" riefen sie. Der König sah an seinem Brokatmantel hinab. Ich bin zwar kein Yuppie, dachte der König, aber ein König ist ihnen bestimmt auch nicht willkommen. So machte er sich klamm heimlich aus dem Staub. Seine Füße schmerzten unterdessen. Noch nie war er so lange unterwegs gewesen. Oft schüttelte er den Kopf. „Geld regiert immer noch die Welt!" sagte er halblaut oder: „Geld regiert die Welt! Das sagte schon mein Vater! Sieh zu, dass du genug Geld verdienst, dann kannst du andere regieren und wirst nicht regiert! Geld ist Welt! Ohne Geld keine Welt! Ohne Geld existierst du nicht!" Schweißperlen traten dem armen König auf die Stirn, obwohl die Nacht kühl war. Er zitterte und sehnte sich nach seinem sonnenwarmen Dachzimmer. Doch als er tatsächlich mit wunden Füßen dort angekommen war, hatte er eine dicke Erkältung, die ihn sofort aufs Bett warf. Den ganzen Rückweg über war ihm sein Vater derartig zu Kopf gestiegen, dass seine Abwehrkräfte nicht mehr mithalten konnten. Der Schweiß tropfte, obwohl sein Vater doch schon lange tot war. Nunja, dachte er, bevor er einschlief, immerhin habe ich meinen golddurchwirkten Brokatmantel retten können! Wenn sie mir den vom Leibe gerissen hätten, was wär ich dann? Nackt stünde ich dann vor meinem toten Vater. So stehe ich wenigstens in meinem Brokatmantel vor ihm und das verleiht mir Würde.

**Pauliene**

Pauliene bekam einen überraschenden Anruf von Sieried.
Sieried: Weißt du, was sie mir gemailt hat?!
Pauliene: Nein.
Sieried: Ich habe dich immer geliebt... und am Schluss: deine treue .....
Pauliene (bestürzt) : Das klingt wie ein Abschiedsbrief!

Sieried (ruft ins Telefon): Ja! Wie eine Todesanzeige ist das lay out!
Pauliene ( halb abwesend): Der Fluss, der ein Sinnbild für das vergängliche, dahinfließende Leben ist, wird von manchen nur von oben betrachtet, während andere hineingehen, darin baden und sich an dem Sinnesgenuss erfreuen.
Sieried: Pauliene! Was redest du da?!
Pauliene (wieder ganz anwesend): Hast du reagiert?
Sieried: Ja, ich habe ihr auch eine Art Todesanzeige gemailt, eine Inschrift, die hatte mir die andere Süße, mit der ich auch gechattet hatte, geschrieben, als ihre Eltern sie wegen der Kosten abgemeldet haben.
Sieried las die Strophen der Inschrift vor.
Pauliene ließ den Hörer sinken. Er baumelte an der Strippe. Sie hörte von weitem die Stimme Sierieds im Hörer. Diese rief ihren Namen. Beim dritten Mal nahm sie den Hörer wieder ans Ohr: Ja?
Sieried: Was ist denn los?!
Pauliene: Nichts. Ich muss jetzt Schluss machen, Sieried, es gibt gleich Abendessen.
Sieried (enttäuscht und denkend, das Pauliene ja auf das Abendessen verzichten könnte ): Na ja, dann.
Sie hängten ein. Pauliene stand noch da und fragte sich, ob sie zu denen gehöre, die die Oberfläche des Flusses betrachten oder zu denen, die hineingingen und in ihm badeten.

**Olgaa und Freed**

Freed: Was ist denn mit dir los, Olgaa?
Olgaa hockte im Gebüsch.
Freed: Beinah hätte ich dich gar nicht gesehen!
Olgaa kam hervor.
Olgaa: Und was machst du hier, so weit weg von unserer Bank und was soll dieser Damenschuh?
Freed: Olgaa, jetzt erklärst du mir erst mal deine Tränen! Hier ist auch eine Bank, die ist genauso schön wie unsre.

Sie setzten sich und Freed hielt Olgaa ein Taschentuch hin.
Olgaa: Ich leide.
Freed: Ja woran denn?
Olgaa: An der Natur.
Freed: An der Natur? So was hab ich ja noch nie gehört.
Olgaa: Na ja, an der Natur! Sie berauscht so!
Freed: Wie, sie berauscht so?
Olgaa: Sie ist so überwältigend! So üppig! So reich! Ich kann diese Pracht gar nicht aushalten!
Freed: Olgaa, meinst du nicht, dass du übertreibst? Andere freuen sich an dem Reichtum!
Olgaa: Aber das Blütenmeer, Freed! Ich werde wahnsinnig! Diese unzähligen, wunderschönen Blüten! Hast du ihren Duft eingesogen?
Freed: Nun ja, das passiert doch ganz von selbst, wenn ich an einem blühenden Baum oder Strauch vorbeigehe.
Olgaa: Ja und? Hast du nichts gespürt? Fühltest du dich nicht wie betäubt?
Freed: Nein, Gott sei Dank nicht.
Olgaa: Ich habe das Gefühl, ich vergehe, Freed. Der Duft betört mich. Die Natur feiert eine Orgie!
Freed ( geht mit seinem Oberkörper zurück und schaut Olgaa erstaunt an ): Hast du dich deswegen ins Gebüsch zurückgezogen?
Olgaa: Ja, weil ich Angst habe, weil sie mich verzaubert mit ihrer Schönheit und ihrem Duft. Ich verliere meine Fassung. Ich weiß nicht mehr, wer ich bin!
Freed: Na, du bist ein Mensch, Olgaa.
Olgaa: Die Natur ist nicht nur schön und duftend, sie ist auch gewaltig, Freed!
Freed: Was willst du damit sagen?
Olgaa: Naja, dass sie auch furchterregend ist, besonders wenn der Wind kommt und anfängt, die Kronen der Bäume zu wiegen, erst langsam, behutsam, bedächtig, du gehst mit wie mit einer sanften Melodie, aber dann wird er heftig und schüttelt und rüttelt die Bäume, so dass sie um ihr Leben bangen müssen. Entwurzelt liegen sie da frühmorgens wenn

das Licht angeht.

Freed: Dann ist es also eher der Sturm, der dir Angst macht, Olgaa?

Olgaa: Auch Freed, auch. Vielleicht ist es vor allem das Üppige, das, was zu viel ist, ob es sich nun um Wind, Wasser oder die grüne Natur handelt.

Freed: Es ist mal so und mal so, Olgaa. Im Winter sind die Bäume kahl und es gibt keine blühenden Büsche, die einen Duft ausströmen. Abgesehen davon kannst du im häuslichen Rahmen alles wegschneiden, was dich bedroht. Du beschneidest die Bäume, du schneidest die Hecke, du mähst den Rasen, usw.

Olgaa: Vielleicht schneiden deshalb die Leute so viel an ihrem Grün herum, stutzen es geradezu, weil sie auch Angst vor der Natur haben. Du kennst doch bestimmt auch diese abrasierten Rasenflächen? Wie ein Kurzhaarschnitt sehen sie aus, über den man Kontrolle hat, aber fliegendes langes Haar, oh weh!

Freed: Heutzutage ist das doch gar nicht mehr so, Olgaa!

Olgaa: Weil die wenigsten noch lange Haare tragen.

Freed: Lassen wir die Haare, ich finde kurze Haare auch anständiger, Olgaa!

Olgaa: Siehst du, da haben wir's! Du bist der Typ eines Spießbürgers!

Freed: Also Olgaa, wenn du meine Tochter wärst, würd ich dir jetzt eine Ohrfeige geben!

Olgaa ( entsetzt ): Warum das denn?!

Freed: Weil du mich beleidigt hast!

Olgaa: Und du bestimmst über Anständigkeit und Unanständigkeit deiner Mitmenschen!

Freed: Olga, ich habe es nicht nötig, mit dir darüber zu streiten. Wir können von mir aus geschiedene Leute sein.

Olgaa: Nicht so heftig, Freed! Wir können ja auch aufhören darüber zu reden. Ich finde nur, man sollte Leute nicht beleidigen, weil sie lange Haare tragen.

Freed: Ich sage nichts mehr. Ich sage nur, es kommt immer drauf an.

Olgaa: Ich sage auch nichts mehr. Ich sage nur, man soll die Leute in Ruhe lassen.
Freed und Olgaa schwiegen.

Olgaa (spricht den Namen langgezogen aus): Freeed?
Freed: Na was ist denn jetzt Olgaa?
Olgaa: Ich habe mit der Natur noch andere Probleme.
Freed: Und welche?
Olgaa: Ich schäme mich!
Freed (sieht sie fragend an): Wie du schämst dich?
Olgaa: Ja, gegenüber der Natur! Ich fühle mich minderwertig ihr gegenüber!
Freed (überrascht): Du erstaunst mich ‚Olgaa! Normalerweise ist es so, das wir Menschen uns der Natur gegenüber überlegen fühlen!
Olgaa: Bei mir ist es umgekehrt, Freed. Sie lacht über mich, darüber, das ich nackt bin!
Freed: Du brauchst nicht nackt zu sein! Du kannst dir etwas anziehen!
Olgaa: Aber sie entblößt mich, sie sieht durch meine Kleidung hindurch auf meine nackte Haut und lacht laut auf!
Freed: Warum?
Olgaa: Weil ich lächerlich bin!
Freed: I wo!
Olgaa: Doch, Freed, ich bin lächerlich nackt und sie hat etwas zum Anziehen, aber ich muss mir mein Zeug kaufen oder selber nähen. Sie wächst mit einem Kleid auf.
Freed (schüttelt den Kopf): Was du dir für Gedanken machst!
Olgaa: Außerdem ist sie gelassen und gleichmütig während ich oft ausraste, auch darüber lacht sie lauthals, dass ich mich aus der Ruhe bringen lasse.
Freed: Lacht sie denn lauter als du, Olgaa? .
Olgaa: Nimm mich nicht auf den Arm, Freed! Das kann ich jetzt nicht vertragen.
Freed: Ja, Spaß beiseite.
Olgaa: Verstehst du, sie ist so anspruchslos, hadert mit

nichts, ist einfach da, ergibt sich den Jahreszeiten., während ich mit vielen in Widerspruch gerate und mir oft ein neues Kleid wünsche!

Freed: Naja, Ansprüche hat sie auch. Sie will begossen werden, sie will Licht. Ich glaube, du musst mehr Nachsicht mit dir haben. Du bist schließlich jung. Das ist normal, wenn du dich aufregst, allerdings nicht zu viel, das stimmt. Und dass du neue Kleider willst, ist doch nicht beunruhigend, das wollen alle deine Altersgenossinnen, jede will immer die Schönste sein. Und selbst später ist das noch so. Ich glaube, das hört nie auf.

Olgaa: Aber der Baum ist zufrieden, dass er ist, sein Leben besteht darin, dass er ist, fortwährend ist er.

Freed: Ein Baum ist ein Baum.

Olgaa: Ich frage mich, ob ich bin!

Freed: Natürlich bist du, Olgaa! Das bedarf doch gar keiner Frage! Soll ich dich mal in den Arm kneifen?

Olgaa: Ich meine gar nicht so sehr mein physisches Dasein, sondern ob ich lebe?

Freed: Wenn du jetzt philosophisch wirst, Olgaa, dann musst du allein weitermachen

Olgaa (überhört Freeds Bemerkung): Ich meine, ob ich lebendig bin?

Freed: Und ob!

Olgaa: Aus deiner Sicht.

Freed: Olgaa, ich finde du bist zu anspruchsvoll!

Olgaa: Das hast du mir schon mal gesagt, Freed.

Freed: Dann muss ich es dir noch einmal sagen, Olgaa, schließlich hatte ich eine leitende Funktion und in dieser will ich dich belehren, weil ich es besser weiß als du!

Olgaa: Ach nee!

Freed: Nicht ach nee! sondern ach ja!

Olgaa: Was bildest du dir bloß ein?!

Freed: Ich bilde mir gar nichts ein! Du bist es, die Einbildungen hat im Leben! Aber das Leben ist nun mal das, was es ist, nicht mehr und nicht weniger, nicht größer und nicht kleiner.

Olgaa ( zitiert Freed): „Wenn du jetzt philosophisch wirst, Freed, musst du allein weitermachen!"

Freed: Schon gut, aber im Ernst, Olgaa, du musst dich damit abfinden, dass wir unvollkommen sind! im Vergleich zur Natur, wenn du so willst.

Olgaa: Aber es verlangen immer alle, das ich vollkommen bin, also scheint es den vollkommenen Menschen doch zu geben!

Freed (schüttelt den Kopf): Das kann nicht sein, Olgaa, sie verlangen nicht, das du vollkommen bist, sondern dass du so bist, wie sie es gerne hätten!

Olgaa (überlegend und nach einem Moment des Schweigens): So könnte es sein, da habe ich wohl was verwechselt! Danke, Freed, ich glaube, ich bin einen Schritt weiter gekommen. Denn wenn ich es so sehe, habe ich die Wahl, ob ich ihrem Druck nachgebe und mich nach ihnen richte oder ob ich mich nach mir richte.

Freed: Ja, die Entscheidung liegt bei dir. Aber du brauchst dich nicht zu bedanken, Olgaa.

Sie schwiegen.


Freed schlüpfte in den Damenschuh, der ihm gar nicht passte. Olgaa lachte.

Olgaa: Wo hast du denn den her?

Freed: Ach, er baumelte bei der Besucherin von Pauliene an der Hand. Ihr Hund hat den ausgegraben. Ich sah wie er ihn im Maul hatte.

Olgaa: Warum sammelst du diese Fundstücke, Freed?

Freed: Ach, nur so.

Olgaa: Ach nur so?

Freed: Genau!

Olgaa: Na gut!

Kleine Pause.


Olgaa: Übrigens war ich am Wochenende zu Hause bei den Schafen. Ich liebe sie so! Ich hab mir überlegt, auch ein Schaf zu werden.

Freed: Bist du verrückt, Olgaa?
Olgaa: Naja, ich weiß nicht. Jedenfalls will ich mir ein Schafskostüm nähen und mich zu ihnen legen. Mal sehen, ob sie mich als Schaf annehmen. Vielleicht kann ich mich mit ihnen verständigen und dir was erzählen, Freed. Du könntest uns filmen!
Freed: Nee, das lass ich man lieber bleiben, Olgaa. Du hast Ideen!
Olgaa: Schade!
Freed: Naja, warum eigentlich nicht? Was ist schon dabei! Solange ich nicht selbst zum Schaf werde!
Olgaa: Also abgemacht?!
Freed: Abgemacht!
Olgaa holte tief Luft.

Freed: Abgesehen von den Schafen, wie war es denn mit deinen Eltern?
Olgaa: Im Vergleich zu früher schon ein bisschen besser. Sie wollen mich aber immer noch nicht mitnehmen.
Kleine Pause.
Olgaa (fährt fort): Früher wollte ich meine Zimmertür mit der Flurtapete zutapezieren. Meine Eltern hätten gar nicht bemerkt, dass es mein Zimmer und mich nicht mehr gegeben hätte.
Freed: Wieso meinst du, sie hätten das nicht bemerkt?
Olgaa: Weil sie mich nie wahrgenommen haben!
Freed: Warum das denn?
Olgaa: Sie hatten so viel zu tun.
Sie schwiegen. Bei Olgaa kullerten nun doch wieder Tränen. Sie lehnte sich an Freeds Schulter, der sie besänftigend streichelte bis ihre Tränen versiegten.
Olgaa machte sich aus der Umarmung frei und sagte: Danke!
Freed: Du brauchst dich doch nicht bedanken, Olgaa!
Olgaa: Doch!
Sie standen beide von der Bank auf, Freed lächelte leicht kopfschüttelnd und fasste Olgaas Hand. So gingen sie auf

das Haus zu.

Olgaa (unverhofft fragend): Glaubst du an Gott, Freed?
Freed: Doch, ja.
Olgaa: Manchmal denke ich, Gott hat mich vergessen oder er liebt mich nicht.
Freed: Wahrscheinlich denkst du so, wenn es dir schlecht geht?
Olgaa ( nickend ): Ja.
Freed: Die Frage ist meiner Meinung nach, ob du! ihn liebst, Olgaa, ob du ihn überhaupt lieben willst, wenn es dir schlecht geht? Vielleicht liebst du ihn nur in guten Zeiten, wenn du ihn dann nicht sowieso vergisst?
Olgaa: Da hast du schon recht.
Mit dieser Bemerkung Olgaas entschwanden sie ins Haus.

## Die schwarze Limousine

Sie glänzte wie jede Nacht im Schatten der Laterne, die die leere, silbergraue Sitzbank im Inneren beleuchtete. Die Tür öffnete sich in der Tiefe der Nacht, als sie zuschlug stand die schwarze Gestalt mit dem Rücken zur Autotür und ging auf den Eingang in der Mauer zu um dahinter zu verschwinden. Es setzte das nächtliche Gekreische und Stöhnen ein wie wenn die Menschen unter Alpträumen litten. Da tauchte unter all dem Weh und Jammer der Nacht eine zarte Stimme auf, die, wenn man ihr zuhörte, Sonderliches vernehmen ließ. Es war auch eher ein Gesang, der zwischen den Zweigen hervorlugte oder wie es einem vorkam, aus der Erde drang :

Ich hatte einen Schatz
der hat mich umgebracht
Er sagt
er hat mich gern
doch ist mein Tod ein Stern
Der Stern ist gelb

und leuchtet überall
im Schatten der Häuser
in feuchten Kleidern
an Mänteln von übermorgen

Ein Stern
ist genäht auf meiner Haut
und brennt und brennt
damit er untergeht
doch ruft er jede Nacht
so viele Leute wach

Ich hab geträumt heut nacht
ich bin vom Tod erwacht
mein Freund hätt mich nicht umgebracht
er hat mich gern
wir leben beieinand
ganz ohne eine Schand

doch ist das gar nicht wahr
einen gelben Stern hat er mir aufgenäht
während ich die Seine war
und schlief in seliger Ruh
bis mich ein Stiefel weckt
und reißt an meinem Haar
und schleift mich aus dem Bett
das ein gemeinsames war

Ich hatte einen Schatz
der hat mich umgebracht
er sagt
er hat mich gern
doch ist mein Tod ein Stern

Die Stimme schwieg, die Nacht schwieg und die gequälten Seelen schliefen wieder ein oder lagen sich hin- und herwälzend wach bis zum Morgengrauen. Die schwarze

Gestalt öffnete die Wagentür. Schon der Fuß, den sie hineinsetzte, verschwand und das fahle Licht der Laterne warf ihren Schein auf die leeren Sitze. Aber es kehrten in dieser Nacht noch andere in das Auto zurück, die ihm entstiegen waren, Gestalten in schwarzen Uniformen. Es schien, als schleppten sie Menschen aus dem Auto und verschwanden damit im Gelände. Bevor sie wieder einstiegen und ins Unsichtbare verschwanden, klopften sie Erde von ihren schwarzen Uniformen ab. Bis zum frühen Morgen gab die Laterne Licht in das leere Innere der Limousine, dann erlosch es.

### Freed und Olgaa

Olgaa: Was machst du denn hier, Freed?!
Freed: Ja und du, Olgaa, du gehörst doch längst ins Bett!
Olgaa lachte laut, sie prustete und hielt sich dann aber den Mund zu.
Freed (verunsichert): Warum lachst du denn?
Olgaa: Na, weil du mich behandelst wie ein Kind! Ich weiß doch selbst, dass es zwei Uhr nachts ist!
Freed: Ich dachte schon, du lachst mich aus!
Olgaa: Freed! Jetzt seh ich es erst!
Freed (stellt sich nichtsahnend): Was?
Olgaa: Na, dass du dich als Frau verkleidet hast!
Freed (sichtlich verlegen): Äh ja, äh.
Olgaa lachte laut auf.
Freed (unsicher): Jetzt lachst du meinetwegen, nicht wahr?!
Olgaa: Aber nein, Freed, ich find das toll, was dir so einfällt!
Freed (verlegen lächelnd): Naja.
Olgaa: Steht dir gut!
Freed: Du machst dich über mich lustig!
Olgaa: Aber nein! Im Ernst! Steht dir wirklich gut!
Freed (während er an seinem Kleid rumtätschelt): Danke, Olgaa!
Kleines Schweigen.

Olgaa: Machst du das jede Nacht?
Freed: Oft.
Olgaa: Weißt du, warum, Freed?
Freed: Nun, wer möchte nicht mal gern eine Frau sein?!
Olgaa: Bestimmt nicht jeder. Es gibt Männer, die hassen Frauen, alles Weibliche und Weibische.
Freed: Ja, von denen spreche ich nicht.
Olgaa: Hm.
Freed: Man kann in eine ganz andere Welt eintauchen!
Olgaa: Hm.
Freed: Versteht sich das denn nicht von selbst, Olgaa? Du sagst immer Hm, hm.
Olgaa: Ich merke schon auch, dass Frauen anders denken.
Freed: Und Frauen fühlen doch auch anders, Olgaa!
Olgaa: Mein Gott, Freed, du scheinst dich ja bestens auszukennen!
Freed: Ach nein, aber ich bin gefühliger, wenn ich mich als Frau herausgeputzt habe!
Olgaa: Du sprichst ja geradezu begeistert, Freed!
Freed: Naja, es macht mir Spaß!
Olgaa: Und würdest du gern wirklich eine Frau werden wollen?
Freed: Nein, das denn doch nicht! Das wäre mir zu anstrengend. Die nächtliche Spielerei reicht mir vollkommen. So einfach stelle ich es mir auch gar nicht vor, dauernd mit den Gefühlen einer Frau zu leben.
Olgaa: Aber Männer leben doch wohl auch mit Gefühlen?
Freed: Ja sicher, aber sie können sie besser wegpacken, wenn sie sie nicht brauchen können.
Olgaa: Du auch?
Freed: Ich auch!
Olgaa: Aber aggressive Gefühle leben sie eher aus, als dass sie sie wegpacken.
Freed: Da muss ich dir recht geben, obwohl ich ein Mann bin.
Olgaa seufzte.

Freed: Olgaa, um das richtig zu stellen, ich bin auch ganz gerne Mann.
Olgaa: Das kann ich mir vorstellen.
Freed: Wegen der Aggressivität?
Olgaa: Ja.
Freed: Na so schlimm ist es ja auch nicht!
Olgaa: Immerhin! Du wolltest mir beinah eine Ohrfeige geben!
Freed: Aber du hast Glück gehabt, weil du nicht meine Tochter bist!
Olgaa: Schwein!
Freed: Also Olgaa, was soll denn das?!
Olgaa: Naja! Das macht mich eben wütend, dass du ein Schläger bist!
Freed: Aber ich bin doch kein Schläger!
Olgaa: Hast du nun deine Tochter schon geschlagen oder nicht?
Freed: Aber ja, sogar schon meine Frau! Glaubst du etwa, Frauen sind Lämmer?
Olgaa: Schläge sind Schläge!
Freed: Meine Eltern haben mich auch immer geschlagen und es hat mir nicht geschadet, Olgaa!
Olgaa: Natürlich hat es dir geschadet, du weißt es nur nicht!
Freed: Olgaa, wenn man tagtäglich so dicht zusammen ist, passiert das!
Olgaa (schreiend): Das muss aber nicht passieren! Dann muss man was ändern!
Freed: Schrei doch nicht so!
Olgaa: Und ob! Ich kann noch viel lauter schreien!
Sie fing an zu weinen. Dann wendete sie sich ihm zu und prügelte mit ihren Fäusten auf seine Brust ein während sie schrie:
Du Schwein! Du Schwein!
Danach ließ sie von Freed ab, sackte in sich zusammen und rief:
Ich will nicht mehr leben!
Freed: Wieso willst du denn nicht mehr leben, Olgaa? Ich

verstehe ja, dass ich dich enttäuscht habe, aber wieso musst du! dich dann umbringen?

Olgaa begann heftig zu lachen und Freed schaute besorgt drein, weil sie nicht aufhörte.

Freed: Olgaa, du machst mir Angst. Siehst du, jetzt möchte ich dir schon wieder eine Ohrfeige geben, damit du zur Vernunft kommst!

Olgaa (sich beruhigend): Freed, du redest Scheiße!

Freed (leicht aggressiv): Wieso das denn schon wieder?!

Olgaa: Weil du mich nicht anzurühren hast!

Freed: Du bist ein schwieriger Fall, Olgaa.

Olgaa: Ein Fall bin ich auch nicht!

Sie schwiegen eine kurze Weile.

Freed: Willst du dich immer noch umbringen?

Olgaa (provozierend): Das möchtest du wohl?!

Freed: So ein Quatsch, Olgaa, ich sagte dir doch, wenn du von mir enttäuscht bist, brauchst du dich! doch nicht umbringen!

Olgaa: Deswegen habe ich doch so gelacht, weil ich das plötzlich eingesehen habe!

Freed: Ja dann sag das doch! statt mich in Sorge zu lassen.

Olgaa: Eine Sorge, die sich in einer Ohrfeige oder gar mehreren entlädt!

Freed: Nicht wieder von vorne anfangen, Olgaa, lass uns ein anderes Mal weiter darüber reden, aber jetzt ist es genug.

Olgaa: Mir soll es recht sein, ich bin geschafft.

Es entstand eine kleine Pause.

Olgaa: Mir fällt da etwas ein!

Freed: Na?

Olgaa: Vielleicht verkleidest du dich deshalb als Frau und fühlst dich hinein und drückst dich aus wie du glaubst, dass sie seien, weil dir alles zu viel wird.

Freed: Was wird mir zu viel?

Olgaa: Naja, das mit der sogenannten Männlichkeit, der Stärke, der Härte, der Coolness, der logischen Vernunft usw., alles das, was man dem Mann so zuschreibt!

Freed: Hm. Kann schon sein. Jedenfalls fühle ich mich spielerischer, leichter, wenn ich mich als Frau verkleidet habe und mich so benehme.
Olgaa: Aber du weißt, dass das auch nur Klischees sind?!
Freed: Was weiß man?
Olgaa: Ich zum Beispiel, Freed, bin nicht so, wie du die Frau mimst und deine verprügelte Frau fühlt bestimmt nicht nur die Leichtigkeit, von der du sprichst, vielleicht fühlt sie die überhaupt nie.
Freed: Du machst alles kompliziert, Olgaa! Es ist doch nur ein Spiel, ein Verkleidungsspiel, das ich mir gönne!
Olgaa: Versteh einer die Männer!
Freed (seufzt): Versteh einer die Frauen!
Olgaa: Wo ist! eigentlich deine Frau? Nie besucht sie dich! Vielleicht hast du sie umgebracht!
Freed (wütend): Wenn du so weiter machst, Olgaa, gehe ich!
Olgaa: Du willst kneifen?
Freed: Nein, aber warum sollte ich sie denn umgebracht haben?! Deine Phantasie geht mir auf die Nerven!
Olgaa: Man weiß nie, wen man vor sich hat, Freed! Du könntest ein Mörder sein! Ein Unschuldslamm und ein Mörder!
Freed ( steht von der Bank auf, reißt sich wütend die Kleider vom Leib und wirft sie mit Wucht auf den Boden ): Mir reicht´s jetzt, Olgaa!
Olgaa (steht auch auf und legt ihre Hand auf seine Schulter): Beruhige dich, Freed! Ist doch nur ein Spiel!
Freed: Was für ein Spiel!
Olgaa: Setz dich! (Freed setzt sich) Wenn dich das beruhigt, Freed, vielleicht könnte ich auch einen Mord begehen.
Freed: Du?
Olgaa: Denkbar ist es doch! Es kommt auf die Situation an. Vielleicht würde ich es aus Notwehr tun, ich weiß nicht.
Freed: Ich frage mich, Olgaa, was das alles soll, was wir hier reden? Das hat doch nicht Hand und nicht Fuß! Das ist doch so ins Blaue gesagt und entzweit uns überdies.

Olgaa: Du suchst wieder nach einer Logik, nach einer Vernunft! Und zwei sind wir allemal!
Freed: Du bist ganz schön herb, Olgaa. Natürlich sind wir zwei, aber wir müssten nicht entzweit sein! Ich hab dich doch gern, verdammt nochmal!
Olgaa drehte sich zu ihm und schaute ihn mit großen Augen an, dann fing sie an zu lachen.
Freed (gereizt): Was gibt`s da zu lachen?
Olgaa ( aus ihrem Lachen wird ein Lächeln): Nichts, Freed! (sie nimmt seine Hand, blickt verlegen darauf) : Ich dich doch auch, Freed!
Freed legte jetzt seine zweite Hand auf Olgaas, die ja auf auf seiner ersten lag und Olga legte auf diese wiederum ihre zweite. So blieben sie eine Weile schweigend sitzen, während ihre Köpfe einander berührten, Stirn an Stirn waren.

Freed wollte nun aber wissen, was Olgaa in tiefster Nacht in den Park trieb und löste sich aus der Haltung.
Freed: Olgaa, warum bist du so tief in der Nacht nochmal aufgestanden?
Olgaa: Ich suche eine Eingebung, Freed, eine Inspiration!
Freed: Ach ja? Wofür brauchst du die denn?
Olgaa: Hm. Ich weiß nicht, ob ich`s dir sagen soll?
Freed: Warum zweifelst du?
Olgaa: Verrätst du mich auch nicht?
Freed: Bestimm nicht!
Olgaa: Also gut! Ich will fliehen!
Freed: Donnerwetter!, Olgaa, jetzt hast du mich wirklich überrascht.
Olgaa: Das kann ich mir vorstellen!
Freed: Kein schlechter Gedanke! Ich sollte mir das vielleicht auch überlegen.
Wieder lachte Olgaa laut auf, aber sogleich war ihre Hand vor dem Mund.
Freed: Olgaa, das ist doch nicht zum Lachen!
Olgaa: Vielleicht ja doch, Freed! vielleicht ist eine Flucht ja

doch zum Lachen. Ich stelle mir einen Zug der Lachenden vor!
Freed: Ach so meinst du das.
Olgaa: Immer wenn ich der Psychologin sage, dass ich so schnell wie möglich hier weg will, wird sie wütend.
Freed: Hm.
Olgaa: Sie wirft mir dann Undankbarkeit vor und redet mir ins Gewissen, dass ich das noch bereuen würde. Sie sagt, ich würde immer wieder vor einer Mauer stehen bleiben, über die ich nicht käme.
Freed: Jaja, die haben ihre Mechanismen.
Olgaa: Vielleicht wollen noch andere fliehen. Ich werde mich mal darum kümmern.
Freed: Ja, vielleicht kommt der Zug der Lachenden ja noch zustande!
Olgaa (grinst): Und ob!
Dann bückte sich Olgaa und hob die zerrissenen Kleider auf.
Freed (greift ein): Ich mach das schon.
Olgaa ( die Risse betrachtend ): Das kann man wieder zusammennähen!
Freed: Meinst du?
Olgaa: Klar doch!
Beide waren von der Bank aufgestanden. Freed legte das zerrisssene Kleid über seinen Arm. In den anderen hackte sich Olgaa ein. So gingen sie, Freed auf den hohen Pfennigabsätzen etwas schwankend, Seite an Seite auf das Haus mit den dunklen Fenstern zu.

### Sieried

Sieried (deprimiert): Die Stimmung ist nicht mehr dieselbe. Früher waren wir bis zum Morgengrauen online. Gestern hat sie sich um 3 Uhr in der Nacht schon ausgeklickt.
Pauliene ( betroffen über Sierieds Verfassung ): Hm.
Sieried: (traurig): Und weißt du, wo ich sie gestern gefunden hab?
Pauliene: Nein.

Sieried: Zum ersten Mal war sie nicht Punkt 200 Uhr online wie sonst, sie war auch nicht in den üblichen Chaträumen. Also hab ich sie suchen lassen! Es gibt da so ein Fenster „Finden". Stell dir vor, sie war beim Sexchat!!
Pauliene schüttelte überrascht den Kopf.
Sieried: Ich musste meinen richtigen Namen angeben, um da rein zu kommen, hab ich dann auch noch gemacht. Als ich sie fragte: „Was machst du denn hier?" meinte sie, sie sei zufällig hier. Und dann hab ich zugehört, wie sie andere Männer angemacht hat. Wenn du das gehört hättest, Pauliene! Sie hat echt den Respekt verloren! Jetzt ist es ihr egal, was ich denke! Tja, ich bin eben nicht mehr der Typ! Bei ihm hätte sie sich das nicht erlaubt!
Pauliene ( Gedanken verloren ): Mir ist, als hätte ich heute ein Jahrhundert durchschritten, so viel Weite habe ich empfunden.
Sieried (irritiert): Hast du mir überhaupt zugehört, Pauliene?
Pauliene: Ja, natürlich. Sie hat dich geschockt, weil sie beim Sexchat war!
Sieried: Damit kann sie mich nicht schocken!
Sie schwiegen
Sieried (blickt sich um) : Einen schönen Friedhof hat die Klinik!
Pauliene: Ja, find ich auch!
Sieried: Wo ist eigentlich Leeo abgeblieben?
Pauliene: Der gräbt sicher wieder etwas aus!
Sieried rief ihn, aber er ließ sich nicht blicken.
Sieried: Komm, lass uns nachgucken!
Nach längerem Suchen kam Leeo ihnen plötzlich entgegengelaufen. Schon von weitem sahen sie, dass er etwas im Maul trug. Als er schließlich vor ihnen stand, öffnete er sein Maul und auf die Erde fiel ein BH. „Pauliene lachte und sagte: Na, den können wir ja Freed bringen, der wird sich freuen!"
Sieried: Wieso das denn?
Pauliene: Er soll sich gestern Nacht als Frau verkleidet haben.

Sieried (trocken): Vielleicht ist jemand umgebracht worden!
Pauliene (erschrocken ): Wie kommst du denn darauf?
Sieried: Weil Leeo immer wieder Zeug anschleppt und alles Damensachen!
Pauliene: Also ich gucke nicht nach!
Sieried: Aber ich!
Sieried entfernte sich. Für einige Minuten blieb es still. Dann hörte Pauliene einen Aufschrei, sie sah, das Sieried, die angelaufen kam, sich den Mund zuhielt.
Sieried ( zu Pauliene tretend ): Ein Mord!
Pauliene (unsicher): Vielleicht eine ganz normale Friedhofsleiche?!
Sieried: Nein, dann gäbe es ja einen Sarg. Wir müssen die Polizei verständigen.
Pauliene: Ja, das müssen wir wohl.
Sieried ( lächelt zufrieden auf Leeo hinunter und tätschelt ihn ): Ich wusste ja Leeo, du würdest nochmal eine Leiche finden!

**Die Polizei**

Nun, das war eine helle Aufregung. Eine geköpfte Frau, ein Sexualverbrechen in ihren Reihen, darauf hatte sich die Polizei zunächst versteift, einfach weil die Frauenleiche auf ihrem Gebiet vergraben war. Andererseits war die tote Frau keine Insassin gewesen und konnte hierher verschleppt worden sein. Also dehnten sich die Ermittlungen auch über das Klinikgebiet hinaus aus. Trotzdem verdächtigten sich die Insassen bald gegenseitig und verwirrten damit die Polizei, die zudem nicht selten hinters Licht geführt wurde. Die Ermittlungen wurden intensiv betrieben, kamen aber nicht voran. Die geplante Flucht verzögerte sich deshalb um mehrere Wochen. Der Täter bzw. die Täterin war immer noch nicht gefasst, aber das kümmerte die angehenden Flüchtlinge nun nicht mehr. Sie machten ihre Sache dingfest und waren eines Tages allesamt verschwunden. Die Polizei reagierte abermals irritiert, denn sie hatte Fluchtvorhaben der Insassen leichtgläubigerweise ausgeschlossen. Die

Ermittlungen belastete das einerseits, weil die Personen nun verstreut waren, andererseits wurden die Recherchen jetzt durch das persönliche Umfeld der Einzelnen bereichert, das weitere zweckdienliche Hinweise lieferte.

## Paulienes Brief an Sieried

Nach mehreren Wochen erhielt Sieried von Pauliene einen Brief, in dem sie ihr die Einzelheiten der Flucht schilderte. Unter anderem schrieb sie:
Die Sonne stieg höher und die Tage wurden schläfrig, aber dahinter verbarg sich eine fieberhafte Aktivität, die Flucht rückte näher. Dann war es soweit. An einem heißen Sommermorgen, als die Ärzte aufwachten und ihre Visiten machen wollten, waren wir alle verschwunden. Wie uns ein Nachzügler berichtete, liefen die Ärzte in den Park hinaus, warfen ihre Arme gen Himmel und riefen : „Wir sind frei! Wir sind frei!"
Sieried ließ den Brief sinken, sie stellte sich schmunzelnd die Szene vor. Dann holte sie sich ein Glas Wasser und las weiter. Pauliene schrieb, dass sie sich auf der Flucht mit dem König nähe rgekommen sei, so nah, dass sie jetzt in Frankfurt zusamme nwohnten.
Pauliene! rief Sieried laut und staunend aus, so, als wäre sie anwesend.
Den Ort hätten sie wegen der Börse gewählt, las Sieried weiter.
Naja, klar! kommentierte Sieried.
Weiter las sie, dass der König ihre gemeinsame Dachwohnung, wie schon in der Klinik sein Dachzimmer, selten verlasse. Auch der Brokatmantel, den er nach wie vor trüge, tue dem Gemeinschaftsleben nicht weh und seine Selbstgespräche vor dem Spiegel erheiterten sie und seien durchaus spannend. Er verfüge auch über einige Perücken und verschiedene camouflages, die noch mehr Überzeugung in die Unterhaltungen vor dem Spiegel einbrächten. Besonders nachhaltig beeindruckend sei eine dichte,

schwarze, langhaarige Perücke, die ihm zu Gesicht stünde und es ausdrucksvoll hervorbrächte. Für ihre Börsenberichte habe sie in ihm einen ausdauernden Zuhörer gefunden. Er habe ihr sogar die Verwaltung seines Geldes anvertraut und schaue ihr beim online banking manchmal über die Schulter. Sie habe vor, mit einem Teil des Geldes an die Börse zu gehen.

Was findet sie bloß an dem verrückten Kerl?, dachte Sieried und nahm einen Schluck Wasser, dann wandte sie sich wieder dem Brief zu.
Bei all dem, schrieb Pauliene, fehle die Leidenschaft nicht!
Oho! fiel Sieried laut in den Brief ein.
Das möchte sie doch betonen, schrieb Pauliene weiter, ja, sie sei ganz und gar verliebt in diese Person und erfreue sich der Gegenliebe!
Sieried legte den Brief auf den Tisch und trank das Glas Wasser leer. Sie ging zum Schallplattenapparat und legte eine Lieblingsplatte auf. Auf dem Sofa lauschte sie der Musik. Als die erste Seite zu Ende war, nahm sie den Brief wieder zur Hand.
Du erinnerst dich doch an Olgaa, schrieb Pauliene, von ihr weiß ich, das ihre Eltern sich jetzt mehr Zeit für sie nehmen. Sie hätte mit ihren Eltern im Wald getanzt, der Vater etwas abseits, aber auch er! Sie hätten einen Kassettenrecorder dabei gehabt und Wein. Die Musik, naja, die sei schon albern gewesen. Sie wundere sich über Olgaa, sie selbst würde das nicht ertragen. Aber Olgaa habe geradezu ein unstillbares Verlangen nach ihren Eltern. Bis Oktober könne sie das noch befriedigen, dann beginne ihre Kunsthochschule. Sie habe mit Freed doch tatsächlich diesen Schafsfilm gedreht! und würde sich ab und an mit ihm sehen. Er lebe wieder mit seiner Mausi zusammen und sei wie ehedem das Oberhaupt seiner Familie. Olgaa hänge an ihm, ob das gut sei, wüsste sie nicht zu sagen.
Sieried legte den Brief abermals aus der Hand und holte sich ein zweites Glas Wasser. Pauliene und Olgaa, dachte sie, scheinen mehr Kontakt gehabt zu haben, als ich dachte.

Nachdem sie das Glas Wasser in einem Zug leer getrunken hatte, las sie den Schluss des Briefes, in dem Pauliene sie nach Frankfurt einlud und schrieb, dass auch der König sie erwarte.
Sieried lachte und sagte laut: Ich kann mir nicht vorstellen, dass das gut geht! Wir drei in einer Dachwohnung! Und überhaupt Leeo wäre ja auch mit von der Partie!

### Sierieds Brief an Pauliene

Als erstes fragte sie Pauliene in ihrem Brief, warum sie als Börsianerin immer noch keine Email-Adresse hätte.
Du wirst dich wundern! dachte Pauliene lächelnd, als sie die Frage las, richte ich mir doch gerade ein!
Dann schrieb Sieried ihr, dass sie noch eine Weile versucht habe, die Frau, mit der sie immer gechattet hatte, für sich zu gewinnen, aber sie sei immer unzuverlässiger geworden, da habe sie dann Schluss gemacht.
Pauliene seufzte und ein halblautes: Arme Sieried! entfuhr ihr, worüber sie erschrak. Gut, dass Sieried das nicht hörte, sie würde sicher stürmisch dagegen anreden.
Sieried schrieb weiter, dass in ihrem Viertel Rechte aufmaschieren wollten und ob sie nicht auch zur Gegendemo kommen wolle?
Pauliene biss sich auf die Zähne. Sie erinnerte sich an eine Radiomeldung nach den letzten Kämpfen, da hieß es, dass eine Frau mehrere Stunden auf der Polizeistation festgehalten worden sei. Sie hätte sich nackt ausziehen müssen, sei bespuckt worden und sexuell gedemütigt.
Pauliene bekam starkes Herzklopfen, ihr wurde leicht schwindelig, so dass sie sich für einen Moment an der Tischkante festhielt. Nein, sie würde sich nicht vermummen können. Sie schämte sich ihrer Schwäche Sieried gegenüber, die sie verachten würde. Sieried kämpfte für ihr Viertel.
Sie schaute wieder auf die Briefzeilen. Es stand nicht mehr viel zu lesen, nur dass sie die Einladung nach Frankfurt annehme, vorausgesetzt Leeo dürfe mitkommen.

Klar darf Leeo mitkommen! murmelte Pauliene und sah in die Ferne, in der sie nichts Bestimmtes wahrnahm. Aber sie hörte eine ferne Stimme:

und sagt
ich liebe dich
und sagt
ich bringe dich heut noch um

ich habe nicht gelacht
du hast mich umgebracht

Neeeiiin! schrie Pauliene plötzlich.
Der König kam aus dem Nebenzimmer gelaufen: Was ist, Paulienchen?!
Pauliene: Das war ein Gespenst, mein König, ich glaubte, jemand stach mich.
Der König: Ja, so ergeht es Leuten wie uns.
Er hatte sich neben sie gesetzt und hielt tröstend seinen Arm um Pauliene.

## Olgaa

Ja und dann erschütterte eine Meldung die verstreuten Insassen, aber Olgaa traf sie doch am meisten. Der Täter war überführt worden und sein Foto war in der Zeitung abgebildet.
„Freed, du Schwein!" schrie Olgaa,
sie fing an zu weinen und schlug mit ihren Fäusten auf das Foto und den Zeitungstext auf dem Tisch, an dem sie saß, ein. Tottraurig, wütend und unsäglich enttäuscht zerriss sie den Zeitungsartikel und Freeds Abbildung.
„Ich bringe mich um!" schluchzte sie.
Aber dann erinnerte sie sich an Freed, der ihr mal gesagt hatte:
„Wenn du von mir enttäuscht bist, dann brauchst du! dich doch nicht umbringen!"
Sie trocknete ihre Tränen, nahm die Zeitungsschnipsel und

setzte sie wieder zusammen, sie holte sogar Klebe, um die Zeitungsseite sorgfältig wieder herzustellen. Unwillkürlich fiel ihr das von Freed zerrissene Kleid ein.
„Das kann man wieder zusammennähen!" hatte sie gesagt und er hatte erwidert: „Meinst du?"
„Ja!" hatte sie geantwortet.
Sie war mit der Wiederherstellung fertig, betrachtete das geflickte Bild und seufzte tief.
Doch wieder wurde sie von Wut und Enttäuschung, ja Verzweiflung ergriffen. Sie zerriss erneut die Zeitung und rief:
„Du Schein! Du Schwein! Ich will mit dir nie wieder etwas zu tun haben!"
Sie legte ihren Kopf auf den Tisch, auf dem die Zeitungsschnipsel verstreut waren, heulte und heulte bis es Abend war und sie im Dunkeln kein Foto und keinen Text mehr erkannte. Das Licht schaltete sie nicht ein. Sie atmete schwer, stand mühselig auf, um sich zu ihrem Bett zu bewegen.
Weder wusch sie sich noch zog sie sich aus, sie legte sich mit Kleidern hinein und schlief sogleich ein.
Sie träumte, dass sie Freed im Gefängnis besuchte, die Gitterstäbe des Fensters mit einer Eisensäge durchbrach, dass sie beide flohen und das Grab der Leiche aufsuchten, den Sarg ausgruben, ihn öffneten, dass die Frau lebendig in voller Pracht und Schönheit heraustrat und Olgaa und Freed stolz, selbstsicher und weise anlächelte.
Wenn es doch so wäre! dachte Olgaa, als sie die Augen aufschlug.
Dann fiel ihr ein, dass Freed ihr mal erzählt hatte, dass er sich nur Filme ansehe, die ein Happy End hätten wie z.B. Micki Mouse Filme. Brauchte sie auch ein Happy End und hatte deshalb diesen Traum?
Sie erinnerte sich auch, dass sie ihn einmal lesend auf ihrer Bank, mit der Flasche unter der Bank, angetroffen hatte, vertieft in ein Micki Maus Heft.
Der Familienlärm drang an Olgaas Ohren, aber ein Geräusch

wurde beherrschend:Das Knattern eines Motorrades. Sitzt er schon wieder auf dem Ding?, dachte Olga. Sie stand auf und ging zum Fenster. Sie blickte in den Hof hinunter und sah ihren Bruder wie einen kleinen Jungen Brum Brum machen. Schon gestern hatte er stundenlang auf dem Ding gesessen. Es war noch nicht angemeldet, deshalb blieb er damit die ganze Zeit auf ein und demselben Fleck stehen. Schon gestern musste sie seine neue Maschine bewundern. Ihr Bruder wusste, dass er sie mit dem dröhnenden Geräusch wecken würde und schaute zu ihrem Zimmerfenster hoch. Er winkte ihr zu, dass sie herunterkommen sollte. Olga seufzte. Sie war keine Spielverderberin. Also öffnete sie das Fenster und rief hinunter: „Ja, ich komme gleich!"
Nachdem Olgaa dem Motorrad ihres Bruders Beachtung gezollt und die gestrige Bewunderung wieder an den Tag gelegt hatte, wollte der Bruder, dass sie aufstieg. Auch das noch! dachte sie. Nun saß sie also hinter ihrem Bruder auf dem Rücksitz und er machte Brum Brum. So verstrichen einige Minuten. Wie lächerlich! dachte sie und kaum hatte sie das gedacht, spürte sie wie das Lachen in ihr hochkroch, dann platzte es aus ihr in voller Lautstärke heraus und hörte nicht mehr auf. Das wurde ihrem knatternden Bruder zu viel. Er stellte seine Maschine ab und drehte sich zu ihr um. „Was soll denn das!" sagte er unwirsch. Aber Olgaa konnte sich vor Lachen nicht halten, da rief er: „Hör endlich auf zu lachen, verdammt!" Doch Olgaa unterbrach ihr Lachen nur, wenn sie Atem schöpfte, überdies war sie inzwischen abgestiegen und lief lachend auf die Wiesen und Felder hinaus. Ihr Bruder schüttelte den Kopf und murmelte: „Was für eine blöde Ziege! Man müsste sie wieder einliefern lassen!" Olgaa ließ ihrem Lachen und ihrem Bewegungsdrang freien Lauf. Seltsamerweise wurde ihr Lachen mit der Entfernung nicht leiser, sondern es blieb laut und herausfordernd, auch als man sie längst nicht mehr sah.

**Das Osterfeuer**
In 15 Szenen


Die Szene ist schummrig. Angedunkeltes Licht. Gezeigt wird die Dunkelheit. „Entre chien et loup". Etwa 19.30 Uhr abends. Alles ist angedunkelt in dieser Szene. In dieser Dunkelheit entre chien et loup, in diesem Schlummer liegt die Szene. Man sieht die schwarze Frau, bzw. sie hat einen schwarzen Mantel an, von hinten, man verfolgt sie von hinten, ihren Weg, man geht mit ihr ihren Weg, ihren Weg. Die dunkle Frau und der dunkle Weg sind gesäumt von hohem, dunklen Buschwerk. Aus dem Buschwerk, hinter dem Buschwerk, aus der Ferne hinter dem Buschwerk klingt ein fernes Hundegebell, ein dunkles Hundegeheul. Sie bleibt stehen bis es verklingt.

Ebenfalls eine angedunkelte Szene, Dünkel. Eine blitzschnelle Szene, eine blitzschnelle Agitation, eine blitzschnelle Agitation, in einem kleinen Park, in dessen Mitte ein kleiner Teich ist, Wasser: Eine Frau wirft blitzschnell ihr Baby, Neugeborenes, ins Wasser, in den Teich, während sie läuft.

Szene unten an der Elbe, Kühlhaus, die Häuser dort haben ein neues Trottoir bekommen, darauf gehen Tausende bzw. Massen von Ostervolk, alle hinter einander in dieselbe Richtung, Richtung Strand, Richtung Osterfeuer. Dasselbe sieht man nicht, sondern nur das bunte Ostervolk in eine Richtung wandernd auf dem neuen Trottoir. Rechts von ihnen die Häuser, links von ihnen die Straße, links von der Straße in umgekehrter Richtung sieht man die schwarze Frau gehen. In dieser Szene könnte die Kamera zunächst mit den Massen gehen und dann mit ihr. Aber ich würde sagen, die Kamera fängt gleich den Rückweg ein, geht mit der Frau zurück bzw. in einigem Abstand hinter der Frau und natürlich die entgegenkommenden Massen im Blick der Kamera, in der Kamera auch.

Sie steht im Stehcafé hinter der Fensterscheibe, blickt auf die Kreuzung, sieht aber das Meer, die Kamera fängt also nicht die Kreuzung ein, sondern das Meer, es schlägt in wogenden Wellen an die Hauswand, Mauer.

Auf dem Rückweg zum Haus, hinter ihr auf dem Trottoir die Absätze, die im Gehirn klacken. Man sieht nicht den Absätzler oder die Absätzlerin, sondern man hört nur ihr Klacken im Gehirn.

Sie biegt in den Hauseingang ein und biegt damit in einen schreienden Lärm der Kinder ein, die sich im Hauseingang aufhalten, befinden. Sie entflieht diesen schreienden Fratzen, spielenden Kindern, nach oben in die Wohnung.

Sie öffnet den Kühlschrank, er ist voller Kleinsttiere oder es ist ein einziges, großes Tier. Im Schlafzimmer auf dem Bett sitzt es auch. Auf ihrem Schreibtisch sitzen Kleinsttiere oder es ist wieder dieses ein und dasselbe große Tier, das sie direkt mit großen Augen anblickt.

In der Wohnung setzt sie sich an den Schreibtisch, der voller Papiere ist, bedeckt das Gesicht mit den Händen, die Ellenbogen auf dem Schreibtisch. Sekundenlang währt diese Szene, bis das plötzlich einsetzende Hundegebell aus der Wohnung über ihr in sie dringt und sie zum Fliehen veranlasst, zur Wohnungsflucht.

Sie verlässt die Wohnung fluchtartig, geht in den Park, der in der Nähe liegt. Das Konzert der Vögel, Singvögel, Spatzen wird bedrohlich in irem Kopf, bedroht sie, als sie sich nahe am Wasser hingesetzt hat.

Sie legt sich hin, dort hin, und schließt die Augen, der Verkehr der Straße, die an den Park grenzt, wird mächtig in ihren Ohren.

Sie setzt sich wieder, richtet sich wieder auf und dreht sich sitzend zu dem Gehweg hinter sich um, sie sieht eine Frau und einen Mann, 50 Jahre, um die 50 Jahre, sie haben etwa 50 Jahre, Schweineschnauzen, behaarte, riesige Ohren, winzige Augen, die wenig geöffnet sind und Hüte tragen sie, weiße, und weiße Synthetikmäntel, sie sind in weiße Synthetikmäntel gekleidet, um ihren Hals befindet sich eine weiße steife Papierkrempe

Sie blickt wieder auf das Wasser, hat sich wieder umgedreht, in ihr Ohr dringt Beethoven Musik aus einem geöffnetem Fenster der anliegenden Häuser, die Musik schwillt an zusammen mit einem aufdringlichen Hundegebell. In ihrem Kopf.

Sie steht schnell auf, fängt an zu laufen, die Szene verdunkelt sich. Es ist Abend, Abenddämmerung, entre chien et loup, während sie läuft, sieht sie im Gebüsch, schwenkt die Kamera ins Gebüsch, den Anblick eines toten Mädchens und ihren Mörder, der die Nylonschnur um den Hals zuzieht. Ihr Leib ist teilweise entblößt, er selbst. Die Kamera fängt das Bild, dieses Bild ein, es ist ein Blickfang, der Zuschauer, der Betrachter des Films sieht dieses Bild einen Moment und nicht länger. Es wird ihm entzogen, er kann seine Augen nicht dran weiden.

Man sieht die Frau einen Blick aus dem Fenster einem der höheren Stockwerke auf die Straße werfen. Sie sieht einen Ausschnitt der Ostermarschdemonstration, die Kamera fängt die Demonstration nur von oben aus der Wohnung ein, nicht etwa geht sie nah ran. Nur einige Sekunden sieht die Frau auf den Demonstrationszug, dann geht sie vom Fenster zurück und die Szene blendet ab

Auf der Leinwand das brennende Osterfeuer an der Elbe. Oben an der Spitze des Feuers hängt die Teufelsmaske, ist die Teufelsmaske angebracht, baumelt die Teufelsmaske. Ein Kind ruft: „Der Teufel wird verbrannt!" Die schwarze Frau steht in der Menge nahe am Feuer und sieht hinauf zur Teufelsmaske. Dann geht sie mehrere Schritte zurück, stellt sich auf die Steine, die zwischen Elbe, dem Wasser und dem Sandstrand liegen, während sie immer noch zum Feuer blickt und hinauf zur Teufelsmaske, hört sie vor sich das Knistern des Feuers und hinter sich das Meer, die heran strömenden Wellen, das Plätschern des Wassers, die Wellen, das Meer.

Die Szene befindet sich auf der sich bergan ausbreitenden Wiese, dunkel, auf der grünen Wiese liegt Dunkelheit, Dünkel, Lüsternheit, nackte Lüsternheit zwischen den Büschen, den Gerippen, Ästen, Zweigen. Auf der Wiese, die bergan liegt, allein die Frau im schwarzen Mantel. Während die Kamera zunächst noch bei ihr ist, geht die Kamera immer mehr zurück, rückwärts zurück, während die Frau den Berg, Hügel hinauf geht, allein auf der weiten Wiese geht die Kamera rückwärts den Bergabhang hinunter, zieht sich zurück. Die Wiese wird links von einem Pfad, Gehweg begrenzt, auf dem die Massen, viele jüngere Leute mit Weinflaschen unter den Armen den Abhang hinunter gehen auf dem Gehweg, merkwürdig, keiner von ihnen, die zum Osterfeuer wollen hinunter an die Elbe, zum Strand, geht über die Wiese.

**Die Trutzburg**

Herbst im fortgeschrittenem Stadium. Der Blätterverfall stimmt melancholisch. Der Farbverlust ist bald vollendet. Das Gelb ist stellenweise noch mal aufgedunsen, das Rot schon vernichtet. Kastanien aufgelesen und den Rest im verwelkten Blätterhaufen finden. Eicheln liegen verstreut herum. Dieses Ende, das man mit verfolgen muss. Man muss sehen wie die Blätter in die Erde hineinfaulen.
Ein aufgewühlter Körper, der sich von Lust durchzogen hin und herwirft, streckt, anhält ja, der Körper streckt sich und berstet sich auf in jäher Lust und fällt in die Erde zurück und sucht das Dunkel, das ihn beherbergt, schnell einhüllt wie ein Badehandtuch nach dem Bad.
Sein Vater hat ihn geschlagen, später hat er zurück geschlagen und ist danach von zu Hause fort, da war er 15 Jahre. Der Eintritt in das Schlafzimmer seines Vaters war verboten, er durfte es nie sehen. Der Vater hat ihm die Schulbildung einer weiterführenden Schule verweigert.
Norbert hat dann stattdessen große Autos gefahren, wahnsinnig viel Geld verdient, früh geheiratet.
Für den Vater, der schon lange nicht mehr mit der Mutter zusammen lebt, empfindet er Gleichgültigkeit und vielleicht Mitleid. Mit der Mutter, die die Demütigungen gebilligt habe, habe er sich versöhnt, sie habe Depressionen und er bringe ihr die Medikamente. Wenn sie ihn anrufe, was er an der Nummer sehen könne, nimmt er stets ab. Er stellt sich fürsorglich dar und auch dass er derjenige ist, der in der Familie etwas regelt, wenn es nötig ist.
Ich bin zum ersten Mal im Volkspark. Ich sagte, in den Volkspark oder an die Elbe oder so, jedenfalls sich draußen an dem sonnigen, warmen Herbsttag erfreuen. Wir laufen einen großen Umweg, denn es werden Wege erneuert und sind gesperrt. Aber als wir einmal drin sind, ist es schön, wir landen auf einer Anhöhe mit einem Plateau, dass wie ein angelegter, englischer Garten aussieht. Die Sonne wirft ihr

Licht auf die Rosen und alle anderen Sträucher und Wege. Wir setzen uns in ein überdachtes Rondell, in das aber wie durch ein Fenster die Sonne herein bricht. Später gehen wir in dem Garten herum und setzen uns noch einmal auf eine andere Bank. Als sein Handy klingelt und er abnimmt, steht er schnell auf und geht von mir einige Meter weg.

Er sagt, wenn ich mich in einem System einrichte und auch die Systeme der andere anerkenne zum Beispiel das System meiner Mutter, dass ich dann mit meinem Leben abgeschlossen hätte, das sei suizidal. Es müsste wieder eine direkte Sprache geben, in dem gesagt wird, was ist und was nicht ist. Er sprach auch von Petra Kelly, die Bastian fragte, wie er ihr Kleid fände und dieser habe im Film gesagt, da könne er nichts zu sagen. Norbert sah darin, dass Petra allein gelassen wurde.

Vielleicht können wir mal wieder spazieren gehen, sagte ich. Er schreibt auch, vielleicht schreibt er sich jetzt wie ich etwas von der Seele.

Vielleicht gibt man das Leben auf, wenn man keine Aufmerksamkeit mehr beansprucht. Tut man es, so ist das der erste Schritt zur Auseinandersetzung,

Norbert bringt das Beispiel von einem Ehepaar, das ein Kind verloren hat und nach zwanzig Jahren immer noch das Kinderzimmer so wie es einmal war und überhaupt gelassen hat. Er meint, dass sie die Realität nicht anerkennen können, dass das Kind aus ihrem Leben geschieden ist. Es gibt einen Stillstand in ihrem Leben. Sie müssten in der Lage sein, dem Kind einen inneren Platz zu geben, einen Raum in ihrem Herzen.

Er sagt mir nicht, ob er eine Freundin hat, er meint, dass ich mit der Antwort nur etwas mache. „Du machst nur etwas damit!", sagt er. Und ob ich nicht mit jemandem in eine Ausstellung gehen würde, nur weil der eine Freundin habe. Wir sind in der Francis Bacon Ausstellung, eine große und meiner Meinung nach gute Ausstellung. Wir befinden uns im „Tag der Kunstmeile", - es war meine Idee - er ist ganz begeistert, hier Bacon zu sehen, denn er schätzt ihn, vor

allem sein Orange, das er mit den Siebzigern verbindet, sowieso scheint mir, sind die Siebziger für ihn Ein und Alles.
Bevor wir in die Galerie der Gegenwart eingelassen werden, müssen wir noch eine gute Weile warten und setzen unseren Disput, der schon auf dem U-Bahn Bahnsteig begann, fort. Ein weinendes Mädchen in Reiterstiefeln ging an uns vorbei und wir schnappten auf, dass sie zu ihrer Mutter heulend sagte, dass sie zu spät kämen und deshalb alle guten Pferde schon vergeben sein würden. Norbert fühlte sich angewidert und sah darin ein Pubertätsproblem, meinte, dass alle Mädchen in dem Alter einem mit ihrer Pubertät auf die Nerven gingen und die Eltern die Opfer seien. Nun sah ich das überhaupt nicht so, warum sollte das Mädchen nicht ihrer Enttäuschung Ausdruck verleihen? Sie hatte sich wahrscheinlich überaus aufs Reiten gefreut, vielleicht schon die ganze Woche. Er wollte unbedingt dass ich, statt für das Mädchen Partei zu ergreifen, in der Frustration des Mädchens ein allgemeines Pubertätsproblem sähe, während mich die Hintergründe dieses Einzelfalls interessierten. Wir kamen in dieser Diskussion nicht recht von der Stelle. Nach der Bacon Ausstellung - er kaufte sich ein Buch mit vielen Bacon Bildern und Essays von Derrida - tranken wir einen Kaffee und währenddessen wollte er mir an einem neuen Beispiel aus seinem Bekanntenkreis klar machen, dass Eltern an Problemen ihrer Kinder schuldlos sind, weil die Probleme aus der Pubertät herrühren. Ein dreizehnjähriges Mädchen habe seinen Eltern verkündet, dass es mit ihrem Freund zusammenziehe und sollten die Eltern die Adresse heraus spionieren, würde sie sich an das Jugendamt wenden. Ich konnte das nicht wie er als Pubertätsproblem abtun, unter dem die armen Eltern zu leiden hätten und sagte, dass, wenn zwischen Tochter und Eltern tatsächlich eine gute Beziehung bestanden hätte, würde sie aus meiner Sicht ihren Freund in die familiäre Situation integrieren können. Ich erzählte von einer früheren Freundin, die ihrer vierzehnjährigen Tochter die Beziehung zu ihrem Freund

gestattete. Er übernachtete bei ihr oder sie bei ihm. Er saß mit am Familientisch wie sie an seinem. Ich bewunderte die Freundin, dass sie ihrer Tochter so früh, ihr eigenes Leben gestattete, ich weiß nicht, ob ich das gekonnt hätte. Es hat sich gelohnt, denn sie hat ihre Tochter nicht verloren. Mit dem Sohn ging es weniger gut. Er warf die Schule und kam von den Drogen nicht los. In dieser Zeit meinte sie, dass es besser sei, er würde bei seinem Vater wohnen. Warum war das so, fragte mich Norbert. Die Mutter hatte zu jener Zeit einen besonders starken Männerhass. Deshalb nahm ich an, dass ihr Sohn sich sehr abgelehnt, alleine gelassen fühlte und die Männerverachtung der Mutter auch auf sich bezog. Warum dieser Männerhass bestand, hatte aktuelle aber auch familiäre Gründe, ihre Mutter hatte sich umgebracht, weil ihr Mann sie dauernd betrog und sie verächtlich beiseite ließ. Plötzlich fiel Norbert ein, dass es in der Familie mit der dreizehnjährigen Tochter, über die er einen Heiligenschein gedeckt hatte, doch Situationen gegeben hatte, die ihn jetzt nachdenklich machten.

Er fand, dass nun zwischen uns wieder alles in Ordnung sei. Ich war erleichtert und wir besuchten weitere Ausstellungen an diesem Tag der Kunstmeile.

Mit seiner Unerreichbarkeit komme ich schlecht zurecht. Ich lasse es lange läuten, bis ein Besetztzeichen ertönt. Später noch einmal. Sein Handy ist ausgeschaltet. Man kann ihm keine Nachricht hinterlassen. In diesen vier Wochen habe ich ihn zweimal erreicht. Er selbst telefoniert selten, lässt sich anrufen, um die Kosten gering zu halten, einen Festnetzanschluss hat er erst gar nicht, sagt er.

Was hättest du gemacht?, fragt er mich. Ich glaube, er redet von einer eigenen Erfahrung, gibt aber vor, es handle sich um ein befreundetes Paar. Sie habe den Mann, mit dem sie eine Beziehung hatte, angerufen, ob er noch am Abend vorbei kommen wolle. Als er dann zwei Stunden später kam, sagte sie, dass sie sich von ihm bedroht fühle und er möge bitte gehen. Sie habe dann die Polizei gerufen. Das mit der Polizei sei konstruiert, wirft er ein, um dann aber doch plötzlich zu sagen, dass, als die Polizei da war, hätte sie nicht gewusst, wie sie die Bedrohung beschreiben sollte. Am Anfang seiner Beschreibung hatte das Paar zwei getrennte Wohnungen, dann aber war es plötzlich seine Wohnung und er ließ die Frau durch die Polizei hinauswerfen.

Ein Macho, kommentiere ich. In diesem Beispiel kann der Mann es nicht ertragen, dass ihm Grenzen gesetzt werden. An seiner Stelle wäre ich gegangen, denn in einer Liebesbeziehung wie in jeder anderen ist nichts wichtiger, als dass man die Grenzen des anderen anerkennt, nur das erzeugt und erhält Vertrauen.

„Hättest du dich nicht gekränkt gefühlt?", fragt er. Ich bin ganz sicher, dass er von sich selbst spricht, er sagte, so meine ich, er habe Verlustangst gehabt.

Ich finde es schwierig mit ihm, ich weiß nicht, was ich ihm glauben kann. Wenn ich mich versichern will, sagt er, dass ich die Situation kontrollieren will. Es gibt eine Freundin, mit der er seit einem Jahr nicht mehr kommuniziert, eine Trennung hat aber keine Seite ausgesprochen. Neulich Nacht hatte er eine Berliner Nummer auf seinem Display, natürlich habe er nicht abgenommen, weil diese Freundin eine Schwester in Berlin habe, bei der sie ohne Zweifel sei. Wahrscheinlich sollte das an ihn ein Signal sein, dass er sie mal anrufen solle. Aber das Spiel würde er nicht mitmachen, er lasse sich nicht manipulieren.

Die Tatsache dass ich ihn nicht erreichen kann, lässt mich zurückschrecken vor ihm. Als ich ihn beim Portugiesen zufällig treffe, ist er mir schon fremd. Er trägt eine sehr glatte, schwarze Lederjacke, hat aber weniger Form als die von Ulf, der dazu kommt, weil er mit Ellen, seiner Freundin, hier verabredet ist. Es werden Filme besprochen, es geht wieder um den Film „Der letzte Tango", den ich nicht kenne, und Ulf findet den Film wie auch Norbert gut, während Ellen sagt, es sei zu lange her. Mir gegenüber erwähnte Norbert immer wieder die Szene, in der der Mann der Frau Butter in ihren Arsch schmiere, um sie dann zu vögeln bzw. zu ficken wie er ja immer sagt. Ich habe nicht verstanden,

warum ihm diese Szene so wichtig war und insbesondere mochte ich nicht, dass er mir solche Szenen schilderte. Ulf sagt, dass die sexuelle Beziehung des alten Mannes zu der jungen Frau eine Verarbeitung des Selbstmordes seiner Frau sei, nur diese Funktion habe die junge Frau. Diesmal sagt Norbert, dass es zwar schon lange her sei, dass er den Film gesehen habe, aber damals eben 20 mal. Zu mir hatte er gesagt, dass er ihn kürzlich noch mal gesehen hatte. Ellen wunderte sich, dass er noch so viele Details wusste, wie etwa die Farbe Orange, der untergehenden Sonne, die er mit dem alternden Mann verknüpft. Als Ulf und Ellen fort sind, steht er auch auf, er müsse noch arbeiten, ein Exposé schreiben für Verkäufe im Internet. Er sagt noch, dass wir uns ja diese Woche noch mal treffen könnten und dass er mich anrufen würde. Ich nicke.
Den Anruf muss ich unbedingt annehmen!, sagt er. Das Gespräch ist knapp. Er sagt so etwas wie „Wie lange?" Wann?" „Bis nachher". Der Ton ist vertraulich. Aber er sagt mir nicht, wer die Person war. Und da gibt es so einige Telefonate, die mysteriös bleiben. Und dann gibt es ja noch das Internet. Er habe gechattet, sagt er, als ich angerufen habe, sein Handy sei ausgestellt gewesen.
Die Sonnenstrahlen, die nicht mehr wärmen, sondern nur noch den Baum wie ein kalter Scheinwerfer anstrahlen. Das Ende des Lichts.
Er rief nicht an, aber ich treffe ihn mal wieder zufällig beim Portugiesen. Er hat Biografien von Massenmördern gelesen, der Totmacher etwa, und von Pädophilen. Er sagt, dass er früher meine Ängste gehabt hätte (welche meint er?) und sich deshalb mit diesen Angst machenden Themen auseinander gesetzt hätte. Das sei der Durchbruch gewesen zu seiner Angstfreiheit. Er habe aber bis heute Gewaltphantasien, er bestätigt meine Vermutung von der Missbrauchserfahrung durch seinen Vater. Wenn er seinen Vater in der Phantasie mit dem Messer durchbohre, so reiche ihm das, er möchte das nicht in die Realität umsetzen, das würde ihm ja nichts bringen, sondern im Gegenteil seine

Situation verschlechtern.
Er spürt offenbar meine unterschwellige Angst und sagt dass er kein Mörder sei, kein Vergewaltiger, auch nicht vorbestraft, aber ihn würden solche perversen Menschen interessieren.
Wir redeten auch über Filme. Er sprach über den Film „Der Bauch des Architekten" von Peter Greenaway, in dem es um das Selbstbild des Mannes in Kontakt mit seiner Frau ginge, wie er sagt. Trotz unseres Austauschs wird Norbert mir immer wieder fremd, wenn es um Sex und Gewalt geht.
Er mag es nicht, wenn man schweigt. Andererseits nimmt er für sich in Anspruch, so sagt er, morgens etwa kundzutun, dass er depressiv sei und möchte dann auch nicht mehr gefragt werden.
Ich erzählte ihm, dass ich bereit war, mir die Lichtbildkartei anzusehen, um den Mann, der die Frau auf der Osterstraße am helllichten Tag ins Gesicht schlug, als er an ihr vorbeiging, zu identifizieren. Ein Din A4 Blatt mit neun Passfotos hatte vor mir gelegen, sofort sprang mir der Täter ins Auge, aber doch sagte ich, dass ich nur zu 50 % sagen möchte, dass er es war, denn diese Farbkopie birgt möglicherweise Täuschungen, definitiv konnte ich aber alle anderen acht ausschließen. Norbert sagte, er hätte das an meiner Stelle nicht getan.
Wenn wir bei ihm einen Film ansähen, so sagte er, würde er sich fragen, was er denn davon hätte? Es würde ihm um meine Interpretation des Films gehen, die wolle er hören und nicht, mir einen gemütlich behaglichen Abend bieten.
Am liebsten würde ich mich in den Herbstblättermatsch legen wie andere in den Sand, was ich überdies noch gerne täte. Ich habe einen verstädterten Steinkopf, der schmerzt.
Als er mich einmal anrief und mich im italienischen Eiscafé um ein Treffen bat, ging es ihm schlecht, es gefiel ihm nicht, dass er mich deswegen anrief, weil er sich von dem Austausch mit mir eine Veränderung seiner Stimmung versprach, was auch passierte.
Ich warf seine Telefonnummer weg, weil ich dieses lange,

leere Tuten nicht mehr ertrug, ich lasse es jedes mal solange läuten, bis das Besetztzeichen ertönt. Ich quäle mich. Er nimmt nicht ab. Nun bin ich es los. Er sieht in Verbindlichkeit Kontrolle, jedoch fühle ich mich über Verbindlichkeit akzeptiert und baue darüber Vertrauen auf.
Norbert sprach von Orange, wenn er über den letzten Tango in Paris sprach und den 70igern überhaupt. Er hatte ja sogar auch Orange auf Papier gemalt, dieses dann aber mit gelben Tupfern versehen.
Bin zum Portugiesen gegangen. Ich sehe ihn von draußen auf der inneren Fensterbank sitzen, mir den Rücken zudrehend. Sofort kehre ich um und gehe weg.
Norbert angetroffen. Er blätterte in einem Buch mit Schweißgeräten, denn er wolle sich eins zulegen, die seien sehr teuer, 2000 Euro. Ich fragte ihn, ob er mich mal angerufen hätte? Nein. Er warf mir wie üblich vor, ich sei eine Kontrolleurin und Aktionistin und auch eine Zerstörerin, weil ich meine eigenen Bilder zerstören würde, indem ich sie ständig übermalen würde. Er sagte, dass wir in einer verdinglichten Welt leben und diese ihn daran hindere, mich anzurufen, was eine ganz andere Ebene sei. Er blickte wieder auf sein Handy, drückte darauf herum. Er meinte, dass meine Wünsche zwar zu verstehen seien, aber nicht realistisch und fragte mich dann, ob ich noch bleibe, denn er müsste mal eben nach Hause, um auf Toilette zu gehen und um seine Brille zu holen. Ich sagte, ich würde auch gehen. Wir beide wissen, dass im Café eine Toilette vorhanden ist erstens und warum zweitens braucht er plötzlich eine Brille? Ich denke, es war eine Ausrede dafür, dass er zu Hause in Ruhe seine Handymessage beantworten wollte.
Er lasse sich von mir nicht „zusammenfalten", hatte Norbert gesagt, ich habe ihn bestimmt nicht zusammengefaltet.
Während ich Harold Pinter las, kam er und setzte sich, redete wieder über seine „Verdinglichung" in der „verwalteten" Welt. „Du bist Scheiße!", sagt er plötzlich und wiederholte es und spricht von meinen „verfickten Gedanken". Später schon auf dem Rückweg sagt er, dass er

mich im übrigen auch angerufen hätte, nur, er würde nicht hingehen und mir das sagen, um zu erfahren, warum ich nicht da gewesen sei oder nicht abgenommen habe.

Seine schizophrene, psychotische Schwester sei ihm nicht nahe stehend, eben weil sie krank sei. Sie würde ihn hundertprozentig „verdinglichen", als Beispiel erzählt er von einem Krankenhausbesuch. Er bringt ihr die Zigaretten, um die sie gebeten hatte. Sie nimmt die Schachtel, dreht sich um und geht. Er ruft ihr nach. Sie dreht sich noch mal um, aber geht dann weiter.

Ein schwarzer VW Bus hebt ab, ich denke es ist Norbert, der mich auch im Rückspiegel sieht, aber er fährt los, ich sehe von der Seite, als er links in die Straße einbiegt, im Fenster sein weißgraues Haar lodern.

Ich habe seine Telefonnummer zerrissen und kann ihn nicht anrufen.

Traf ihn zufällig auf der Straße, er erzählte dass er sich gestern in NRW, ein rotes Feuerwehrauto gekauft habe, mit 112 drauf.

Ich sprach ihn noch mal auf seine Bemerkung an: „Du bist Scheiße!". Er sagte, er habe das eher liebevoll gemeint, es sei auf einer persönlichen Ebene gewesen und habe sich nur auf das bezogen, worüber wir sprachen, darüber, dass ich immer mit dem, was er sagt, mir anvertraut, „etwas mache". Wir standen übrigens die ganze Zeit auf dem Bürgersteig nicht entfernt vom Café, als er sagte, wir könnten uns ja heute abend noch mal treffen. Ich sagte zu .

C., beruflich als Juristin mit Patientenrecht befasst, die uns im Café gesehen hatte, in dem sie auch saß und die Süddeutsche las, sagte, dass sie sich gedacht habe, dass Norbert, den sie nicht kannte, politisch engagiert sei, sozial eingestellt und als Jurist mit Mieterangelegenheiten zu tun habe. Ich war wirklich überrascht wie sie Norbert sah, aber auch darüber, dass sie ihn in ihrem Berufsfeld ansiedelte.

Wir trafen uns also am Abend und gerieten gleich in Streit, denn eine Fußballübertragung lief. Ich ging davon aus, dass diese in einer halben Stunde beginnen würde und dann wäre es besser, man würde gleich in ein anderes Lokal gehen. Er sagte, die fange später an und wir sollten uns setzen. Ich fragte dann die Bedienung, die gerade einen Schritt entfernt am Tisch abkassierte und diese sagte, das Spiel beginne um 20.45 Uhr. Norbert sagte dann berichtigend um 21.00 Uhr. Gut, wir hatten also bis dahin Zeit. Aber dann marschierte er an den allerletzten Tisch, setze sich so, dass er in den Raum schaute und ich hätte gegen die Wand schauen müssen, wollte ich nicht unablässig in sein Gesicht schauen. Da noch andere Tische frei waren, drückte ich meinen Wunsch aus, woanders sitzen zu wollen. Nun war Norbert vollends genervt, dass ich nicht einfach in alles einstimmte, aber ich wollte ja schließlich auch zufrieden sein. Er sah darin ein typisch weibliches Problem, nämlich Frauen würden oftmals „atmosphärische Störungen" nicht aushalten. In unserem Gespräch kam der Moment, in dem er sagte, er würde jetzt gehen, wenn ich nicht aufhörte zu „zerren". Er sagte, ich hätte ihn als Trottel hingestellt, weil ich zu der Bedienung, die ja fast neben mir stand, hinging und fragte, wann das FußballSpiel beginnen würde, denn er selbst hatte mir ja nur gesagt, dass es nicht stimme, dass es um 20.00 Uhr anfange, wie ich auf der Stelltafel gelesen hatte. Wir bekamen die Situation dann doch noch in den Griff und als das Spiel begann, wechselten wir die Kneipe.

Das Feuerwehrauto ist übrigens dazu da um sein Wohnmobil aufzubessern, also dient es wohl als Ersatzteillager. Wir sprachen über vieles, auch über meinen Exfreund, der mich verlassen hatte und ich immer noch nicht raus hatte, warum eigentlich. Norbert meinte, dass sei auch egal, dass könnte der Typ vielleicht selbst nicht beantworten. Er sei gegangen, das sei so und ich sollte nicht nachhaltig eine Beziehung zu ihm führen, aufbauen, indem ich von dessen Frau und deren Beziehung in Beziehung zu mir spreche. Er sprach dann wieder in seiner für mich unangenehmen vulgären Art über Sex, da wurde mein Herz wieder kalt. Ich wollte noch mal seine Telefonnummer aufschreiben, sagte, was er schon ahnte, dass ich sie vernichtet hätte, er entschied sich dafür,

sie mir nicht noch einmal zu geben.
In der Nacht wachte ich von einem Traum auf: Norbert hatte jemanden getötet hieß es darin, einen Mann ermordet. Ich meine mich zu erinnern, dass das Frauen sagten, Frauen die an der Bar saßen. Ich suchte Norbert und hörte, dass sie das sagten, ich war betroffen, dass mit ihm etwas geschehen war, ein Umstand, der ihn in eine Gefahrensituation trieb, ich dachte weniger an das Opfer als an ihn, als Opfer. Ich sah ihn dann, als er verhaftet wurde, von mehreren Männern festgehalten. Hier fällt mir ein, dass er in unserem Gespräch gesagt hatte, wenn ich in deiner Wohnung bin und ich würde noch drei oder fünf Typen per Telefon herbei rufen, dann hast du ein Problem. Ich weiß nicht mehr, in welchem Zusammenhang er das sagte, es ging die ganze Zeit um Sex. Aber ich weiß, dass mir diese Vorstellung Angst machte, und mich innerlich von ihm entfernte, weil ich wohl in dem Moment nicht wusste, nicht einschätzen konnte, ob er so etwas wirklich tun würde. Ich sah sein entsetztes Gesicht über das, was ihm angetan wurde, zu unrecht, da er doch unschuldig war. Er sagte jedoch nichts, ich auch nicht. Aber ich war nicht vor Ort, sondern ich sah ihn von außerhalb des Traums möchte ich fast sagen, ich meine als Träumerin, als Erzählerin. Unschuldig? Aber hundertprozentig sicher war ich mir nicht, da die Männer ihn festnahmen und dafür ja ihre Gründe haben müssten, eben dass er des Totschlags bezichtigt wurde. Norbert sagte, er habe sich mal mit Beziehungsmord auseinandergesetzt, der immer dann stattfinden würde, wenn eine Aussprache geplant sei, aber dabei ginge es der Person die Aussprache bedürftig sei, darum, den Partner in der Aussprache für sich zurück zu gewinnen, wenn das nicht klappt, dann würde geschossen.
Als wir uns vor meiner Haustür trennten, überraschte es mich, dass er jammerte, er hätte es jetzt noch so weit bis nach Hause und ich erwiderte: „Du Armer". Ich wolle ihn aber nicht mit zu mir nehmen. Es war spät, ich war müde und mein Herz war von seinen Reden über Sex erkaltet. Er sprach von Praktiken, es war ihm wohl wichtig, dass ich

Praktiken kenne und davon nicht erschreckt würde oder so. Aber ich habe doch keine Praktiken praktiziert, warum denn, wenn ich doch mit meinem Freunf (damals) auf ganz „natürliche" Weise gleichzeitig zum Orgasmus kam und das jedes Mal.
Am nächsten Tag ist Sonntag, ich habe seine Telefonnummer nicht, er ruft mich nicht an, aber mir fehlen solche Gesten und dass wir uns zu einem Nachmittagsspaziergang treffen. Auf kalten Sex habe ich nie und nimmer Lust.
Ralf meinte, dass er noch nicht in einem Stripteaselokal gewesen sei, na ich weiß nicht, ob das stimmt, hat er doch wie er erzählte, Kontakt zu einer Hure, eben diese hätte ihm erzählt, dass die Mädchen es gerne machten, weil sie sexbedürftig seien, es anders nicht oder zu wenig bekämen. Er erzählte von einer Grundschullehrerin, die Qualen litt, wenn sie nicht genug Männerkontakte haben konnte. Mit Pornofilmen kennt er sich aus und es fröstelt mich, wenn er mir einfach so ins Gesicht sagt, dass die Typen der Pornodarstellerin ins Gesicht spritzen. Ich will das gar nicht wissen und fühle mich extrem unwohl, wie wenn ich als Zuhörerin benutzt würde und er sich daran aufgeilt. Er behauptet, dass manche eben gerne Pornodarstellerin seien, weil sie Lust daran hätten. Was soll ich dazu sagen? Vielleicht ist das bei einigen so. Er will auch immer wissen, ob ich nackt in der Wohnung herumlaufen kann und es abkönnte, wenn er das täte. Und ob ich die Toilettentür auflassen könnte?
Wenn er nur will, dass diese seine Wünsche befriedigt werden, dann bin ich so frigide wie ein Eisschrank. Hier müssten ihm doch eigentlich seine Vokabeln, die er ständig auf den Lippen trägt einfallen: Jemanden funktionalisieren, verdinglichen.
Das Wort Zärtlichkeit ist noch nie über seine Lippen gekommen.
Sah Ralf vor mir, der Ellen, die Freundin von Ulf anstarrte zu meiner Verwunderung, hatte er doch das Mal davor gesagt, dass er nach drei Sätzen sich nichts mehr mit ihr zu

sagen hätte. Er hatte sich ihr gegenüber gesetzt, auf das Steinmäuerchen, statt dass er neben mir Platz genommen hätte. Sie lachte und zwar so offen, dass ich von der Seite, und Ralf also von vorne, ihren ganzen Mundraum zu Gesicht bekam. Ich beneidete sie einerseits um dieses freie Lachen, das ihren ganzen Mundraum offen hielt, bis man alles gesehen hatte, die plombierten Zähne, die Zunge, den Gaumen, den Rachen, andererseits fand ich es unverschämt. Ich wunderte mich auch über Ellen, die ihn mit großen Augen fixierte. Ralf der sie anstierte, schon vorher und Ellen, die zurückstierte. Er sagte später zu mir, dass Ulf. Verlustängste habe.
Die ganze Woche vergeht. Wir wollten eigentlich zusammen überlegen, was wir an meinem Geburtstag machen. Er sagte, dass können wir ja einen Tag vorher machen. Rief aber nicht an und ich hatte ja seine Telefonnummer nicht. Also nehme ich mir alleine und mit Freundinnen etwas vor.
Ich überlegte am Ende meines Geburtstages gerade, ob ich das Telefon ins andere Zimmer trage, um jetzt nicht mehr gestört zu werden, entscheide mich aber, es da zu lassen, um mir gegebenenfalls Rückrufe zu ersparen. Tatsächlich klingelt das Telefon in diesem Moment. Es ist Norbert, "Du hast Geburtstag heute!", sagt er. „Ja", sage ich. „Alles Gute!", sagte er. Wir reden ganz nett miteinander, er erzählt mir ein bisschen von seinem „verwalteten" Nachmittag und fragt mich, was ich noch machen werde. Ich erzähle ihm von meiner Lektüre und denke, dass ich nicht hinaus stürmen will, um ihn jetzt auf Knopfdruck doch noch zu sehen. Er meint, wir könnten uns ja vielleicht morgen Abend sehen. Ja, gern. Aber erst mal treffen wir uns zufällig morgens beim Portugiesen, er legt einen Briefwechsel zwischen Heidegger und einer anderen Person auf den Tisch, zuerst denke ich, es sei ein Geburtstagsgeschenk, aber das ist es nicht, er liest es zur Zeit und sagt, dass er über die Briefe die Personen besser verstehe. Er selbst schreibt ja auch, aber philosophische Schriften, heute morgen habe er schon vier Stunden geschrieben.

Dann spricht er über die von mir zerrissene Telefonnummer, warum ich sie nicht wieder zusammen gesetzt hätte. Aber es war doch sowieso nur ein kleiner Schnipsel und den hab ich halt so klein zerrissen dass ein Zusammensetzen nicht mehr möglich war. Er vermutet, ich hätte sie ins Klo geworfen und runtergespült, aber das stimmt nicht, Papier werfe ich nie ins Klo, nein, ich habe den zerrissenen sowieso schon winzigen Zettel in den Abfall geworfen.

Ich hatte ihm noch durchs Telefon an meinem Geburtstagsabend eine Umarmung geschickt und er antwortete: „Das ist lieb!". Heute früh hab ich beim Abschied meine Wange an seine gehalten, seine Wange war schön warm. Wenn ich seine Hände berühre, sind sie auch warm.

Er war in Wien und habe dort bei seiner Freundin übernachtet, er blickt für einen Moment aus dem Fenster, als er das sagt, als wenn er überlege, dann fügt er hinzu, dass sie 74 Jahre sei und dass da nichts Sexuelles ablaufe. Außerdem sei sie Jahrzehnte die Geliebte eines verheirateten Mannes gewesen, der jetzt frei sei. Andererseits sei der noch älter und halte es nicht lange auf den Beinen aus.

Später erzählt er mir, dass er für seine Freundin in Wien via Internet ein Schmuckstück erworben habe, über das sie sich sehr gefreut habe, es sei eine als Anhänger schön gefasste Hawaiperle .

Isabelle Huppert spielt in Berlin in Sarah Kains Stück *4.48 Psychose*, das heißt sie spricht den Monolog. Ob ich für Ralf und mich zwei Karten besorge? Er wertschätzt Isabelle Huppert. Er hat sich gefragt, ob sie für ihn attraktiv sein könnte, dann aber las er, dass sie klein sei und das, meint er, widerspricht seiner Möglichkeit, sie für ihn für attraktiv zu halten. Ich muss mich an seinen Sprachgebrauch gewöhnen, der in meinen einbricht: „Attraktivität" ist ein solches seiner Wörter und oft kommt auch der „Marktwert" eines Menschen vor, meistens der „sexuelle Marktwert" einer Frau, wobei er auch findet, dass Intelligenz attraktiv sein kann. Von „Verdinglichung" spricht er oft, von

„verdinglichter" und „verwalteter" Welt, von „Kontrollausübung", von „Fäkalsprache", die ihm wie mir scheint auch liegt oder etwas wert ist, das Wort „verfickt", sagt er hat nichts mit Sexualität zu tun, er hatte vor einiger Zeit von meinen verfickten Gedanken gesprochen.

Er sagte, dass er einen psychischen Zusammenbruch hatte und deshalb von heute auf morgen seine Angestellten entließ, um die Kneipe zu schließen. Wir kamen darauf, weil der Mann auf dem Passfoto, das sich auf seinem Personalausweis befand ganz dunkles gepflegtes und gescheiteltes Haar trug, auch viel jünger aussah, jedenfalls meinte ich das aus der Entfernung wahrzunehmen, nehmen durfte ich den Personalausweis nicht, um mir das Bild von nahem zu betrachten, er wollte nicht, dass ich sein Geburtsdatum lese, seine Adresse und seinen Geburtsort. Den Wandel vom Bild zu seiner jetzigen Person erklärte er mit dem Zusammenbruch. Obwohl er mich mit seinem verlebten, wüsten und wilden Äußerem auch oft abstößt, ist dieser Mann mir lieber als der geschniegelte und gestriegelte auf dem Passfoto. Das sage ich so nicht aber doch, dass ich den anderen Mann nie kennen gelernt hätte. Er steckt den Ausweis wieder zu den anderen Papieren, die er für den Tüv brauchte, in die Klarsichthülle, dabei lese ich den Straßennamen seiner Adresse, die in einem anderen Stadtteil liegt. Ich bin darüber etwas verwirrt und ich glaube, dass er sich verplappert hat, denn er beklagte sich darüber, dass er die Büroadresse herausnehmen musste, um die Privatadresse einzusetzen, weil sie ihm sonst die Überführungsschilder nicht gegeben hätten. Er hatte gesagt, dass er früher mal ein Büro besaß, als er noch diese Gebäudesanierung im Fulltimejob machte, aber dass er sich da ja fast vollständig rausgezogen hätte. Vielleicht hat er das Büro ja doch noch oder es war eine weitere Privatadresse zu der, die sich in der Nähe des Portugiesen befindet, den Straßennamen darf ich aber nicht wissen, er hat dort seine „Trutzburg", sagt er. Vielleicht hat er sich ja ausgelagert, in dieser Trutzburg sein verheimlichtes Versteck und lebt davon abgesehen ganz gewöhnlich in einer Partnerschaftsbeziehung. All dies weiß ich nicht, und er verweigert mir die Auskunft mit dem Argument, dass ich Kontrolle ausüben wolle und mit den Angaben etwas mache, aber ich soll nichts machen, sondern ich soll lassen.

Ich kenne sein Auto nicht, er erzählt aber, dass die Windschutzscheibe braun ist, damit man nicht hineinsehen kann und hinten habe er Jalousien, um Blicke fern zu halten.

Auf einen Zettel schrieb ich: *Am Anfang nimmt man viel in Kauf, am Ende zählt man es sich auf.* Das war wohl nach einem Telefonat mit Petra., die erzählte dass ihr Freund ihr immer wieder alte Sachen vorhalte, sie ihm dann auch, um seine Vorhaltungen abzuschwächen oder rückgängig zu machen oder um damit zu zeigen, dass er sie viel stärker verletzt habe als sie ihn und dass sie es sei, die, wenn schon, Vorhaltungen machen könnte. Und dann wird alles aufgezählt. Diesmal ist Petra nach dem Spaziergang nicht wieder mit ins Auto gestiegen, sondern beschloss zu Fuß nach Hause zu gehen und auch den Abschiedskuss verweigerte sie ihm, weil keine guten Gefühle mehr übrig geblieben waren. Sie spürte nur noch die Unerträglichkeit dieser Vorwürfe, die immer dieselben waren, diesmal sollte sie sich sogar für die damaligen Verletzungen entschuldigen und schwören dass sie das nie wieder machen würde. Sie brauche sich nicht entschuldigen, sagte sie, und dann führte sie ihm seine Vergehen an ihr vor und beide kamen zu keinem Schluss, zu keiner Einsicht, zu keinem Verständnis füreinander was diese Dinge betraf. So ist das wohl in jeder Paarbeziehung, die Verletzungen sind wie fest geschrieben, eine Zeit lang können sie vergeben werden, aber sie bleiben doch als Tatbestände im Inneren und werden dann und wann wieder hervorgeholt.

Ralf hatte einmal gesagt, das ist schon eine Weile her und ich weiß nicht mehr in welchem Zusammenhang, dass er mich, wenn ich krank wäre und im Krankenhaus läge, jeden Tag besuchen würde. Vielleicht war das im Zusammenhang mit seinem Motorradunfall, der ihn zwei Jahre lang im

Krankenhaus festhielt, seine damalige Ehefrau habe ihn nicht besucht, sondern sich von ihm entfernt und entfremdet in dieser Zeit und wohl auch einen neuen Freund gehabt, einen verheirateten Nachbarn. Nach ihrer Scheidung hat sie sich neu verheiratet und bekam auch einen zweiten Sohn. Der neue Mann brachte sich aber um und sie rief Ralf in der Nacht an, bat um eine Zusammenkunft. Sie erzählte ihm nicht die Wahrheit, sondern sagte, ihr Mann habe einen Autounfall gehabt, bei dem er ums Leben gekommen sei. Ralf war lange auf der Intensivstation und hatte dann mehrere Operationen. Ich kann mir das gar nicht vorstellen, es muss einen Grund gegeben haben, dass sie ihn nicht besucht hat, vielleicht weil er vorher alleine für anderthalb Jahre nach Amerika gegangen war und sie mit dem Kind alleine ließ. War es so? Oder ging er erst danach nach Amerika wie er mir später sagte? Auf jeden Fall hatte er mit der Ärztin in der Klinik ein Verhältnis, das wird seine Frau gespürt haben.

Vielleicht hat Ralf diesen Jungen getötet, sage ich zu Petra die Ralf nicht persönlich kennt, am Telefon, sie antwortet, das ist aber gemein oder er gehört zu dem Zuhälterring, der gerade ausgehoben wurde. Sofort, wenn ein Verbrechen durch die Medien bekannt wird, denke ich, dass es vielleicht Ralf war und fühle mich bedroht. Die Verunsicherung für mich wird auch durch sein Äußeres geschaffen, vor allem aber durch seine mit sexuellem Vokabular durchfärbte Reden, das ich nicht gewohnt bin und von dem mich jedes „neue" Wort bedroht. Er redet von „Dildo", von „Vibratoren", von „Analverkehr", von „Nymphoماninnen", von „Huren", „Covergirls", „Pornos", „sexuellen Praktiken", und immer wieder vom „sexuellen Marktwert", es handelt sich wahrscheinlich um eine sehr bestimmte Frau, eine frühere Freundin, die er immer wieder als attraktiv beschreibt und die um ihren sexuellen Marktwert wüsste. Ich spüre meinen Widerwillen. Er hat in einer ganz anderen Welt gelebt, einer, die sich dieser sexuellen Sprache bedient. Sogar von der Freundin seines Sohnes spricht er von

„Fickmaus" oder „Fickmäuschen", er will sagen, dass sie sehr jung ist und nichts im Gehirn hat, aber ich denke, dass sie sehr wohl etwas im Gehirn hat, nur sind es andere Sachen, als die, die ihm wichtig erscheinen. Er lässt meine Gedanken nicht gelten. Wenn sein Sohn von Wien nach Norddeutschland kommt, wird er sie als erstes „besteigen", sagt er. In diesen Momenten wird er mir fremd bzw. seine Sprache ist dann wie eine schlechte Essware für mich, die ich nicht runterkriege.

Ralf sagt, er kann nicht andere mitdenken, wissen, was andere denken und das berücksichtigen. So ist er in Unterhose auf die Terrasse gegangen und der Türke, ein Nachbar, habe sich furchtbar aufgeregt, dass er das seiner Frau zumute und sowieso gehöre sich das nicht. Oder aber er habe sich in einem gefleckten Bundeswehranzug unters Auto gelegt, um dort zu reparieren. Da habe man auch gemunkelt, was ist das denn für einer, wie läuft der denn rum. Aber ihm sei es nur darum gegangen, dass er etwas Warmes anhatte und in der Taille geschützt sei.

Es ging darum, ob man die Außenwirkung berücksichtigt, wenn man sich Kleidung kauft. Er behauptete unumschränkt „ Ja!" Ich sagte dass es ein Unterschied sei, ob ich mir heute einen Minirock kaufte oder als junges Mädchen. Damals hätte ich nicht im mindesten an Männer gedacht, die das vielleicht wegen meiner langen, wohl geformten Beine gut fänden, sondern ich fand die blau-gelben Schrägstreifen gut, die Farben und die Form, dass es ein Minirock war, hing mit der Mode zusammen, genauso gut habe ich später indische, lange Röcke getragen oder zur selben Zeit auch Jeans, überdies war ich keine Schneiderin, um mich von der Mode völlig unabhängig zu machen, dann hätte ich vielleicht auch noch Stoffmuster entwerfen müssen. Ich erinnerte ihn an seine Butterdose, die er sich kürzlich bei einer Töpferin gekauft hatte, weil sie ihm gefiel, da habe er doch wohl auch nicht vorher überlegt, ob andere sie gut fänden, es sei doch so, dass man manchmal nur für sich etwas aussucht. Ralf war da immer noch anderer Meinung und die Butterdose wollte er raushalten. Er hielt mir vor, dass ich mir widersprochen hätte, denn ich hätte ein enges rotes Shirt nicht angezogen, damit er nicht denke, ich wolle ihn anmachen. Das bestritt ich auch gar nicht, dass ich für diese Situation nachgedacht hatte und solche Gedanken mich bewogen hatten, eine weite Bluse anzuziehen. Ich meinte, dass die Außenwirkung eben manchmal einbezogen würde und dann auch wieder nicht. Aber er wollte solche Unterschiede nicht gelten lassen und kam wieder auf den Minirock. Alice Schwarzer habe Sartre in jungen Jahren getroffen und sich einen Minirock oder anders attraktiv gestaltet, sie habe später dazu gesagt dass sie enttäuscht gewesen sei, dass er nicht angebissen habe. Gut, aber was habe ich damit zu tun, wenn das ihr Anliegen gewesen ist. Jedenfalls hast du dich eines Wohlgefühls beraubt, sagt Ralf, indem du auf das Shirt, das du gerne angezogen hättest, verzichtest hast, weil du glaubtest, dass ich dich damit der Anmache bezichtigen würde. Er sagt, ihr Frauen und euer Trauma. Er begreift auch nicht, warum Frauen sich durch manche Blicke der Männer sexualisiert fühlen, weil er meint, dass es auch unschuldige Blicke gibt, die die Frau von oben bis unten anschauen und ihr sagen wollen, wie gut sie doch geformt sei. Aber dann, wenn eine Frau angegriffen wird und vergewaltigt, heißt es doch von Männerseite, er sei durch ihre Aufmachung verführt worden Ralf erzählte, dass er in der Ubahn einer Asiatin gegenübersaß, die sich empört wegsetzte, weil sie sich von ihm unverschämt angeguckt gefühlt hätte. Also wenn er sie so angestiert hat wie er das bei Ellen machte, dann kann ich die Frau verstehen. Ich sagte, dass ich die Frau verstehen könne und es überdies nicht mag, wenn sich ein Mann breitbeinig vor mich hinsetzt, das tat er nämlich auch. Das verstand er nun wiederum.

„Lass dich mal umarmen!", sagte er beim Abschied von diesem Abend im Café. Mir war nach dieser Streiterei nicht danach und nahm meine Hände nicht aus den Taschen. Ich ließ mich aber gegen ihn fallen ohne meine Hände aus den

Taschen zu nehmen. Er hatte den ganzen Abend seine Winterjacke, während der viereinhalb Stunden, nicht ausgezogen und ich saß da in der Bluse. Er brachte auch das angekündigte Buch zu meinem Geburtstag nicht mit, stattdessen hatten wir gleich wieder Streit, in dem er wieder drohte:„Ich geh gleich!" Das wäre mir auch nicht angenehm gewesen, aber ich sagte: „Ja dann geh!". Diese Situation war ja vor kurzem auch wegen des Fußballspiels aufgetaucht. Er zögerte, einlenkend sagte ich dann, dass er, wenn er so ein emotionales Thema anschneide, damit rechnen müsse, dass ich emotional reagiere und ihn unterbrechen würde, weil ich mir Raum nehmen müsste, den er mir von selbst ja nicht gäbe bzw. ich müsste zwei Stunden warten bis er mit seinem Monolog zu Ende sei. Irgendwie ging es dann beruhigt weiter, ich sagte aber nicht mehr so sehr viel, und mir wurde auch immer kälter, von Erbschaftsgeschichten war später noch die Rede. Deshalb nahm ich meine Hände nicht aus der Tasche, mir war sehr kalt, ich fror und nachdem er meine Oberarme leicht gestreichelt hatte – es war eher ein darüber streichen -, ging ich schnell weg. Es störte mich auch, dass er gesagt hatte, lass dich doch mal umarmen, statt *ich* möchte dich mal umarmen.

In der Nacht denke ich an Ingeborg Bachmann, „Malina" war lange Zeit mein Lieblingsbuch, aber ich dachte an „Der Fall Franza", in der ein Psychiater seine Frau als Fall behandelt.

Norbert stöhnt, dass er so viele Bücher habe und nicht wüsste, wohin damit, wenn er seine Wohnung verliere und im Pik As übernachten müsste. Das macht mir immer Angst, wenn er sich so ganz besitzlos macht, ich möchte meine Wohnung behalten, das ist meine größte Sorge. Andererseits spricht er häufiger von seinem Haus außerhalb Hamburgs.

Er hat mich nicht aus Wien angerufen. Er müsste schon zurück sein und hat auch nicht, wie versprochen, anzurufen, wenn er wieder im Lande ist. Ich bin machtlos, da er mir seine Telefonnummer nicht noch einmal gibt.

Er fühlt sich durch seine Adorno Lektüre gestärkt. Ein paar

Zeilen Adorno und er sei wieder im Lot.
Er erzählte mir, dass ihn beim Portugiesen eine Frau vier mal anschaute, jedes Mal, wenn er hochblickte. Beim Hinausgehen habe er sie angelächelt. Bravo! Das soll mir gefallen? Warum erzählt er mir das? Sie habe ihn attraktiv gefunden, schloss er daraus.
Sein 25 jähriger Sohn bedeutet ihm viel, wenn dieser ruft, reagiert er sofort. Kann ich aber verstehen, habe ja auch einen Sohn.
Heute bin ich zwei mal am Café vorbei gegangen und habe hineingeschaut, aber Norbert war nicht drinnen.
Träumte vom Bernsteinring. Er war heller als mein eigener und größer vom Umfang her, außerdem golden. Ein Paar ging gerade weg, die Frau hatte den Ring am Waschbeckenrand liegen gelassen.. Ich bin ihnen hinterher, wollte die Frau finden, aber sie war mit ihrem Mann schon verschwunden. Der Ring war für meine Finger viel zu groß, ich probierte ihn deshalb auch gar nicht über, aber er kam mir sehr weich vor, harmonisch, gut, warm und sympathisch.

    War zwei mal im portugiesischen Café schauen, aber es war leer, ich bin nicht rein, weil die Bedienung schon wieder die defekte, monoton dahin kreischende, Schinken schneidende Maschine unablässig bediente, das sah ich durchs Fenster; wenn man da so sitzt und liest, frisst sich dieses Quietschen der Schneide Maschine in das eigene Innere, ich kann das nicht aushalten.
Nun hat sich Norbert doch telefonisch gemeldet. „Ich habe dich vermisst!", sagte ich mutig, er antwortete: „Ich lebe aber noch!" Was für eine Antwort! .Morgen Abend treffen wir uns.
Wir streiten uns schon wieder, weil nun doch meine Enttäuschung durchsickert, dass er sich von Wien aus nicht mal kurz gemeldet hat. Er wird wütend, droht zu gehen. Ich sage, dass ich wenigstens sagen können muss, was ich denke und fühle. Er sagt: „Wir haben gar keine Beziehung! Ich bin ich!". Er fühlt sich von mir unter Druck gesetzt, sich melden zu müssen. Er sagt, du musst das lernen, das könne man

lernen. Er sagt, es sei mit allen Frauen dasselbe, sie wollen Macht ausüben, wollen kontrollieren, wollen besitzen, wollen Druck ausüben und das bediene er nicht mehr.

Er zog ein Buch für mich aus der Tasche, obwohl mein Geburtstag ja nun schon vier Wochen zurück lag und gab es mir mit den eindringlichen Worten: „Zu Weihnachten kriegst du aber nichts!" Das (gelesene) Buch war von Rüdiger Safranski und trug den Titel: „Wieviel Wahrheit braucht der Mensch?" Über das Denkbare und Lebbare. Er hatte es in Weihnachtspapier ! eingepackt. Das habe ich nun überhaupt nicht verstanden, vielleicht hat ihm das Papier gefallen, voller goldener Weihnachtskugeln und Sterne, prall gefüllt, kein Plätzchen frei. Das erinnert mich an sein gewaltiges Reden, das kaum einen Platz frei lässt, den muss ich mir nehmen und das empfindet er dann als Unterbrechung und ist grantig. Ich habe ihm auch ein Buch mitgebracht, denn dass er auch im November geboren ist, hab ich ja nun erfahren, wenn auch nicht das Datum. Ich habe ihm „Philosophinnen. Von der Romantik bis zur Moderne" geschenkt und außerdem eine Kunstkarte, die ich einmal von einer Tuschezeichnung, einem Akt, drucken ließ. Norbert wollte aber sein Buch nicht auspacken, so weiß ich also auch nicht, wie er reagiert hat.

Es brachte ihn in Rage, dass ich auf Anfrage eines Jugendlichen, der mit einer größeren Gruppe da war, Norbert dazu brachte, unseren Tisch für sie zu räumen und an einen kleinen zu wechseln. Er wollte das zunächst nicht, tat es aber dann doch. Ich hatte den Jugendlichen noch gefragt, ob denn im Nebenraum, den ich nicht einsehen konnte, keine Tisch mehr frei seien. Er versicherte Nein. Als wir aber am anderen Tisch saßen, sah ich, dass sogar noch zwei Tische frei waren, das hat mich dann aufgeregt. Norbert sagte, dass ihm das klar gewesen sei, dass die einfach nur scharf auf unseren Tisch gewesen seien. Als diese Gruppe ging, stand ich auf, ging zu ihnen und sagte, dass sie mich belogen hätten, dass ja sehr wohl zwei Tische frei gewesen wären, woraufhin ich von dem Jugendlichen aggressiv angepöbelt

wurde. Norbert fand es entsetzlich, dass ich hingegangen bin und mich aus seiner Sicht habe demütigen lassen, er habe alles ahnen, sogar wissen können, auch die aggressive Reaktion dieses Jünglings, der habe kompensieren müssen.
Warum ist es denn verwerflich, wenn die Freundin seines Sohnes vorschlägt – weil sie ihn lange nicht gesehen hat – von Norddeutschland nach Wien zu fliegen und dann mit ihm im Pkw gemeinsam zurückzufahren? Sie freut sich, hat Sehsucht und möchte seine Nähe spüren. Norbert aber findet es ganz und gar unmöglich, dass sie nicht realisiert habe, dass es sich doch um einen Umzug handle. Das kann man ja dann sagen, aber deshalb muss man ja von ihr nicht die Unterdrückung solcher Wünsche verlangen.
Als wir uns trennen, sage ich zu ihm. dass er mir ja vielleicht noch mal seine Nummer geben könnte. Aber er sagt nur schadenfroh: „Und warum hat du sie nicht?"
Natürlich hat auch das Sexthema nicht gefehlt und mich hat es wieder erschreckt, dass er so locker daher redet von „Fickpartys" und Frauen, die gerne den Schwanz in den Mund nehmen usw., er hat viele Frauenbeziehungen gehabt und das sei auch durch seine Kneipe gekommen, während der 14 Jahre habe er jeden zweiten Tag Angebote bekommen. Inzwischen würde er sich ziemlich unnahbar gemacht haben. Es habe sich auch alles verändert mit dem Sex, das Alter mache es schwieriger, unbewusst da heran zu gehen.
Er erzählt von einem Mörder, der 27 Jungen oder Kinder getötet habe, zerstückelt und durch den Fleischwolf gedreht. Das erinnert mich an das Schlachten bei uns zu Hause, an die Schweinehälften, die in der Waschküche hingen, wenn ich von der Schule kam, an meine Mutter, die im Blut rührte, die Fleischstücke in den Fleischwolf steckte, das Durchgedrehte in die Därme presste, ach, da gibt es viele Eindrücke, wie meine Mutter die Hühner und Gänse tötet, mit dem Messer arbeitet, die Federn aus der Haut rupft, mit der Hand in den nackten Körper greift und die Innereien herausholt und wir schliefen in Federbetten und aßen Wurst

und aßen Kotelett und kochten Hühner und tranken Hühnerbrühe. Vielleicht mag ich deswegen keine Mördergeschichten.
Norbert träumte, er habe seine Autos verloren und suche sie.
Er sagt aufgebracht: „Du möchtest etwas in trockene Tücher bringen!" und meint wohl damit, dass ich eine Verbindlichkeit zwischen uns etablieren möchte. Er hätte mich ja angerufen, wenn es möglich gewesen wäre. Das hätte er getan, weil ich es mir gewünscht hatte. Aber er hätte nicht die Möglichkeit gehabt.
Eine Bewohnerin des Hauses, in dem ich wohne, die uns in der Kneipe gesehen hat, sagt, Norbert sähe wie ein intellektueller Lebemann von 55 Jahren aus, sympathisch und korpulent.
Zum Abschied sagte er: „Danke für den schönen Abend!" Merkwürdig. Ich glaube, er erwartete immer, wenn wir uns nach einer Abendverabredung trennten, dass ich ihm anböte, mit zu mir zu kommen. Doch gingen meine Gefühle nicht in die Richtung, sie spürten keinen Boden. Er ließ mich ja immer wieder ohne Verbindung und weder wusste ich seinen Nachnamen, noch seine Adresse, noch, ob er eine Freundin hatte, er wollte es mir einfach nicht sagen und auch nicht, wie alt er war.
Träumte von mir und meinem Vater, der sich an meiner Kunst des Jonglierens erfreute. In Wirklichkeit kann ich gar nicht jonglieren, also mehrere Dinge in die Luft werfen und wieder auffangen, wieder in die Luft werfen und wieder auffangen und so fort. Ich bin gut gelaunt und stolz, dass ich ihm mal etwas zeigen kann, was ihn freut, denn in Wirklichkeit hat er sich ja nie über mich gefreut.
Du hast mich ja auch nicht aus Oslo angerufen!, sagte doch tatsächlich Norbert, er habe sich gefragt, na, ob sie wohl anruft. Doch hatten wir uns gerade erst kennen gelernt und es wäre mir aufdringlich erschienen.
Denke daran, dass er energisch verkündet hatte: „Wir haben keine Beziehung! Ich bin ich!", als er aus Wien zurückgekehrt ist. Vielleicht läuft da etwas mit der Wienerin,

jedenfalls war er nach Wien anders. Manchmal sagt er, dass unsere Beziehung offen sei, spricht also von Beziehung, dass man nicht wüsste, was sich entwickelt und auch sagte er, wenn er nachts um drei an mich denken würde, dann würde das doch beweisen, dass wir eine Beziehung hätten!
Heute Morgen vor der Arbeit las ich beim Portugiesen in der Schanze, nahe der Brücke, Safranski. Die Biodanzalehrerin fragte mich, was ich lese. Ich nannte ihr den Titel „Wieviel Wahrheit braucht der Mensch?" und sie meinte, dass für sie Wahrheit das sei, was man brauche. Das klingt praktisch und ist für den Moment, denn was man zu einer Zeit braucht, braucht man später vielleicht nicht mehr.
Safranski finde ich letztendlich nicht so interessant, das Buch kommt mir vor wie eine Seminararbeit mit einer hauchdünnen Meinung am Schluss, die aber bereits vorhanden war und die das Raster bildete, durch die die aufgeführten Philosophen verstanden werden.
Bin heute nicht ins Café gegangen, vorbei gegangen auch nicht, angerufen hat Norbert bislang nicht. Ich halte mir den Satz vor Augen: Wir haben keine Beziehung!
Jetzt ist schon wieder eine Woche vergangen, im Café Pfefferminztee getrunken, dann bin ich sogar noch rumgelaufen, um sein Internetcafé zu finden.
Beim Portugiesen in der Nähe der Feldstraße, traf ich einen Bekannten, der I Ging las und an seinen Problemen mit seiner Freundin rumdokterte, sie lieben sich, aber kommen zur Zeit gar nicht zurecht, machen eine Paartherapie. Er ließ mich in die Tüte hinein riechen, in die sie einen Brief für ihn gesteckt hatte, es drang in der Tat ein übler Geruch heraus, weshalb er meinte, „so stinkt doch keine Liebe".
Vor vierzehn Tagen im Café Zeitraum sagte er mir noch, dass ich ihm nicht egal sei, aber auch der Sonntag ist ohne seinen Anruf vergangen.
Was mich wundert, ist, dass die Geschichte von Gabriele Wohmann „Der unwiderstehliche Mann" mit dem Tod endet, hätte ich ihr irgendwie gar nicht zugetraut, diese Gewalt, der Typ erschießt sich. Kürzlich fand ich diesen Erzählband aus

den 6oiger Jahren..
Bei ihrem Buch über den Tod ihrer Mutter wunderte ich mich auch über ihre Offenheit, Persönliches direkt mitzuteilen.
Der Tod ist offenbar immer wichtig in einer Geschichte, weil er etwas wegnimmt, so las ich auch von Max Frisch jetzt eine frühe Geschichte „Skizze eines Unglücks", auch da wird gestorben, fehlt einer vom Ganzen, der das Ganze unmöglich macht.
Von Norbert keine Spur, vierzehn Tage sind dahin, kein Anruf. Auf der Ausstellung sagte er: Ich werde dich die nächsten zwanzig Jahre... – ich weiß nicht mehr, um was es ging, aber es fiel mir auf, dass er sich offenbar vorstellte, wir würden uns noch die nächsten zwanzig Jahre kennen.
Ich bin froh, wenn ich in zwei Tagen abreise.
Am Samstag ist normalerweise niemand auf der Arbeitsstelle, ich erledige ein paar Sachen und schleppe dann mein Fahrrad in den Keller, denn nun ist alle Luft raus. Als hätte ich noch nie einen Platten repariert, weiß ich plötzlich nicht mehr, ob der Klebestreifen auf den vollen oder leeren Schlauch kommt. Treffe auf einen Reinigungsmann aus Magdeburg, der überlegt auch und meint, besser ohne Luft, denn man müsse den Klebestreifen ja fest drauf drücken. Im Endeffekt sitze ich wieder auf meinem Fahrrad. Ich müsse mir dickere Reifen anschaffen, hatte er gesagt und das stimmt, reichlich abgewetzt sind die.
Heute morgen doch im Café gewesen, ein bisschen in Anna Gavalda „Je voudrais que quelqu`un m`attende quelque part" weiter gelesen, aber ohne Begeisterung. Norbert ist nicht aufgetaucht. Morgen fahre ich also. Heute Nacht alle zwei Stunden etwa aufgewacht und Uwe Timms „Am Beispiel meines Bruders zu Ende gelesen". Rührend seine intime Beziehung zur Mutter, da liegt sehr viel Eigenes drin, ich meine, was nur den beiden gehörte, eingeschlossen die Zärtlichkeit, Schutz nennt Uwe es an manchen Stellen.
Als ich mein Fahrrad sah, erblickte ich sofort die Reifen, aha, die Luft hat gehalten.

Morgen also fliege ich, bin in den Lüften, was ich gar nicht so gerne mag, aber ich will ja meinen Sohn wiedersehen.
Wieder zurück und werde übermorgen noch mal abreisen, ein paar Tage fort sein, eine Freundin in Frankfurt besuchen.. Wenn ich wieder komme werden wir fünf Wochen nichts voneinander gehört haben
Und dann am Nachmittag bevor ich fahre, sein Anruf. Wir treffen uns gleich. Vier Wochen sind seit unsrer letzten Begegnung vergangen. Er beginnt gleich von seinem Sohn zu reden, dass dieser gerade zu seiner Freundin weiter gefahren sei. Und am Mittwoch wieder käme, dann ginge der Umbau in seinem Haus weiter. Er bereitet ihm die Wohnung. Er selbst wohnt im Souterrain, dort, wo sie wohnen, wo dieses Haus steht, ich darf ja nicht wissen wo. Kein Wort davon, dass wir uns vier Wochen nicht gesehen haben. Er fragt auch nicht, wie es mir geht. Er erzählt und erzählt und ich bin müde, zu müde, um dazwischen zu reden, mich einzubringen, wie ich es sonst „wehrhaft" - einer seiner Ausdrücke - tat.
Es geht wieder um seine Ex-Frau, deren zweiter Mann sich umgebracht habe, nach seiner Meinung liegt es daran, dass man mit ihr nicht reden kann, dass sie sich schützt, dass sie niemanden an sich ranlässt, vielleicht, weil sie als Kind lange missbraucht wurde „in der Verwandtschaft", wie er sagt.. Ich versuche, die Frau zu verteidigen, auch andere von denen er erzählt, denn es liegt immer an den Frauen, das nervt mich. Er packt uns ständig in eine Schublade und versucht nun auch noch, seinen Sohn davon zu überzeugen, so scheint es mir, wenn er erzählt. Ich nehme auch die Freundin von seinem Sohn in Schutz, über die er sich schon wieder lächerlich macht, ja seinem Sohn gegenüber versucht aufzuzeigen, wie dumm sie doch sei, dass sie so häufig anruft, denn sie würden doch am Haus arbeiten und dabei durch ihre Anrufe gestört. Ich finde, dass er jedes Nähebedürfnis von Frauen verunglimpft, der Wunsch nach Präsenz darf erst dann in Erscheinung treten, wenn es um Sex geht, so sieht es für mich aus, und das widert mich an,

Es ginge nicht um Nähe, sagt Norbert, sondern die Frauen wollen sich vergewissern. Ja und was ist dabei, wenn man sich des anderen vergewissern möchte, seine Stimme hören. Es tut doch gut!
Vielleicht stimmt es nicht, aber ich meine immer etwas Schadenfreude bei Norbert wahrzunehmen, wenn er den Frauen seine Lektionen verpasst, unter denen sie „leiden", weil selbst „verbockt". Etwa wenn er sagt, wenn sie (wohl eine seiner Freundinnen?) nicht mehr mit mir sprechen will, muss s i e das aushalten oder wenn sie mich zwei Tage nicht sehen will, muss s i e das aushalten! Er sei nicht wankelmütig und würde kommen, wenn sie ihn dann doch früher sehen will. So wie bei mir mit der Telefonnummer, du hast sie zerrissen, also kriegst du sie nicht mehr, bätsch!
Sein Sohn erzählte ihm, dass er seine Mutter an Heiligabend zu ihrer Schwester gefahren habe, 125 km weit, ob er sie auch wieder abgeholt hat, wusste Norbert nicht. Der Sohn hat Weihnachten mit seiner Freundin und Verwandten verbracht. Norbert meinte, seine Exfrau habe ihren gemeinsamen Sohn „verdinglicht", in dem sie ihn darum gebeten hat und das hätte er ihr prophezeien können oder sogar prophezeit, dass sie Heiligabend (- sie hat einen Partner, aber Norbert wusste nicht, was der Heiligabend für Pflichten hatte -) alleine sitze. Und das, weil sie sich nicht öffne, sondern schütze und nichts preisgäbe, keine Nähe durch Gespräch und Offenheit herstellen könne. Aber wie will er das wissen wie sie in ihren Partnerschaften ist? Von früher. Jedenfalls scheint er sich zu freuen, dass sie alleine da gesessen habe. Aber sie hat sich doch zu wehren gewusst und ist zu ihrer Schwester gefahren. Ja aber im letzten Moment.
Er erzählte in unserem letzten Gespräch von seiner reichen Exfreundin, die nach vier Jahren endlich heiraten und ein Kind kriegen wollte. Sie verklagte ihn wegen Heiratsschwindelei, auch wegen emotionaler Ausbeutung. Es sei zu einem Vergleich gekommen. Er habe ihr schließlich die Einbauküche, die sie nicht hergeben wollte, überlassen.

Er sagte, er habe ein paar Mal bei mir angerufen. Ich weiß nicht, ob er flunkert. Er sagt, dass wir uns wohl verpasst hätten, als ich ihm auf seine Nachfragen hin sage, wann ich gefahren sei und wann ich wieder gekommen bin.

Er erzählt von weiteren Erfahrungen mit Frauen, dass diese sich aus heiterem Himmel trennen oder ihn nicht mehr sehen wollen oder wollen, dass er die Wohnung verlasse, weil sie sich bedroht fühlen mehr oder weniger plötzlich und das alles ohne Angabe von Gründen.

Ich erzähle ihm, dass ich mich früher auch häufiger von meinem Ex zurückzog und dann, als der Groll abklang, meldete ich mich wieder bei ihm. Dass ich damals nicht darüber sprechen konnte, war auch eine Entwicklungsfrage, heute würde ich es anders machen.

Norbert sagt, dass er mich nicht mehr ernst nehmen würde, wenn ich mit ihm so verführe. Er kann sich nicht vorstellen, dass ein Rückzug aus Selbstschutz passiert, sondern glaubt, dass man dem anderen mit der Trennung etwas antun will.

Mit seinem Sohn zusammen will er wieder ins Kneipengeschäft einsteigen. Aber er will, dass es Geld bringt, nicht so ein Café, von dem nur der Inhaber leben könne, sondern in eine Kette einsteigen oder ein Projekt mit Konzept, das von der Brauerei finanziert wird.

Es vergehen sechs Wochen bis wir uns wiedersehen.

Er setzte sich grußlos und ohne einleitende Worte oder vielleicht einer Höflichkeitsgebärde. Er stellt einen Aschenbecher auf den Tisch, ich blätterte in der Zeitung und hatte meinen Tee fast ausgetrunken. Es wäre netter gewesen, er hätte nach so langer Zeit gefragt, ob er Platz nehmen dürfe. Aber er ist ein Pascha, er denkt, er braucht keinen Respekt zollen. Er legt seine Zigarettenschachtel auf den Tisch. Ich grüße also auch nicht, sondern sage, dass ich nun wohl von vorne und hinten eingeraucht werde, denn hinter mir raucht auch schon jemand. Daraufhin sagt er mit unschuldiger Miene sich umsehend, wieso, hier raucht doch niemand. Ich sage: Du! Er: „Wieso, ich rauche doch gar nicht!" Ich : „Aber du hast es vor!" Ich sehe, dass er

blitzschnell mit seiner großen Hand die Zigarettenschachtel verdeckt. Ich sage: Da steht ja schon der Aschenbecher. Er tut noch immer ahnungslos: „Na und?!" Ich: „Na den hast du doch mit an den Tisch gebracht und hingestellt." Er sieht, dass er mir nichts mehr vormachen kann und nimmt jetzt auch seine Hand von der Zigarettenschachtel, die er, solange er das Spiel spielte, verdeckt gehalten hatte. Während er sich niedersetzte, sagte er: „Ein Krieger kommt zurück!" Darauf ging ich nicht ein, denn ich wusste, dass das die Einleitung sein sollte zu seinen Erlebnissen der letzten Wochen. Ich fragte auch nicht, woher er käme, als er sagte, er sei heute nacht erst um zwei zurück gekommen, denn dann wäre er wieder damit gekommen, dass ich ihn kontrollieren wolle.
Norbert fragte dann, jetzt schon etwas provokativ, ob ich schlecht geschlafen hätte? Nein sagte ich, ich hätte sehr gut geschlafen. Ich trank meinen letzten Schluck Tee. Und tat was ich selbst nicht für möglich gehalten hätte: Ich ging! Ich stand also auf und sagte: Ich bin weg! Unwirsch erwiderte er: Ja.
Wir sahen uns monatelang nicht. Ich fragte die Bedienung, die uns öfters zusammen gesehen hatte, ob sie ihn mal wieder gesehen hätte.? Ja, meinte sie, er sei monatelang weg geblieben, aber seit einiger Zeit komme er wieder regelmäßig. Zweimal sei er mit einer Frau da gewesen, die sie als Kundin nicht kannte. Das läge allerdings schon wieder eine Weile zurück. Was sie jedoch irritiere, sei, dass er frühmorgens um 7.00 Uhr, wenn sie öffne, oft mit schmierigen Händen auftauche, das möge sie nicht so. Er trage jetzt schulterlanges Haar. Das konnte ich mir nun gar nicht vorstellen. Zwar hatte er mal erzählt, dass man ihn mit kurzem Haar für einen Nazi hielt und er deshalb sein Haar wachsen ließe. Aber so lang? Doch, sagte sie, wir verständigten uns noch einmal darauf, ob wir denselben meinten, doch, sagte sie, er sei so Mitte Fünfzig. Nach meiner Berechnung musste er viel jünger sein, er hatte mal erzählt, dass er sehr früh Vater geworden und sein Sohn 25 Jahre sei. Also sei er wahrscheinlich Mitte bis Ende Vierzig.

Sie schüttelte den Kopf, das glaube sie niemals.
Eines Tages stand er dann vor mir bzw. ich steuerte ihn an, da er sozusagen auf meinem Weg stand, in die Auslage des Antiquariats blickend. Es war noch sehr früh. Er habe ins Internetcafé gewollt, aber das habe noch geschlossen. Wir gingen spontan einen Kaffee trinken, er meinte, dass es beim Portugiesen wegen des Marktes voll sei, also gingen wir in ein anderes Café, wir redeten miteinander, als hätten wir uns am Vortag zuletzt gesehen. Als ich meinen Tee ausgetrunken hatte, wollte ich dann doch noch zum Portugiesen und er kam gerne mit und sagte mir dort, dass er am frühen Morgen schon hier gewesen sei, die öffneten ja um sieben. Das ist wieder typisch von ihm und auch blöde, er will immer etwas verschleiern, statt zu sagen, ich war schon beim Portugiesen, versteckt er sich hinter dem Argument, dass es da jetzt zu voll sei, weil Markttag ist. Das war mit der Zigarettenschachtel so ähnlich, über die er schnell seine Hand legte, um dann zu sagen: Hier raucht doch gar niemand.
Sein Sohn habe ihm im Sommer viel an seinem Haus geholfen und er wiederum sei mit ihm angeln gegangen, obwohl er dem nichts abgewinnen könnte. Sein Sohn habe ihm auch viel übers Internet beigebracht. In den letzten Monaten habe er 250 Artikel übers Netz verkauft und gekauft. Selten dass mal ein Interessent unseriös sei. Das sei ihm nur einmal passiert. Es ging um ein Auto, das er verkaufen wollte. Er habe dem Interessenten gesagt, wo das Auto stehe und eine Zeit verabredet, aber der potentielle Käufer sei nicht gekommen und auch zur zweiten Verabredung nicht. Der nächste Interessent jedoch sei gekommen und habe sofort gekauft.
Wir redeten auch über unsere damaligen Konflikte. Ich sagte ihm geradeheraus, dass ich ihn als sadistischen Erzieher empfunden hätte, der aus meiner Wut, meiner wütenden Aktion, seine Telefonnummer aus Frust zu vernichten, ein nicht wieder gut zu machendes Vergehen machte und gewissermaßen bestrafte, indem er sich hartnäckig weigerte,

mir seine Telefonnummer ein zweites Mal zu geben. Stattdessen freute er sich, dass ich nun meine Eigenständigkeit verloren hatte, unseren Kontakt mitzugestalten, denn schreiben konnte ich ihm ja auch nicht, da er mir seine Adresse ebenfalls vorenthielt. Ich fand meinen Zustand entwürdigend, nur warten zu können bis er mich anriefe. Er sagte, das hätte ich mir selbst zu verdanken. Mit seinem Verhalten habe er mich schützen wollen, seine Telefonnummer ein zweites oder sogar weitere Male zu zerreißen. Ich müsse mir vorher überlegen, welche Konsequenzen mein Handeln hätte.

Wir sagten all dies, aber die Stimmung zwischen uns war trotzdem gelöst. Wir redeten über vieles. Am Ende verabschiedeten wir uns und ich sagte, dass ich mich gefreut hätte, festzustellen, dass es ihm gut ginge. Und er antwortete: „Geht mir genauso!"

Zwei Tage später treffe ich ihn vor der Arbeit an. Er liest seinen Adorno, seine Orientierung wie er sagt, er blickt mich nicht an, sondern sagt als erstes und bestimmt, nachdem ich mich gesetzt habe: Was hast du am Wochenende gemacht?

Ich war über seine Frage sehr überrascht, ich hätte nicht gewagt, das zu fragen, da er ganz bestimmt die Antwort mit dem Argument verweigert hätte, dass ich ihn kontrollieren und verwalten wolle. In anderen Kontakten ist so eine Frage ganz normal, aber bei ihm muss ich überlegen, kann ich das fragen oder nicht.

Ich sagte, dass ich kürzlich eine Kurzgeschichte geschrieben hätte und erzählte den Inhalt. Er sagte bestimmt: „Wann kann ich sie lesen?" Ich sagte, dass ich nicht wüsste, wann wir uns wieder über den Weg laufen würden.. „Du kannst dich ja wohl verabreden!," sagte er, aber genau das hatte ich mich nicht getraut, um nicht wieder als Vereinnahmerin hingestellt zu werden. Er schlug den nächsten Tag vor, kam aber zu spät, ohne sich zu entschuldigen, legte das Buch „ Der Drachentöter" auf den Tisch, er wolle mal wieder einen Roman lesen, dabei hatte er Romane vor einem Jahr verpönt. Ich hatte ihm die Geschichte mit dem Unschlag schon hingelegt, er nahm den Umschlag und holte den Text heraus, las ihn an und steckte ihn dann wieder zurück, er wollte ihn zu Hause lesen. Ich war sehr nervös, weil neben uns eine lärmende Familie saß, die ich schon in ihrer Ausdehnung kannte, und bat um Platzwechsel. Darüber war nun Norbert wieder gereizt und wir setzten uns raus. Er sprach von seinen Internetkäufen und von Urheberrechten. Er hatte sich über Reemtsma aufgeregt, der wohl die Rechte an Adornos Schriften gekauft hatte und nun jemanden polizeilich verfolgen ließ, der einen Adornotext ins Netz gestellt hatte mit eigenem Kommentar. Man hätte Reemtsma damals abknallen sollen, sagte er. Ich hatte meine Einwände. Er kam dann auf meinen Text zu sprechen, den er manipuliert und mit seinem Namen ins Netz stellen könnte. Gewiss, er hatte das nicht ernst gemeint, aber ich nahm das als Anlass, meinen Text, den er draußen auf den Tisch gelegt hatte, wieder an mich zu nehmen. Ich hatte mich nämlich im Verlaufe des Gesprächs zusehens unwohler gefühlt, angefangen damit, dass er zu spät gekommen war, sich nicht entschuldigte, gereizt auf meinen Wunsch nach Platzwechsel reagierte, bishin, dass er meinte, indem er meinen Mantel von oben bis unten fixierte, dass ich für den nur drei Euro im Netz bekäme. Ehrlich gesagt, wurde mir kalt ums Herz. Ich fand seine indirekte Art, mir etwas zu stecken, abstoßend. Er hätte ja auch seinen Mantel als Beispiel nehmen können. Dann sprachen wir über die Uni, deren (Mensa?)Atmosphäre er mochte und ich hingegen fand, dass mir die Studierenden inzwischen zu jung seien. Er: „Du bist alt!" Ich wusste selber wie alt ich war, aber konnte er nicht ein bisschen feinfühliger mit mir umgehen? Ich entfernte mich innerlich und als er dann noch davon sprach, meinen Text unter seinem Namen ins Internet zu stellen, war er mir fremd geworden.

Er stand auf und sagte, dass es eine Vertrauenssache sei, ob ich ihm den Text mitgäbe oder nicht und ich antwortete, dass ich verunsichert sei. Er sagte dann verächtlich und tatsächlich von oben herab - ich saß ja noch - : „Dann bleib

doch alleine mit deinem Text!" Und: „Dann sehen wir uns eben erst wieder, wenn wir uns über den Weg laufen!" Und wie eine Warnung: „Du weißt ja wie ich reagiere!" Damit meinte er, dass er mir seine Telefonnummer nicht noch einmal gegeben hatte, nachdem ich sie zerrissen hatte. Also ist er doch ein autoritärer, verbitterter sadistischer Erzieher. Seine Genugtuung ist das Leiden des von ihm Abgestraften.
Mich plagte alsbald ein Schuldgefühl. Ich hatte das Bedürfnis, die fest gefahrene Situation zwischen uns zu erlösen und rief daher seinen Vornamen, als ich ihn ein paar Tage später sah. Ob er mich auch gesehen hatte, und deshalb schnell weglaufen wollte, weiß ich nicht. Erst beim zweiten Anruf drehte er sich um und winkte ab, er habe keine Zeit. Ich möchte dich nur etwas fragen, rief ich. Er blieb stehen und ich fragte ihn, ob er die SATSchüssel, über die wir schon gesprochen hatten, geschenkt haben möchte. Wenn nicht, würde ich sie zum Recyclinghof bringen. Ich wollte ihn nicht übergehen, da ich ja wüsste, dass er ein großer Bastler, Tüftler, Handwerker, Techniker war. Die Beschreibung hatte ich auch dabei, er blätterte und sagte, das sei ein analoger Anschluss und interessiere ihn nicht. Ich verabschiedete mich freundlich und mir schien, er auch.
Nun ließ mir die Sache mit dem Text „Die klobigen Schuhe", der mir am Herzen lag, weil ich mein Leben lang mit dem Holocaust Probleme hatte, keine Ruhe.
Im Café bat ich die Bedienung, den Umschlag mit der Kurzgeschichte, Norbert zu geben. Er hatte damals, als ich ihm den Inhalt erzählt hatte, kommentiert, dass er solche Ängste schon mit sechzehn losgelassen hätte ( War das nicht die Zeit, da er von zu Hause verschwand, weil sein Vater ihn geschlagen hatte?)! Sagte er auch etwas von einem Geburtstrauma nach Freud?
Es kam jedoch kein telefonischer Anruf oder sonst eine Reaktion.
Als ich zehn Tage später ins Internetcafé musste, weil mein Explorer die Buchungswebsite der Fluggesellschaft nicht öffnete, saß er dort und ich klopfte zwei Meter entfernt auf

den Tisch, damit er nicht das Gefühl hätte, ich blickte ihm über die Schulter. Ich erklärte ihm, warum ich da sei und er sagte ohne aufzublicken: „Dann mal los." Ich setzte mich ans andere Ende und legte los, ja. Er ging dann an mir vorbei zur Telefonkabine und ich fragte ob wir nachher einen Kaffee trinken würden. Er winkte ab und sagte: „Keine Zeit." Als er bezahlte, fragte ich ihn, ob er den Text gelesen hätte. Ja. Dann sehe ich ihn wieder an der Tür. Ich sagte noch: Ruf mich doch an! Er nickte und blickte mich längere Zeit an.

Aber doch muss ich sehr wütend auf ihn gewesen sein, wie kann ich es mir sonst erklären, dass ich zitternd vor einer Frau mit riesigem Hund, der mich anlief, stand, und erwartete, dass sie ihn an die Leine nahm. Das kann doch nur mit meiner Wut auf Norbert zusammenhängen, sagte ich mir. Ich bekam Angst vor mir selber, vor einer unbändigen Wut, die in Gewalt ausbrechen könnte.

Um meine Wut abzubauen, sie zu zügeln, schrieb ich ihm einen Brief. Ich hatte zwar seine Adresse nicht und ich mied dieser Tage auch das Café, aber ich würde den Brief in meiner Tasche tragen, sollte ich ihm über den Weg laufen und entweder wir würden dann miteinander sprechen und wenn er wieder ablehnte, würde ich ihm den Brief mitgeben.

In diesem Brief erklärte ich mein Verhalten, aber ich sprach auch andere Dinge an, zum Beispiel, dass er so viel über Sex sprach, was mich doch gar nichts anging, ich kam mir schon wie eine Voyeurin vor. Aber vor allem war mir nachhaltig in Erinnerung geblieben, dass er von einer Frau erzählte, mit der er sich „auch" einige Wochen getroffen hätte, dann sei es zu „sexuellen Handlungen" - eine Ausdrucksweise wie in einer Gerichtsakte - gekommen. Und genau das ist es, was er sich zwischen uns auch vorstellt, man trifft sich eine zeitlang, aber nicht, weil man die Person lieb hat, sondern im Hinblick darauf, dass man sich auf die Ausübung von sexuellen Handlungen vorbereitet. Natürlich sagt Norbert das nicht, aber ich begreife, dass er jede Art von Verbindlichkeit strikt ablehnt. Ausgerechnet er, der ständig

auf der Hut vor - wie er sagt – „Verdinglichung" ist, dass jemand ihn verdinglicht, tut genau das. Er ist ganz einfach auf seinen Profit aus und lehnt alles andere oder weitere ab. So sagte er wirsch, als wir am Tag der Kunstmeile unterwegs waren: „Ich kann mit dir nicht immer zu Kunstausstellungen gehen!" Er war nur mit mir gegangen, weil das in die Kennenlernphase/ Aufwärmphase gehörte, damals ging er wohl noch davon aus, dass es nach ein paar Wochen Treffen zu „sexuellen Handlungen" , wie er zu sagen pflegte, käme.
Im Radio tragen sie neuerdings zuweilen so zwischendurch Gedichte bzw. Verse vor. Das folgende ist von einem Autor namens Lichtenstein und das Gedicht heißt „Mädchen". Es ist, glaube ich, mich zu erinnern ein Vierzeiler, wovon ich die letzten beiden Zeilen behielt: „Mädchen sehen in jedem lüsternen Mann einen süßen Heiland!"
Was mache ich nun mit dem Brief in meiner Handtasche? Eine Woche ist vergangen, ohne dass wir uns über den Weg gelaufen wären. Ich fasse mir noch mal ein Herz und gebe ihn im Internetcafé ab. Der Typ am Tresen wusste gleich, um wen es sich handelt,
Auf den Brief hatte ich noch vermerkt, dass ich keine weiteren Briefe für ihn abgeben würde, das müsste er nicht befürchten.
Natürlich setzten, nachdem ich den Brief abgegeben hatte, Zweifel ein, ob es wirklich notwendig war, dass Norbert diesen Brief erhalte? Nach zwei Tagen entschloss ich mich, ihn zurückzunehmen, sollte er noch da sein. Aber er war nicht mehr da, Norbert hatte ihn mitgenommen, rief aber nicht an. Nun gut, damit musste ich mich abfinden. Mir war aber doch leichter, dass ich mein Gesicht gezeigt hatte.
Er rief nicht an. Nach ein paar Tagen, als ich auf meinem Weg zum Einkauf im Vorbeigehen ins Internetcafé schaue, sehe ich seine Silhouette, die sich zum Tresen bewegt. Nein, ich geh nicht rein. Vermutlich sah er mich auch, denn der Tresen befindet sich nah der Türe. Als ich vom Einkaufen zurückkehre, verlässt er das Café und sicherlich wartet er darauf, dass ich ihn rufe, das mache ich jedoch nicht. Wäre

er nicht stehen geblieben, wäre ich meines Weges gegangen, das hatte er wohl wahrgenommen. Er blieb also stehen und blickte zu mir, indem er sagte: „Na du Nerver!" Das hat mir natürlich nicht gepasst, dass er mich so ansprach, aber ich sagte nichts. „Setzen wir uns auf die Straßenbank!", sagte er. Zwar standen wir neben den Stühlen und Tischen des italienischen Eiscafés, aber offensichtlich wollte er auf die Schnelle mit mir „reden". Es passte ihm natürlich nicht, dass ich für ihn den Brief abgegeben hatte." Was meinst du durch wie viel Hände der gegangen ist!", es handelte sich aber nur um die Hände eines einzigen, es stand auch gar nicht sein Vorname drauf, sondern nur „Für N.".. Dann sagte er: „Du verdrehst alles!" Er habe gar nicht von meinem Mantel gesprochen, sondern allgemein von dem der Frau, des Kindes, von seinem. Ich sagte, dass er sehr wohl in der Situation über meinen Mantel gesprochen hätte, den er taxiert hätte, um zu überlegen, welchen Preis ich im Internet dafür verlangen könnte. Während seiner Überlegung dachte ich bei mir: „Was da wohl bei raus kommt?!" und er sagte „Drei Euro würdest du dafür kriegen!" Seiner Meinung nach hatte er das nicht gesagt und deshalb stand er auf und ging wütend fort.

Auch an Knut hatte ich einst einen Brief bzw. eine Email geschrieben, denn auch er setzte sich nie mit den Dingen, die ich vorbrachte, auseinander und mit dem Brief eben auch nicht, er war sogar wütend wie auch Norbert. Knut beschwerte sich über die „ellenlange" Email, aber er nahm sich nicht ein einziges der Probleme vor, von denen ich in meiner Mail sprach, er bezog zu keinem Punkt, der mich in unserer Kommunikation störte, Stellung.

Ich hatte mich sowieso nicht wohl gefühlt, unsere schwierige Lage so auf die Schnelle und auf einer Straßenbank zu erörtern und das unter dem Motto „Du Nerver!". Er hatte sich heraus geputzt, trug eine etwas glänzende, schwarze Hose aus qualitativ hochwertigem Stoff, wahrscheinlich hatte er ein Date und deshalb möglicherweise auch keine Zeit. Ich blieb für den Moment schockiert auf der Bank sitzen und ging dann wie betäubt weg. Lange Zeit sah ich ihn nicht. Aber dann eines Morgens mit einer Frau einen Gemüseladen verlassen. Beide trugen sie schwer an Einkaufstaschen. Ich ließ mir nicht nehmen mit Abstand hinterher zu gehen. Sie trug gewaltig hohe Pfennigabsätze, einen schwarzen Ledermantel und hatte blonde Sauerkrautlocken. Er trug eine schwarze glatte Lederjacke. Bevor sie ins Haus gingen, erledigten sie noch etwas am Auto. Sie überquerte dann schon mal die Straße und ging ins Haus. Er blickte sich um, sah mich heran nahen, zögerte einen Moment, aber ging ihr dann hinterher und die Haustür fiel zu. Nun kannte ich jemanden, der in diesem Haus wohnte und ich fragte ihn bei nächster Gelegenheit, ob Norbert dort wohne. „Ja, sagte er, im Erdgeschoss, der wohnt da schon seit sechs Jahren mit seiner Freundin!" Endlich hatte ich Klarheit. Als Norbert und ich uns das nächste Mal auf der Straße zufällig begegneten, ging ich an ihm vorbei und wie ich an seinem Gesicht sah, dass sich zunächst aufhellte, aber dann verfinsterte, passte ihm diese „Demütigung" nicht. So wird er das aufgefasst haben. Kurze Zeit später hat er die Wohnung aufgegeben wie ich erfuhr und seitdem ward er nie mehr gesehen.

**Der Friedri oder kom u ge**
Der Friedri, der Emil, der Lenz, die Melani, der Niko, die Jowinde, die Maureen u. der G.


Wie kann es einem nur so gehen? Wie kann man da nur so hineingeraten? Ich meine, ich habe gar nichts getan. Aber vielleicht habe doch etwas getan? Schon möglich. Wenn man schläft passiert so allerlei. Es ist Nacht und du siehst nichts. Du siehst nicht, was du tust, wenn du was tust. Aber du spürst es. Ja spüren tust du es. Aber ich habe nichts gespürt, ich habe geschlafen, denk ich jedenfalls. So ist meine Meinung. Die Linke weiß nicht, was die Rechte tut, sagt man das so? Aber wieso sollte die linke Hand nicht wissen was die rechte tut? Was die Leute sich so ausdenken. Aber ich weiß nicht, was ich getan habe und ich habe was getan. Oder bin ich nur gealtert und mir fällt alles schwerer und manchmal fällt es mir so leicht, ja federleicht ist mir ganz selten zu Mute. Wie einem das sein kann. Wie einem so federleicht zu mute sein kann. Man spürt sich gar nicht, ja jetzt spür ich mich, jetzt tun mir die Knochen weh und ich muss vorsichtig gehen, langsam, den ersten Schritt vor dem zweiten und nicht umgekehrt. Alles geht langsam heut. heut bin ich verkehrt, verkehrt in der Welt. Alle Welt kann das sehen wie ich heut dahinschleiche, aber ich bin im Dunkeln losgegangen, damit man`s nicht so sieht. Im Dunkeln geht eben alles langsamer, ich eben auch und kalt war es dazu und der Ruth bin ich aus dem weg gegangen, heute, heute wollt ich nicht mit ihr sprechen müssen, das ist zu anstrengend, man muss sich ja doch verleugnen, man sagt ja doch nicht, was man denkt, man sagt ja, was richtig ist, man sagt ja so einiges und nur, um überhaupt etwas gesagt zu haben und nicht aneinander vorbeizugehen, denn man sieht sich ja.

Ich wollt auch nur sagen, dass es mir heute schlecht geht, fies dreckig, ja das wollt ich sagen, mal, aber wem wollt ich das mal gerne sagen und was hat die Person davon. Zu der man gehört eben der. Na, ich will mich nicht aufhalten und vertüddeln, ins Tüddeln komm ich noch, wem sag ich das noch, nein, ich glaub, ich wollt gar niemandem sagen, dass es mir schlecht geht oder wollt ich das doch? Ich weiß ja nicht wozu, eigentlich weiß ich nicht, wozu ich das so sagen wollt, das mit dem, dass es einem schlecht ergeht. Ich mein es geht ja vielen schlecht oder geht es doch nicht so vielen schlecht, nein, es geht nicht so vielen schlecht, die müssen ja lachen, wenn sie mich hören. Aber es geht ihnen doch schlecht, wenn sie aus dem Krieg kommen, dann geht`s ihnen ja schon besser, aber wenn se noch im Krieg sind, dann geht`s ihnen ja schlecht. Aber es geht einem ja auch so schlecht, es hat nur niemand eine Ahnung oder vielleicht doch, weil man`s doch irgendwie sieht und spürt, aber dann sieht man`s wieder doch nicht wegen der Medikamente, die einem guttun, auch wenn se schlecht sind fürn Magen und so und man im allgemeinen doch abbaut, auch wenn se vordergründig so gut tun und de Haut wieder so rosig schimmern machen. Vielleicht hätte Ruth gesagt, du siehst aber gut aus! gerufen hätte se das vielleicht, ja vielleicht, aber ich glaube eigentlich nich, denn bestimmt hätt se finster auf meine grauen dahin wachsenden Haare geblickt, die haben einfach keine Facon mehr, ja wie gerne hab ich mal Französisch gesproch, aber das is ja jetzt vorbei, jetzt kommt mir nix Französisches mehr aus dem un an den Hals, dem Rachen, da ganz unten, wahrscheinlich sind se noch da, ganz unten sind se wahrscheinlich noch da, de französischen Wört, de ich mal so geliebt hab, ich sag ja nich, dass ich se nich mehr lieb, aber se sind ja jetzt ganz ganz weit da unten un in meinem Alter komm ich da nich mehr hin, so viele Treppen, das funktioniert nich mehr, ich rutsch da ja aus, wenn ich die Kellertreppen runtergeh, selbst wenn ich mich festhalt und Licht an is. Ich hab eine Schürze umgebun, aber was die mir nützen soll, wenn ich da nach unten unterwegs bin, das hab ich vergessen und auch mein Krückstock ist ein Hindernis, ja jetzt is er mal ein Hindernis, wenn ich da runterwill, aber wenn ich draußen bin, ist er kein Hindernis, denn da benutz ich ihn ja auch gar nich, so weit ist es ja noch gar nich, aber in der Ecke steht er schon, der Lümmel, der soll mal auf mich warten, lange kann der in der Ecke stehen und auf mich warten. Also was ich von der Ruth sagen wollte war ja, dass sie sicher sagen würd, dass ich mir die Haare schneid lass müsst, das sähe viel besser aus und so. Aber ich will doch nich, das weiß ich doch schon, bevor ich mit ihr gesprochen hab und da brauch ich gleich gar nicht mit ihr sprechen, denn sie sagt das bestimmt, sie will mich ja hübsch ordentlich, denn sie will ja mit mir sprechen und wenn sie auf der Straße steht, dann will sie mit gepflegten Leuten, sonst färbt das auf sie ab und die Leute sagen zu ihr, mit wem verkehrst du denn, und das will sie natürlich nich, sie will ja anständig gekleid sein, ich ja auch, aber auch nich, es is ja so eine klammheimlich Freu, mal nich anständig geklei zu sein, un mal ein Lo zu haben un mal einen abgeriss Saum, ja wenn das mögl wär, sich so mit Löchern und herabhängenden Säumen un Flecken un faconlosem Haar zu zeig, ja das wär ideal, ab so weit sind wir nich und dahin werden wir wohl nich komm, denn die Leute müss ja mit ihren Finger auf so jemand zeig, sons stimm ja was nich, und alles soll ja so stimme, immer, wenn es geht, ja also man schaut schon mal weg, wenn es nich so geht, aber es sollte doch im allgemeinen für immer so gehen. Wie es bloß dahinkomm konnt?. Oder is es imm schon dahingekomm? War es imm scho dahingekomm? Ja, sie is müd un se wa do imm imm scho so frü mü od wa se s nich, do, s wa se, un jetz is se scho wied mü, wied. Abr dass se sich glei hinleg muss, desweg glei hinleg, nich mal auf dem Stuhl halte kann se sich mehr, nei was, dass es dahingekomm is, dass se so frü ins Bett geh mu. Se sollt s nomal versuch, nomal vo de Küch i de Stub u zurü, ei bissch au- u abgeh, de Daunjack ha se ja scho üb, ja, denn es is kal geword, ja richti kal un de Somm ist scho weg, ganz weg, ja e is ganz weg u jetz mu i mi ei Jack übzieh, a nei, ei Jack hab i ja scho a, ei dick Winterjack ja, die i eigentli ers drauß trag sollt, ab s sieht mi ja niema, niema sieht mi, au Ruth nich u wenn Ruth käme müsste sie klingeln und da könnt ich ja schon schnell die Jacke ausziehen, während sie die Treppen hochkäme, ja das könnt ich, so schnell wär ich ja wohl noch, aber dass sie käme, nein, das tut sie nicht, sie käme nicht, weil wir uns ja auch nichts zu sagen hätten, wir beide, sind ja so aus verschiedenen Verhältnissen, sie ist ja reich und ich nicht.

**Friedri wollt sei Schädel wegwer**

Aber denkt sie, muss es denn schon wieder so weit sein, dass ich mich schon wieder so alt fühle, ich bin doch eben noch ganz jung gewesen, da war`s doch die Mutter, die damals die ältere war. nun war sie selber alt, zum Wegschmeißen, zum Wegschmeißen?, was redete sie denn da, na na, aber nicht solche Wörter gebrauchen, so alt war sie doch auch noch nicht oder doch, aber auch wenn sie alt wäre, sollte sie nicht solche Wörter gebrauchen, sie war doch was, sie war doch wer, na na, wegschmeißen, woher kommt denn sowas, ja der Friedrich der hat neulich sowas gesagt, der wollte seinen Schädel wegwerfen, weil der eine Kopfgrippe hatte, ja der Friedrich, der war anders, der war in allem anders, oder war der nicht anders, doch der war anders. Sie waren ja alle anders, aber der Friedrich der war doch noch anders als die anderen anders waren, na ja den Friedrich mochte sie doch, der war doch anders, sie mochte doch seine Stimme, die war doch anders, die hatte sowas, sowas Aufsteigendes und Hinabsteigendes und dann verschwand sie in der Dunkelheit, und sie wusste nicht, ob sie ihn wirklich gehört hatte oder nicht, ob das wirklich seine Stimme gewesen war, ob er das war, das war doch erstaunlich, das er das war, dass er so eine Stimme hatte und dass sie diese Stimme, die immer im Dunkeln verschwand, gerne hörte, das war doch, fast war es so, als wenn er ein Gedicht aufsagte und das tat der manchmal, der Friedrich, der tat sowas, der hatte die verinnerlicht und dann sagte der die auf, wenn sie mal eins hören wollte, das letzte war doch von Trakl, das sagte er einfach so auf und sie sah weg, weil die Stimme so aus ihm herauskam, so aus seinem Inneren, und weil sie spürte, wie der mit den Wörtern in den Gedichten gelebt hatte, jedes einzelne holte der aus seinem Inneren, da hatten die ihren Platz und der Friedrich kommunizierte mit den einzelnen Wörtern und ganzen Sätzen und Strophen, ja das tat der Friedrich, der hat damit gelebt, es leben ja nicht viele damit, so wie der Friedrich damit gelebt hat, so innig, so wichtig war ihm das, das war ihm sein Haus und das war gut, dass er so ein Haus hatte, so lebendig war das, so ein leichtes ganz leichtes Zittern lag in seiner Stimme, ein leichtes, ganz leichtes Vibrieren, ach sie wusste nicht, wie sie`s sagen konnte, aber der Friedrich konnte gut vortragen, ihr gefiel das, der hatte sowas in seiner Stimme, dass hinabfiel und wieder sich aufmachte und die Stimme war unglaublich, die hatte sowas und dann verschwand sie immer in der Dunkelheit wie der Friedrich selber, ja der wollte das so, der wollte immer verschwinden, der wollte immer plötzlich weg sein und niemand durfte ihn aufspüren, der wollte sich so zurück ziehen, das brauchte der, aber dann war der Friedrich wieder da und lachte und war weit weg gewesen für mich, aber er, er war immer bei sich gewesen, auch wenn der Friedrich für mich weit weg gewesen war. Aber dann lachte er und war da für ein paar Stunden und dann wollte er wieder weg, immer wollt er wieder weg, ja das wollte er so, weg musste der Friedrich und dann war der auf einmal weg, auf einmal war der wieder weg.

**In der Dunkelheit hab i Ruth**

In der Dunkelheit hab ich Ruth noch ein zweites Mal gesehen und bin ihr wieder schnell ausgewichen, denn was hätte ich sagen sollen, können, ich wusste nicht, was ich hätte sagen müssen, damit es ordentlich klingt und vernünftig beisammen und ich hätte wieder ein bisschen rummanipulieren müssen an meinem Leben, damit es vernünftig dasteht in ihren Augen und da bin ich lieber schnell vorbei, denn es steht ja nicht auf vernünftigen Beinen bei mir, all das, was man Leben nennt und ich kann mich doch so schlecht wehren, wenn dann wieder was gekommen wär, wie ich es halt machen müsste, damit ich besser da stehe und deshalb hab ich schnell weggeschaut und die Dunkelheit hat mich da ja auch geschützt. Aber dass ich die Ruth so oft treffe? was soll das? na das soll bestimmt nichts, schließlich wohnt sie ja nicht weit. Es sind die besseren Häuser, aber trotzdem geht sie auch mal um die Ecke einkaufen, wo auch das Volk hineingeht, sie muss ja auch unter die Leute. Sie kann ja nicht nur in ihre Extra-Geschäfte gehen, das ist ja wohl auch zu langweilig und bestimmt hat sie auch manchmal einfach nur die Milch vergessen wie neulich und schickt ihre Tochter zu dem Gemüseladen, dass sie ihr schnell mal Milch holt. Sie hat auch schon darüber geklagt, dass sie immer was Neues haben muss, ja das muss sie, sie hält es nie lange aus in dem alten Zeug, dann muss das weg, runter von ihrem Leib, ja aber das ist beklagenswert, hat sie gesagt, ja das hat sie selbst gesagt, dass sie davon abhängig ist, dass sie immer so anständig auszusehen hat. So neu. So frisch. So gepflegt, nein, das mag sie nun gern, aber die Kleider, das Zeug, dass sie das immerzu wechseln muss, das müsste doch nicht sein, aber sie kann nicht anders, sie muss das tun, sie muss sich den Zwang antun, immer neu und immer frisch auszusehen, so wie man sie noch nie gesehen hat, fast wie eine Prinzessin, die jeden Tag ein neues Kleid trägt, aber das tun ja viele, jeden Tag etwas Neues anziehen, ja das kommt vor, nein so ist das nicht, das kommt immer so vor, nur bei ganz wenigen kommt das nicht so vor und die wirken dann wie die, die sich nie verändern, die es einfach nicht schaffen sich zu verändern, sich neu zu gestalten, die einfach immer die alten bleiben, aber das kann Ruth nicht, das will sie auch gar nicht, sie will schön sein, ganz schön, ganz ganz schön, ja dafür tut sie viel, sie geht auch zur Fußpflege und zur Nagelpflege und zur Gesichtsmassage und was sie nicht alles tut, damit die anderen ihre Freude an ihr haben und sich denken, das ist ein schönes Bild, die Ruth ist wie ein schönes Bild, bildhaft schön will die Ruth sein.

**Das arme Deer u Frostkötel**

Warum muss ich die Vorhänge ein Stück mehr zuziehen? Man soll mich wohl nicht sehen. Nicht so. Mein Arbeitsplatz ist dicht am Fenster, aber man soll mich nicht sehen, nicht so, nicht so, nein, zerzaust vom Wind, ja vom Wind denk ich oder wovon, denk ich, das muss doch vom Wind kommen denk ich, denn ich war ja in der Stadt, ja in der Stadt war ich, weil ich das Arme Deer hatte wie die Rheinländer sagen und da hab ich mal wohl gewohnt und gelebt ja, hab mir nichts aneignen können, dort, ja dort von der rheinländischen Sprache, die dort so im Gebrauch war, aber das Arme Deer hab ich behalten, das schmerzt gewaltig, wenn man das hat, dann ist sozusagen alles zu spät, dann ist es da, das Arme Deer, die Not, die Tränen, die manchmal laufen und dann wieder nicht, das macht dem Armen Deer nichts aus, wenn sie da sind und laufen und wenn sie nicht da sind und doch laufen, auch wenn sie nicht zu sehen sind, aber se sind ja da, denn das Arme Deer ist ja auch da und dann kann man nichts mehr machen, so wie ich jetzt ja nichts mehr machen kann. Ich bin ja fasziniert, festgebunden, fest fixiert, ich muss mich ja losbinden wie ein Tier und dann gehen, aber wohin frag ich mich, wohin kann es, das Tier, das arme Deer, gehen, es geht einfach so, verirrt in den Straßen, die jetzt weihnachtlich geschmückt sind und so dummerweise hell, so grell ja so grell, am liebsten würd ich mal alle Lampen ausdrehen oder jedenfalls ein paar, damit nicht alles so grell beschienen wird, da tun einem ja die Aug weh, das sticht geradezu in die Augen hinein, das grelle, elektrische Licht, ja das tut es und lieber ist mir das Tageslicht, aber es ist jetzt recht finster am Tag, richtig finster ist es und das schon so früh, das fängt schon mit dem Aufstehen an, nein, vielleicht schon vorher, ja ganz bestimmt schon vorher, im Bett ist es ja auch finster, aber kuschelig ist es da, wenn die Zudecke ausreicht, manchmal ist sie auch kalt und dann reicht es nicht mit der Wärme, überall zieht es hindurch ja schon, man müsste sie schon mal erneuern, wahrscheinlich müsste man das, aber dann denk ich, das ich ja wohl noch auskomm mit der Wärme die sie spendet, den Winter über werd ich das ja wohl noch aushalten und dann ist es ja vorbei mit der Finsternis und mit der Kälte, im Sommer ist ja die Finsternis und die Kälte nicht so schlimm, denn es ist ja Sommer und da kann ich ja sagen, mir kann ich das ja sagen dann, wenn ich friere, das ja Sommer ist und dann brauch ich gleich nicht so zu frieren, dann ist es ja meine eigene Schuld, wenn ich trotzdem friere, denn es ist ja Sommer und ich bräuchte ja doch nicht zu frieren, aber ich will wohl frieren, habe wohl eine Lust zu frieren, weil ich wohl gern so zusammengezogen bin, so ein Frostkötel wie Mutter sagte.

**Bettler u Obdachlos**

Deswegen bin ich ja auch in die Stadt gefahren wie die Bettler und Obdachlosen und all die, denn die wollen ja auch die Wärme spüren und die feinen Mäntel aus echter Wolle und Fell, da strömt ja doch Wärme heraus, aus den zufriedenen Gesichtern, wenn die mit dicken Tüten die Kaufhäuser verlassen in die sie doch leer hinein gegangen sind, das haben die Bettler genau gesehen und deshalb denken sie, sie kriegen was ab und können nicht verstehen dass sie vertrieben werden sollen und ich kann das auch noch gar nicht verstehen, vielleicht, weil doch ja immer auch gerne vertrieben wird, man muss ja immer wen vertreiben, vorher gibt ja irgendetwas keine Ruhe, aber sie vertreiben ja immer mehr, die werden noch ganz alleine dastehen. Na so ein Bettler. Na so ein Ich.

## Mit dem Fahrrad im menschenleer Park

Na so ein Ich ist in die Stadt gefahren mit dem Fahrrad versteht sich, denn noch funktioniert ja mein Fahrrad mit der samtblauen Klingel, ja es funktioniert wohl , aber die Menschen nicht, denn da wollte mich einer nicht vorbeilassen, weil das Fahren im menschenleeren Park verboten sei, ja der war ganz leer und der hat mich kommen sehen und ist mit seiner Arbeitsmaschine immer schnell dahin, wohin ich ausweichen wollte und dann hat der mich angeschrien, ob ich nicht wüsste, dass das Fahrradfahren hier verboten sei. Er hat mich in die Klemme gebracht, das Schwein, es wäre nämlich gar nicht zu einem Problem zwischen uns gekommen, denn ich wäre ihm ja ganz natürlich ausgewichen, ich hab den doch gesehen, aber der wollte nicht, dass da jemand ganz gemächlich Fahrrad fährt, das wollte der nicht, das hat den geärgert, einfach so, weil es am Eingang des Parks dieses Schild gibt und weil ich dachte, dass der Park ja leer ist bei dieser Kälte.

## Wärme u subventionierte Bengel

Dass ich doch mal in die Stadt sollte um mich aufzuwärmen, auch wenn ich mir keinen wärmeren Mantel leisten kann, so könnte ich doch wohl mal die Stoffe anfassen und mir würde bestimmt schon davon warm und allein schon der Gedanke befriedigte mich ja, dass es da warme und sogar sehr warme Mäntel gab und die hingen alle da und die könnte ich alle anfassen und spüren wie warm die einem täten und da kämen mir ja sicherlich bald die Tränen, denn von der Wärme sind sie ja aufgetaut, und ich dachte ja an die warmen Mäntel und dass sicher auch die Bettler an die warmen Mäntel dachten, sie spürten sicher auch die Wärme von den reichen Mänteln von den Fellen Wollmützen, Webpelzen, den gefütterten Schuhen, und deshalb wollten sie ja in die Stadt so wie ich um die diese reichen, wärmeren Pelze zu spüren und man hat gleich nicht mehr so einen großen tierischen Hunger um sich herum, denn man spürt, da ist was, da essen Leute um einen herum, die schlürfen heißen Kaffee und Glühwein, ja da wird einem gleich viel besser und der heiße Dampf von dem Glühwein da drüben zieht einen doch bis ans Herz hinauf und da wird es doch auch ein bisschen warm und taut ein bisschen ein klein bisschen auf, nein aber auch, dass sie einem diese Freude nicht einmal gönnen und die Bettler vertreiben aus der Innenstadt, wo es da doch so schön heimelig ist und wo ich doch viele kenn, die nur deshalb in die Innenstadt fahren, wegen der Wärme, die die vielen Menschen, die sich noch was kaufen können und lachen und vielleicht einmal glücklich sind, auch, es müssen ja nicht immer alle gleich unglücklich sein, wenn sie einmal die Kündigung bekommen haben, manchen passt das ja auch und haben Glück im Unglück weil sie ja trotzdem noch ne Menge haben, aber die mit ner halben Stelle, die trifft es ja schon, das ist ja zu wenig, was da kommt, da kommt ja nur das für die Miete, für mehr reicht das ja nicht, was da kommt, da backen die sich ja ein Ei drauf, wie man so sagt das kümmert die ja überhaupt nicht, für die sind das ja alles Faulpelze und Schmarotzer, aber lass sie doch, die subventionierten Bengel, sind sie doch oder, sie sind es doch, die dauernd Zuschüsse bekommen, man hat ja gedacht die kommen alle so alleine zurecht so selbständig wie die tun und wie die auf die kleineren und Lütten schimpfen und auf das Pack und die Bettler, aber selber stecken sie nur in die Tasche, hier eine Spende und dort und ganz offiziell rufen die zu Spenden auf und beantragen hier eine Subvention und da eine Subvention, all die dicken Bonzen sind gesponsert und leben subventioniert, sogar Banken und Fluggesellschaften und Wohlfahrtsverbände und alle möglichen Vereine, Gesellschaften und Verbände, denen Herren mit langen Hosenanzügen vorstehen, jetz ja au Frauen, und vor der Presse schöne Sachen ins Mikrofon sagen, die dümmsten von ihnen sagen eben auch, die Bettler müssen raus, denn sie denken ja, sie selbst würden keine

Bettler sein, nur weil sie offiziell betteln und offiziell subventioniert würden von den SteuerzahlerInnen, ja, das würde ewig währen und deshalb wohl ewig eine dicke Brieftasche hätten und dass sie nie die Sprossen hinunterklettern müssten.

**Scheißer**

naja „Scheißer" habe ich (für mich) gesagt zu dem, der mich da in die Enge getrieben hat, aber das hat er ja nicht mehr gehört, so eine bin ich nämlich, die sagt „Scheißer" erst hinterher, und da hab ich ja gar nichts davon, zu mir selbst „Scheißer" zu sagen, ist das nich so, als würd ich das zu mir selbst sagen, bin ich denn ein Scheißer? Wer bin ich denn überhaupt, ich bin doch ein niemand, ein nobody, eine die die Gardinen vorzieht, damit sie nicht gesehen wird und die „Scheißer" erst hinterher sagt.
und das alles überhaupt schief ging mit mir, dann durchläuft es mich kalt und heiß und ich muss doch dann aufpassen, dass ich mein Fahrrad im Griff hab, grad jetzt bei dem feuchten ja nassem Wetter, wo die Bremsen nachlassen, also ich will nicht ins Schleudern kommen, ich will ja nur vorsichtig fahren und dann gibt es trotzdem brenzlige Situationen, aber wenn die Menschen es gut meinen, sind die brenzligen Situation eine Geschicklichkeitsprüfung die beide bestehen und man gibt sich sogar noch ein Lachen mit auf den Weg, aber dann gibt es eben solche, von denen ich hinterher „Scheißer" denke, ja solch welche gibt es viele, auch Ehepaare gibt es davon, die fühlen sich besonders impotent und müssen sich aufblähen, na ja und, also in der Stadt hab ich dann mein Fahrrad abgestellt und bin ganz schön unsicher gewesen, ob ich nich Unzucht treibe, bei dem was ich vorhabe, mich so anwärmen lasse in der Stadt, statt zu Haus schon am Schreibtisch zu sitzen und der G. ist ja auch nicht an meinen Tisch gekommen heut, sonst wär ich bestimmt nicht in die Stadt gefahren, denn das hätte mir ja genügt, mit dem G. eine Weilchen zu plaudern, dann wär ich

ja schon gewärmt gewesen und hätte wohl nicht in die Stadt fahren müssen mit so schlechtem Gewissen, dass ich doch besser schon am Schreibtisch sitzen müsste und so, aber der G. der ist heute an mir vorbei und weg, der hat ja heute nichma „Hallo" gesag, das hätt mich villeicht geweckt, vielleicht hätt ich mir dann sagen können, dass er immerhin „Hallo" gesag hat, aber so hab ich wohl in die Stadt müssen, um mir da was Warmes zu holen und die ganze Zeit, während so der Reifen rollte, war ich mir unsicher, ob ich nicht anderwohin rollen müsste, also zum Schreibtisch ganz bestimm oder wenigstens mir Leinwand holen, das muss sowieso sein, nei Weihnacht ohne Leinwand, nei, das kann ja wohl nicht sein, die muss i wohl hab, dass ich malen kann, ich muss ja wohl Farben haben und malen könn, Brot kaufe ich ja auch ein, ich kann mich ja nicht hängen lassen, und während alledem lasse ich doch mein Fahrrad weiterrollen, bis dass ich auf den „Scheißer" treffe, ab jetzt rolle ich an ihm vorbei, ja ich bin in die Stadt gefahren und hab dort mein Fahrrädche, wie die Rheinländer doch wohl sagen, abgeschlossen, erstmal vorm Kleiderladen, denn Melanie. hatte mir erzählt, dass sie dort eine warme Winterjacke mit Kapuze gefunden hätte.

## G.

Bestimmt würde ich ja wohl Melanie nicht treffen, aber ich würde ja vielleicht ihre warme Winterjacke sehen, „Rot", sagte sie, ja die Melanie traut sich Rot zu tragen, ja das traut sie sich, aber ich glaube, ich habe ihre warme Jacke doch nicht ausmachen können, da war so einiges Weinrotes, sie meinte bestimmt Weinrot, aber Weinrot, nein, also Melanie war natürlich nicht da, das wusste ich ja schon und dann hab ich mal hier angefasst und da und sogar einen affigen Mantel anprobiert, ja also nicht alle, die so etwas ausstrahlen, was man meint, lassen einen das dann auch spüren, wenn man drin hängt und da denk ich doch schon wieder an G., dass der mich heut verlassen hat und warum hat der weggeschaut und warum hat der mich denn nicht gegrüßt, das war doch von gestern bis heut keine große Hürde oder vielleicht doch, gestern ist er doch gekommen, ja gestern war gestern und gestern ist eine große Vergangenheit, man kann ja nicht so tun, als wenn gestern heut wär, un gestern rief ich ihm doch noch nach, dass wir uns ja vor Weihnachten noch sehen, das sind ja schließlich noch drei Wochen und er muss beim Portugiesen ja morgens auch was trinken und kommen, das versteht sich ja von selbst, sagt der G. und dann geht er, aber das war ja gestern und was gestern war, darf man nicht an das Heute festbinden, nei man kann sich nich auf den G. verlassen, ich will das auch gar nicht, ich hab da ja auch ganz gar nics zu bestimm, u es ist ja auch ganz gut so, dass der G. gegangen ist, denn der hat sich ja bestimmt auch so gedacht, nicht immer das gleiche tun, das muss nicht sein, und nicht irgendetwas entstehen lassen, also es ist doch besser, dass der G. gegangen ist, da ist man wenigstens wieder voneinander los, denn das war schon ganz schön schön gestern so warm war das, ja so warm und wie der so an meinen Tisch kam und weiter erzählte, wie er sich denn nun entschieden hat mit dem Urlaub, ja das war schon gewaltig schön, ich hab ihm ja auch was erzählt, sogar einen gewaltig schönen Traum, der mich nicht losgelassen hat, deshalb musste ich dem G. das sagen, auch wenn G. keine Erfahrung hat mit Träumen, musst ich ihm das sagen, er träumt ja gar nicht, träumt der nun gar nicht, wenn der Shit raucht oder umgekehrt, jedenfalls behält er nix und das will der auch nicht, der will lieber seine superspannenden Agentenromane lesen, vielleicht hattest du an dem Tag eine Angst gehabt, meint G. denn ich hab ja Angst gehabt in dem Traum, der G. macht ja lieber einen traumhaften Urlaub, der fährt ja jetzt erstmal nach Indien, das macht der G. immer so, der fährt nach Indien, das ist sein Traum und jedes Jahr sieht der zu, dass der hier die Biege macht und dieses Mal kommt sogar später noch seine Freundin nach, das ist dann der Supertraumspot, ja der G. der macht Sachen, immer hat der Freundinnen, sagt der, die irgendwie in der Scheiße stecken und dann muss der denen irgendwie helfen, das ist irgendwie so ein Anliegen von dem G., der muss denen helfen, also auf seine Art und Weise, was er darunter versteht, das ist wohl eine väterliche Art und Weise, wenn ich den G. richtig interpretiere, man kann ja die Leute nur noch interpretieren, richtig genommen und genau genommen kann man ja nichts nehmen, un dann ist er am nächsten tag ganz anders auf einmal, aber so anders ja auch nicht, denn warum soll der G. mich denn nicht einmal übersehen, vielleicht war der ja wohl schlecht drauf und hat sich gestritten mit der blonden jungen Frau, dem Engel, der G. sagt ja, die jungen Frauen fliegen ihn an wie Engel un dann verlassen sie ihn wieder, davor hatt der au Angst, ab der versteht das au, denn die sin ja Engel, sagt der G. und will jetzt nichts von Weibern wissen, nicht so früh, wenn ma erst den ersten Kaffee trinkt, den will man dann doch wenigstens alleine trinken und im Kaffeesatz kann man dann lesen wie es mit der Liebe weitergeht, na ja so ist der G. nicht, der liest bestimmt nicht im Kaffeesatz.

**Friedri sagt, es gi im ei Auswe**

Der G.. sagt, es gibt immer einen Ausweg und der Friedrich sagt, es gibt immer einen dritten Weg, ja, die sagen das, ja die sind wohl Optimisten, ja das sind sie wohl, vielleicht sind sie Gläubige, bestimmt glauben sie nichts, aber das glauben sie, ja das glauben sie bestimmt und sie kommen ja auch immer weiter, ja auch immer weiter kommen die, besonders. vielleicht der G., weil der noch jünger ist, der Friedrich ist ja schon so alt wie ich und musste ja zum Arbeitsamt, weil keine Aufträge mehr da waren und dann hat der zu denen gesagt, das können se mit mir nicht machen, mit mir nicht, ich bin immer selbsständi gewesen, die Compu-Schulu könnten se sich doch an den Hut stecken, das sei doch gar nichts für ihn, mann, so ein Piefke, was hat denn der für eine Lebenserfahrung, hat der etwa auf dem Puckel, was ich drauf hab, nein, der ist Arschfi (Arschficker) und Schwanzlu (Schwanzlutscher), nein, sowas sagt der

Friedrich doch nicht, das geht zu weit, das hätte er vielleicht sagen mögen, aber nicht einmal das glaub ich, nein so ist der nicht, so spricht der doch nicht, so Wörter nimmt der doch nich in den Mund, schon gar nich, wo der doch abhängig is in diesem Moment von dem Übbrückungsgeld und dann hatte er ja auch bald wieder Aufträge und hat denen abgeschrieben, dass se sich den Ar (Arsch) damit fi (ficken) können mit ihren Geldscheinen, er bräuchte die jetzt nich, die könnten zum Kloabwischen benutzt werden, denn die werfen doch das Geld zum Fenster raus, schmeißen doch schon einen Bleistift weg, wenn der erst nur ein bisschen hinüber ist, dann bestellen die doch glatt schon einen neuen und so machen sie es doch mit allem, Papier verschwenden, un wieder neues Mobilar, wied neue Einrichtung u neues Styling, die sind doch bekloppt, die meinen immer, die verbrauchen nichts und schmeißen nichts weg und sind sparsam, das ist doch alles nich wahr, nein das is doch nich wahr. Der Friedrich kann scho in Fahrt komm, naja der hat ja auch die Nas voll, der will auch nich mehr, nur noch ein bisschen, ein bisschen doll, denn der will wieder weg, der will wieder da unten leben, in der Einsamkeit, i Itali, da wo er allein is, ja wenn der das kann, ja der kann das, der hat das schon mal gemacht, der kann alles, alles kann der, nein, das würde der doch bestreiten, der meint ja nur, dass es immer einen dritten Weg gibt.

Dass ich in die Stadt gefahren bin zum Aufwärmen war wohl dann mein dritter Weg wie der Friedrich sagt und das war dann wohl mein Ausweg wie der G. sagen würde, ja was die so sagen, die sagen wirklich allerhand, ja das war nicht verkehrt, was die gesagt haben, das war also mein dritter Weg, sozusagen mein Ausweg, hab ich mich doch auf die beiden Kerle mal verlassen können. Ja sowas bieten die einem mal an und man nimmt das dann mal an. Und ich hab die warmen Mäntel mal beguckt und wie die alle so eng beieinanderhängen, als würden die auch Wärme suchen und sich aneinanderkuscheln wie die das können, ja die haben wohl Glück.

**Die Mutt**

Woher das wohl alles so kommt? Diese kalten Füße tun so weh. Un Mutter lacht, sie kommt ja immer noch mit Perlonstrümpfen aus un Schuhen mit nur etwas dickerer Sohle, also wie die das macht, dass die keine kalten Füße hat, bei mir is das ja anders, viel anders, immer tun sie weh, weil sie mir so kalt geworden sind un wieso sind die wohl so kalt geworden und fühlen sich jetz so eiskalt an, das geht doch nich, als wenn die dicken Socken nics nützen, auch die selbstgestrickten von Sabrina, un nu nützen die gar nics gegen die Kälte und mir tun die Füße so weh. I denk schon wied, i müsst in die Stadt fahren, dann würd i bestimmt warme Füß kriegen, weil es da ja so schön warm is, aber i kann ja nich scho wied in die Stadt fahrn, das geht do nich, ich kann mich nicht immerzu nur aufwärmen wollen, aber gut tun würd`s mir schon, dieses Wegkommen von zu Haus, das is ja so leer, un man fühlt sich ja schon als Fremdkörp in der Wohnu, weil die ja so leer un ausgestorben ist und so kalt als würd da gar niemand drin wohnen, „niemand drin wohnen", wart, das erinnert mi an ein Gebet, Moment, da ist er: „Lieber Gott, ich bin so klein, mein Herz ist rein, soll niemand drin wohnen, als du allein." aber da wohn ich ja drin, noch wohn ich ja da drin, wenn ich die nicht hergeben muss, wohn ich ja da drin, aber man weiß ja nich, wielange man was behalten kann un wielange ich drin wohnen bleiben kann. Ich muss doch auch mal hier wohnen, sag ich, ich kann doch nicht immer bloß wegrennen, ich muss doch hier mal wohnen bleiben. Ich würd ja auch nur gerne in die Stadt fahren, weil mir die Füße so kalt sind, aber die Stadt, die ist ja so richtiggehend verboten für unsereins, die nich einkaufen könn, weil gar kei Geld da is un das is ja nich da, weil wir nich so richti funktionier.
du brauchst doch nicht auf die Straße gehen", sagte die Mutt, das war ja wohl der Strich, die Straße, also dass sie so eine Tochter hätt, aber auch wenn Mutter mich so ansah, als würd

ich jetzt auf den Strich gehen, musst i do gehn, sonst wär i ja wohl erfrorn, ging i also do stumm aus dem Haus, un die Mutt hatt mi verletz. Wieso ging i denn auf den Stri, wenn i au die Straß ging u i der Sta warn ja wohl die allerschlimms Straßn u das musst ja wohl bestraft werdn, dieses Straß gehen. I ging also in die Straßn, Gassen, bergauf, berab, u setzt mi wohl in ein Cafe,.

**Der Fried sei jüd**

Dem Friedrich seine Mutter war Jüdin und deren Eltern ja beide, und den Vater der Mutter haben die deutschen Nazis „das Schwein" genannt und mitgenommen und der Friedrich durfte seinen deutschen, nicht jüdischen Vater nicht direkt ansprechen, deshalb sagte die Mutter: „Der Friedrich möchte dich fragen, ob...," ja so war das bei dem Friedrich und der war da wohl nie glücklich und hat sich „Die Toteninsel" von dem Böcklin an die Zimmerdecke geheftet und bevor der Friedrich eingeschlafen ist, hat der sich vorgestellt, wie es da wohl sei auf der Toteninsel, ja das hat der so herum fantasiert vor dem Einschlafen, na so ein junger Mensch, wie der Friedrich damals war, hängt sich das an die Zimmerdecke über sein Bett, die Toteninsel und geht da herum, ja so was hat der Friedrich getan in der Phantasie und so geht der auch gerne herum und jetzt ist der schon lange nicht mehr rumgekommen zu mir, dabei wollt der mal wieder meine neuen Bilder sehen, aber wenn der Friedrich was anderes zu tun hat, dann kommt der nicht, auch nicht, wenn der keine Lust hat, dann kommt der nich und wenn der nun mal nich will, dann kommt der nicht, dann spricht der eben auf den AB und sagt einfach, dass er eben nich kommt, dass er das vertagen muss und dass das seine Zeit braucht, bis er wieder kommen will, dazu muss er ja auch Lust haben un wenn die nicht da ist, dann sieht es schlecht aus, dann krieg ich doch keinen Besuch von dem Friedrich, der will ja nicht zwei Freundinnen haben, sagt der, er hat ja schon eine, sagt er und das ist auch schon viel und mehr kann der gar nicht vertragen, der Friedrich, und ich wohl auch nich, aber ich bin ja nich so, denk ich so, aber dann bin ich doch so und dann zerre ich ja doch und dann will ich ja doch und das gefällt dem Friedrich dann nich, dass man an ihm zerrt, der will das ja ganz allein entscheiden, der will ja wohl nicht aufgefordert werden, nein das geht zu weit, der will ja wohl sagen können, heute ja und morgen nein und wie lange nein, das obliegt ihm ja wohl und nun hat der Friedrich sich ja schon lange nich gemeldet und dann werd ich so unruhig und der Friedrich sagt, ich brauch nich unruhig werden deswegen, er würd sich ja irgendwann wieder melden und er hätt doch eine Freundin und das sei schon zu viel und da müsse er sich mal zurückziehen, denn, sympathisch sei i ihm, un nun war der schon lange nich da, und ich denk, dass der vielleicht bei seiner Freundin ist, die will ja viel haben und das gibt er ihr ja vielleicht, ja das tut er doch wohl ja, oder der Friedrich sitzt über seiner Grafik, denn der punktiert ja, der stellt die durch Punkte her, der sitzt da ja ganz gebeugt über seinem Tisch und der Stift in seiner Hand geht immer auf und nieder, das ist ja wie beim Ficken, wenn das der Friedrich hören würde, aber das würd dem glaub i, nix machen, der würd wohl wahrscheinlich sagen, denk doch, was du willst, ja also dann fickt der wohl sein Bild fertig und da steckt ja ein Druck dahinter, das is so, als wenn jemand mit Druck fickt, aber endlich einmal muss das Ficken ja auch aufhören und das Bild erlöst sein wie der Körper, der Geist un die Seele, ja au die Seel is do wohl erlös, denk i, i hab do so manches Mal wein müss, wenn alls vorbei war, das Bild ferti, der Fi zu En, dann ging das do so manchs Mal sofor los, dass die Tränen liefen, dass kam aus dem Innerst. Der Friedrich weint bestimmt nich, wenn der so einen Fick fertig hat, ich mein so ein Bild, oder vielleicht doch, aber wenn der richtig gefickt hat, dann weint der bestimmt nich, das kann ich mir gar nicht vorstellen, dass der dann schluchzen muss, das hab i vo Männern no ni gehör, wohl überhaupt nich, wie können die sich denn soweit gehen lassen, beim Stöhnen und Seufzen hört das ja wohl auf, das ist mehr äußerlich bei denen, so eine chemische Reinigung. Ich will nich sagen dass das bei dem Friedrich eine chemische Reinigung ist, das kann ich ja wohl gar nicht, jedenfalls war das bei dem Friedrich mal ein „Feuerwerk", ja das hat er gesagt, und das hatte ja wohl eine Argentinierin entfacht und die hat ihm das ja gar nich übel genommen, dass er sofort gekommen sei, die habe gelacht und die habe ja lachen können und das fehlt dem Friedrich sicher bei mir, denn ich hab ja gar nicht gelacht, un ein Mann hat gesagt, wieso, ich hab mich doch nur spontan verhalten, das will die Frauenbewegung doch so, der war also wirklich blöd. Ich hab mich ja nur gewundert, warum der Friedrich mir sowas erzählt, dass er eben manchmal impotent ist und so, aber der hat wohl ganz einfach Lust, mir das mal zu sagen, damit ich mir vielleicht keine großen Vorstellungen mach. Ja der Friedrich war frei, der konnte frei aussprechen, was der so meinte, warum denn nicht, sagte der Friedrich, der mochte das nicht leiden, wenn i da so herumstand, als dürfe i da eigentli gar nich herumstehen, als sei i unerwünscht, „bist du doch gar nich", sagte der Friedrich un er hätte gern gehabt, dass i mi wohl anders hinstell, vielleicht so wie Mutt u au wie der Vat sagten, die sprachen imm davo, dass i die Brust herausstreck müss u den Bauch dafür einzieh, ja viellei meinte der Friedri das ja so.

Es fehlt ja die Bestätigung und wenn die immer ausgeblieben ist, dann ist da nix, was mal bestätigt wurde und was also auch nicht da sein kann, denn es kann ja wohl nur da sein, was bestätigt wird, das andere ist zwar eigentlich doch irgendwie da, aber unbestätigt wie illegal (ein illegal Präsenz), bestätigungslos, also irgendwie nicht anwesend und doch anwesend, das ist eine schlimme wirkliche Sache, so sieht der Friedrich, dass ich da bin und spürt wie ich bin nich da bin (wenn, obwohl i da bin)., Der Friedri spürt ja wohl mein nich-da-sein in meinem da-sein und damit spürt der, dass da noch etwas ist, was nich bestätigt wurd, was ab da is .

**Absterb**

Woher das wohl alles so komm, das Absterben, eine Wüste, entsteht, man sagt ja, man hat damit was zu tun, mit allem, sagt man ja, aber wie das trotzdem alles so kommt, dass da einfach alles plötzlich so dahinstirbt, dahinsiecht und man kann es nicht retten, es gleitet ja aus den Händen und man spreizt die Finger ja wohl ganz von selbst, damit alles hindurch fällt, wovon man ja wohl glaubte, dass man es doch ja wohl halten wollte, aber dann stellt sich ja wohl heraus, dass man es fallen lassen wollte und nicht halten und man hat sich getäuscht und dass man sich in sich selber täuscht, das ist ja allerhand, dass man alles fallenlässt, was man ja nicht fallenlassen müsste, aber so ist das ja wohl auch nicht, denn es ist ja wohl der Zwang zum Festhalten da, obwohl die Hände schon zu schwach geworden sind über all die Zeit, weil sie ja schon über all die Zeit so schwer getragen haben, was da festzuhalten galt, festgehalten werden wollte ja auch, und dann rinnt es einem von dannen, plötzlich bleibt nur die Spur von allem, die Erinnerungsspur, oh ja das ist alles traurig, ich kann nichts bewegen, nichts zum Besseren bewegen, es gleitet mir aus den Händen, wo soll das denn noch hin, das geht ja wohl nicht, das alles so kommen soll, das alles nicht mehr zu halten ist, dass man unter sich macht, weil da keine Kraft mehr drin ist und dann macht man eben unter sich und muss wieder Windeln tragen, ach ja, das ist ja alles fürchterlich, wie das so kommt und wogegen man nichts machen kann, weil man kann gegen sich selbst nichts machen, man möchte sich wohl umbringen oder lieber eine andere sein, die das ja wohl alles im Griff hat und nichts verliert und alles halten kann und dabei reich wird, aber wenn einer nichts halten kann, verliert er, und das kann man ja nicht begreifen, das geht ja vor sich, niemand kann das ja nich begreifen, das geht ja so vor sich. Ja das ist ja wohl eine Krankheit, nichts halten zu können, das muss doch jeder wohl können, son bisschen, aber wenn man verliert, dann verliert man ja immer mehr, das ist ja wie eine

Lawine und dabei hat man sie auch noch selbst ins Rollen gebracht, weil man nicht gegen sich an kann.

Warum stirbt das nur alles so weg, ja das stirbt alles so um einen herum und dass es sich so wiederholt, sogar um dieselbe Jahreszeit ist es gewesen damals, ja warum wiederholt sich das alles zwanzig Jahre später, ja das geht ja wohl im Kreis herum, was ist das bloß für ein Kreis, der kreist ja ein, vielleicht is das ja wohl auch eine Spirale, die hat ja viele Kreise, da geht es ja nach außen un nach innen, nach oben un nach unten.

Und dann geht das ja wieder vorwärts, aufwärts geht es dann ja wieder, es kann ja der Tod sich nicht immer wieder ausbreiten, da muss ja auch mal das Leben wieder ran, dazwischen ist das Leben dran, ja, jawohl. Aber das Leben hat es ja wohl ganz schön schwer sich durchzusetzen, aufzumachen das Tor, sich in die Öde hineinzubegeben und was zu machen, sich gegen den Tod aufzulehnen, der um sich greift, der nicht zimperlich ist, ja der ja wohl brutal vorgeht und Wüsten schaffen will.

Also das ist ja so ein Treiben, so ein Schneetreiben, ins Gesicht treibt ja der Schneestaub, so fein fiselich wie Regen, treibt der ja, weil der mit Regen gemischt ist, der feine, nasse Schneestaub, so fein nass wie ein Hochzeitskleid und so weiß die Landschaft, auf der einst Äpfel am Apfelbaum hingen, ja so fein ist ja der ja, dass der einen ins Gesicht treibt, in die Augen will der ja kommen und da geht der ja so in die Äuglein, die man ja zuklemmt bis auf einen Schlitz, um überhaupt die Spuren zu sehen die man ja entlang tappen muss und es sind ja immer dieselben Spuren, eigentlich ja wohl doch nur eine, es ja immer doch nur quer durch den Park, in dessen Mitte ein zugefrorener Ententeich reglos liegt. Der Weg geht immer darauf zu, in die Reglosigkeit, eine Weglosigkeit, ja das ist immer so und dann geht es daran vorbei, man lässt den Weiher rechts liegen, also ich mach das immer so, man muss ja nur gehen, immerzu gehen, um einfach nich stillzustehen, das ist ja das Fürchterliche, nicht mehr gehen zu können und deshalb geht man ja besser. Un dass sich die Sprache so verändert, is ja wohl schlimm, warum auf einmal den zweiten Buchstaben vor dem ersten?: mher (mehr), bracuhe (brauche), Falmme (Flamme), zeihen (ziehen), sit (ist).

Das Leben verändert sich ja auch und daran liegt es wohl, dass sich im Leben was verändert hat, es hat mich geschwächt und deshalb bin ich jetzt ja wohl schwach, aber ich kann wohl auch wieder stark werden, mir kann ja wohl wieder warm werden, wenn dieser elende, weiße, schneeweiße, beißende, Zungen abbeißende Winter vorübergeht und er muss ja einmal vorübergehen, das kann ja nicht so bleiben, das ist ja zu viel, das ist ja wohl zu viel Weiß und die Härte und das Schneien und Schnee schneien wie Schneiden, als würden sie immer was schneiden und entsetzlich wehtun, worauf Schreie folgen und diese Härte mit der abgeschnitten wird, gewetzt wird ja das Schlachtermesser und gerieben an der dicken Brust, dem beschürzten Bauch, daran wird es ja abgewischt, weil es ja weitergeht das Schneien und Schneiden und Brustschneiden und Brustaufschneiden und jetzt muss das mal bald aufhören mit dem Schneien und Schneiden und Zerschneien und Zerschneien, das darf einfach nicht so weitergehen.

Ich träume ja nur die Brust ist heiß und weiß, und ich sitz ja auf dem Baum, ja in der Krone, und alle Äpfel sind ja abgepflpückt, es waren die hellgrünen, die einfach hellgrün blieben, auch als sie reif wurden, aber das war so, Hellgrün, und nun hing ich auf den schwarzen, rabenschwarzen, krummen Ästen, und ich wusste, dass hier einstmals reife hellgrüne Äpfel gehangen hatten, aber jetzt war ja wohl Winter und im Winter ist einmal Ruhe, da kommt nichts, aber dann kommt da doch etwas, was man einfach nicht sieht, das rückt heran im Verborgenen und im Frühjahr ist es ja da, der Winter muss ja dann mal aufgeben, sich zurückziehen und dem Frühjahr, dem Sprießen den Vortritt geben, tut er ja auch, denn er hat es ja auch satt, solange auf der Eisbahn zu laufen. Der Winter kann ja nicht mehr lange dauern und ich muss ja auch mal runter vom Baum, das kann ja auch nicht so weitergehen, dass ich da in der schwarzen Baumkrone weile, nein, nein, das muss jetzt mal gut sein und zu Ende sein, ich werd da ja wohl nochmal runterkommen, ich bin ja wohl kein schwarzer Ast.

## .Friedrich u sei Trakl

Was das für ein Treiben ist, wie das so dahin kommt, ja da kommt vieles dahin, dahin kommt vieles, und vieles kommt von da gegangen, ist ja schon auf dem Rückweg, ja man muss ja nach Haus, dahin muss man ja, auch wenn man das erleuchtete Fenster nicht sieht mit dem samtgelben Licht leuchten, aber man sieht ja gar keine Schatten, nichts sich bewegen, es bewegt sich ja nichts, keine schwarzhaarigen Schatten, nur der schwarze Holzrahmen und das innere samtgelbe Leuchten, das Licht, aber man sieht nichts, aber dahin kann man ja gehen, denn es ist ja Licht und wo Licht ist, wohnt ja jemand, da muss ja wohl jemand wohnen und leuchten, also geh ich, also leucht ich drauf zu, und dass ich den Friedrich auf einmal treff, an dem wär ich doch glatt vorbei, der turg (trug) doch eine ganz andere Art auf einmal, ich war den Friedrich doch ganz anders gewohnt, ob der sich verkleidet, einfach so, damit man sich nicht auf den verlassen kann, der will ja nich immer gekannt werden, der will ja auch mal ganz alleine gehn in Ruhe ohne Lärm um nichts und wenn der seinen Trakl in der Jackentasche fühlt, dann reicht das dem Friedrich ja schon und der spricht bestimmt leise die Trakl Gedichte während der da so eine schwarze Wollmütze trägt und weshalb ich beinahe vorbei wär ohne den zu erkennen und der Friedrich trug auch eine schwarze Hose was der ja sonst überhaupt nicht nie gemacht hat, der kam doch aus dem tiefen Bunkelblau (Dunkelblau) (ein dunkelblauer Bunker) gar nicht raus, das wusste der doch, das war dem seine Farbe, allerhand Blautöne, das konnte schon blau machen, natürlich trug der, als ich beinah an ihm vorbei, auch ein blaues Teil, der Friedrich trug nämlich zwischen dem Schwarz auf dem Kopf und an den

Beinen eine hellblaue lange Jeansjacke, die war mir ja völlig neu an dem Friedrich, deshalb wär ich ja auch an dem vorbei, weil der ja so ganz in Neu ich mein in Anders war, das war doch ein anderer Typ und ich sah ja von hinten den anderen Typen, denn ich kam ja von hinten auf den anderen Typen zu und wollte ja nein ich musste ja mit meinem Fahrrad vorbei und ich dachte an Emil, als ich den Typen von hinten sah und dachte ja wenn der Emil sich mal so kleiden würde, das würd mir ja zu gut gefallen, das hatte ich ja wohl schon den Vormittag über gedacht, ja beim Portugiesen hatte ich das ja wohl gedacht, dass der Emil ja wohl in einem schwarzen Rollkragenpullover mir gefallen würde, und wenn der mal hierher käm, aber der verändert sich wohl nich so gern, der hat ja so ein festes Haus, da bleibt der gern drin wohnen und der hat ja gesagt, dass der mich gern hat, aber mehr nicht, hat der gesagt, deshalb ist der nich hier, bei mir, der ist ja in seinem Haus geblieben und der bleibt da ja auch, da lässt der sich ja wohl auf keinen Fall rauslocken, das würd dem nich gefallen, das Haus aufzugeben, auch wenn der sich zehnmal von seiner Frau trennen will, aber dann bleibt der ja doch, das hab ich ja all die Jahre beobachtet, dass der Wut kriegt und dann beruhigt der sich wieder und bleibt schön in seinem Haus, das hat der ja auch schon lange und da will der sich wohl auch nicht rauswerfen lassen und wohl gar nicht von selbst gehen, der Emil beruhigt sich ja jedesmal, dann ist das ja auch nicht mehr nötig, das der geht, ich hab ja nur immer gedacht der geht, weil der ja immer gehen wollte, auseinander, aber jetzt denk ich der bleibt, wenn der eigentlich weg will weil der ja immer geblieben ist, wenn der wegwollte, der hat sich ja immer beruhigt und so sind ja ganz schön viele Jahre zusammengekommen, das ist ja schon lange her als ich den kennen lernte und da war das schon, dass der wegwollte, vor 16 Jahren, dass der Druck hatte, und noch in diesem Sommer da hat der Emil doch wieder gezweifelt, ob der mit seiner Frau was finden würde noch, was Verbindliches, wenn der Junge erst aus`m Haus is, aber dann hab ich nix mehr gehört, dann ham die wohl was gefunden und jetzt muss ich den Emil mal loslassen, dabei meint ich, der hätt sich um mich gekümmert in der letzten Zeit, als wenn der mehr von mir wollte als früher, aber der wollt sich nur ein bisschen aufwärmen glaub ich, das is ja wohl menschlich, der spricht ja so gern mit mir meint der, ja das meint der wohl und mehr war ja nich, aber nun muss ich ihn ja doch mal gehen lassen, aber trotz alledem hab ich ja wohl beim Portugiesen an den Emil gedacht, dass ich mir wohl vorgestellt hab ob der wohl hier stehen könnt bei uns Ungemachten, denn der Emil ist ja gemacht, der hat ja alles fertig gemacht, also dacht ich so wohl, dass der mir wohl in einem schwarzen Rolli gefallen tät, weil der dem wohl stehen würd, deshalb hab ich wohl die schwarzen Hosenbeine gesehen und die schwarze Wollmütze und die Jeansjacke und dachte, während ich dem Mann ja wohl näher kam, ja wenn das der Emil wär, der sich so kleiden würde und als ich mit dem Mann da auf gleicher Höhe war, drehte ich mich ihm zu und da war das doch der Friedrich, ja also, das war wirklich der Friedrich, der hat doch nie schwarz getragen und jetzt verführt der mich so, der hat das doch mal in Frage gestellt, dass ich immer in Schwarz war, der hat doch mal gesagt der Friedrich, Schwarz kannst du ertragen, aber Rot nicht! Ja der Friedrich hatte ja wohl das Richtige gesagt, aber ich trag schon weniger Schwarz, nich wegen dem Friedrich, sondern weil ich da mal raus wollte und will der Friedrich da wohl rein, vielleicht merkt der das ja gar nich, ich hab das ja auch gar nich so gemerkt wie ich da so rein bin, aber jetzt mach ich ja doch Platz für die anderen, die anderen Farben müssen ja wohl auch mal sein, find ich, das find ich schon, jetzt bin ich schon aus dem Schwarzen fast draußen, jetzt seh ich das ja an dem Friedrich, ich mein ich trag ja auch wieder Schwarz, einen schwarzen Rolli, weil das ja der wärmste Pulli ist, den ich so hab und es is ja Winter aber im allgemein bin ich raus, ich will ja auch da raus sein, wenngleich ich auch wieder mal reinmöchte, das wackelt ja doch wohl ein bisschen. Sah doch heut gleich noch die Remi, die hatte doch einen Turban auf, der war Schwarz und der hatte ja wohl goldene Streifen, das hat mir an der Remi ja gefallen, wir haben ja stark gebremst, denn im letzen Moment hab ich doch die Remi erkannt, vielleicht hätt ich die ja sogar gar nicht erkannt und wär vorbei, aber die Remi hat mich erkannt und hat eben als erste gebremst und da hab ich ja wohl ihren Turban gesehen und hab den ja wohl schön gefunden, aber erkannt hätt ich die Remi ja wohl nich. Wir haben gemeint, dass bei uns beiden nich alles rosa aussähe und dann haben wir uns ja wohl so gut wie verabredet.

Hab also neben dem Mann, dem Friedrich, gebremst. Aber der Friedrich hat ja gar nicht gelacht, der war sicher nicht froh, mich zu sehen, der war ja so verhalten, eingeklemmt, ja das ist der Friedrich, wenn dem so ist, dann ist der ja so und wir sind ja ein Stück hoch zusammen den Berg hoch, und so geredet wie wenn sich zwei Bekannte treffen und sind wir ja wohl auch, zwei Bekannte und dann hat er gemeint, dass er meine neuen Bilder sehen wollt mal, aber das hat der Friedrich ja schon das letzte Mal gewollt und abgesagt. Und jetzt war es ja wohl so nass und so dunkel und so feucht und sogar so eisig, so kalt; so kalt wär es aber heut nich meint der Friedrich, aber mir war doch nich so warm, das war nich so und ja natürlich kann der Friedrich meine neuen Bilder sehn, hat der Friedrich ja immer gesehn, nur jetzt ist mir ja wohl so scheußlich kalt; da oben, auf dem Berg, will ich mir warmen Futterstoff kaufen, sag ich, ich hab`s ja so kalt, das zieht ja von unten so hoch, schneidern, sagt der Friedrich, schneidern, sagt der, was der so für Wörter kennt, schneidern, so Wörter wie schneidern, und wie der das in den Mund nimmt, so ein Wort, das kann ich gut leiden wie der die Wörter sagt, wie die so manchmal aus dem graubärtigen Friedrich kommen un ich glaub, dass da sein Bart schon wieder gewachsen ist, der kriegt ja wohl noch den langen graubärtigen Judenbart, ja den kriegt der vielleicht noch, dass weiß man ja aals nich, wie seine jüdische Mutter geheißen hat, frag ich, er spricht einen französichen Namen und sagt so war der, weil ihr Vater ein Franzose war, ein jüdischer, ja so war der und ich denk, dass der Friedrich wirklich französisch aussieht, dass denk ich schon wieder, weil ich das ja schon gedacht hab, aber sagen kann ich das doch nich, denn dem Friedrich ist ja Italien lieber, ihm regelrecht ans Herz gewachsen, die Franzosen, da mag er die Mentalität nich, da hat er was dagegen, seine Freundin war ja mit einem Franzosen zusammen und das war wohl nich so gut. Er meint, ich könnt ja anrufen als wir da oben auf dem Berg stehen und ja wohl auseinander gehen wollen, aber du bist ja so schlecht zu erreichen sag ich, weil der Friedrich ja selten abnimmt wenn`s Telefon läutet und das macht ja keinen Spaß wenn der wirklich nich abnimmt, ich kenn das ja, weil ich dem seine Telefonnummer ja so oft gewählt hab ohne dass der abgenommen hat und deswegen ist das doch ein Unsinn, was der Friedrich meint und ich sag, besser du rufst an, ja warum nicht, meint der Friedrich, aber ich weiß schon, dass er nich anruft, denn das macht er doch zu ungern, der lässt ja gern die Zeit verstreichen und wenn er dann doch anruft, dann bin ja aus dem Haus, der Friedrich weiß ja, wann ich aus dem Haus bin, ich muss ja zur Arbeit und dann ruft der Friedrich an und ich hör ihn später auf meinem Anrufbeantworter und dann sagt der Friedrich ab, weil`s nicht passt und dass er sich wieder melden tät, und das ist so ein Spaßverderber, aber der findet halt auch ja nich immer einen Spaß daran, mit mir zu telefonieren. Nächste Woche Montag hätt ich wohl Zeit, ruf ich ja noch, und er ruft noch ja, da sind wir ja schon auseinander. Ich werd aber dem Friedrich nich hinterher telefonieren, das mag der ja auch gar nich, da fühlt der sich ja belästigt und dann öffnet der ja die Tür nicht, da kann ich ja dreimal klingeln, denn er hat ja gesagt dreimal klingeln, aber der öffnet ja die graue Haustür nich mehr und ich geh nich mehr bei dem Friedrich klingeln, da entsteht ja so eine Öde vor der Haustür, gelähmt steh ich ja wohl da, weil ich denk, dass der Friedrich doch von dreimal Klingeln gesprochen hat, aber dann will der wohl nich aufmachen und wenn der das nich will dann bleibt der dabei und der Friedrich findet das ja auch sowieso nich gut, wenn Frauen hinter den Männern, der Friedrich ist ja wohl noch vom alten Schlage. Die Frau soll ja doch wohl nach seinem Geschmack sein, also das ist ja wohl nur zu gut zu verstehen, ich mein, dass ich ja zum Beispiel auch nach meinem Geschmack will.

**Im Tunn**

Das Leben is ja wohl wie im Tunnel, als ginge man jahrelang da entlang, in so`m Tunnel, so`m Gewölbe über einem, ein Rundbogen und nur Beton, so`n harter Steinbeton, aber du spürst schon den lichtundurchlässigen Beton und da gehst du ja wohl durch, du bleibst ja wohl nich stehn un richtest dich ja wohl da unten nich ein nich, du gehst ja wohl weiter, auch wenn es schlimm ist, aber du kannst ja wohl weitergehen, du musst sogar weitergehen, denn sonst drücken dich die Züge an die Wand, du musst sogar schnell durchkommen, denn sonst drücken sie dich ja wohl platt, du kannst da nich durchkommen, wenn du da nich schnell genug bist, du musst ja schnell gehen, warum willst du dich denn noch hinsetzen, das is ja nich drin, hinsetzen is ja nich drin, Beine ausstrecken un so, un einschlafen, du musst ja schnell gehen, beeil dich, mach dass du hier fortkommst, sie kommen ja, du musst ihnen ja entlaufen, lauf doch, gehen reicht ja nich mehr, du musst ja schneller sein, die woll`n dich ja im Tunnel hab`n, geh doch schnell, bevor sie dich ham, bevor sie an deinem Kleid ziehn, am Rocksaum dich fassen und zerren, geh doch einfach ganz schnell, renne ihnen davon, renne doch einfach ganz schnell hinaus, der Tunnel ist ja noch lang aber wenn du gar nich rennst wird er ja noch länger und du bleibst stehn und drehst dich immerzu um un dann wartest du vielleicht auf sie, vielleicht setzt du dich hin un wartest, nein, mach schnell, mach doch schnell.

**Der WirTurm**

Wir sind glücklich! schreibt ja die Jowinde, ja die ist ja jetzt glücklich, die baut ja jetzt ein Wir auf und wie das wächst, das wird ja wohl ein ganz hoher Turm, ein Wirturm, da muss ja wohl ganz viel stimmen, damit der stehen bleibt, der kann nich umstürzen un die Jowinde un den Niklas begraben, das kann der ja wohl nich, der is ja berechnet worden, da stecken ja wohl die beiden klugen Köpfe von der Jowinde und dem Niklas drin, die ha`m da ja rumgemacht, immer wieder rumgmacht, bisses soweit war, un in zwischendurch ham die ja gedacht, dass geht doch nich, son Turm lässt sich ja wohl nich, un Probeläufe ha`m die ja gemach, ja die ha`m ja wohl alles gemach, un dann ist ja wohl auch alles schief gegangen, aber die ha`m sich eben immer wieder an den Skizzen orientiert, das muss doch gehen, so ha`m die dann immer wieder gedacht und nach n`er Pause weitergemacht, ha`m die ja weitergemacht, die ha`m ja wohl das für möglich gehalten, auch wenn das nich ging, dann ha`m die aber ja doch die Vision gehabt un sich ja wohl erinnert, wenn die verlor`n ja war, ja das is ja auch wohl vorgekomm, ja da is ja so viel vorgekomm, aber dann ha`m die doch nich auf den Wirturm verzichten woll`n, weil die ja wohl auch sonne starke Faszination füreinander ja wohl spürten, auch wenn die sich die ja manchmal so wegwünschten, weil der andere ja an dem Turm nich so mitbaute wie sich`s gehört hätte, damit er ja wohl wächst un da hat dann die Jowinde ja wohl auch den Niklas auch schon weggewünscht, wenn der so blokierte un hat dem geschrieben, dass, wenn der gegen den Baum fahren würd, dann würd ihr ja nur der Baum leid tun, ja so`n Turm muss ja wohl mit allen Schikanen gebaut sein, und wetterfest gegen die allerintimsten Stürme, auch die dümmsten, un der muss doch ne Menge, ja eigentlich ja wohl alles aushalten können un deswegen ha`m ja die Jowinde un der Niklas viel rumprobiert, damit der auch standhalten wird, wenn`s hart auf hart kommt, der muss ja stabil sein, der muss ja wohl was aushalten können, die müssen sich ja sicher fühlen die Jowinde und der Niklas in ihrem selbstgebastelten Wirturm, die sind ja keine Könner, die müssen das ja wohl auf ihre Art so hinkriegen wie sie`s mögen un wie se sich ja wohlfühlen drinnen in ihrem Wirturm. Un wenn dann der eine so mit sei` em Ich anfängt, dann spürt ja der andere ein ganz leichtes Zittern, ja der spürt einen Hauch, denn das war ja wohl gar nich mehr die Frage, wo is das Ich, das war doch untergekommen, das war ja wohl eingegangen, das war ja wohl eingegangen in dem Wirturm, jetzt fang du nich an, Steine aus dem Wirturm herauszuziehn und mir vorzuhalten, das bin ich doch, un ich will mein Ich mal für ne Weile zurück, da muss ja der Wirturm wanken, ganze leise, ein kleiner Hauch nur, ein kleinen Wanken, na gut, wenn nich noch mehr Steine fortgezogen werden, aber dann werden ja wohl die Steine über Nacht un klammheimlich fortgezogen, un im Wirturm zieht es ja wohl jetzt ganz leicht, un das is ja wohl schon merklich, weil man sich ja schon wohl eine Decke holen muss, der andere wärmt ja wohl nich mehr, der hat ja dem Wirturm Steine geklaut, aber es waren ja nur meine, das bin ich ja nur, sagt das Ich, ich muss mich doch auch mal als Ich stark machen können, dass du da gleich frierst, das liegt ja wohl in deiner Verantwortung, das is ja wohl dein Körper, den musst du ja wohl unter Kontrolle ha`m, ich bin ja wohl frei, ein freier Mensch, wir sind ja wohl keine siamesischen Zwillinge, was soll denn das, von mir zu verlangen, dass mir die Zähne aus Angst klappern, wenn sie dir aus Angst klappern, also ich klapp jetzt die Tür, ich hab meine Freiheit, der Wirturm hat ja wohl schließlich eine Tür.

**Emil u Schwarz**

Und wieso der Emil wohl diesen schwarzen Rolli anhatte in meiner Fantasie und ich meint, damit tät der mir ja gefallen, das hätt ja was Erotisches an dem, Anziehendes ja, ja weil der ja nie schwarz trägt, so is der ja nich, aber das hätt ich mir wohl darunter vorgestellt, dass dem ja wohl auch nich alles klar is im Leben, dass da eben diese schwarzen Löcher sind, wo du herumrätselt und interpretierst und hineindenkst, aber das schwarze Loch is ja da, das können die ja nicht wegwerfen, hinausdenken, ausschalten und dass der Emil vielleicht Teil hätt an dem schwarzen Loch, an der Unwissenheit, dass der vielleicht auch ein Unwissender wär, hier so verraten und verkau in der Gesellschaft, aber der Emil, der kennt sich ja gut aus, der is ja nich ratlos, der hat ja wohl immer Vorschläge wie das so weitergehen könnt, der Emil is ja wohl ein Optimist, der is ja wohl kein Pessimist, der scheitert ja nie, das is dem ja wohl zu wider, also der sucht einen praktischen Weg un der kann sich das ja überhaupt gar nich ausmalen, dass da so jemand nich mit klar kommt, dass da jemand so Knicks hat, das will ja nich in dem sei`en Kopf, un deswegen trägt der nich Schwarz weil der ja wohl nie Schwarz sieht, das fällt dem ja wohl nich ei, der will sich ja wohl nich ins eigene Fleisch schneid, so einer is der ja nich, der meint ja wohl auch, dass es ja wohl auch für alles eine Lösung gibt, ja der meint das ja wohl gut, denn Lösungen sind ja wohl gut, ja der Emil is eben wohl gut.

**Das Bil, die rosa Haut**

Aber dass der mein Bild gut fand, ja der Emil auch, aber der Unbekannte, dass der da berührt war von der rosa Haut, die ich ja wohl da gemalt hab, das is mir ja wohl nahe gegangen, son Unbekannter, ja so`n Unbekannter, der sich viel Ausstellungen ansieht, ja un der hat nu meine Haut gesehn, aber ja nur wohl auf`m Foto vom Bild und nun fand der das viel aussagekräftiger als meine Köpfe, die zwanzig, dreißig Köpfe, die sich ja alle auf ein und derselben Leinwand ja wohl bewegten, aber das hat den Johannes, ja der hieß ja Johannes, das hat den ja gar nich bewegt, aber auf der Haut, auf der ja nichts Figürliches zu sehen war, ja das hat den angemacht und das stimmt ja auch, mich macht das ja auch an und den Emil hat das ja auch angemacht und die paar wenigen, die davor standen, das is ja wohl auch unter die Haut gegangen, ja das geht ja wohl noch immer unter die Haut und man sieht ja auch die Flecken schimmern, da wo die Haut durchsichtig fast ja wohl geworden ist sieht man ja wohl dass ja wohl unter der Haut ja wohl was los ist, da is ja wohl ganz viel los, weil da ja unter der Haut ja Bewegung is und das kommt ja und das geht ja, „verletzte Hau" würd ich das Hautbild ja wohl betiteln, ja weil ich ja wohl immer an eine verletzte Haut denken muss, ein Stück Haut von ein Meter und fünzig mal ein Meter und fünfzig, das is die Haut, die Haut auf dem Keilrahmen ja, die aufgehängte Haut ja, die rosane,

**Der WirTurm u jemand will das Ich retten**

Der Wirturm is schön, aber dann sagt da plötzlich jemand, ich will mein Ich retten, ich muss weg und als die Jowinde abends nach Hause kommt ist der Niklas weg, der ist doch weg mit samt allen Sachen, da hat der sich retten wollen und hat der Jowinde nix gesagt un is weg, das war ja wohl ein Schock für die Jowinde, aber dann ist der abgeebbt und der Niklas is nach vierzehn Tagen wieder eingezogen un das ging ja wohl gut un der Wirturm wackelte ja wohl nicht, aber doch hat dann die Jowinde so eine Intuition gehabt un is inner Mittagspause nach Haus un da war der wieder am Packen un hat se kurzerhand dem seine Autoschlüssel genommen un dem sein Leptop un dem sein Portemane un is wieder auf Arbeit. Da isser dageblieben, da musst der in dem Wirturm bleiben un dann hat der sich da ganz schön anständig benommen un nach ner Woche hat der ja wohl seine Autoschlüssel zurück un die anderen Sachen un als die Jowinde abends nach Hause kam, war der ja wohl wieder fort un da hat ja wohl die Jowinde eine absolut Wut bekommen un gekocht und dann isse ja steintraurig geworden, wie festgefroren die Wut un hat se gesagt der geliebte könnt ja wohl gegen den Baum fahren un nie mehr. Aber dann is ja die Zeit vergangen un da hat sich die Jowinde wieder an die schönen Liebesgaben erinnert, un Sehnsucht is aufgetaucht un bei dem Niklas war das ja wohl ähnlich un da sind die ja wieder zusamm`n un jetzt wackelt der Wirturm nich mehr, jetzt sin die glücklich, die beid, wir sin glückli, sagt die Jowinde ja jetz. Wenn nich, wenn der Niklas nich erfährt, denn wenn der erfährt, dann weiß ich ja wohl nich, ob der ausrastet, ob der son Typ. Denn da war mal n Kleiner oder n Kleine von ihm in der Jowinde ihr`m Bauch un se hatt gedacht, das wär von dem Sebastian, mit dem Sebastian war se nämlich, weil der Niklas ja aus seiner

Liebe zu der Jowinde nie ne Wahrheit gemacht hatt un is immer schön brav bei sei`er Frau geblieben un da is die Jowinde ja urplötzlich auf den Sebastian getroffen und die ham sich ja auch ganz schön doll geliebt, un da is das mit dem Kind gekommen, un da ham se gedacht, dass wär doch ihr beider Kind, der Jowinde un dem Sebstian sein, un ham sich ja wohl enorm gefreut un sich als Eltern gefühlt, un dann hat die Ärztin ja wohl zusamm mit der Jowinde nachgerechnet un da ham se ja wohl festgestellt, dass das Kleine ja wohl von dem Niklas is, un das war ja wohl eine höllische Zeit, die da für die Jowinde mit dem Sebastian begann, die waren ja beide tief enttäuscht, denn die hatten sich ja schon als Eltern gefühlt, der Sebastian als Vater von dem Kind im Bauch der Jowinde und die Jowinde als Mutter von dem Sebastians Kind in ihrem Bauch, un der Jowinde war das ja wohl unmöglich sich an das Kind von dem Niklas zu gewöhnen, das hatte ja so einen unglaublichen, großen Kopf, das war ja wohl ein Monster, was die Jowinde da im fünften Monat gesehen auf dem Ultraschall und gespürt hatte un die fühlte sich ja schon wie zersprengt von diesem Monster und die konnte das Monster nich kriegen und dann hat se das nich gekriegt un das is ja dann auch wohl immer mehr auseinander mit der Jowinde un dem Sebastian, die waren ja wohl beide am Boden zerstört, un plötzlich war doch der Niklas wieder da in dieser schweren Zeit, als hätt der vielleicht geahnt, dass die Jowinde ihn ja wohl bräucht und die Jowinde sagt ja auch, dass der ihr das Leben erleichtert un wieder möglich gemacht hat in dieser höllisch schweren Zeit, denn die hat ja ein Kind abgetriebn, auch wenn der Niklas das ja nich wusste, so hat der ja wohl doch der Jowinde in der Krise ja wohl beigestanden. Wenn der Niklas um all das wüsst, dann würd der vielleicht auch so was spürn wie Wut und Trauer, vielleicht würd der ja wohl der Jowinde ihre Hand halten un sag`n, ja so ist ja wohl das Leben, un der hätt vielleicht auch gedacht, wenn der seine Liebe wahr gemacht hätt damals, dann wär der ja Vater geworden von dem Kind, aber der hat ja die Jowinde im

Stich gelassen un imm nur gesagt, dass er sie ja wohl liebt un is dann doch nich gekommen un bei seiner Frau geblieben, also das Kind hat der Niklas ja wohl mit abgetrieben.

**Der Friedrich und sein wütender Sohn**

Das ist ja wohl alles ein Kommen und Gehen, ein sich Sehen und ein sich nicht Sehen, Ein Wiedersehen und ein Abschiednehmen, da gibt sich der Tod un das Leben die Klinke in die Hand. Das i ja wohl alles so ein Alleinsein un ein Zuzweitsein un ein Kommen un Gehen fortwährend. Du gehst? Ah du gehst! Ja dann bis zum nächsten Mal un dann sieht man den ja gar nie un nimmer wieder un plötzlich nach vielen Jahren wo der ja verschollen war, steht der urplötzlich vor einem un lacht, weil der einen erkannt hat. Der Friedrich hat ja urplötzlich seinen Sohn erkannt, als der auf der Mönckebergstraße entlangging, da hat der gedacht, dass der lange Lulatsch, der ihm da entgegenkam, doch so aussieht wie sein Sohn, den hat ja der Friedrich wohl eine Ewigkeit nich gesehn un kei`en Kontakt gehabt, der Friedri is ja fort von der Familie, der hat das ja nich ausgehalten, der hat sich ja imm eingeschlossen un gemalt und das hat ja wohl keiner toleriert, un das war ja wohl so schlimm für die Frau, und da isser ja ganz weg und die hat sich dann ja einen richtigen Mann genommen, der so keine Zicken macht un bei ihr bleibt des abends, un auch zu Haus is am Wochenende, und da hat der Friedrich ja keinen Kontakt mehr gepflegt, ja der hat ja wohl immer geschrieben, aber der hat ja wohl nie eine Antwort bekommen von seinem Sohn nich. Aber dem anderen Sohn is der so einfach begegnet, so urplötzlich stand der dem ja wohl gegenüber un hat den gefragt, ob der wohl nich sein Sohn sei, und der hat ja wohl geantwortet, dass das ja wohl wahr wär, un dann ham die ein gutes Verhältnis gehabt, bis es dann doch gewaltig gekracht hat, weil ja der Sohn seine Vorwürfe einmal loswerden musste, weil der ja wohl glaubt, dann würd ja wohl sein Unbehagen in der Welt, was der mit sich hatte, ja wohl besser, aber das Unbehagen verlor sich ja dann doch nich, denn der Friedrich, der konnt sich ja einfach nich umkrempeln un dem Sohn seine Wünsche erfülln, wie der ja von einem idealen Vater geträumt, das war dann ja für beide Seiten bitter, diese Realität, un daran sind die erstmal gescheitert un erstmal auseinander und der Friedrich will ja nich wieder anrufen. Kinder können ja wohl manchmal so sein, wenn das Leben hart zugreift, aber er meint ja nein, das war ja wohl zu bitter wie der Sohn mit ihm umgesprungen sei, so einen Ton, der Ton, sagt der Friedrich und dass ich wohl ja auch einen unerhörten Ton gegenüb mei Mutt angeschlagen ha, einmal sogar einen Schreihals aus mir gemacht hab, das hat den Friedrich nich einsichtig gemacht, der meint ja wohl, dass der Ton immer stimmen müsse, jetzt stimmt der ja wieder zwischen mir un meiner Mutter, sag ich dem Friedrich, jetzt nehm ich mir das ja wohl nich mehr heraus, weil ich ja wohl gemerkt hab, dass meine Mutter nich unzerstörbar is, un da hab ich zurückgesteckt un leb mit Sachen, die se nich sagen will, partout, un mit den Sachen, die se sagt, aber der Friedrich, der will sich ja wohl nich alles gefallen lassen, aber das sind Kinder, sag ich dem Friedrich, meins hat auch mal zu mir gesagt, dass die Fetzen meiner Seele an seinem Skalb hängen sollen, aber das hatt eine Stinkwu un eine tief Verwundung, die ich dem ja wohl verursacht hab, dass muss ich ja wohl so sehen, niemand sagt ja so nix umsonst un ich war ja doch immer froh, wenn das raus is mit seiner Wut, denn ich kannt doch meine weitreichenden Mängel, un das wusst ich ja einfach, das die dem Wunden schlugen. Aber der Friedrich schüttelt den Kopf, der is ja wohl tief verletzt worden, der rechnet damit, dass der Sohn eines Tages ihn anruft, was der ja sogar gemacht hat, aber der Friedrich war ja grad beschäftigt und hat ja gebeten, der soll nochmal anrufen un das hat der Sohn dann nich gemacht un der Friedrich ruft ja nich zurück, das will der ja nich, der denkt ja, dass der Sohn gar nich mehr in der Stadt ist. Der hat sich ja umbringen wollen, der schöne Sohn, also ich stell mir den ja einfach schön vor, so wie der Friedrich den beschrieben hat, ich hab ja den Friedrich gefragt, wie der denn wohl aussieht un einen Preis hat der bekommen für seine schöne Fotografie, ja das is ja wohl auch ein Künstler un hat seinen Freund, einen Tänzer, an Aids verlorn. Vielleicht hat der nich wieder zurück ins Leben gefunden so richtig, ein Verlust ist ein Verlust un ein Menschenverlust is ja nich auszugleichen un wenn der den geliebt hat un wiedergeliebt worden is, ja dann is das ja ein Verlust auch von sich selbst, man kann sich ja nich mehr ausdrücken wie man sich ausgedrückt hat, da fehlt ja die Person um die man ja wohl die Arme geschlungen hat, un die ja in der Nacht da war un Liebesgefühle aufgerührt hat, un all das Kostbare von einem selbst is mit dem gegangen, fort, weg isses, so dass ja nich nur die geliebte Person weg is, fort, sondern auch man selbst in einer Art wie man war mit dieser Person is ja auch plötzlich weg. Da is ja plötzlich kein Lachen mehr, un sin nur noch hochgezogene Schultern, un die Hände nich ausser Manteltasche nehmen, un nich sprechen, sondern die Leute nur anblicken. Un vielleicht war ja dem Sohn das nix mehr, was da von ihm selbst übriggeblieben is und da wollt der vielleicht für immer gehn, niemanden mehr sehn un ansehn un die Hand reichen un sich wieder öffnen, nein das wollt der wohl nich mehr, denn der Friedrich hat ja an sei`en Bett gesessen in der Klinik, aber der Sohn hat ja weggeguckt. Aber der Ton, sagt ja der Friedrich, das war ja vorher, das Zerwürfnis un dass er ja wohl den ersten Schritt gemacht hat, weil er ja in die Klinik gegangen sei, an sein Bett. Ja also jetzt is da ja wohl gar nix, nur eine große schwarze Leere, in der ja vielleicht doch eines Tages der eine beim anderen auftaucht, vielleicht werdn die sich ja auch nie wiedersehn, das geht ja so, das ist ja ein Kommen un Gehen un ein nie Wiedersehen un plötzlich Auftauchen un ein Dasein und Wegsein un ein Fliehen un Bleiben un ein Fortsein für immer un ein Bleiben für kurz oder lang.

**Maureen und die Nazis**

un ich weiß ja dass die Maureen sehr beschäftigt is un nich gestört werden will, weil die Termindruck hat die will ja ihr Buch rausbringen, aber i hab dann doch im Vorbeigehen an die Fensterscheibe geklopft, denn die Maureen saß da ja ganz dicht am Fenster und schrieb, un da hab ich ihr zugelacht, zugenickt zum Gruß, denn ich hab gedacht, das dürft se doch nich weiter störn, bin ja dann auch gleich weiter, weil die Maureen da ja sehr empfindlich is, die hat ja nie Zeit, die hat ja immer Termindruck, aber ich hab mich ja wohl drüber hinweg, denn ich muss ja immer denken, wer weiß denn, ob man sich nochmal sieht, kann ja der letzte Augenblick sein un deshalb hab ich freundlich genickt un gedacht vielleicht war`s ja wohl das letzte Mal un dann würd das so unsre letzte Erinnerung an uns sein un die Maureen hatt ein rot Blus an und schwarzes Haar un hat nich zurückgelacht, weil die Maureen wohl Angst hatte, dass ich dann ins Cafe hineinkomm un se bei der Arbeit stör, so hab ich halt ihre großen, verletzlichen Augen im Blick un ihren geschlossenen Mund, ja die schreibt ja über den Rechtsradikalismus und dass da Nazis jemanden getötet ham, un die hat ja die Mutter von dem Toten besucht und mir große DinA4 Aufnahmen gezeigt von dem Jungen, war ja noch ein Junge un der hatte sich ja wohl nur über die Grölerei in der Wohnung über ihnen beschwert, ja un dann ham se den mit vielen Messerstichen erstochen un die Maureen zeigt mir das Foto vom Grab un die Maureen sagt, dass die Mutter kein neues Leben anfangen kann, das kann se einfach nich, un ich frag ja die Maureen, warum se sich denn so nah an die Ereignisse wagt un die Maureen sacht, dass se ja wohl als Kind das Ganze mitgekriegt hat von den Nazis, das sei ja wohl in ihr drin, so unbewusst muss das ja wohl in ihr drin sein die ganze Zeit, da is ja so viel in ihr drin, sagt die Maureen, von dem se ja wohl bestimmt wird, un weiß das gar nich. Ja das is ja wohl alles ein Kommen un Gehen un flüchtig werden un wieder präsent un auch bei den

Nazis is das ja wohl ein Kommen un Gehen un die verschwinden un plötzlich sin die präsent un dann tauchen die weg un die meisten ham doch gedacht die sin ein für allemal weg aber da ham die nich dran gedacht dass es das ja nich gibt das ein für allemal weg sein, da kommt ja immer was wieder.

**Die Frau mit den 12 Stimm**

Den G. hab ich ganz flüchtig gesehen, flüchtig, so im dicken Wintermantel mit pelzigem Kragen un die Stimme ha i gehört, aber ganz wenig nur, un dann war der wieder außer Sicht un ja ganz weg, hab ja die Tür klacken gehört, ja der G. is wieder weg, der war nur kurz da, der war flüchtig da un is wieder weg, der is ja nur ganz kurz erschienen un manche, die sieht man nich, un se sin doch da, anwesend in einem, hauptsächlich, was die sagen, aber manmal geht man auch so, wie die gehn, lassen die Schultern hängen und sagen manmal wuf wuf, wenn da jemand kommt un vorbei will. Der Emil erzählt ja von einer Frau, die ja wohl 12 Stimmen hört, also die sin ihr so an wesend un die wird se ja wohl nur mit Medikamente los un damit auch nur n paar, also bleiben noch so fünf über, die über se herfallen un se einengen und alle Stimmen wollen se ja, dass se tut was se wollen un se hat, glaub i, gar keine eigene Stimme, weil die ja so beherrscht wird von der An wesenheit der anderen, die sin einfach so mächtig, so übermächtig, da hat se gar keinen Platz auch wenn se immer dicker wird und schon einen enormen Körperumfang hat, aber das nützt der ja alles nix, die lassen die einfach nich zum Zug kommen, weil die ja den Spaß nich aufgebn wolln, die zu beherrschen un gleich, zeigt sich da mal was Eignes, ei eigne Stimm, ei eigner Anspru, ei eignes Woll, so treten die ja so gleich auf den Plan un drängen die gewaltig zurück, die soll sich ja schämen sagt da gleich die eine Stimme, was will die überhaupt sagt die zweite, un die is doch viel zu fett, sagt die dritt und die lassen wir nich durch sagt die fünfte, un die hat ja noch nie was gekonnt und die lassen wir einfach nich durch kommen sagt die sechste un die soll sich ja nix rausnehmen sagt die siebte und den Mund vollnehmen ergänzt die achte un was wollen fügt die neunte hinzu dann kriegt die gewaltig was drüber sagt die zehnte dann soll die mal wissen wer hier das sagen hat sagt ja die elfte un dann isse dot (tot) sagt ja die zwölfte un so wird de fette Sau abgedrängt un geh nich mehr raus un hält sich für nix und das muss wohl so gewesen sein damals, als se noch klein war, da isse wohl von allerhand Stimmen abgedrängt wordn, beherrscht, geohrfeigt, ja eins drüber hat se auch gekriegt un von allen Seiten ha se es gekriegt, warum se denn überall da sei, se soll doch mal machen, dass se endlich wegkommt un se soll doch mal de Klappe halten un überhaupt nix mehr sagen und endlich soll se sich mal bescheiden un überhaupt ja wohl nix mehr wolln, ja das muss ja wohl von ganz früher gekommen sein, da sin ja wohl die Stimm über se hergefalln so ausm Leben, ja die Stimm von Papa un Mama un GroßMama un Großpapa un Onkel un Tante un Lehrer und Erzieher un Nachbarn un große Onkel un so, ja die müssen ja mal leibhaftig gewesen sein, un Liebhaber un so, ja un dann wird dass ganz gefährlich, wenn die den Emil ja anruft, un sagt, dass se das Messer neben sich hätt, un es wär so weit, und se würd sich, weil die Stimmen das ja von ihr verlangen, se soll sich ja ganz zurücknehmen, un nics mehr wollen un nich mehr dasein, die Stimmen loszuwerden is ja wohl nich so einfach.

Der Emil is ja wohl au in dem Bus, der fährt ja wohl au mit, den hör i ja au un seh wie der sich am Kopf kratzt, so immer auf einer Stell un dann sagt der währenddessen ja ja, un den Tonfall hör ich. Ja isso, die Leute sin da un doch nich da, un manche sin ja jahrelang nich da, man weiß aber dass se da sin, man hört mal was über andere, un dann hört man se ja au manmal i ein`m selber un sieht se, da könn manche ja scho tot sei, ab se sprech ja no i ein`m un sieht se. Un manche fahrn ja wohl Bus un blicken ja auf die Straß un sehn in sich die Leichen, die im Krieg un se hörn de

Schreie in sich un blicken sich doch im Bus um, denn behagli is ihnen ja nich, ab die anderen Fahrgäst hörn die Todesschrei nich, die unterhalt sich mit ein`m Kind un andere setzen ei Trinkflasch an den Mund un wieder andere sitzen stumm un man weiß nich was die hörn un sehn in sich, bestimmt was, das geht nich spaziern auf der Straßn, die Straßn sin frei, der Bus fähr, die Fahrgäst sin ruh, nur ei Hund jaul.

**Die Stimme, das Gedicht und die Rose vom Friedrich**

Wie das so ko u ge und wied ko u alls ge, vergeht, wie das so herkommt zu mir und überschwappt. Wie das alles so ko, was manchmal nich ko u dann urplötzli do ko, nich vergeht u dann urplötzli verblüh, verwelk u da fäll der Blick auf die Ros, die der Friedri mir geschenk, un i hab se fotografier, weil i das wohl nich verlieren wollt, dass der Friedri mir ei Ros geschenk, u er hat mir ei Ros mitgebrach und i muss die fotografier, um sicher zu gehn, dass er mir die wirklich mitgebracht hat, es ist ein schönes Foto, die Rose hat sich ab nich ganz geöff, sie hat sich nicht so sehr viel geöffnet, man sieht dass sie sich geöffnet ha, aber nicht so sehr viel hat sie sich aufgetan, Blätter, die an den Rändern rosarot gefärb sin, ei schön Bil, ei schön Ros. Was is ei Ros? Ei Ros is ei zart Blüt, wenn sie sich öff, hat sie ihr Schuldigkei geta, ab sie öffnet sich nicht viel, nicht so viel, nicht, wie ich es schön gefunden hätt, ich dacht, zwischen dem Friedrich und mir ist doch nich so viel Öffnung, sondern es bleibt doch eher geschlossen, was da ist, geschlossen wie die Rose, die hat sich ja nicht geöff, nicht viel, nicht wirklich viel, die hat ihr Blätt, ihr Blätt hat sie ja nicht ausgebreitet, hat ihr Blüt nich entfalt, nich gezeig, hat sich verschloss gehalt, se hat nicht geblüh, nei se hat nich wirkli geblüh, se ha ei biss was gezei, ei biss sich geöff, ei biss ha se do geblü. De Ros is vergangn ohn dass se sich entfalt hätt. Un hab i`s dem Friedri gesag od geschrieb, dass de Ros bestimmt Wurzeln schläg i mei Herz u der Friedri ha bestimm gelach als der das gehör o geles ha,

so kurz aufgela wie der das im so ma, so kurz u da is das scho wied verschwun i der Dunkelhei wie ja der Friedri selb, der verschwin imm.
Au dem Anrufbeantwort dem Friedri sei Stimm, sei unvergleichli zart hauchdünn Stimm, die alsbald wieder Atem holen muss, kaum dass sie ein Wort ausgesprochen has, als wenn du ei Berg besteigst un jed Schritt zuvor eines Atemholens bedarf u wenn es ausgesproch is kommt die Ruhepaus u dan geh es weitr un du has ei Stock, ei Wanderstock, ab i weiß nich ob du so allein die Berg hochkrachs, i glaub dass du daran kei Spaß has, du baust liebr, malst Bild, zeichnes die Grafik. Das Gedich verlang dir viel Atem ab, du bis auf der andern Straßenseit a mi vorbei u has mi, nachdem du di nochmal umgedreh has, erkannt:

„der dunkle
lange Mantel, die rote Tasche
auf der linken Seite
dann
kurz vor der Brücke, Isebekkanal
die Mütze abnehmen
und dich
von weitem erst erkennen
also warst du`s doch
das war meine innere Stimme
zuvor
dein etwas ernstes Gesicht
gedankenverhangen
vielleicht irgendwelche Bilder
oder Sätze im Kopf
was schreiben wollen
ich hoffe, dass es dies war
bei mir
etwas müder
schleppender Gang
durchdiskutierte Nacht

noch Wörter im Kopf
und nun
wieder hier gelandet
die Arbeit weiter zu machen"

deine Stimme taucht auf, deine Stimme taucht ab, sie ist da sie geht, sie spricht sie schweigt, sie sammelt sich, winzige Pausen dunklen, fast schwarzen Schweigens und dann kommst du doch daher und sprichst aus, was den langen Weg mit dir gekommen ist und sich auf deine Zunge gelegt hat, du kannst gar nicht anders, du musst sie hinauslassen die Wörter in einer langen Reihenfolge, du bist in diesem Moment die Wörter, in diesem Moment gehört alles zusammen.
Du schenkst mir den „Paradiesgarten", eine deiner Grafiken, aber dann bekomme ich den „Wächter", ich versteh, du musst Grenzen setzen.

Es ko u es ge ja, es wird ja verheimlich u es wird ja veröffentlich, gesuch und es wird ja vergessen zu suchen, und gewonnen und verloren wird ja und nichts is umsonst und doch wird alles verloren und alles wird gewonnen und abgegeben und eingesammelt und wieder herausgegeben und weggeschmissen und sortiert und aufbewahrt un geht dahin und kommt wieder, taucht auf und lässt grüßen und verschwindet wie der Friedrich, und taucht auf wie dem Friedrich seine Stimme, die ich auf dem Dachboden wiedergefund, denn dort fand ich eine Kassette mit alten Aufnahmen vom Anrufbeantworter, nahm die mit in die Wohnung u als i reinhört, war da der Friedrich, der grüßte mich mit meinem Vornamen und dieser Tonfall und dieser Rhythmus vom Friedrich un ich erinnerte mich an den Friedrich un an die Ros un an alls u dann hört i au dem AB das Gedicht, ja das Gedicht un i war gerühr wie damals gerühr u i fiel abmals in den Rhythmus von dem Friedrich seine Stimme und sein Atem war dicht ich ging mit ihm wie ich mitging Wasser holen, der Friedrich, ja das war der

Friedrich, damals und wie der so frisch die Begrüßung aussprach, Hallo, hier ist der Friedrich, ja das sagt der, und die Freude geht im Herzen auf, ja das ist dem Friedrich seine Stimme, was der da mit seiner Stimme transportiert also das ist, als zöge er einen Instrumentenwagen mit sich und farbige seidene und allerlei Tücher hingen dem um, also dem Friedrich seine Stimme, als würde man in eine klang- und farbenreiche Welt entführt in der tiefe Einsamkeit und Stille Punkte setzt. Ja dem Friedrich seine Stimme ist ein Ritt in die Zukunft und hinaus aus der Welt, hinein in die tiefste Dunkelheit, und man weiß nich, wo man da is in dieser stockfinstren Stille, und plötzlich ertönt die Stimme, und mit ihr der Prunk der Welt, der Lärm, die Betriebsamkeit der Stadt. Und all das kennt dem Friedrich seine Stimme, die hat gelebt, die hat viel gelebt und sich viel angeeignet und da hat sie einen eignen Rhythmus bekomm un ei ganz eigenarti eigne Tonlag, und das is dem Friedrich seine zuweilen zittrige Stimme, die fürchtet nicht genug Atem zu haben um das noch zu sagen was auf der Zunge liegt, der Friedrich muss ja immer alles sagen, und dann schweigt der, dann schweigt der lange, und wenn der will, dann schweigt der, dann sagt der nichts, und dann geht der auch ausm Weg, dann geht der weg, dann will der auch nich gesehen werden, niemand soll den ja nich behelligen bis dem die Sprache wieder kommt und auf der Zunge brennt.

**Die schwarze Welle, Schneeberge und der Automat**

Schwarz Well kommt, se kommt, tiefschwarz un hat ein Wucht wie ei riesenhaft offenes Maul, uferlos, die Welle kommt, schwarz wie die Nacht, tiefer wie die Nacht schwarz. Die Welle schweig un se kommt, sie sagt nicht, woher sie kommt, warum se das Maul öff, warum das alles, das sagt sie nicht, sie nimmt schweigend, sie ist gewaltig ohne sich zu rechtfertigen, sie kommt, sie nimmt und sie nimmt alles, nur dei hellblau Aug lässt se übrig, aber sie nimmt dir Arme und Beine, nichts bewegt sich mehr, nur

deine blanken Kinderaugen blicken hinaus aus der schwarzen Welle die dich umschlungen hält, deine tatkräftigen Arme hängen still, deine eilfertigen Beine laufen nicht mehr zu ihrem Ziel, du sitzt still, aber du hörst noch deinen Herzschlag und du wunderst dich, die schwarze Welle hat dir deinen Herzschlag gelassen, sie will ihn nicht, sie will dich nur lähmen, für sich will se dich, sie will nicht dass du auswanderst zu den anderen, dich amüsierst, lachst laut lachst, auflachst, einmal ausgelassen bist wie die anderen, dass hat sie dir zunichte gemacht.
Und alles kommt so und alles geht so und die schwarze Welle packt dich und reißt dich zurück aus dem Leben, du sollst nicht dabei sein, du sollst nicht feiern, die zwölf Gebote, du sollst nicht, du sollst nicht, und dann scheiterst du an den zwölf Geboten und an dir selbst.

Weiße Berge, schneebedeckte hohe Berge ragen hinauf zum Himmel, der sich hellblau über sie stülpt, weißhaarige, steif gefrorene Wintermäntel, Personen leblos, lebendig erstarrt, behalten ihre warme, braun getönte Hautfarbe. Du siehst erstarrt aus, du bist wohl starr, in diesen Furchen, die so laufen wie sie laufen und nie anders in deinem Gesicht, was du gemacht hast, sieht man in deinen Furchen, du lachst nicht, du bist zu starr, du bist, wie du nicht bist, aber wie du geworden bist.

Der Schwarze ist ein Automat, er geht weiter, er blickt weiter in die Ferne, aber ich sehe Rührung in seinem Gesicht, Trauer, unendliche Trauer und für einen Moment habe ich Angst, dass sie losbricht, ein endloser Strom von Tränen sich ergießt und der Schwarze sich auflöst.

**Der Traum von der Topfpflanze**

Traum: Der Raum im Souterrain ist sehr unfreundlich, lieblos, ohne Glanz und Lebenszeichen. Nichts liegt herum, nur die glatten Resopaltische und Schränke stehen hier. Ich entdecke die wohl von allen vergessene Pflanze. Sie ist noch jung und zart, ihr Wuchs in die Höhe ungebrochen, aber sie hat kaum Blätter, diese Blätter sind traurig, ermattet. Die Erde ist bedürftig, sie braucht unbedingt Wasser, Nahrung. Ich entschließe mich spontan, ihr zu helfen, ihr das Leben zuretten, wenn das durch meine regelmäßige Pflege möglich sein sollte. Ich habe die Topfpflanze in der Hand, als sich die Tür öffnet. Ich weiß wohl dass sich hinter der Tür jemand verbirgt und vielleicht bin ich ja deshalb auch hier. Ich bin verzweifelt. Ich bin in diesem, altweißen Badefrotteemantel mit der bunten Borte gekleidet, darunter wohl nackt und auch der Mann trägt einen Bademantel aus gleichem Material, ob er auch durch einen farbigen Rand verziert ist, weiß ich nicht mehr, wohl nicht. Der Bademantel ist wie bei mir durch den Gürtel locker zusammengehalten, wahrscheinlich ist auch er nackt darunter. Als die Überwältigung geschieht, ist mir nicht klar ersichtlich, was mit der Pflanze ist, ob ich sie dabei noch in der Hand halte oder nebenbei abstelle. Jedenfalls schlinge ich meine Arme nicht um den Körper des Mannes, der mich da mir nichts dir nichts umarmt. Es gibt in diesem Moment keine Zuneigung zu ihm, sondern nur das Bedürfnis, mich vor seinem Zugriff zu schützen.

**Friedrich, der Hautkrebs, der Tod und die weiße Leinwand**

Und der Friedrich ruft nicht an und ich ruf den Friedrich an und der nimmt nich ab, ich lasse es lange läuten, und dann will ich nich mehr und dann nach einer Pause wähl ich doch wieder seine Nummer und jetzt nimmt der Friedrich ab un der Friedrich sagt, du ..., ich muss dir sagen, ich hab Hautkrebs, das sagt der Friedrich und der Friedrich hat das jetzt gesagt, das hat der jetzt, das ist plötzlich gegangen, sagt der Friedrich, seine Freundin fragt ihn morgens im Bett ob er sich da wohl gestoßen habe, weil er da einen Fleck habe und dann sei der Fleck schnell größer und dunkel geworden und er sei zum Arzt. Und jetzt muss der Friedrich zur Bestrahlung und wenn der Fleck wieder heller wird, ist das ein gutes Zeichen. Du verstehst, sagt der Friedrich, ich muss erst wissen, in welche Richtung es weitergeht. Ja natürlich, das versteh ich, er wird sich wieder melden, sagt der Friedrich, nächste Woche ruft er an. Ja natürlich. Er wird, der Friedrich. Un alles Gute für den Friedrich, der Fleck wird bestimmt heller werden, er wird, der Fleck.

U i mu die weiße Leinwand in Angriff nehmen, ein Meter fünfzig mal ein Meter fünfzig, ein großer weißer Fleck, ich muss jetzt losleg, jedesmal denk i, ob es wohl die letzte ist, ob danach wohl der Tod kommt, aber danach ist bis jetzt immer eine neue weiße Leinwand gekommen.

**Melanie als Busfahrerin im Traum**

Die Melanie träumt doch von einem großen, schneeweißen Bus, den sie fährt, ein Transporter, ein Lieferwagen, aber länger. Als sie den eingeparkt hat, steigen Leute aus, die sie nicht sieht. Dann schaut sie sich an wie sie eingeparkt hat und ist stolz, denn das Einparken dieses großen Busses ist ihr wie gekonnt gelungen. Dann kommen wohl die unsichtbaren Leute wieder und steigen ein. Bei ihnen ist ein stark beleibter, ja fetter Mann, ganz in schwarz gekleidet, der nun den Bus fahren will, doch Melanie lässt sich nicht erweichen, sie hat gute Erfahrungen als Fahrerin dieses Busses gemacht und besteht darauf ihn weiterzufahren. Der Mann weigert sich nicht, sondern händigt ihr die Schlüssel aus. Beim Aufwachen hat Melanie sofort an mich gedacht, wegen deiner Sicht, sagt sie, wie du Träume deutest.

**Friedrich und sein Sohn im linken Flügel der `Sch`partei**

Auf Friedrichs Bild, das über meinem Schreibtisch hängt, gibt es auch Weiß, gar nicht so wenig sogar, viel Hellblau und Tiefblau, Rot und Rosa, etwas Gelb und etwas Grün. Als ich ihm das Bild abkaufte, sagte er, dass es auch seinem Sohn besonders gefallen würde und ich meinte, dass ich es ihm ja vererben könnte. Der Friedrich lachte und meinte, was ich für Einfälle hätte.

Ja und der Friedrich ruft ja nich an und immer noch nich un deswegen ruf ich ja den Friedrich an, denn ich mach mir ja wohl auch Sorgen, und ich ruf den Friedrich an und lass es lange läuten un dann nimmt der Friedrich doch ab, denn es hätt ja auch sein Cousin sein können, der Arzt. Der Friedrich sagt ach so, ja ach so sagt der, und dass es besser geht, der Fleck ist heller geworden und auf die Hälfte verkleinert hat der sich, nach drei mal Bestrahlung hat der sich auf die Hälfte verkleinert, ja vielleicht geht der ja ganz weg, sagt der Friedrich und Gott sei Dank, sag ich ja wohl un der Friedrich will aber trotzdem keine Verabredung treffen, der Tee muss warten, der Friedrich will ja erst im neuen Jahr sich wieder melden, ach so ja, dann meldet sich der Friedrich wohl im nächsten Jahr, wenn der sich melden will, vorher seh ich nix von dem, ja der Friedrich, der will erst im nächsten Jahr mit mir mal Tee trinken, ach so ja, un ich frag den Friedrich nach dem Sohn, ja sagt der Friedrich, seine Freundin hätt ihm da einen Zeitungsartikel gegeben, mit Foto sei der abgebildet gewesen un der sei jetzt in der Schillpartei un Vorsitzender un auf der linken Seite in der Partei un sagt dass der Sch` nich so viel feiern sondern mal seine Arbeit machen soll un der ist noch so jung, der Sohn, meint der Friedrich un ich denk, dass der sich vielleicht einen Sch` Vater ausgesucht hat, dem der mal Vorwürfe machen kann un den der vielleicht zum Kampf herausfordern will, weil das ja mit dem Friedrich un ihm nich geklappt hat, der Friedrich zieht sich ja wohl zurück, das kann ja wohl der Sch` nich machen, der muss den ja wohl schon wahrnehmen. In Frankfurt, sagt der Friedrich, hat der die Grünen gewählt. Un das mit dem Haus in Italien, das wird wohl klappen, meint der Friedrich, die Leute ham ja seine Freundin angerufen, die hat ja auch das Geld, un die meinten ja, das klappt, aber gehen, gehen tun die ja erst nächstes Jahr, die beiden, der Friedrich un seine Freundin Olivia. Dann sin die ja weg. Der Friedrich is dann weg. Aber irgendwie is der jetzt au schon weg. I seh den ja wohl gar nich mehr, der is ja gar nich mehr zu sehn, ich seh den ja gar nich mehr, der is ja wohl schon weg, der Friedrich un mit wem telefonier i denn da, das is ja wohl nur noch ei Stimme, der Friedrich is ja weg, die Hauptsache, der Friedrich, is ja wohl weg, der is ja nie mehr da, i hör ja wohl immer nur dessen Stimme, un der Friedrich is ja weg, i weiß ja nich, wer is denn noch der Friedrich, wenn i den immer nur in dem Hörer ha un den Hörer dann aufleg oder den Hörer noch in der Hand halte un denk, ja mit wem ich da wohl gesprochen hab, wessen Ohr das wohl war, das irgendwo in einer Wohnung den Hörer abgenommen hat un an sein Ohr dran gelegt hat, weil ich, ja weil ich geläutet hab, ja un dann wird der mich im Höer gehört haben wie ich den ja wohl im Hörer gehört hab, aber ich will nich immer nur den Friedrich im Hörer so hören, ich will den ja auch mal sehn, aber der will ja wohl nich gesehn werden, der will ja wohl erst nächstes Jahr wieder gesehn werden, der hält da nix von immer gesehn werden, der will auch mal seine Ruhe habn vor dem Gesehn werdn un ich zieh mich ja wohl mal zurück, das is doch wohl auch mal angebracht. Un dann bedankt sich der Friedrich für meinen Anruf, der Friedrich hält ja wohl was auf Form, naja, das kann sich der Friedrich auch schenken, wieso sagt der denn vielen Dank für deinen Anruf, denn das sagt doch der Friedrich un der sagt doch kein Quatsch, der sagt, er würd auch viel nachdenken, weil ich gesagt hab, dass ich viel nachdenk, un das würd ihn sogar nachts ausm Bett treiben, das sagt er.

**Melanies Kunstvorstellung**

Melanie stellt sich vor, oben im Raum mehrere viele weiße Toilettenbecken anzubringen, darunter hohe Glassäulen, durch die die Scheiße läuft. „Die Scheiße steht bis zum Hals", deshalb soll die ganze Säule voller Scheiße sein bis zum Hals der AusstellungsbesucherInnen, die außerdem das

Klucksen hören.

**Das Bild und Rot**

Wollt ja Lindgrün, nun isses ja wohl sehr rot geworden, son nassrot wie tropfendes Blut oder roter Schweiß oder rotes Wasser, darunter war ja Sienna. Die hellen Löcher, dahinein wollt ich wohl Gelb geben und Grün,... Aber dann hab ich sie doch Weiß gemalt, hatte doch zu viel Angst, die Löcher, die Durchgänge zu einer anderen Welt zu schließen, aber das kann ich wohl nicht aufrecht erhalten, ich muss die Wand doch dicht machen, ohne Löcher, durch die man schlüpfen kann wie in einer Mauer, um nach drüben zu steigen. Die Mauer soll ja wohl dicht sein, wie eine Wand, vor die ich trete, die ich befühlen kann, da is kei Loch, das mir einen Raum dahinter anzeigt. Es geht nicht weiter es soll nicht weiter gehen nur bis hierher bis zur Wand bis zur still stehenden ruhenden Wand, das ist alles. Ich will hierbleiben, auf dieser Seite, ich will ja gar nich nach drüben, auf die andere Seite, immer hinein und hinausgehen durch die weißen Löcher, die den weißen Raum ankündigen, dahinter liegt der weiße Raum, Ich will nur noch auf dieser Seite bleiben. Ich mache alles dicht, was löchrig ist. Knochen und Blut, so dachte ich auch, weiße Knochen und rotes Blut, aber so etwas will ich nicht denken. Wenn ich die Wand male, fürchte ich von ihr erdrückt zu werden, von den Wänden um mich herum, die keine Löcher haben. Wenn sie jedoch welche haben, bin ich im Diesseits nicht gut beheimatet, beschützt. Es könnt was kommen, es könnt was gehen. I werd das Bil nich so lass, es wird sich noch ganz verändern, wie es immer geschieht.

**Emils Abschied von Tobi**

Un der Emil der nimm ja jet Abschie, ja da is ja wahr, der Emil der trauer. Un da hat mi ja ergriff, denn der trauer un der bastel an ein`m Abschied`geschenk für den Tobi, das is ja ein langjährig Kolleg. Un wie ein Vat war der ja wohl mit dem Emil, denn der wohnte ja wohl gleich neben der Arbeitstelle un der Emil konnte ja wohl immer auf den zähl. Der war so, der war ja wohl immer da, wenn der Emil den gebrauch. Un der gebrauch den ja wohl für alles, was ja wohl ein Problem war, das konnt der Emil ja mit dem wohl besprech un nun geht der fort un der Emil fühlt sich ja wohl allein gelass. Natürlich kommt da ja wohl jemand Neues, aber der Emil, der is schon lang da un der Tobi ja wohl auch, die sin ja wohl beide gar so alt da gewor. un nu is ja wohl alles futsch, futschikato, is ja jetzt erstmal wohl alles, wenn der Tobi weg is wie ein Vater war der ja wohl für den Emil, weil der ja wohl immer für den da wa, der wohnte ja da un der war ja wohl run um die Uhr da für den Emil wenn der ja wohl was zu besprechen hat, aber jetzt zieht der ja wohl au no weg. Also steht der Emil ja wohl erstmal alleine da, wenn auch jemand kommt, kommen wird ja wohl im Neuen Jahr jemand, das is ja so angesagt, aber erstmal is ja der Emil in Trauer un der bastelt ja an einem Abschied`geschenk un das hat der mir ja wohl gemailt un da hab ich den ja wohl in der ganzen Nacht traurig da sitzen sehn un an dem Abschie`geschenk basteln, denn der Abschie tut ja doch so verdammt weh un ich weiß ja nich ob dem Emil auch die Tränen gelauf sin, ich konnt den ja nich sehn, aber ich konnt ja wohl nich schlafen, weil der ja wohl so traurig war un das hat mich ja dermaßen traurig macht, dass der Emil ja wohl was verlorn hat, ja so was Wertvolles, was nich all Tage wiederkehrt, das kommt ja nur so manchmal im Leben, das is ja wohl sowieso ein Glücksfall, wenn da jemand so jemanden wie ein Vater findet un dann hat der den jetzt verlorn wie ja wohl alle Güter im Leben die wir ja wohl nur so zugeteilt bekomm un dann werdn die ja wohl wieder abgeholt, un dann ham wir ja plötzlich wohl gar nix mehr un das soll ja vielleicht so sein, jedenfalls is es ja wohl so, dass wir ja wohl bekommen un dann dann is ja wohl die Freude groß un dann geht das ja plötzlich von dannen un man hat das ja wohl nich verstanden, warum denn immerzu das

Kommen und Gehen, da kennt das Leben ja wohl gar nix, das nimmt ja un das gibt ja un so is das ja alles ei Kommen un Gehen ein Abschiednehmen un Begrüßen.

**Das Bild und das melancholische Rot**

Un das Bild is ja wohl rot geworden. Ja wieso is denn das Bild bloß rot geworden, wo ich doch ursprünglich beabsichtigt, dass es hellgrün, lindgrün ja doch wohl sein sollte. Das wollte es wohl doch nich sein un so isses bei Rot ja wohl geblieben. ja es is ja wohl ein melancholisches Rot, das es das gibt überhaupt, j un es is ja wohl spiegelglatt, das kommt ja wohl von dem Dammarfirnis, und es is ja wohl wie eine Eisfläche, wo darunter ein Grund schimmert, das Eis is ja so rot durchsichtig wie ja wohl meine rote Bildfläche, das ist ja wohl keine Wand, keine undurchlässige rote Farbe auf Holz oder so, nein, das ist ja wohl ganz melancholisch, so ein Eis, in das man einbrechen kann, man muss ja wohl vorsichtig gehen un vielleicht ja wohl gar nich hinaufgehn um ja wohl nich einzubrechen. Es muss ja wohl so spiegelglatt sein, es muss ja wohl so melancholisch rot sein.
Die weißen Löcher hab ich wohl nich länger mit ansehn könn' un da hab ich ja wohl den kleinen dreieckigen weichen Metallspachtel ja wohl genommen un abgetragen das Weiß un dann hab ich das ja wohl mit Bordeauxrot vermischt un ja wohl wieder aufgetrag. Aber dann musst ich ja wohl das Altrosa auch wieder abtragen, denn das hat mir ja wohl auch gar nich gefalln un machte ja wohl nix besser. Schließlich hab ich ja wohl auch noch das Zinnoberrot abgetragen, das war mir ja doch wohl zu platt, zwar war es ja wohl schön rot, schön satt, aber so undurchsichtig, un das war wohl wie ein rotes Brett vor dem Kopf. Also hab ich ja wohl alles runtergeholt von dem Bild, was ich so aufgetragen hatt. Dann hab ich ja wohl einfach nur so, um ja wohl einfach mal zu sehen, die Farben zusammengerührt, un ich fand ja in dem Behälter so ein schönes Rot entstanden,

das kann ich ja wohl nich weg, ich fand ja wohl das müsste ich wohl doch nochmal auftragen, auch wenn ich es vielleicht wieder abtragen müsst, aber war das Leben ja wohl nich sowieso ein Kommen und Gehen, bei mir war das ja wohl so, un dann hab ich ja wohl einen breiten Spachtel gnomm un mit dem bin ich ja wohl in die melancholische Farbe un die hab ich dann auf die Leinwand, aber Spuren von all dem vorher sind ja wohl noch da, es is ja wohl alles durchsichti gewordn, gläsern, irgendwie gläsern irgendwie will noch kei Weihnachtsfreu aufkommen, wegen dem Tobi sei Abschie schreibt ja wohl der Emil und doch is das Rot ja wohl wirklich da, also ich merkte ja wohl, dass ich gar keine zweite oder dritte Farbe mehr auftragen wollt, ich wollt das ja wohl so lassen, nur Melancholisch Rot un Spuren untergründig. Ich weiß ja nich ob es so bleibt mit der Melancholie in dem Rot un ob nich doch ein Impuls was verändern will, aber vorerst isses ja wohl so wie es ja wohl vorerst is, ja das is ja wohl so.

**Geschirr verabschieden**

Un dann pack ich ja wohl mein Geschirr ein, ich muss das ja mal tun, ich muss ja mal sowas tun, ich muss ja wohl mal mein Geirr Geschitt Geschirr verabschied, ich muss das ja wohl mal der Tochter meiner Schwester schicken, das muss ich ja wohl mal, das is ja von Katharina, die hat wohl getöpfert all die schönen Geschirrteile aber nu muss ich das ja wohl mal verabschieden un Melanie sollt vielleicht das weiße ham, das weiße Geschirr, wenn ihr das gefällt, der Melanie, wenn ihr das gefällt der Melanie, vielleicht gefällt ihr das ja.

**Bangbüx schiet in de büx**

es stimmt ja all nich. das fliegt doch imm wieder auf. das is ja nich zu un nich auf. nich hoch un nich tief, das is ja wohl rein nich gar nich. is ja alles n Appel un Ei, für n App un

Ei, ja ja, für nich. Appel Ei , Appelei. das kommt ja wohl wied von den Bau, Muut un Vat warn ja Bau, ja das warn se ja wohl un da ham se ja wohl davon gesprochn von Appel un Ei, von lütt un grot, min lütt un min grot. Stimmt ja wohl alls nich. stimmt ja wohl gar nix. Is ja wohl als dat, war nich stimmt. Alls dat stimmt ja nich. Alls dat is ja wohl gelogn. Is ja wohl nich wahr dat, is ja wohl nich, nich wahr is dat ja wohl nich, min lütt un min grot, de sün ja wohl verschiedn, ja verschiedn sün de ja wal, de sün ja man lütt, un dat is ja alls nix, de sün ja man lütt, unkrut sün de man scha. Un heutzutage is ja wal alls verrückt, un lütt sün de ja, un grot sün de ja all. Un alls is ja wal verrückt. Un nix is ja wal für sich, dat is doch alls nix. un nix is ja wal für wat, nix is für wat. Alls is schiet, alls is ja nur schiet, de beschieten uns ja, schiet is dat ja wal, oh ne kinnings wat fürn schiet, nix is ja wal wat, nix is j wal für wat, nix is ja wal für sik wat, nix is ja wal für sik, dat muss ener broken, wenn de dat broken kann, dann is dat ja wal wat, sünst is dat ja wal nix un dat wird ja wal nix mit di,

Dat ward ja wal nix mit di
bangbüx, schietbüx
bangbüx, mit di ward dat ja wal nix
dat geit nich so
bangbüx schiet in de büx
bangbüx, dat ward nix mit di.
Du warst ja wal nix
blev man tu hus lütt bangbüx
schiet in de büx
blev man int hus
dat ward nix mit di min lütt bangbüx
schietbüx
du büst ja wal uns schieter
nix ward mit di.


**Di Tüt mit de Bonbons**

Un nix taugt was un nix is was. Alles is nix, alles taugt ja wohl nix, nix hat ja wohl Sinn, nix macht ja wohl Sinn, es gibt ja wohl keinen Sinn, es is ja wohl alles umsonst, es is ja wohl alles so sinnlos, sinnlose Gebärde, so eine über alles sich auftuende Sinnlosigkeit, es is ja nix mehr drin im Tun, die Sinnlosigkeit läuft ja wohl mit jedem Gedanken mit, es is ja wohl alles so sinnlos un dann muss man das verheimlichen, man muss ja wohl so tun, als ob da was drin wär ein Sinn. Wo is denn der Sinn hin, wenn einmal die Hoffnung weg is, abgebrannt, dann is ja wohl auch der Sinn mithin abgebrannt un nix will mehr, denn die Hoffnung is hin un alles is ja hin un nix blüht mehr un wächst un gedeiht, nix is ja mehr da, alles is ja wohl weg gegangen, alles is ja wohl hin gegangen un nix winkt ja wohl mehr un singt: „ich will zurück ich muss zurück ich komm zurück ich komm bald wieder", nix singt mehr, Hoffnung is ja wohl grau, Häuflein Asche is ja wohl übrig geblieben, is ja wohl, un da geht einer, der meint ja wohl in einer Tüte is noch ein Bonbon drin und der öffnet ja wohl alle Tüten un ich weiß ja nich wie lang der beschäftigt is, aber der is ja in dem Glauben, die Tüte mit dem Bonbon kommt noch, die hat er noch nicht erwischt, die muss ja noch dabei sein, die unzähligen leeren machen ihn ja wohl gar nich an, weil der ja immer an die mit dem Bonbon drin denkt, und der weiß ja dass der dadrin is der Bonbon, der guckt ja wohl bis zuletzt bis der die Augen schließt und den letzten Atem haucht un dann hat der ja wohl immer noch den einen Gedanken dass da ja was drin ist in der Tüte, er hat sie nur noch nich gefunden und öffnen können, das wär ja noch gekommen, wenn man ihm nich vorher die Augen geschlossen un den Atem genommen hätte, er denkt ja noch an den Bonbon, er sieht ja die Farbe un er denkt dran wie`s schmeckt un an die Farbe un dann stirbt der ja. Un jemand hält den ja für verrückt, alls is doch sinnlos, alls is doch Gebärde sinnlose Gebärde un nix is ja was un alls is ja nix un nix is ja für sich un alls is ja schiet, schietbüx, bangbüs, schiet in de büx, oh ne kinnings kinnings, alls dat is schiet, un nix is was un nix hat einen Sinn un alls is umsonst un nix stimmt ja un alls is ja nich richtig.

**Un das Bild is ja au nich so geblie**

Un alles is ja nich so ohne weiteres, un alles is ja so un so, so un so is ja alles eingerichtet, un die Möbel verschieben mal, quer zum Alltag, un dann doch wieder in die alte Position rücken, war ja wohl doch schon die optimale Einrichtung soweit man denken kann un soweit man denken kann ja in diesem Aublick war das ja wohl schon immer so optimal gewes, un nie verrrückt wordn warn die Stühle un Sessel, un Gnade un Ungnade wurden ja auch im scho optimal vertei. Rücken un nich verrücken, un warum denn verrücken, warum denn ja wohl überhaupt verrücken, das Zimmer hat ja wohl nur vier Wände un die sin ja ohne Geld nich zu verrücken, aber ausziehen könnt`s, ja denn wohl. Un das Bil is ja au nich so geblie. das is ja verän wor von mir, ja von mir, i bin ja wohl die Tät. ja i hab das ja wohl geta, jawohl, genauso gut nießen, könnt`s nießen etwas ja wohl ausnießen. i hab ja die Farben do wie runtergenomm. das hat mir ja do au nich gut wohl gefalln. die r(te Farbe), das Rot musst runter. erst musst es verschwin, was des sich eingebild hätt das Rot. Nei also s hat weg, s hat ja wohl müssen ganz eilig weg, un wie hab i das wegmacht, ja das hab i nich wegmacht aber i hab was drüber gemacht ganz einfach drüber, ab nich überall, muss ja nich gleich überall weg, ei biss Rot kann ja wohl noch ganz gut glänzen, is ja au wohl ni so einfa sich von dem glänzendem Rot (wie gelackt geleckt) zu verab(schieden), aber dann hab i`s gemmoch, ja i bin ja wal verantwortli, ja wal, i. Na also i hab Caput mortuum aufgetragen un das sah ja echt fies aus auf der eisglatten Rotfläche un dann ha i da ja wieder ab. un dann bin i ja hin un hab grün, denn i wollt ja ursprüngli sowieso grün, also hab i jetzt, wo das Bil ja sowieso versaut war, grün, un s war ei ekliges Grün, da hab i glei Gelb rein, aber so viel besser war des au nich, un i hab ja all das Grün wied run. un die Spuren ha i ja gelassn. dann ham mich ja die rot feist glänzenden Flächen ja wohl immer noch angeglotzt weil i doch ein paar Stellen hab weiterhi rot glänzen lassn. Aber jetzt war des ja wal vorbei, können da ja wal ni ewig so rot wie lackiert aufglänzen un i hab mi geda, dass mi no blau feh. also ha i ja wohl blaue Pigmente un dann waren die rot glänzenden Aug ja wohl blau, aber des war ja wohl alles nix, nix is ja was, un i hab ja wohl au dieses Blau wieder run un immer mit demselben ja doch wohl sehr kleinen dreieckigen Spachtel, in aller Ruhe ja wohl tat ich ja da wohl mei Arbei, war ja Pfli, i hat mi ja dazu verpflich, i woll das ja abtrag, also musst i un also hab i. Un i weiß ni, ob es denn nu ferti, wo i alles runter hab, bis auf die Farbreste, un die Strukturn, die mit dem Spachtel un mi zusamm gekomm sin. i behaupt nix mehr. mir isses ja wohl no zu dunk, könnt also do sei, dass es no weitergeht. i sag ni ja un ni nei.

Un dass das so bis auf den Grund geht. un nackt is wie das Dasein so nackt, so unerhört nackt, so furchtbar nackt, so ohne gar nichts, so ohne Bekleidung, so furchtbar nackt, un das Zittern so nackt, so nackt zitterst du, un du bist ja so nackt, un nackt is ja die Welt, wenn man se sieht, wenn man se so nackt sieht, ja wenn, dann is ja wohl alles nackt, wenn man so nackt sieht. Un das Bild is ja jetzt so nackt, so ohne was drüber. Un das is ja Zerstörung, was da passiert, vor sich gegangen is, hab ja das Kleid, das angezogene wohl immer wieder wegerissen, ausgezogen un ein anderes ja wohl anprobiert, aber es musst ja immer wieder runter von mir. Un von der Leinwand musst doch das Kleid runter, da konnte doch keine Ver Kleid und auf der Leinwand sein, denn das konnt so nich sein, gehen konnt das so nich mit Ver kleid un so. Das musst ich ausziehn. Un nu is ja die Leinwand so nackt un Spuren ja wohl eingraviert, wie ja wohl auf nackter Haut, alle tief eingelassenen Farben schillern. Spuren blieben ja doch, ausgelöscht und ja doch nich alles, die Kanten vom Spachtel hab i ja stehen lass, Parallelspuren, kreuz un quer über Land un über Stock un

über Stein holprig un das ganz sieht ja wohl aus wie ein Schutthaufen.
Bei dem rosa, ja da hat se ein Kleid drüber bekommen, eine rosa Haut un all das Verletzte, lag ja darunter unter der ja wohl rosa Haut, nur stellenweise tauchte es ja wohl auf. Aber jetzt wollte ich ja wohl keine Haut mehr, keine Haut, kein Kleid. Sieht ja wohl aus wie ein Massengrab, als wenn da alles offenliegt, die Gebeine und Arme alles ja wohl durcheinander, übereinander, ja das is ja wohl so in einer verzerstörten ja wohl Stadt ehemalig un lebendig. Ja was für eine Stadt, aber jetzt liegt sie ja wohl darnieder, die Gebäude eingestürzt, kein Glanz mehr für die Ewigkeit, nichts Restauriertes, es is ja wohl alles kaputt Caput mortuum, wer hat denn hier Krieg gespielt, wer hat denn hier geweint und Pflanzen bewässert, die aus den Trümmern emporwuchsen Grünpflanzen sieben Grünpflanzen und Lilien blühn. Ja das ist ja wohl ein Garten, ein Park, ein Pflanzenreich.
Die Bild wird wohl niemand mög un geschweig sich hinhängen. *Lass das*, sagt Melanie, Melanie sagt: *Lass das so*, un Melanie sagt das, wobei sie doch noch so jung is und das Bild ja wohl ziemlich dunkel gewordn. *Aber es ist lebendig*, sagt Melanie und *Lass das so. Mal es bitte nich über*, sagt Melanie. *Ich will nicht, dass du das verdeckst, drüber malst, alles zudecks. Mach das nich. Bitte, lass das so.* Un das sagt Melanie un Melanie is noch so jung, denk ich, un ich sag, *aber Melanie du bist noch so jung, wieso magst du dieses Bild? Du trägst so schöne Kleider, farbenfroh.* Melanie lächelt mich an, Melanie lächelt mich ja wohl an Melanie lächelt un ich kann niemandem sagen wie Melanie lächelt, wie die Melanie lächelt un ich lächel zurück.
Aber was, wenn die Melanie das zweite Bild sieht. *Ich will es sehn*, sagt sie. *Lass es stehn, mal es nich über, lass es bitte stehn bis ich komm*. Melanie will es sehn die Zerstör, die i ja wied vorgenomm hab, un so geht das ja, un die Farbe aufgetragn un die Farbe ja wohl mit dem kleinendreieckigen Metallspachtel, ja mit dem, abgezogen die Haut.

Nu bin i ja wohl in der zerstör Stad. Rui. Es is ja um mi heru all zerstör. Un i müsst ja wal aus der zerstör Stad hinau. Aber i ka ja wal ni. I muss ja wal bei den Trüm blei. Mir is ja wal so, als wenn ja wal hier unter den Trümm mei Herz klopf un machma hör i es ja wal in der ganz zerstör Sta. Wie ein Dröhnen, ein Hall, als wenn die zerstör Sta ein Raum wär, un da drin hör i es so gewal dröh. Dann verschwin der Hall un i hör ja wal irgendwo mei Herz klopf unter den Trümm un i denk ja, dass i es no ei mal fin, un erst ja wal dann, wenn i mei Herzschlag wieder gefun, kann i ja wal die zerstör Sta verlass.

Nein, ja wohl, ich muss eine Farbe suchen, ich kann das ja wohl alles nich so lass. ich muss ja wohl dra gehn un eine Farbe herstellen, einen Bezug für das Bil, der das Bil von der zerstör Sta zudeckt wie ein Bettu eine Lei. I muss ja wal weiterle un i muss mi von der zerstör Sta abkehren. Sie muss ja wohl ein Klei bekomm, eine Haut, kei rosane, ei andere, viellei ja do ei apfelgrünes.
Nei, das geht do ni. i kann ni raus aus der Stad. i muss hierbleib un horch. Der Pulsschlag is hier. i nehm jeden Trümstein un polier den mit Dammarharz, weil i mein dann glänzt der un verleiht der zerstör Stad wieder Ansehn. A der Trümhauf blei trotzde a Trümhauf, also muss i jetzt wirkli zur Tat schreit un apfelgrün ja wal auftragn. Un i misch un misch un das dauert lang bis i ei halbwegs akzeptabl Grün fertibring un dan mir nix dir nix rauf auf die Leinwa. un igitt, da schmeckt ja ni da schme ja scheußli. ja das sieht ja verheerend aus, abscheuli wie Kotze un das backt ja au ni. Also da muss i mit a Tuch ran, a Lappen un i wisch da so die Farbe auseinander, das Grün un sieht aus wie a Staubwolke über der zerstör Sta. Un nu hau i richtig mit dem Lapp auf die Leinwa, damit ja wal der grüne Staub in die Trümmer fällt. Aber dann, so nebelig solls ja au ni sei, also das Bild is ja wal verhunzt, aber i weiß ja au, dass das ja immer so lange Prozesse sin bei mir bis a mal mit a Bild endli ferti bin. Also i muss das Grün wieder run. Erst mit dem Spachtel aber da

mit dem Tuch un ei was glänzt denn da, was ko denn da hervor, da ko ja was hervor, ja ei das is ja ei fei erlebnis, das is ja das Glanzrot, das is ja das melancholische Rot, ei was, ei ja, ei das is ja a Freu, so ei Wiedersehn un so ei hübsch Rot un i bi ja so froh, dass das Rot so leuchtet, so fei rot, ja was für ei Rot, ei i freu mi, ei i bin glückli. I kann ja wal i der zerstör Sta blei, denn i ha ja wal das Herz gefun, da rot Her, ei was, mei Her(z) is da, mei ro He, ei ja. I kann blei, i kann tanz, i kann glückli sei, ei was ei ja, mei Her(z) is da, seht ihr, hört ihr es schlagen, seht, hier i der zerstör Sta., also ha i ihn gefun den He(rz)schla. I kann gehen, i kann ihn mitnehm, i kann hierblei, wo i nur will, i hab den He(rz)schla gefun un mitne ka i den un i ka hierblei wie i will. Des hätt i ja wal nie gedach dass i unter all den Trümmern doch noch den Herzschlag find.

Anderntags entdeck i, dass das Rot sich zurückgezog hat, tief in die Leinwand hinein ist es verschwunden, sein Ausdruck ist stumpf, leblos, Glanz verschwund. Mische bordauxrote Pigmente mit zinnoberroten und gieße den Binder hinein. Mit einem Gummispachtel trage ich den roten Ölbrei auf. Er wird schnell von dem Untergrund aufgesogen, das aufgetragene Rot wirkt wie roter Gummi, wie der Gummispachtel, stumpf, verteile das Rot auch auf die grünlichen Flächen. Es sieht so aus, als möchte ich das alte Bild wieder herstell, das melancholisch Rot. Mich wieder annähern an ein rotes Bild, an Rot. Viellei wegen der großen Fläch, i denk plötzli an die Blutschüss, an die vielen Hühn und Gäns, denen Mutt den Hals umgedreh ha, abgeschlag, au an das Blut vom Schwei, das Blu, das se für die Blutwurs rührte un se lacht dabei. Bestimm ha se sich nics dabei gedach, es muss sein, se ha ja die Tier nich als Haustier gelieb, wir durft kei Haustiere halten, kei Katz u kei Hun, die kommen mir nicht ins Haus, keine Katze, kein Vogel, kei Tier, bringen nur Schmutz, ein Tier lieben, nei, bei mi muss do imm alls pikobell saub sei.

Sich ist sie ihr Aggressio losgeword, denk i, o ei sexuell Lus ha sich entfalt, das mu ja wal so gewes sei, wenn se da mit dem Mess in so ein`m Tier herumsäbel, dies abschneid, das abschneid, hier zerstückel da zerstückel, hier und da durch den Fleischwolf dreh, in das siedend heiß Wass wirf, Federn aus der nackt Haut herausrupft, mit der Hand durch das Lo i das Körperinn dring und alls herausholt, das Herz die Leb und wied fängt se hier an zu schneid und dort und manches kommt in die Kühltruhe für später und die blutverschmiert Händ und das blutverschmiert Mess. Ach ja mei Mutt, die hat nur gemach was sei musst un der Vat hatt ja dieselben blutverschmiert Händ und dieses Bil, das Blut läuft darüb in Gedank, als wenn i die Blutschüss darüb ausgekippt hätt. I bin ja nich stehengeblieb neben mei Mutt und hätt ihr zugeschau, i bin ja gleich weitergegang, hindurchgegang dur die Waschküch und hab alls gesehn im Vorbeigehn. Ich konnt das nicht verkraft, i bin sofort weitergetrieb. Mir war doch, als wär ein Verbrechen begang word, das nich gesühnt wurd, un dann wurd es Teil von unserem Leib.

**Im Traum Lenz u Emil**

Im Traum befand mich ganz selbstverständli in Lenz`Wohnung. Er selbst schien nicht da zu sein. Ich ging im Flur eine kleine Holztreppe hinunter (offenbar war i unterm Dach gewesen, in einem Dachzimmer) und wollte linkerhand eine Holzverkleidung entfernen, um das Treppenhausfenster dahinter freizulegen. Es waren zwei große Holzflächen, die wie Türen das Fenster bedeckten. Aber ich bekam sie nicht geöffnet. Ich empörte mich, dass Lenz das Fenst dicht gemach hatt,, man konnte ja gar nicht nach draußen sehen, bemerken wer auf den Eingang zukam, was sich vor dem Eingang tat. Als i unt ankam, un di Tür öff, stand ja da wal der Emil vor ein`m geöffnetem leerem Kleidschran. Ich war baß erstaun, auf den Emil zu treffen. An dieser Stelle wachte ich auf. Was machte der hier? Was wollt der hier? Was untersucht der hier?

Von Lenz träumte i scho dreimal, es ging wal imm um Nähe, die jedoch nur halbwegs zustandekam und unbefriedigend Gestalten annahm.

Lenz sah heute aus wie ein SS Mann, wohl weil er ein großer, wohl gebauter Mann mit breiter Schulter is und über dieser Figur trug er heute einen hellbraunen knielangen Ledermantel, um den er in der Taille den Ledergürtel festschnallte und es ist diese Schnalle, dieser breite Ledergürtel um die Taille, die den Mantel fest an den Körper drückt, hinzu kommen die eckigen Schultern, weil die Ärmel angesetzt sind. Vielleicht noch einen Hut, aber den hatte Lenz nicht auf.

**Rot Bild schwermüti**

Das rot Bild is so schwermüti, schwer is es, eine Belastu, es drü nieder, das Rot bewegt sich aggressiv ins Innere hinein, genauso schnell wie auch nach außen. Manchmal hört es gar nich mehr auf zu blut bis alles Blu heraus is aus dem Körp, dann is eine Wann voll Blut und wenn man se an die Griffe anfass, schwabbt es leicht hin und her lei hi u her, lei hi, her, lei hin.

Das rote Bild weint, will mir schein. Es weint, unaufhörlich, die ganze Leinwan herunt ohne dass es aufhört, es weint, rote Tränen, das Blut weint rot, rot weint das Blut, das Rot der Tränen. Schon seit zwei Tagen hege ich die Tendenz, das Rot herunterzuspachteln, aber das Rot ist auch ein roter Himmel, etwas Himmlisches, Rauschhaftes, Volles.

**Der Teich**

Der Teich hatte eine düstere Stimmung. Die Wasser waren übergetreten, seit zwanzig Jahren habe ich nicht gesehen, dass die Ufer unter Wasser standen und dann kam der Frost und der Frost hat seine Eisschicht auf den kleinen See abgelegt. Die Bäume, die im Wass gestanden hatt, waren jetzt vom Frost umzingelt, von Eis. Das machte die kahlen

Bäume verhängnisvoll einem Schicksal ergeben, sie konnten sich nicht mehr bewegen, obwohl sie es ja auch sonst nicht konnten, mit ihrem Stamm wandern. Dicht um den Stamm legte sich das tiefe Eis, als sei ihnen diese Umzingelung, die die Bewegungslosigkeit verursachte, aufgezwungen worden, denn sie konnten sich ja nicht rühren, aus dem Eis heraussteigen, ihre Füße erheben, nein, sie staken im Eis fest, vom Frost festgehaltene Säulen, Gefangene des Frosts. Es war bizarr, es glitzerte bizarr auf dem Eis, auf das einige kleine Kinder, von ihrem Vater am Rand festgehalten, gebrochene Eisscheiben warfen. Eine rote Sonne kam auf, es war der Abendhimmel, der hinter der Kirche aufleuchtete, sie in hellem, durchsichtigen Rot umrahmte, umspielte. Die feste, undurchsichtige Kirche verhinderte, dass ich den ganzen Feuerball sehen konnte, wie er sich am Himmel aufglühte und in hellrote Schwaden auflöste. Die Kirche blieb im Vordergrund, dunkel war ihr Inneres. Sie lag hinter dem Park. Ein schwacher feuriger roter Glanz reichte bis in den Park hinein und legte den kaum merklichen Rotschimmer, ja rosa Schimmer, auf den schwarzen Ästen ab. Das Parkpanorama mit der glanzvollen Mitte, jener Eisfläche jenes zugefrorenen Sees, und dem harten, braunen Boden rundherum und den braunen, grauen und schwarzen blätterlosen Bäumen in allen Krümmungen und Verkrümmungen, sah wie eine verwahrloste verwüstete zurückgelassene Landschaft aus. Nichts gedieh, alles war frostig und starr, braun getrocknet und hart wie Stein, trocken, knorrig, hart, kahl, bizarr, alles war von Verlust gekennzeichnet.

**Arm Leut**

Diese Angst, dass wir nichts haben, dass wir gar nichts bezahlen können, ausgeben. Die Angst, wenn wir nur etwas ausgeben, damit gleich alles zu verlieren, was wir überhaupt haben, etwas zum beißen, sagt der Vat un i war ei Esseri zu viel, weil i no zur Schul. Vater zählte die Geldscheine oft nach, die unter der Glasplatte im Schrank lagen. Es gab überhaupt das Wenigste aus. Er versicherte sich, dass das Geld noch da war und möglichst da blieb.

Das Geld war für das Notwendigste, für die Not, es war eigentlich nicht da, es war wie eine Täuschung, denn Mutter sagte ja, dass wir nichts hätten und ich war immer in Angst, dass dieser Umstand aufgedeckt werd könnt, dass wir nics hätt un doch was hätt.

Ich sollte es zugeb, öffentli sagen, dass wir Flüchtlinge waren und dass wir was geschenkt haben müssten, wir könnten uns nichts leisten. I schwitzt , denn es war doch ei Lüg. Die Mutt nähte uns Kleid un der Vatt besohlt uns Schuh un beid schlacht die Tier, um uns mit Fleisch zu ernähr un bauten Gemüs un Kartoff, um uns au damit zu ernähr un viellei, weil die als selb gemach, hatt die Mutt gedach, se hätt nics, im Grund hätt se nics, wenn se das nich alls selb täten, aber es war wal nur, dass se sparten, was se hätt un deshalb konnt se sagen, meint se wal, se hätt nics.

Und alles was wir wirklich hatten war irgendwie im Grunde doch nicht da, das war wie eine Sinnestäuschung, denn wir hätten doch nichts, sagte Mutter und du musst sagen, dass wir nichts haben und dass man dir was schenkt.

**Mit dem Spachtel auf das rote Bild**

Bin mit dem Spachtel auf das rote Bild zugegangen. Jetzt war ich doch entschlossen das dichte intensive leuchtende und zugleich getrocknete Rot abzuspachteln, abzuspecken. Aber meine Spachteltechnik funktionierte nicht. Es war zu hart geworden. Das Rot war hart geworden, durchgetrocknet. Nun hatte ich eine glatte Fläche, rot un tot, sie war verloren, die Leinwand, die rote Fläche, das Rot war zu mächtig und glatt, machte die andersfarbigen Einsprengsel unwichtig. Ich war am Ende.

Jetzt nahm i eine gelbe Ölkreide und ging damit in das rote Bild, in die brüchigen Stellen, versuchte, gelbe Leuchtkraft unterzubringen. Eine lilane Ölkreide kam anschließend. Ich gehe nicht davon aus, dass es Köpfe werden, aber wer weiß.

Jemand erzählte, dass er täglich ein sehr altes Ehepaar an der Bushaltestelle treffe, das nur noch aus Ersatzteilen bestünde und zur Dialyse fahre würd. Er habe einfach denken müssen: Hunde, wollt ihr ewig leben?!
Lenz hat sei Gift parat, falls sein Darmkrebs fortschreitet und ihn ans Bett fesseln sollte.
In Holland wolln se die Gift-bzw.Selbstmordpille durchsetzen. Hätte ich diese Pille heute genommen, wenn ich sie hätte?

**Ich dresch meine Mama**

Ich sah mich in einem Gulli, ich wollte hinaus und streckte die Hand hinaus um mich hochzuziehen. Aber da schob jemand die Hand zurück und legte den schweren Deckel drauf und setzte sich noch darauf. Als wenn es die Alte gewesen wäre. Ne, Leona, du sollst nich weg. Du sollst man schön hierbleiben, hier drinn bei mir. Hier kann ich auf dich aufpassen un hier bist du mein. Ich lass dich nich frei!

Rohrbruch in mei Toilett un Dusch. Der Nachbar von gegenüber klingelte bei mir, weil der Klempner ihm nicht Bescheid gesagt hatte, dass er das Wasser abstellen musste. Sie schrien sich an. Als die Tür wieder zu war, sagte der Klempner, gut, dass er zu Hause keine Frau und Kinder hätte, sonst würde er die erstmal verprügeln.
Erzähl das der Bedienung im Stehcafe. „Obwohl", sagt die junge aus Österreich stammende Frau, „ ich hab früher auch immer gesagt: „Ich dresch meine Mama! Aber das ist noch was anderes, wenn man man auf Schwächere losgeht."

Auf der Arbeit vorübergehend im Raum einer erkrankten Mitarbeiterin. Man weiß nicht, wielange sie noch krank sein wird, sie hat Brustkrebs. Im ersten Moment ist mir schaurig, Michael Blutkrebs, Lenz Darmkrebs, Friedrich Hautkrebs,

Juliane Brustkrebs. Der Traum fällt mir ein, in dem ich mich in Lenz' Wohnung befinde, und jetzt bin ich in Julianes Arbeitsraum. Ein sehr kalter Raum, wie ich meine: viel Blau, Grau und Kunststoff, eine langstielige, blassgelbe Stoffrose in einer Flasche auf dem Schreibtisch. Ich werd Pflanzen mitbringen und Farben, Orange und ein eigenes Bild: Die Frau mit dem roten Herzen. Eine Frau, die ihren Körper eingefroren hat. Der Körper ist schneeweiß, nur das große Herz, das unter dem Hals sitzt, ist rot. Sie hat ein türkisfarbenes Gesicht mit melancholisch-traurigen aber wachen Augen. Sie hat nur eine Hoffnung, das ist der weiße Vogel, die Taube, auf der Höhe ihrer Schläfe. Sie flüstert der Frau etwas ein.

Wie geht es dir, frage ich Marianne, eine kleine zarte Person, aber handfest, als wir uns auf der Arbeit begegnen. Sie antwortet, dass sie gut beschäftigt sei und lässt ihre Zunge heraushängen. So eine lange Zunge, denke ich, wahrhaft, sie hat eine lange Zunge, als wenn sie einem Tier gehört. So eine lange Zunge hängt aus Mariannes Mund heraus, dabei ist Marianne selbst so klein. Wie merkwürdig, denke ich, dass sie so eine lange Zunge hat. An den Rändern war sie heller als in der Mitte und die Mitte war eingefallen. Dass sie ihre Zunge heraushängen lässt, die Marianne, ich erschrak. Wahrscheinlich werd ich sie nicht so bald wieder fragen, wie es ihr gehe.

Seit längerem mal wieder ganz in schwarz angezogen, mochte heut früh überhaupt nicht zur Arbeit fahren. Als ich auf dem Rückweg in den Park einbog, sah ich, dass sich erneut eine dünne Eishaut auf dem See gebildet hatte, denn jüngst hatte es getaut. Auf dieser, von der Sonne glitzernden Eishaut, lagen zersprungene Schollen herum, es sah aus, als würden sie alle brennen. Die Eisschollen brannten. Die Schollen und die Eishaut konnten aus Glas sein und das Glas war entbrannt. Ich fuhr an dem brennenden See entlang, das Feuer loderte nicht rot, sondern weiß.

**Der Friedri träum vo mei Haar**

Der Friedri träumte einmal von mir mit rotem u grünem Haar auf dem Kopf. Ich hätt mich in einer grauen Menschenmenge befund, die einen Abhang hinunterglitt. Wegen meiner Haarfarb stach i heraus. Ich drehte mi zu dem Friedrin um und warnte ihn, ebenfalls mit der Menge den Abhang hinunter zu gleiten. I machte eine Armbeweg, dass er zurück bleib sollt. Er meint, dass i etwas gesehen hätt, wovor i ihn warnen wollt. Was das war, wusst er nich.

**Melanie u der Traum vom Vat**

*Melanie besucht mich, weil ihr ein Traum auf der Seele* brennt: In ihrem Heimatort bei ihren Eltern im Garten findet eine Feier statt. Sie hat Angst, dass ihrem Freund diese Familie, in der gelogen wird, zur Schau gestellt wird, Masken getragen werden, gefällt, und sie befürchtet, dass er und ihre Schwester sich annähern und verbünden. Melanie sucht ihn und findet ihn im Zimmer auf dem Bett lesend. Er findet die Familie also doch nicht so toll, denn er hat sich vor ihr zurückgezogen. Melanie läuft wieder in den Garten und sagt allen die Wahrheit ins Gesicht, nämlich dass sie die Verlogenheit ihrer Familie erkannt hat und nicht mehr akzeptiert. Dann läuft sie wieder zu ihrem Freund. Sie gehen ins Bad, schließen die eine Tür ab, vor die andere wollen sie einen Schrank schieben, denn sie befürchten nun Rache. Und da steht auch schon ihre Schwester in der Türöffnung und kommt ins Bad hochnäsig lächelnd. Melanie schreit sie an, dass sie genug von ihrer Eso(terik)scheiße habe! Als die Schwester wieder draußen ist, kommt der Vater mit einem großen Holzbalken. Er ist von Wut erfüllt und will Melanie umbringen. Sie entwischt und läuft auf das Dach des Hauses. der Vater eilt ihr hinterher. Melanie sieht vom Dach hinunter auf die Straße. Der Nussbaum fällt ihr auf, der zu Nachbars Grundstück gehört, auf dem ein früherer Spielkamerad wohnt. Sie denkt dass sie da hineinspringen könnte. Ihr Vater bedroht sie lebensgefährlich, sie muss sich entscheiden. Sie springt. Die Ecke des Balkens hat sie noch leicht im Rücken erwischt. Während Melanie fällt hat sie keine Angst, aber dann sieht sie, dass sie nicht im Nussbaum, sondern auf der Straße landen wird. Da wacht sie auf.

**Friedri trägt synthetisch**

Friedrich brachte eine blaue Blume mit, eine blaue Hyazinthe in einem blauen viereckigen Plastiktopf. Er selbst war dunkelblau eingekleidet, Blau war ja seine Lieblingsfarbe, mich fror immer. Ganz Dunkelblau war der Synthetikmantel, ich kannte Friedrichs dunkelblauen

Duffelcoat aus Wolle, er meinte der sei zu abgenutzt. Das hätte ich dem Friedrich nicht zugetraut, dass der Kleidung aussortieren kann, die er jahrein und jahraus getragen hat, und dass der die erneuert durch synthetisches Zeug. Aber ich wunder mich ja bei dem Friedrich. Ich dacht ja, der lebt von nix, weil der immer gesagt hat, der braucht nicht viel un der kommt ja mit wenig aus. Aber die Reisen ham mich ja doch gewundert, ja die bezahlt ja doch die Freundin, das hat der Friedrich mal zugegeben und dass er mal geerbt hat von der Mutter, das hat er dann ja auch mal gesagt, denn von nix kann ja auch niemand leben, un dann is der Friedrich plötzlich arbeitslos gemeldet und bezieht Arbeitslosengeld un da wird der Friedrich ja wohl wie ein ganz normaler Mensch, der sich klammert an all die Anker, die die Gesellschaft auswirft und ich dacht immer, der Friedrich schlägt sich ganz so durch, weil der ja immer gesagt hat, der macht das alles selbst, er braucht ja nich viel. Aber das kommt ja gar nich hin, jeder braucht ja was un der Friedrich wollt ja immer total unabhängig wirken, als hätt er die blöde Gesellschaft nich nötig un als wär in Italien alles anders aber das kommt ja nich hin, auch der Friedrich hat ja von was gelebt un nich jeden Pfennig hat der selbst aufbringen können. Jedenfalls trägt der Friedrich ja jetzt einen synthetischen Mantel, was ich niemals von dem Friedrich ja gedacht hätt und diesen Hartplastikkoffer, wo sich kein Häärchen nich mehr bewegt, alle sind eingeschweißt, ein sturer Griff, ganz dunkelgrau die ganze Angelegenheit, ich mag solche Angelegenheit ja gar nich, früher trug der Friedrich ja eine Schultertasche aus Leder, aber jetzt trägt der ja Hartplastik, das sich nich mehr bewegt, um keinen Pfennig, aber dem Friedrich geht es ja besser, der Fleck an der Schläfe is ja ganz zurückgegangen, andererseits sind zwei andere aufgetaucht am Körper, die aber nicht so dunkel, überhaupt nich dunkel sind, sondern rötlich. Das ist nich schlimm, was er hat, sagt der Friedrich, das ist alles eine harmlose Stufe von Krebs. Mir is ja nich danach, aber ich zeig ja dem Friedrich doch meine letzten großen Bilder, deswegen is der ja gekommen, un während wir vorne im Raum bei den Bildern stehen, stell ich mich ja hinter den Drachenbrotbaum als ich mit dem Friedrich spreche un greif dauernd in die schmalen grünen Bätter und lass sie durch meine Hände gleiten bis auch die Spitze des Blattes berührt wurde, dann lass ich se los un greif von neuem hinein, i muss mi ja wal hint dem Baum versteck un mir ja wal Beistand von dem holen, ja der Friedrich, der war ja lange weg und wenn jemand so so lange weg, ja dann kann ich den schon nich mehr kennen un der hat sich ja auch ganz verändert, der trägt ja jetzt synthetisch.

**Friedri sei Träum**

Friedrichs hellblaue Hyazinthe öffnet ihre Blüten und verströmt den Duft. Als ich Friedrich nach seinen letzten Träumen gefragt hatte, meinte er, dass er nichts Spezielles geträumt habe, aber auffällig sei gewesen, dass er seine ganzen positiven Italienerlebnisse der ganzen Jahre seines Aufenthalts dort hintereinander weg geträumt habe.

Der Mann, den ich in der Arbeitspause beim Portugiesen treffe, erzählt, dass er heute noch hört wie das Schwein geschrieen hat, das seine Großeltern zur Eigenversorgung hielten und töteten.

Nach meiner Pause auf dem Rückweg komme ich an den Bauwagen vorbei. Da zieht etwas meinen Blick hoch: Im kleinen Fenster des Wagens hängt eine Mädchen- oder Frauenunterhose, die mit kleinen roten Herzchen übersät ist wie eine Wiese mit gelben Butterblumen, in der Mitte stehen die Buchstaben: l o v e.

**Die verstorb Mieteri**

Die Haustür des Mietshauses, in dem ich wohne, ist eine Holztür, die schon mehrmals gestrichen wurde und von der doch die Farbaufträge immer wieder abblättern, vor allem um das Schloss herum. Die Tür hat 2 Glasscheiben und soweit ich mich entsinnen kann, hab ich mich darinnen niemals gespiegelt. Aber dieser Tage, kaum dass ich in den Eingang gebogen war, sah ich mich in einer der beiden Glasscheiben. Ein leichter Schock: So alt bist du hier geworden. Als junge Frau bin ich durch diese Tür gegangen, mit vollem nussbraunen, später hennarotem, langem Haar. Nun sind es die jungen Frauen dieses Hauses, die hier nach und nach eingezogen sind, die mit voller Haarpracht durch diese Tür gehen. Jetzt gehöre ich zu den älteren und bald alten so wie damals die anderen, die inzwischen verstorben sind. Frau K. war eine so liebe mutige Frau, die immer um Atem rang, oft machte sie beim Treppenstiegen eine Pause und hielt sich am Geländer fest, während sie Atem schöpfte. Eine andere ältere Frau, die ich nicht gut kannte, starb und A. und T. holten sich zu meiner Verwunderung den Küchenschrank aus der Wohnung. Zwei alte Damen sind ins Pflegeheim gekommen. Die eine war über 80, Frau S., sie ging immer noch täglich schwimmen und kontrollierte den Dreck, der beim Treppenputzen liegen geblieben war, sie beugte sich aus dem Fenster, um zu sehen, ob meine Gardinen zugezogen oder aufgezogen waren. Sie behauptete dann, ich hätte auf ihr Klingeln hin die Tür nicht aufgemacht, obwohl ich doch dagewesen sei, denn meine Gardinen seien ja aufgezogen gewesen. Eine andere Frau, Frau Qu., starb an Brustkrebs, als sie Operation und Chemotherapie hinter sich hatte. Sie häckelte und strickte für L.s Kinder, als L. noch im Haus wohnte, kleine Jäckchen. Später starb auch ihr durch einen Schlaganfall behinderter Mann, für den ein zusätzliches Geländer im Treppenhaus angebracht wurde, damit er mehr Unterstützung beim Treppensteigen erfuhr. Der Bruder seiner verstorbenen Frau, der auf gleicher Etage wohnte, starb an Lungenkrebs, er war ein sehr starker Raucher, der Rauch zog durch die Ritze unter seiner Wohnungstür ins Treppenhaus, deshalb wurde die Haustür oft aufgelassen. Der Mann von Frau S., der

Schwimmerin, starb auch - sie gingen immer gemeinsam zum Schwimmen -. Man wusste, dass Frau S. einen verheirateten Sohn hatte, von dem sie aber nie besucht wurde, weil sie seine Frau nicht akzeptierte. Für all die Verstorbenen sind junge Leute eingezogen. Paare, die Kinder bekommen und dann wieder ausziehen, weil die Wohnung zu eng wird. Alleinstehende junge Frauen. Melanie war eine von ihnen, sie wohnte mit Anita zusammen in der ehemaligen Wohnung der alten Taubenfrau, die niemanden mehr hatte und auch keine Bekanntschaften pflegte. Ich schrieb einmal einen Brief für sie an einen Verwandten, aber sie hat keine Reaktion bekommen. Ich kaufte auch einmal Hausschuhe für sie oder kaufte mal ein. Sie kaufte Säckeweise Taubenfutter, so dass die Hausbewohner sich furchtbar aufregten. Man sah sie stets die Tauben füttern. Früher hat sie einmal bei der Post gearbeitet. Dann wurde sie zusehends tüdelig und ging in ein Altersheim. Melanie jedenfalls lebte zwei Jahre dort in der Wohnung auf gleicher Etage mit mir. Als ich sie und Anja zu einer privaten Bilderausstellung einlud, lernten wir uns kennen und seitdem, obwohl Melanie längst ausgezogen ist, sind wir etwas befreundet. Auch A. ist schon lange ausgezogen, zu ihr ging ich fast täglich auf ein kleines Gespräch. Sie wohnte ein Stockwerk höher mit T., ihrem Freund, den sie heiratete, von dem sie sich wieder scheiden ließ, weil sie ihn der Wohnung mit einer anderen Frau erwischt hatte, den sie dann aber doch wieder heiratete, von dem sie zwei Kinder bekam und von dem sie sich doch wieder scheiden ließ. L. ist auch schon lange ausgezogen. Sie hat hier zwei Kinder bekommen. Sie war mir eine enge Vertraute und doch kämpfte ich auch gegen sie an, denn sie war übermächtig, dabei war sie nur ausgesprochen selbstbestimmt, autonom. Auch G. und P., die die Nachfolgemieter von A.und T. waren, sind längst nicht mehr da. Sie hatten wie A. ihre Türe immer offen, ich brauchte nie klingeln, nur die Klinke runterdrücken. So hatte ich viele Vertraute im Haus, die längst gegangen sind. Mit G. hab ich so ab und an auf ihrem sonnigen Balkon zum grünen Hof gesessen. Wir haben über vieles geredet. P., sagte sie, mein P., der tut so was nicht, den kenne ich, nie und nimmer. Tja und dann hat er es doch getan und jetzt zerrten zwei Frauen an ihm und in diesem Konflikt stürzte er mit seinem Gleitschirm ab. Tja und jetzt, denke ich, das bist du, Leona, die hier durch die Tür geht. Das bin ich, doch dieselbe, gealtert wie ein Kirschbaum, der immer noch Früchte abwirft.

**Friedri Händchen haltend**

Von weitem sehe ich Friedrich mit seiner Freundin Händchen haltend die Amandastraße entlanggehen. Sie haben sich im Partnerlook gekleidet. Ich drehe und biege in eine andere Straße ein.

**Melani u i**

Melanie träumt, kurz bevor sie mit ihrem Freund zusammenzieht, der Mietvertrag ist schon unterschrieben, dass sie alleine in einer Wohnung ist, deren alleinige Bewohnerin sie ist. Sie fühlt sich einsam. Von ihrer Mutter verlassen. Sie ist enttäuscht und böse, denn sie fühlt sich von ihrer Mutter verlassen. Die Wohnungstür, eine braune Holztür steht auf. Melanie versucht einige Male vergeblich, die Tür zu schließen, letzten Endes gelingt es ihr. Links unten ist in der Tür noch eine Katzen- oder Hundeklappe, auch die versucht sie zu schließen, das gelingt ihr nach mehreren Malen. Als sie erwacht, denkt sie, dass sie mich wegen meiner Traumdeutung anrufen will.

Ich ziehe mit einem Handwagen aus Holz, auf dem meine wichtigsten Sachen, u.a. Kleidungsstücke, liegen, durch die Gegend, ich habe kein Zuhause, ich weine, ich bin in eine dramatische Situation getrieben und denke wohl an die unzähligen Drohungen meines Vaters, der das Bild des „Penners" auf der Parkbank beschwörte, der nichts mehr besitze und der Abschaum der Bevölkerung sei. Die Flucht. Kindheitsdrama, was gestern noch alles da war, war heute schon weg, über Nacht ausgelöscht. Sogar das Haus war weg, das eigene Haus, der eigene Hauseingang, die eigene Hausnummer, die Behausung, die zum bisherigen Leben gehörte, der Bauernhof war einfach verschwunden, hatte sich über Nacht aufgelöst, es gab ihn einfach nicht mehr.

**Im Traum schäumt das Meer vor dem Fenst**

Ich weiß nicht, inwieweit mein Traum damit zusammenhängt, ich war in einem Gemäuer, ein dunkles hohes Haus, es war wohl auch zum Abend hin, dass es so dunkelte. In dem Haus lebte meiner Meinung nach eine Wohngemeinschaft. Ich kam in ein Zimmer, vor dessen großes Fenster ein dunkler Schreibtisch stand. Das Fenster war ungewöhnlich groß, etwa die Größe meiner Bilder 150 mal 150 oder so groß wie ein Schaufenster. Direkt an das Fenster konnte ich nicht treten, sondern ich musste ja vor dem Schreibtisch stehenbleiben. Das Fenster hatte keine Scheibe. Es war einfach bloß eine große Öffnung. In diesem großen (Schau)fenster bzw (Bild)ausschnitt, sah ich das gewaltige tosende sich bahnbrechende über Steine und (Wrack)teile hinwegtobende Meer, es schäumte, es war aufgewühlt, es brandete, es ergoß sich immer wieder über die (Wrack)teile, über (ein zusammengestürztes „Hochhaus"?), über das, was da im Wasser (zusammengebrochen) lag. Es war ein unglaubliches lebhaftes Naturschauspiel. Das Meer so nah, ich konnte es kaum begreifen wie jemand so ein interessantes, naturnahes, erlebnisreiches, ihn gefühlsmäßig bereicherndes Zimmer haben konnte. Das musste doch eine Besonderheit sein, dass jemand so dicht mit dem Meer von Angesicht zu Angesicht lebte (und schrieb). Ist das wirklich dein Zimmer? fragte ich mit Tränen in den Augen und rückwärts zurückgehend. G. nickte. G. ist Grafiker, der im Cafe die Kaffee- und Espressomaschine in einem fort bedient und die Milch dazu aufschäumt, wenn er dort arbeitet. Er nickte, er saß im Sessel neben dem Schreibtisch und auch ihn sah ich eigentlich nicht wirklich im Dunkeln.

Als B. noch im Karoviertel wohnte, kam er häufig am Schlachthof vorbei und hörte die Schmerzensschreie, die Todesangstschreie der Schweine, da mochte er dann irgendwann kein Fleisch mehr essen, hinzu kam der Geruch. Vielen Tieren werden in den Forschungslabors die Stimmbänder durchtrennt, damit die Mitarbeiter nicht fortwährend die qualvollen Schreie hören müssen.

In einem Keller ein kleines vergittertes Fenster, ein Taube auf dem Sims. Lege ihr offenbar Körner hin, die sie aufpickt. Vielleicht sollte ich ihr ein Briefchen einrollen und mitgeben, ich brauche Hilfe.

Die dunkel angezogenen Leuten, vielleicht kommen sie von einem Begräbnis.

Erinnert mich diese Straße durch den Wald auch an den Pflaumenmann, dem meine Schwester und ich als Kleinkinder begegnet sind? Er ging auf der anderen Straßenseite und kam dann wohl zu uns herüber mit seinem Körbchen voller Pflaumen. Aber dann geht die Erinnerung nicht weiter.

Ich bin doch sehr alleine in dem Traum. Furchtbar einsam. Als ich da so mutterseelenallein die Straße, die durch den Wald führt, entlanggehe auf der rechten Seite der Fahrbahn.. Die dunkel bzw schwarz gekleideten Personen, die mir entgegenkommen machen mir Angst und ich habe wohl keinen Wunsch ihnen zu begegnen und das Alleinsein für die Dauer der Begegnung aufzuheben.
Ich gehe in die Richtung, dorthin, wo wahrscheinlich der Friedhof ist oder ein sonstiges Grab. Ich dachte auch an den Gasofen. Die Gasöfen, die Shoah.

„Das gibt Hoffnung!", sage ich zu der älteren Frau, die bei mir stehen bleibt, denn ich blicke auf die ersten Krokusse. Sie sagt:"Ja beim ersten Sonnenschein sind sie da!" Ich: „Und so zart lila gefärbt". Sie nickt und sagt: Ja zartlila. Und plötzlich sage ich zu meinem Erstaunen: „Das gibt Hoffnung!"

Auch Bäume zeigen jetzt wieder viele Schnittwunden. Auf dem Weg zur Arbeit treffe ich einen Baum, von dem nur ein Drittel seines Stammes vom Schneiden übrig geblieben ist, die Krone und Äste sind abgeschnitten, er hat viele Wunden und ich glaube, er tut den Leuten leid, ich finde, es müsste noch einmal leben dürfen, da ihm so viel Leid zugefügt wurde.
Wenn Lenz das sehen würde, hätte er sicher kein Mitleid, sondern würde darin eine Notwendigkeit sehen. So, wie er mit den Bäumen , „die ihm das Licht wegnehmen", kurzen Prozess macht und vollkommen absägt. Es sind schon über 15. Ich pflanze ja neue, sagt er. (Die dann in zwanzig Jahren wieder abgesägt werden?)

Merkwürdiger Gedanke, der mir durch den Kopf geht: Ich brauche eine Sterbebegleitung.

**Das rot Bild i unerträgli**

Das rote Bild ist doch unerträglich, denn das Rot ist doch so erloschen. Wie ein toter Krater. Das Öl ist aufgesogen und stumpf bietet sich ein ermattetes Rot dar. Nun gehe ich mit Ocker darauf. Da ich vom Untergrund hier und da an vielen Stellen etwas stehen lasse, sieht es splittrig aus. Ich siebe weiße Pigmente darüber und rote, die in den Ocker einziehen (dazu habe ich die Fläche 150 mal 150 auf den Fußboden gelegt). Ein angerührtes Blau verteile ich. Mit dem Pinsel ziehe ich es in die anderen Farben. Aber ich weiß schon während des Auftrags, dass ich später mit dem dreieckigen Metallspachtel die Farbe herunter spachteln werde, denn so kann ich es nicht lassen.

Ich hatte ein großes Bedürfnis den krebskranken Lenz wiederzusehen. Ich hatte Angst, ihn nie mehr wiederzusehen und bin ins Cafe. Dort saß er Gott sei Dank. Er war im Gespräch mit Muriel.

**Das Bil**

Natürlich habe ich alles abgespachtelt was da blödsinnigerweise zu sehen war bzw. so ein Blödsinn, so ein blöder Sinn war zu sehen. Aber dann widerum habe ich in mühseliger Kleinarbeit wieder alles aufgebaut mit der Ölpampe, die inzwischen entstanden war, ein Rotbraun, wie gebrannte Terrakotta. Ich benutzte dafür den kleinen dreieckigen Spachtel und das auf 150 mal 150, uff. Aber mir gefiel die Handarbeit, die Schmeichelei, die schmalen handgefertigten Spuren aus rotbrauner Erde wie wenn es eine Tonarbeit wäre. Jedoch fertig, wirkte das Bild pappig, dicht, zu. Das wollte ich nicht, so zu sollte es nicht sein, vernagelt. Ich öffnete es also wieder, diesmal war es als legte ich das Skelett frei, als zog ich einem Körper die Haut ab. Nicht einmal das Skelett blieb, sondern nur der Schimmer, der Abdruck dieses Skeletts. Wenn man hinsah, sah man, dass da einmal etwas gewesen sein musste, was vollkommen zerstört wurde und sogar die Bruchstücke der Zerstörung wurden abgeräumt, es blieben nur Spuren im Sand, bleiche Farbflecken, ausgehungert, ausgetrocknet. Es war einfach nichts Gegenständliches, Fassbares mehr da, nur Unmaßgebliches hatte sich eingeprägt, war eingesickert und ließ sich nicht abspachteln. Die Leinwand einige wenige verdickte Stelle, an denen noch frische Farbe heraustrat, entfernte ich jedoch, und so wurde die Leinwand auf einmal plan. Das ist jetzt das Ende, ich sollte nie mehr „malen", die „Malerei" aufgeben, es war zu Ende, es ist zu Ende. Und schon regte sich der leise Gedanke: Oder soll ich doch nochmal auftragen? Der Gedanke wurde immer lauter und so stand ich hellwach in der Nacht wieder auf und trug mit dem Gummispachtel, der etwa 5cm breit ist, die sämige Ölfarbe wieder auf. Die dunklen Flecken sparte ich aus, weil ich annahm, das bilde die Spannung zu der neu aufgetragenen Farbe. Aber ich merkte doch, dass es mir missfiel, mich regelrecht störte und so rang ich mich durch und übermalte das Bild. Danach war ich einigermaßen beruhigt. Dieses Bild ist von der Farbe her sehr kraftvoll, irdisch.

**Wieder Meer. Träumte**

Wieder Meer. Träumte, ich sei auf einem See und das war ein gutes Gefühl. Ich sah mich nicht, aber ich war wohl in einem Boot (in einem Gebäude) (mit hohen Wänden) (oder in einem Pappkarton in der Haltung eines Embryos und wohl voller Angst, Einsamkeit und ausgesetzt)
Dann sah ich aber, dass es gar kein See war von einer grünen Landschaft umgeben, sondern ein schmaler Gürtel von Gräsern umgab den wohl kreisrunden „See". Die Gräser waren aber nicht in der Erde verankert, sondern im Wasser. Schließlich nahm ich außerhalb dieses Gürtels das Meer wahr. Ich war also gar nicht auf einem See, sondern auf dem offenen gefährlichen unruhigen, nie wissend, was es tun werde mit seiner explosiven Kraft und auch ist die Verlorenheit stärker, denn die Menschen sind nicht in der Nähe, das Meer ist offen, weit, bewegend, ein Gegenspieler auf weiter Flur, der mächtiger ist als man selbst. Dieses „Gebäude" (das Zimmer, der Pappkarton, das Boot), in dem ich war, würde kein Schutz mehr sein, wenn das Meer zugreift.

**Muriel küss Lenz**

Un dann seh ich Muriel un Muriel küsst den Lenz und hackt sich bei dem ein und dann gehn die die Straße entlang un

Muriel is verheiratet. Un ich werd ja wohl den ganzen Tag dieses Bild nich los, ich seh immer die kleine Muriel, die sich bei dem großen Lenz eingehackt hat und irgendwie neben ihm wie eine Dame trippelt und eine rote Jacke hat sie an.

**Mi umbring, nei**

Zuerst dacht ich, ich würd mi umbring woll, ins Wasser geh, mi ertränk. Ich saß am Ufer eines Flusses und hatt mei Füße in dem schlammigen Wasser einer kleinen sandigen Ausbuchtung. Dann glitt ich weiter hinein, hatte mich erhoben und da dachte ich eben, dass ich mich unter(kriegen) (meinen Kopf unterkriegen, mich, meinen ganzen Körper)kriegen wollte, untergehen lassen wollte, mich ertränken! Aber ich bekam wohl einen Schrecken ob solches Ansinnens, jedenfalls begann ich stattdessen zu schwimmen mit dem Gefühl, ob das wohl Aussicht auf Erfolg hätte oder ob das nicht von vornehereigen unsinnig sei, denn das andere Ufer war geradewegs steil, hochkant, wie eine Wand, wie sollte ich da einen Fuß drauf setzen. Doch ich wollte nicht aufgeben und schwamm auf das andere Ufer zu, je näher ich kam, desto präziser konnte ich das andere grün bewachsene Ufer mit dem Auge erforschen. Da nahm ich einen Weg wahr, der unauffällig in den grünen Abhang eingebettet war, der ganze Abhang sah zivilisiert aus, kurz geschnittenes Gras und es wurzelten hohe schlanke gerade gewachsene Bäume darauf, nicht verwildert oder nachlässig. Je näher ich heranschwamm, desto fester wurden die Treppen des Weges, ja ich stellte mir feste gut begehbare Steintreppen aufwärts vor, denn das Ufer war hoch und ziemlich steil, doch nicht aufrecht wie eine Wand, aber tatsächlich ziemlich steil, wenn man die Treppen benutzen würde, die diagonal hoch liefen, würde man auf die Höhe des Abhanges gelangen.

**Das rote Bild**

Das rote Bild is ja gar ni so richtig rot, es is ja so terrakottarot, das is ja wi so gebrann Ton. Na das Bil ha ja wohl so zwei Ebenen, eine tiefliegende Schicht und eine die sich fleckenartig darüber verstreut, ausbreitet un das is die erhabene Schicht. Aber das sie man nur, wenn das Licht es zuläss. Jetzt wo die Hellikei der Son i den Raum so viel Li bringt, seh i das erst. Viellei is das au ein biss wie loser Schotter auf der Straße un di dann festgetreten wer.

**Du Schei Fahrrad**

Die junge Frau schreit: Du Scheißfahrrad! Du Pissfahrrad! Im erst Momen denk i, die is viellei verrü, di junge Fra, weil ma so ja ni mi a Fahrr spri, aber da fäll mir ja ein, wi oft i einen Platt i diesem Jahr hat un dass i morgen au wieder mei Rad aufpump muss, u zur Arbei zu gelang. Also nick i ihr zu. Di jung Frau is so wütend, si tritt gegen das Fahrr un schreit: Ständig bist du kaputt! Das kenn i ja nur von Kin, dass di ihr Spiezeug anred od alles, ab jetzt hab i eben erleb, dass au di junge Frau ihrem Fahrr eine Schuld gibt. Später begeg wir uns nochmal. I sag, dass i sie versteh, denn mei Fahrr usw.. Das is so frustrierend, sagt sie. Un ja, mei Vat fällt mir ein, der hat ja au im gesag: Du Scheißding, warum willst du denn nich! Der Vat hat sic ja au im tierr aufgere, dass i mi gefürch hab.

**Die Dam i d Wäsch Abteil**

Un dann is da in der Wäschabtei vo Warenhaus, i der Damenwäschabtei, i der Damenunterwäschabtei eine Dam sitzend mitten drin zwisch die Teil, die Unterwäschteile, die da so vielfach au den Büg häng, un di rote Spitzenreizwä un die Dame is ja wohl älter un sitzt da ja wohl i der Mitt mi ihrem lang Haar un Mantel un auf ihrem Schoß liegt ja wohl ihr Handtasch un hint ihr steht ja wohl ein hoh lang Spieg un i weiß gar ni, wi di dahi gekomm is, di verloren Dam, un sie blick ja nur auf ihre Handtasch di auf ihr Knien lie un si fährt ja wohl mit ihr Zeigefing imm hin un her auf im ein un derselb Stelle der Tasch un mir bleib ja wohl der Atem stil, di Fr tu mi ja lei, di is bestim einsa, denk i, un dass das wohl so schlim is un das di ja woh ihre Tasch streichel, un i hol ja tief Luft un geh wie un herum un als i wieder da vorbeikom bevor i die Rolltrepp benutz, sitz di Dam ja im noch da un der Finger beweg si ja im noch auf der Tasch un si blick ja no im auf ihr Tasch un um sie herum häng im noch die Spitzenunterreizdamwäsch un das is ja trauri.

**Melanie ha 7 Hochzeitsträu**

Eine schöne Farbe, sagt Melanie. Sitze bei ihr am Küchentisch. Neue Wohnung. Mit Max. Sie habe mindestens 7 Hochzeitsträume gehabt, erzählt sie, während sie die Pflanze auf einen Teller stellt, die samtig dunkel blauviolette Blüten trägt. Sie blüht lange, sage ich und dann kommt sie immer wieder. Aber auch von der Familie hat Melanie geträumt, in den Hochzeitsträumen war das Brautkleid weiß mit langem weißen Schleier, aber nicht sie selbst trug das Brautkleid, sondern sie sah die weiße Braut und fühlte sich gut. In dem Traum von der Familie kommt eine schwarze Katze vor. Ihre Familie schlägt im Wald ein Lager auf und will dort übernachten, Melanie möchte zu ihnen, da versperrt eine schwarze Katze ihr den Weg. Sie will nicht, dass Melanie zu ihrer Familie vorsdringt und dort mitmachen kann, Teil der Familie wird. Die Katze ist agressiv und beißt Melanie. Sie kämpfen miteinander. Die Familie ist fröhlich und greift nicht ein, obwohl sie sieht, was vor sich geht. In dem Kampf mit der schwarzen Katze bringt Melanie die Katze schließlich um, sie erinnert sich nicht wie, ob sie sie auf den Boden geschlagen hat.
Melanie führt mich durch die Wohnung in Ottensen, es ist nicht weit zur Elbe. Ein neues Badezimmer, eine Küche mit

einem kleinen Balkon in einer grünen Hinterhoflandschaft. Ein Malzimmer, ein Fernsehzimmer, ein Arbeitszimmer, ein Schalfzimmer, Holzfußböden. Tee oder Kaffee, mir ist es gleich. Melanie möchte Kaffee und deshalb geht sie nochmal runter Milch holen. Ich stelle das Radio aus. Dann höre ich die Uhr ticken. Du wirst doch wohl die Uhr nicht von der Wand abnehmen, sage ich zu mir. Ich stelle das Radio wieder an. Jetzt höre ich beides, die Uhr im Radio. Soll ich vielleicht in ein anderes Zimmer gehen? Nein, vorne ist es mir zu laut. Ich setze mich auf den Fensterplatz, stehe wieder auf, denn ich fühle den Blick der Nachbarn auf mir. Setze mich auf den alten Platz. Melanie kommt nicht. Sie steht bestimmt in der Schlange. Die Uhr tickt und das Radio spricht, ich kann mir ja schließlich nicht mit Ohropax die Ohren verstopfen. Melanie kommt, nie ist dort eine Schlange, sagt sie, aber heute. Die Elbe ist dicht bei, sagt sie, gestern ist sie mit Max dorthin spaziert. Die schwarze Katze, sage ich, du willst zu deiner Familie gehören, obwohl sie dich mit ihren Vorwürfen zerstören wollen. Ja, sagt Moni, sie will trotz allem dazugehören. Vor zwei Tagen habe sie ihrer Mutter gegenüber gesessen und gedacht, dass sie ja doch auch ganz niedlich sei. Aber dann war sie froh, wieder weg zu können, weil sie sich schon wieder erdrückt fühlte.
„Immer die Mütter", sagt Melanie. „Ja meistens die Mütter", sage ich. Melanie bringt mich zur Tür. Sie hatte nämlich am Telefon gesagt, dass ich sie nicht so lange aufhalten soll, aber zeigen möchte sie mir die Wohnung schon. An der Elbe war es die ganze Zeit über diesig. Ich blickte wenig aufs Wasser, sondern immer auf die Steine, von denen ich einige aufsammelte, aber ich hörte das Rauschen im Ohr, das Wasser, den Wellengang, den Schlag.


**Melanie ha si üb ihr Mutt geärg**

Un dann ruft die Melanie doch wieder an, weil se si ü ihr Mutt so geärg hat, denn ihr Mutt wollt, dass Melie un ihr

Freund Jean ja jetzt die Hausmess der Mutt un von dem Vat besuch, aber se warn noch nich bei Melie un Jean i der neuen Wohnu, ham imm gesag, se komm un sin nich gekomm un ham hinterher, die Mutt hat dann am Monta gesagt: Ihr habt do nich gewart? Di Meli is ja wohl außer sich vor Wut un hat gesag zur Mutt, dass se nich käm un der Jean au nich zur Hausmess. Un die Elt vo dem Jean war`n scho zweimal da, sag die Meli, die ham Ku mitgebra un viel gela hätten se. Denen hatt das gefall, sag die Meli un dass se nich fährt am Sonn un dass se sehr enttäu is. Da läuf jetz wohl ei Konkurrenz zwisch der Meli un ihr Mutt, di Mutt will di Meli wohl klei halten, unter sich.

**Der Friedri**

Tatsächli ru do der Friedri an, hatt dem ja mal vor zehn Tag ein Brieflei eingesteck. Ja der will jetzt los, mit seiner Freundin will der jetzt los nach Italien un dann sehn mir uns ja mal, dann meld der si ja mal un mir trink ei Tee. U der Sohn, frag i u der Friedri lacht kurz auf, ja der war wied i der Zeitu wegen dem Sch` u so. Nei, gesehn hat der den nich un auch nics gehört? nei un au nics gehört. Na, ich wünsch dem Friedri un der Freundin gute Reis u dass se mal find, was se da such.

**Das Bild**

Das Bil verän sich abmals. Ölkreid auf Öl. Zuerst sieht es aus, als würd i ei Netz üb die Leinwand spannen, un jetzt füll i die (Kacheln) Löch aus (mit italienischen Farben).
Und dann doch wieder ausgewischt. Sieht aus wie lauter Köpfe, ab nur die Umriss un wie se kreuz un quer da rumlieg.

**Friedri**

Dann is doch da der Friedri vor mir, als ich auf dem Weg

zum Yo mit dem Farhrad an ihm vorbei. „Du bist ja noch da!", sag i und er antwort: „Morgen geht`s los!" „Gute Reis!", wünschn i ihm. Er nickt u sagt noch: „I meld mi dann!" Diesmal hat der Frie gar kei Tasch dabei, nich die Umhängtasch un nich den Plastikkoffer. Der geht wohl zum Arzt noch mal, so kurz vor der Abreis. Und der Friedri is ziemli schnell gegang, so kräftigen Schritts hab i den no nich gehen sehn. Der freut sich wal au di Abreis.

**Das Bil, es is wirkli ferti**

Un dann bin i zurück un seh, dass das Bil no nich stimmi is, als wenn was fehlt. Entschließ mi zu ei ganz hellem Gelb, so ei Weißgelb. Also dann. Un s vermisch sich stellenweis mi dem darunterliegend Rostrot. Der Auftrag is dur di reliefartig Strukturen der darunterliegend Schicht gebroch.

Jetzt is das Bil gut, es is wirkli ferti.

**Anhang**

**Veröffentlichte Bücher**

Dreiklang (Kurzgeschichten mit Malerei und Fotos)
 Frühjahr 2016
Zweiklang (Eine Mutter Tochter Beziehung )
 Winter 2016
Fünfklang (Eine Trennungs-Geschichte, ein Theaterstück
 und drei weitere Texte)
 Veröffentlichung voraussichtlich 2017
Vierklang (Portrait /Vancouver 1955 / Dublin-
 Galway-Cork 2005 - 2010/ Der Flüchtling)
 Veröffentlichung voraussichtlich 2018
Weblesungen bei der Kulturbehörde Hamburg,
 2006/2011/2014
l.n. 1 + 2 lydia november (Kurzprosa und Gedichte mit
 Radierungen, Zeichnungen und Skulpturen,
 1980/1982), nicht mehr lieferbar.
 Nur noch in der Staatsbibliothek Hamburg zu
 lesen oder auszuleihen.
Gedichte in der Hamburger Frauenzeitschrift, „Das
 gläserne Kleid", „Der Raum auf dem Meer"
Interviews „Warum nicht Minka?
 Wenn Frauen ihren Namen ändern", Interviews
in der „Courage" 1983, 8.Jahrgang, nicht mehr lieferbar, jedoch hat die Friedrich-Ebert-Stiftung die feministische Zeitschrift digitalisiert und zur Suche (und Download) im Internet zur Verfügung gestellt.

**Die Autorin**

Jahrgang 1948 lebt in Hamburg.